南宋生活顧問 中

阿昧 著
游素蘭 繪

目次

壹之章　巧計連環逐小三

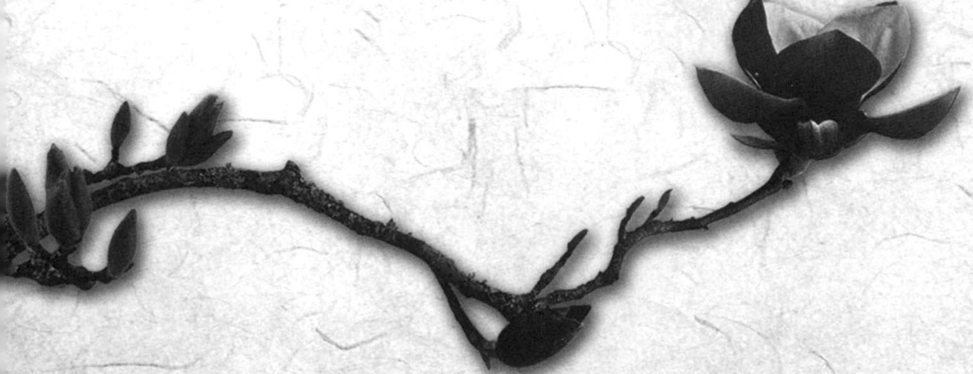

過了臘月二十五，轉眼就要過年，臨安的爆竹連著放響到大年初一，小圓抱著午哥坐在房門口，見小廝們要來院子裡放鞭炮，慌忙擺手，「午哥還小，莫要嚇著他！」

程慕天拿著根鐵絲走出來，笑道：「他才不怕，昨日帶他到大門口，那般響的爆竹，也沒聽他哭一聲。」

小圓見他手裡的鐵絲頭上綁了些東西，便問這是何物。程慕天離她遠了幾步，拿著鐵絲點上火，只見上頭纏著的那團事物立時燃了起來，火花四濺。

「原來是煙火，這是如何製的？」小圓驚奇問道。程慕天把手裡的鐵絲命個小丫頭舉著，另取了根沒燃的，拿到她面前，指著鐵絲頭上綁的事物道：「這叫『火楊梅』，裡頭綁的是棗肉和炭屑，我特意尋來放給午哥看。」

小圓把午哥遞給他，接過火楊梅來瞧了瞧，問道：「綁碳屑倒罷了，怎的還要塞棗肉？」程慕天一邊指給午哥看火花，一邊笑道：「我哪裡曉得，想必是為了濺出的火花好看些吧。要不是為了兒子，我才不會理這些玩物。」

小圓將火楊梅遞給身後的采蓮，吩咐道：「藏幾個起來，咱們預備開的玩具店也賣這個。」程慕天哈哈大笑：「妳竟比我更像個商人。」小圓白了他一眼，進房叫人取紙筆和親友花名冊，又喚他道：「你的字好，快些來寫拜年飛帖。」

程慕天將午哥遞給余大嫂，走進房裡坐到八仙桌前，翻了翻冊子，又笑：「偏妳花樣多，親戚朋友也要編個花名冊。」小圓替他磨著墨，道：「這冊子本是我擔心繼母不認識家裡親友，特特編了來與她的，但她卻一大早就被二嬸纏住，結果這差事還是落到我頭上。」

程慕天一口氣寫完十來張，扔了筆，叫采蓮取椒柏酒來，飲了一口，卻道：「這酒是除夕泡的嗎？味道不對，柏葉放多了？」小圓連忙也倒了一杯抿了抿，道：「往年都是三粒椒、七枝柏葉，今年是繼母動手，興許是泉州泡法？」

程慕天擱了杯子不言語，小圓忙打眼色給采蓮，另換了屠蘇酒來。

程慕天轉了轉酒杯，「做屠蘇酒的里閭藥是妳親手浸的？」得了肯定答覆，這才飲了幾口，又道：「這樣的小事，怎能讓長輩操勞？是妳的不是。」小圓忍住笑，朝他福了一福，「是奴家的錯，往後勢必親力親為。」

趁程慕天繼續寫帖子，采蓮悄悄問小圓：「往日裡少夫人講一講夫人的不是，少爺都是要駁的，今兒他自己怎的也防起來？」小圓輕輕一笑，「他又不是傻子，二嬸整天往咱家跑，誰曉得夫人膝下會不會多出個過繼的兒子來。」

第二日，厚厚的一疊拜年飛帖就投了出去，雖免了許多拜年的繁瑣，但至親的幾家年酒卻是躲不了，按著規矩，頭一個便是程二叔家。錢夫人極是不願見到程二嬸，但又無可奈何，只得帶上小圓一同前往，心下打定主意，若是遇到難題，就先把兒媳推出去。

她們到得程二嬸家，一眾親戚正在廳上聽鼓子詞，程二嬸親自迎出來將她們引到最前面坐下，笑道：「聽聞四娘最愛皮影戲，我特地備了一台，咱們聽完鼓子詞就叫他們演。」

錢夫人在這裡，她卻先依著小圓的喜好，真是一張口就挑撥離間，只可惜錢夫人當下最恨的人就是她，哪裡會中這樣的圈套，當即謝她道：「出門時我還說要給媳婦叫台戲來，不想弟妹這裡已備了，倒省了我好些事。」

輕巧的一句話，既堵了程二嬸的嘴，又向眾人昭示她是個疼愛兒媳的好婆母。小圓心中竊笑，卻也不禁暗讚了幾聲。

這廳上臨時搭了個小台，說詞人在台上邊講邊唱，後邊還有數名歌伴又吹又彈地相和。方十娘挪到小圓身旁坐下，遞了塊皀兒糕給她，低聲道：「嫂子，這齣鼓子詞就是特特為妳們演的呢！」

小圓裝作聽不懂她的話，謝道：「就曉得二嬸偏著咱們。」方十娘急了，「妳聽妳聽，臺上在唱牛二媳婦膝下無子，男人死後她被大兒奪了陪嫁，生生趕了出去。」

小圓凝神聽了一回，還真是這樣的一篇詞，不禁心中冷笑，臉上卻不動聲色，慢慢咬了一口皂兒糕，輕笑道：「年節裡說這樣的詞有些不合時宜罷了，倒也沒什麼。」

方十娘以為她還不開竅，索性把話挑明：「我婆母要給妳婆母過繼個兒子，妳真不曉得還是假不曉得？」

她一向唯婆母馬首是瞻，怎的今日反倒維護起外人來？必是二嬸只願將小兒送出去而不理會大兒的緣故。小圓把糕點放入口中，細細嚼了嚼，「我家夫人陪嫁就有二十萬，足夠養個兒子了。」

方十娘愣住了，「真有二十萬？我還以為是謠言！」她朝程二嬸那邊看了看，見她正與錢夫人講得興起，無暇顧及媳婦們這邊，便拉了拉小圓的袖子，「嫂子，我婆母想把么兒過繼給妳婆母，打的是分你們家產的主意呢！」頓了頓，見小圓神色無變化，又道：「我婆母動輒就打你們家產的主意，我實在瞧不上，若換成咱們大郎，能分得妳婆母一半的陪嫁就心滿意足了。」

這樣的話，同搶錢有什麼分別？虧得她好意思講出口！小圓只恨程大姊不在，無人罵她幾句，突然靈機一動，笑道：「若妳真只想賺一注陪嫁，那可真是捨近求遠。妳可還記得去年鬥茶會上的那兩位小娘子？她們家中都是有錢的，陪嫁想必不少。」說著說著，將自己拍了一下，「不說了，倒像我要朝妳屋裡送妾似的。」

方十娘連連擺手，「大郎房裡的妾啊通房的一堆，再來兩個又值什麼？只不知妳婆母捨不捨得？」兩個？妳還真夠貪心！小圓忙道：「那個錢小娘子乃是我婆母本家，豈會與人做妾？倒是季小娘子，我可替妳打聽打聽。」

方十娘喜出望外，謝她道：「若這事兒能成，我必死命勸說婆母，叫她不要過繼么兒給妳家。」

小圓正需要程二嬸日日纏住錢夫人，好叫她無心來為難兒媳，更何況有程老爺在，過繼一事必定行不通，方十娘若真勸動了程二嬸，那可真是幫倒忙了，便忙道：「二嬸是好心，妳勸她作什麼？我幫妳是看在咱們妯娌情誼的分上，妳若張口閉口要報答，可就是生分了。」

方十娘不知她的打算，感嘆道：「妳還真是個賢慧的，怨不得妳婆母人前人後地讚妳！」

小圓但笑不語，起身去婆母身旁伺候。錢夫人正被臺上的那齣詞氣到內傷，見她過來，忙指著她向程二嬸道：「我本是想指望二郎的，過繼一事我做不了主，還得聽他們的。」小圓恭恭敬敬立在一旁，道：「過繼這樣大的事，自有族長和老爺做主呢，哪有我們小輩插嘴的份？但孝敬母親乃是天經地義，難不成娘過繼了侄子，我同二郎就不盡心盡力服侍了？」

程二嬸仔細琢磨這話，倒不像是反對過繼的樣子，歡喜道：「四娘對嫂子這般有孝心，羨煞我等旁人。」

兒媳不怕多個兄弟來分家產？是真孝順還是太愚笨？錢夫人有些吃不透起來。

臺上的絲樂又響，幾句唱詞打斷眾人心思，方才記起這是節下，俱換了笑臉出來，講些比鼓子詞更中聽的場面話。

錢夫人雖在娘家耳濡目染，精於心計，但到底嬌生慣養三十餘年，於家事應酬上不太擅長，待得回到家中，只覺著累得慌，歇了半日方才緩過勁來。小圓見她確實是累著了，便主動道：「娘在家歇幾日吧，那幾家的年酒我自己去。」

錢夫人微微點頭，「妳自作主吧，把六娘接來陪我幾日便是。」

小圓毫不猶豫，爽快應答：「是媳婦疏忽，我這幾日在外頭，家裡自然得有個人陪著娘，我這就喚人去接六娘與十三娘。」

錢夫人用她慣常的慢吞吞語調，狀似漫不經心地道：「十三娘說住不慣大院子呢，第四進叫六娘住吧。」

難不成婆媳真個兒天生是對手，我這般替她設想，換不來一個好字不說，還要大過年的與我添堵！小圓袖子裡的手不知不覺攥成了拳頭，但她再生氣，也不願落個不孝的名頭，只得點頭應下，安排人手去錢府接人，又叫人收拾院子。

晚間程慕天吃完年酒醉醺醺地回家，發現第三進與第四進間的門又被鎖上，嚇得酒醒了大半，「還來？」

小圓見他被嚇得不輕，撲哧一笑，只覺得有夫如此，那些在繼母面前受的氣真不值什麼！她扶著腳下有些虛浮的程慕天回房坐下，端了醒酒湯來與他，道：「有樁事同你商量，今兒在二叔家吃年酒，方十娘想求繼母把季六娘把給她做妾室，你說這忙我該不該幫？」

程慕天本在埋頭喝醒酒湯，聽了這話，咧著嘴笑了，「把季六娘說與別個做妾不也是繼母的意思嗎？皆大歡喜的事，為何不幫？妳吃完這幾日的年酒，趕緊去和繼母說。」說完，望了院門上的鎖一眼，又笑了。

程家在臨安的親戚不多，除去程二叔，就只剩下程大姊、陳姨娘及何府，小圓花了兩天的功夫，去程大姊和薛家坐了坐，挨到最後，還是程慕天催促，才同他一道磨磨蹭蹭回娘家。

大正月的，何府很熱鬧——吵得熱鬧。小圓站在二門前不好進去，指著簷子下掛的兩個燈籠，問程慕天哪個紅些。

李五娘帶著兩個妾走出來，笑道：「不關咱們的事，且到我房裡吃茶。二郎也來吧，今兒可沒得男人陪你吃酒。」小圓衝程慕天苦笑，一同到三房屋裡坐下。

那個生了兒子的妾端上三碗乳糖圓子，大肚子的妾輕聲輕語問：「可還甜？不夠我再去拿糖。」小圓微微點了點頭，待她們退下，悄聲對李五娘道：「三嫂，我瞧這兩個都還好。」

李五娘拿調羹攪了攪圓子，冷笑道：「妳三哥不太把她們當回事呢，不然也不會都留在家裡。男人靠不住，自然要看我的臉色過活。」小圓見她把「男人靠不住」的話都講了出來，就不好再提，轉而問她家裡的嫡母和哥哥們在為什麼吵架。

李五娘道：「妳二哥瞧上章家的小娘子了，求嫡母去提親呢。」小圓想了想，道：「可是同我一起做過生意又過河拆橋的章家？他家小娘子和二哥門當戶對，有什麼好吵的？」李五娘用手比了個圈，「還能為什麼，那小娘子是庶出，陪嫁不豐厚，嫡母不願出聘禮錢。」

小圓笑道：「沒有好陪嫁二哥都願意娶，那位小娘子必定是生得花容月貌。」李五娘也笑起來：「還是妳曉得妳二哥。」

這東家長西家短，程慕天最是不耐煩，便起身道：「午哥怕是在家哭呢，我先回去看看。」李五娘只看著小圓笑。小圓知他是耳朵受折磨，便放他先回去。

臨安正月裡的大街上熱鬧非凡，程慕天也不坐轎，帶著程福順著一路的彩棚遛達過去。這些彩棚都是小商小販節下賣小物件的地方，東西雖不名貴，卻勝在品種齊全。程福心思活絡，向程慕天提議道：「少爺，咱們家裡住進了兩位不明不白的小娘子，少夫人嘴上不說，惱在心裡，何不買上幾件首飾回去，叫她歡喜歡喜？」

程慕天聞言，果真停下腳步自攤子上揀起個冠梳來看，嘴上卻笑罵：「人家是夫人的正經親戚，哪裡不明不白了？」程福撇撇嘴，道：「明白人不會放著正經的親戚錢府不住，卻賴在咱們程家不走。」

程慕天嫌那冠梳成色不夠好，丟下手，朝前走了幾步，換了個攤子瞧那些珠翠，問程福道：「你自己都是個想納妾的，怎的在此事上卻維護少夫人？」程福一面替他挑頭面，一面嘻嘻地笑：「咱們少爺何許人也，要納也納個正正經經的，那般連我都瞧不上眼的人，哪裡配得上你？」程慕天瞪了他一眼，「正經的也不納。」

主僕二人在彩棚間走了許久，無奈見慣了高檔貨的程大少爺一樣也瞧不上，最後只挑了一條畫眉的石黛和一本據說奇巧多變的《瑩姊百眉圖》。程慕天袖著這兩樣物品歸家，在夾道裡走了一小半，見通往下人院子的門就在旁邊，便叫程福回去陪兒子，獨自朝前繼續走。

眼看第三進院子的角門就在眼前，程慕天突然想起忘了給兒子也買份禮物，匆忙轉身折返，卻在第二進院子的角門處偶遇季六娘。季六娘本是探望過錢夫人，準備順著夾道回第四進院子，不想在這裡碰見了程慕天。她驚喜交加，卻並不慌亂，慢悠悠地福了一福，趁抬身的機會拋了個媚眼過去。其實她容貌生得平常，但卻有雙含嬌帶俏的桃花眼，平添了幾分姿色。想她在泉州時，就是因為用這雙眼睛迷住了自家姊夫，這才傳了不好聽的名聲出來。

她對自己十分自信，卻不曉得世間男人並不只她姊夫那一種，程慕天被她的桃花眼嚇得一哆嗦，不敢再出去給兒子買禮物，轉身就朝自家院子方向跑。季六娘的桃花眼頭一回不管用，心裡一急，再顧不得裝樣子，趕上去就扯他的袖子。程慕天力氣大，三兩下就掙脫出來，但袖子裡藏的石黛和畫冊卻落到了地上。他生怕季六娘再糾纏，顧不得俯身去撿，一路狂奔轉進角門，連聲喊婆子關門。

季六娘望了半晌，直到第三進院子的角門砰的一聲關上，才回過神來。她萬分失望地垂頭，一眼就瞧見地上有兩樣散落的事物，撿起來一看，卻是一本專門教人描眉的畫冊和一支上好的石黛。

「原來是個假正經，要送我東西不敢直說，非要拉拉扯扯掉下來。」季六娘捂著嘴笑了又笑。她自泉州到臨安，存的是天下男人就沒有我哄不住的心思，因此壓根兒就沒往「這也可能是程慕天討好娘子的禮」上頭想。她攥著這兩樣東西，彷彿程二郎已被自己攥在了手心，就歡歡喜喜地回房，開照盒，選脂粉，照著畫冊仔仔細細描了一個鴛鴦眉。

她化好妝，穿了件夏日薄紗衫，興沖沖地去拍院門，卻發現那門依舊鎖得死死的，轉去角門，不但上了鎖，還有兩個兇神惡煞的婆子。此時節乍暖還寒，夾道裡本就風大，她身上只一件能瞧見抹胸的紗衫，凍得嘴唇發青，卻不甘心就此折返，便縮著肩，挪著小腳跑到錢夫人房裡躲風。

錢夫人剛陪上門拜年的女客們吃完年酒，昏昏沉沉地躺在榻上散酒勁，忽見一個比伎女穿得還少的女子跑上前來，迷迷糊糊間還以為是程老爺新納了個樂女，驚道：「老爺害人呀，又弄個人來守活寡！」

季六娘只聽到後半截，哆哆嗦嗦地介面：「表姑，我才不會守活寡，程二郎對我有意呢！」

錢夫人這才看清面前的人，可不就是自己那名聲不大好的表侄女，便勉強坐起身，接過丫頭手中的醒酒湯喝了幾口，問道：「他怎麼對妳有意了？就因為妳穿得這般少？幸好今兒老爺出門吃酒去了，若被他瞧見妳這副孟浪樣子，鐵定把妳轟出門去，就算程二郎來護著都不成。」

季六娘不知程老爺是個古板人，期期艾艾地道：「我也是剛收了程二郎送的描眉冊子，一時歡喜才作了這般打扮。只可惜你們家各處都被他媳婦把著，我眼看著就要成行，卻最後一步無法插手。」說罷，就將程慕天拉扯間贈她禮物和她進第三進院子無門的事講了一遍。

錢夫人至今還未要到管家權，心裡頭本就有根刺，此刻聽她這般講，愈發不是滋味起來，便指了指她身上的衣裳，沒好氣道：「妳趕緊回去換個正經裝扮，待他媳婦回來，我親自帶妳去討說法。」

她趕了季六娘回去換衣裳，雖氣這個表侄女不守規矩，卻也很是佩服她前後不到半個月就將程慕天搭上了手，果然世間男子俱是外頭正經無比，私底下都愛偷。

不多時就有丫頭來報，說少夫人回府，第三進院子的角門打開了。

錢夫人忙命人喚來季六娘，朝她身上一看，還是件夏裝，好歹這回瞧不見了那鮮紅的小抹胸，就沒再說她，扶了她冷冰冰的手，一同到第三進院子裡去。

季六娘見了小圓，不等錢夫人開口，先問道：「二郎呢？」

二郎也是妳能叫得的？小圓沉了臉不作聲，就是錢夫人，面上都不好看起來。她一心想扶季六娘作正房，偏她的行事處處都像個妾。

一時間房中寂靜無聲，錢夫人挨不住，斥季六娘道：「還沒給妳開臉呢，要喚作表哥！」

季六娘忙垂首認錯，「叫慣了，一時忘了改過來。」她們一唱一和，句句扎人心窩子，小圓又驚又怒，偏偏程慕天一聽門上說她們來，早就一溜煙躲出門去了。她沒法先找程慕天問個清楚，兩眼一抹黑，只得強壓火氣，裝作沒聽見，不停地叫丫頭婆子們端茶送點心。

錢夫人見她連話碴都不接，氣極，又想起她在家裡一手遮天，別說季六娘，就是她這個作婆母的，都是東西隨意用不得，院子隨意走不得，心頭的恨意不禁湧上來，怎麼也止不住，就不光想把季六娘推銷出去，更想連帶著抖一抖婆母的威風，便道：「本來我這個婆母，要往你們房裡送人，根本不消與妳打招呼，但我一聽說妳不願意，立時就打消了主意，這是對妳尊重的意思。」說完，又把季六娘拉到身邊，指著她那兩道八字鴛鴦眉道：「如今卻是妳自己管不住男人，叫他偷偷摸摸送了畫冊和石黛給我們六娘，我們六娘的娘家並不比妳的差，且還是嫡出，按規矩是要做正室的，但我不是那滿不講理的婆母，不做為難妳的事，還讓妳穩穩當當作正妻，只是我們六娘的名聲不能白白壞在你們手裡，名分妳須得給一個。」

瞧這個繼母的好手段，硬要往繼子房裡塞人，還口口聲聲說是對兒媳的尊重，小圓只覺得血氣翻騰，好一會子才壓下去，逼著自己換出笑臉來，「娘處處為媳婦著想，這裡先謝過。六娘是大家閨秀，就算是作妾，也不能草草了事，少說也要擺幾桌子酒呀，不如娘先帶她回去，等二郎回來，我同他好生商議，必要讓六娘風風光光地出門。」

錢夫人見她還算識時務，滿意地點頭，重新扶了季六娘的手回房。

待她們一走，小圓立時冷下臉來吩咐：「派人去查，季六娘這般好家世為何甘願與人做妾？再去問問程福，那石黛和畫冊是怎麼回事。」

采蓮忙去安排人手，又問：「不去找少爺回來？」小圓不答，卻轉頭問阿雲：「今日妳怎的不急著去提涼水澆少爺？」阿雲在自己胸前比劃一陣，道：「季六娘穿得跟那個行頭綠娘似的，少爺能瞧得上她？這裡根本就沒少爺什麼事，何須費力去尋他？」

采蓮笑道：「阿雲有長進，卻是我糊塗了，此事本就和少爺無半點干係，全是季六娘演的戲。」她這話看似在作答，眼睛卻望著滿屋子的丫頭婆子，能進得少夫人上房來的，俱是聰明人，立時就明白過來，全道：「若有人問起來，就是這個話。」

且說程福接到消息，怕小丫頭傳不好話，自己跑了過來，「少夫人，石黛和《瑩姊百眉圖》不是少爺打算送與妳的嗎，怎的跑到了那個不清不白的季小娘子處？」

小圓故意板著臉，「你問我？夫人和季六娘一來，你那少爺就腳底抹油溜出門去了，現在還不見人影，定是心裡有鬼！」

程福捶胸頓足，「少夫人，妳莫要看我是個想納妾的，就以為少爺也是如此。他不過是性子內向，不願與小娘子們打交道，這才躲了出去。我指天發誓，少爺對妳絕無二心。若我扯謊，叫阿繡大棒子打我。」

小圓本就裝不來程慕天的古板臉，他的話又講得實在有趣，就破了功笑起來，「事情你也都曉得了，季六娘拿了石黛同畫冊一口咬定少爺與她有首尾，你說怎辦？」

程福何等機靈的人，馬上介面：「什麼黛呀畫的，我同少爺一道回來，怎的沒見他身上有這東西？」

小圓笑著點頭，「猴兒，阿繡再要打你，我替你攔著。」

程福聽了這話，真個兒趴下磕了個頭，謝了小圓來日的救命之恩，這才退下去，惹得滿屋子的人一陣好笑。

守角門的婆子腳步匆匆地走進來，同上回一樣攤出五、六個銅板，剛止住笑的眾人又笑開了，「少夫人，定是錢十三娘來了。」

守門婆子道：「少夫人，我趕她回去？」小圓搖頭道：「她好歹是個客呢，請進來說話。」

錢十三娘十分焦急，聽得一聲請，幾步就竄了進來。小圓好生驚訝，虧得她還是小腳，竟能走得這樣快！錢十三娘心裡有掛念，開門見山地問：「嫂子，表哥要將季六娘收房？」

小圓低頭擺弄茶盞蓋子，十分的委屈，「不敢拂夫人的好意。」

錢十三娘帶著怨恨朝第二進院子的方向望了一眼，「嫂子，季六娘還未進門就有一頂綠帽子呢，妳不怕嗎？」

小圓正是要打聽季六娘為何要委身作妾，聞言暗喜，嘴上卻道：「人家是大家閨秀，且又是夫人親自保的媒，怎會有差池？」

錢十三娘扭捏了會子，道：「若我把季六娘的密事講與嫂子聽，嫂子能否把房裡人換成我？」

「不要臉！」阿雲氣不過，不待小圓出聲，衝到天井的大松樹下，折下一根粗枝，對著錢十三娘劈頭蓋臉地打。

錢十三娘細皮嫩肉，哪裡經得住那幾下，哎喲了幾聲，跌到地上爬不起來。小圓本想哄著她將季六娘的祕密講出來，不曾想被護主心切的阿雲壞了事，只好編了篇話來：「十三娘，妳表哥認得好些家中正室空缺的少爺呢，我替妳尋一個，叫妳風風光光地去作正頭娘子，豈不好過與人作妾？」

錢十三娘被兩個婆子從地上攙起來，疼得直哼哼：「正頭娘子哪裡是那樣好當的，嫂子與我好陪嫁？」

「不知好歹的狐媚子！」阿雲的松枝還未放下，聞言又上去補了幾下。

小圓此刻也是被她氣得慌，就不攔阿雲，只繼續哄她道：「不過幾貫錢的事，嫂子替妳出。」

錢十三娘大喜過望，覺得這十幾下松枝挨得真是值，當即甩開兩個婆子，趴下就磕頭，「謝嫂子與我備陪嫁，這就把季六娘的事講與妳聽。她與她姊夫頗有些不清不楚，泉州都傳遍了的，實在待不住，這才到臨安來。」說罷，又笑道：「嫂子，妳拿了我這個好消息，還怕我姑姑要把她塞給妳？」

她滿心要聽小圓道謝的話，不料小圓卻是一臉失望地道：「就這樣的消息妳也好意思找我要陪嫁錢？無憑無據的事，拿到夫人面前去，倒要累得我挨教訓。」

錢十三娘眼看到手的鴨子要飛了，顧不得疼痛地掙扎著站起來，「嫂子家的海船哪一天不跑泉州，叫人去泉州找人證呀！」小圓道：「人證遠在泉州，妳姑姑就坐在家裡，等到他們千里迢迢跑來，季六娘怕是都進門了。」說完，又將她仔細打量一番，「妳不就是個絕好的人證，何不親自去妳姑姑面前把真相道明？」

錢十三娘唬了一跳，別說當面作證，就是今日她來告密地事，若讓錢夫人知曉，她便要吃不了兜著走。

阿雲見小圓一提錢夫人，錢十三娘就支支吾吾起來，便丟了松枝上去扯她，非要同她一起去前頭院子找夫人講個明白。錢十三娘一見這陣仗，哪裡還敢再要陪嫁錢，便死命掙脫阿雲的手，連滾帶爬衝到角門前。

守門的婆子見她渾身是傷，又一雙小腳，跑得實在是艱難，就好心去幫忙，將她的背輕輕拍了一掌。錢十三娘本就站不大穩，被這一推，直接滾下臺階去。守門婆子將她的那幾個銅板砸到她身上，拍著手笑道：「錢小娘子，咱們都是熱心人，不拿妳的錢也幫妳！」

阿雲也是樂得撫掌大笑，又叫小丫頭們把松枝好生撿好，若再有這起人物上門，照著樣子伺候。采蓮責備她道：「她是客人，又是夫人的親戚，妳將她打成這樣，小心被夫人責罰。」阿雲笑道：「她比我還怕被夫人曉得，哪裡敢去告狀？她給臉不要臉，活該今日被我打，還是白打！」

小圓無心去理會錢十三娘吃虧，忙忙地派人去碼頭，叫去泉州的船捎幾個知道季六娘底細的人回來。幾個丫頭這才明白過來，方才少夫人講得乃是托詞，為的是把錢十三娘打發走。阿雲十分佩服，笑道：「還是少夫人有謀略，不然就靠我的松枝，哪裡趕得走她？」

小圓重重地嘆氣，「她沒得好靠山，不足為慮，只這季六娘的事很棘手，須得花費心思多拖幾日，好等泉州的人回來。」

阿雲問道：「咱們一口咬定石黛和畫冊不是少爺之物，她們能有什麼法子？」小圓搖頭道：

「我之所以叫妳們那般講，不過是想表個清白罷了，所謂眾口鑠金，積毀銷骨，加上老爺又瞧上了她的好陪嫁，只怕就算眾人都曉得這事兒是假的，咱們還是推脫不掉。」

她言罷長嘆，最可悲的是，不是被蒙在鼓裡，而是一切都心知肚明，卻只能無奈屈從。

她料得一點都沒錯，待得程慕天回來，聽聞了此事勃然大怒，顧不得孝子的名頭便衝到前堂，當著程老爺和錢夫人的面矢口否認石黛畫冊一事，但錢夫人卻道：「六娘的名聲已毀在你手裡了，你想納也得納，不想納還得納。」

程老爺也道：「這樣一注好嫁妝，不要就是蠢貨，難得還有個不得不納的藉口。不怕小圓的三哥翻臉，你就是再看不上她，也得把她抬進來擱著。」

程慕天被氣得不輕，他不敢和父親、繼母當面對著吵，回房就叫人收拾行李，說要帶了娘子兒子上山去避寒。他這樣的大孝子，能為了納妾一事直面高堂，已屬難得，小圓一面欣慰官人立場堅定，一面又嘆他將自家父母想得太過簡單，「我倒是願意同你一道上山，但只怕等咱們下山時，房裡已多了一個妾室了。」

程慕天雖嘴上不願承認，心裡其實也曉得，自家堂上的那兩位確實是做得出這樣的事體，不由得頹然跌坐到椅子上，有些絕望，「左也不是，右也不是，非要把我逼死才算完嗎？」

小圓忙捂他的嘴，「瞎說些什麼，我和兒子還指著你呢！不過就是納個妾，你又不虧什麼，大不了抬進來不理她就是！」

程慕天一把抓住她的手，「不納，死也不納！我不能叫妳走我娘的老路，她要敢進咱們的門，我先把她打死！」

小圓偎在他胸前，輕聲笑道：「且不說打死人要償命，咱們不必為了一個外人落個不孝的名聲。不孝敬父母的人，做生意都無人搭理呢。二郎，你先出去躲幾天，待得我將這事兒打理完再回。」

程慕天不解她的意思，問道：「妳能有什麼好辦法？若是要做惡人，還是我來，女人家不賢慧的名聲比不孝更不好聽呢。」

小圓拍拍他的手，故意逗他，「我的法子好著呢，明日一早就去同爹說，我要替你納妾，這是賢慧不是？」

程慕天知她不會真弄個妾來屋裡，不然也不會叫他先躲出去，於是，第二日一大早，他就到程老爺跟前指了個什麼生意，帶了程福坐船往泉州去了。

納妾的緊要關頭，關鍵人物卻不在，程老爺的臉上有些不好看，把前來請安的小圓責備了幾句。小圓見錢夫人不在，心道天賜良機，就不去計較公爹的態度，反倒安慰他道：「爹，反正季六娘的嫁妝從泉州運來也須得些時日，興許陪嫁運到時，二郎就辦完事回來了。」

程老爺想起程慕天也是去了泉州，歡喜道：「有理，二郎同捎信去的船是差不多時候啟程的，說不定他隨著陪嫁船一同回來呢！」

小圓朝前走了幾步，壓低聲音道：「爹，你可曉得，季六娘因著陪嫁豐厚，二叔家的老大也想討呢。我去他家吃年酒時，他媳婦方十娘就跟我提過這事兒。」

程老爺不以為意，「妳婆母不會將人把給他的。」小圓道：「夫人自然是肥水不流外人田，但誰能給季六娘打包票？反正是個妾，到誰家做不是一樣，二叔家的老大也是一表人才呢。」

程老爺有些意動，便問小圓可有穩妥的法子，小圓答道：「其實也極簡單，叫她先寫個賣身契來。」程老爺連連搖頭，「她到底是妳婆母的親戚，是要正經做二房的，哪會肯寫這個？」

小圓笑道：「又不是不還給她，等到二郎回來圓了房，再將契紙一把火燒了。」程老爺捋著鬍子讚道：「極妙，等到開了臉，咱就不怕她跑。倒是二郎不在的這些時候，須得契紙管起。」

小圓待得他急急忙忙地使人去季六娘處尋錢夫人，這才邁著輕鬆的步子回房。不多時前頭就送了張賣身契來，卻是程老爺半逼半勸讓錢夫人寫下，又叫季六娘按了手印，再拿來謝媳婦出的好主意。

小圓的心情立時大好，命人尋盒子棒瘡藥與錢十三娘送去，不料送藥的小丫頭剛出門，就和迎面而來的風風火火的程大姊撞到了一處。程大姊毫不猶豫地甩了個嘴巴子過去，站在院子裡破口大罵。小圓連忙趕出門去，叫小丫頭下去擦藥，又問程大姊：「這丫頭衝撞了主子，理應責罰，但妳站在我院子鬧，罵給誰聽呢？」

程大姊兩道眉毛豎了起來，「我為何要罵？妳倒說說，是我同妳親，還是方十娘同妳親？」小圓故作不解，「自然是同妳親些。」程大姊緩了口氣，指著第四進院子道：「既然同我親些，那個小娘子為何只給方十娘，不給我？」

小圓笑起來，「還剩下一個呢。昨日不當心跌傷了，方才那個小丫頭就是送藥去的，妳不說跟著去瞧瞧模樣，反倒打了人家。」

程大姊聽說還有一個，就不好意思起來，問道：「妳不給二郎留一個？」小圓絕口不提季六娘，只道：「實話與妳講，這個錢十三娘雖是繼母的本家，卻入不了她老人家的眼，一心想將她弄走呢。妳要是願意把人接回家去，倒是去了繼母一樁心病。」

程大姊聞言大喜，一陣風似的隨著送藥的小丫頭去錢十三娘房裡瞧了瞧，卻又一陣風似的回來尋小圓，「臉上被劃了好幾道呢。等她傷好，我家官人早等不及又買樂女了，不如妳把許給方十娘的那個同這個換一換呀？」

小圓本就惱她說翻臉就翻臉，打自家丫頭，還站在院子裡罵人，方才是顧及情面，才特意不把名聲不好的季六娘告訴她，現下見她自己一意孤行，就道：「我可沒許給方十娘什麼，想是妳聽岔了。繼母的親戚也是我能拿來送人的？不過那個季六娘才寫了賣身契來，若妳能說動繼母，我就把人給妳。」

程大姊樂道：「賣身契都寫了，就是妳的人，我這就去同繼母說，若是她不願意，我就去找爹爹。」她向來天不怕地不怕，直接就往錢夫人的正房衝。

錢夫人此時正為著那張賣身契急得團團轉，季六娘安慰她道：「表姑，二郎對我必是有意的，等到他回來，拿了賣身契還給我便是，妳莫要太著急。」錢夫人罵道：「妳除了會勾搭男人還會什麼？妳以為二郎媳婦會拿著賣身契不作文章？」

她正罵得起勁，就見程大姊突然衝進門來，還未行禮就張口要人。

錢夫人被她捲起的一陣風嚇倒在椅子上，穩了穩神方道：「我這裡沒妳要的妾，三娘隔壁住的倒有一個，妳若看得上就去吧。」

程大姊知她講的是錢十三娘，嗤笑道：「繼母，就妳那個本家，臉上劃得跟花貓似的，我家官人哪裡瞧得上？」季六娘很是願意聽到她這般形容錢十三娘，樂得笑出聲來。程大姊這才注意到她，細細打量了幾眼，讚道：「好一雙桃花眼，我家官人必定喜歡。繼母，我就要這個。」

錢夫人被她一口一個繼母堵得慌，偏她是嫁出去了的女兒，不比兒媳可以隨意責罵，只得強忍了怒氣問：「妳可知她是哪個？張口就敢要。」

「曉得。」程大姊自尋了張椅子坐下，又喚小丫頭趕緊上茶，「咱們家就兩個小娘子，錢十三娘我已瞧見過了，這個面生的，想必就是剛賣身給我家的季六娘。」

錢夫人曉得小圓不會善罷甘休，卻沒想到來出頭的是程大姊，她駁不回「賣身」那兩個字，便揪她言語上的錯：「妳家是金家，不是程家，她就算賣身，也與妳家不相干。」

程大姊這才曉得，原來並不是誰都跟小圓一樣好說話。她被繼母堵得講不出話來，只得將她和季六娘各瞪了一眼，又是一陣風地衝進程老爺的書房。

程老爺正捧著個紫砂茶壺翻他的私房帳本，見得最心愛的程大姊來，笑著招呼她：「妳好些日子都不曾來看爹爹了，正月拜年也只打了個馬虎眼。」程大姊哼了一聲，「我哪裡還敢來，繼母嫌我不是程家人呢！」程老爺心情正好，哄她道：「她到底是長輩，妳就依著她些，爹爹疼妳便是。」

程大姊上前把他的帳本翻了一翻，隨手甩到一旁，「爹的私房錢月月往上漲，還有什麼好看的？」這話程老爺最是愛聽，被丟了帳本也不生氣，笑咪咪地叫人取果子來與她吃。程大姊把他的書桌拍了拍，道：「爹，我又不要你的錢，不過要個人而已，繼母太小氣。」

程老爺忙問她要哪個，程大姊道：「剛簽了賣身契的季六娘呀，那個錢十三娘，若臉上好了，給我也行。」程老爺吭哧吭哧，指著牆上的書畫問她寫得好不好，程大姊不耐煩起來，使出程老爺家傳的砸物，抓起他面前的紫砂壺就摔。程老爺見她撒潑，亦生起氣來，抓了個硯臺也摔，父女倆都惱怒，爭先恐後地搶東西來砸，直到實在是砸無可砸，才各自丟開手。程老爺喚人來收拾，程大姊去尋小圓討主意。

小圓聽說程大姊為了季六娘，先不敬繼母，後大鬧程老爺書房，驚道：「那個季六娘名聲不大好呢，妳真要她？」程大姊不以為然，「不過一個妾，要那麼好的名聲作什麼，正是拿了她的把柄才好揉搓。」

小圓啞然，不想程大姊粗枝大葉的一個人，對付妾室上倒是頗有心得。程大姊見她不言語，連聲催問為何程老爺這回這樣小氣，連個人也不給。小圓當然曉得程老爺不是捨不得人，而是捨不得錢，便問程大姊道：「大姊，若季六娘沒有好陪嫁，妳還要不要？」

程大姊奇道：「她還有陪嫁？我家裡的妾不但沒這個，還要花錢買呢！」小圓見她不稀罕錢，就替她出主意，「妳去和爹說，妳只要人，不要陪嫁，保准他就應了妳了。」

程大姊做程老爺的閨女這麼些年，自然也是曉得自家老父的脾性的，當即笑容滿面地起身，尋到程老爺道：「爹，方才砸壞了你的書房，等季六娘的陪嫁到了，拿她的錢來修補。」程老爺方才生的那點子氣煙消雲散，心道還是這個閨女明白我心意，笑道：「哪裡用得著那許多，等船到了，爹爹與妳些零花。」程大姊卻搖頭，「我不要這個錢，全都是爹的，你把人給我就成。」

程老爺一思忖，反正他只要那注陪嫁，若把人給程大姊，既討好了閨女，又討好了兒媳，一舉三得的事，為何不依著她？程大姊見他臉上露出笑來，便知這事兒是准了，喜得抓住老父晃了又晃，轉身跑到錢夫人房裡，得意洋洋地道：「到底還是親爹好，一說就准了。」

錢夫人大吃一驚，忙問詳細，程大姊卻急著去小圓那裡報喜，哪裡肯理她，只道：「好生替我養著那個妾，莫要弄得和錢十三娘一般。」

她丟下錢夫人，又回到小圓房中，卻發現方十娘正坐在椅子上一把鼻涕一把淚，「嫂子，妳明明說好把季小娘子給我的。」

程大姊最愛看他人落淚，拍著手笑道：「妳卻是來遲了，我爹已把季六娘許給我家了。」

方十娘曉得程大姊雖渾，卻不會扯謊，她說程老爺把季六娘給了她家，那就是真的給她了。她明白自己與程老爺到底隔了一層，在他面前搶不過程大姊，那哭聲就越淒慘起來。

小圓被她哭到頭疼，只好把程大姊一指，「妳要人，就去同大姊打商量，在我這裡哭有什麼用！」程大姊已是得勝的人，又曉得程老爺必不會偏著個侄兒媳，因此根本就不把她當對手，只諷刺了她幾句，轉身就走。

方十娘見程大姊甩手走了，向小圓哭道：「嫂子，妳看她！」小圓拿出哄午哥的本事來，安慰她道：「她就是這個性子，妳莫同她計較，不如去我們夫人那裡打商量。」方十娘十分畏懼自家婆母，順帶著連別人家的也怕，畏畏縮縮地不敢動身，只黏住小圓，央她去跟錢夫人說。

小圓只覺得好笑：「妳怕我婆母，難道我不怕？」方十娘抱住她的胳膊大哭，「我們家兄弟一大群，婆母又只顧著么兒，我們大房就要斷炊了呀，等著季小娘子的陪嫁回去買米呢！」

見過哭窮的，沒見過這樣哭窮的，小圓有些招架不住，慌忙抽出胳膊，挑了張離她最遠的椅子坐了，方道：「我們大姊最得老爺喜愛，妳又不是不知道，她要去的東西，哪個能討回來？不過我們家還有位錢小娘子，這個我倒是能作主，妳若看得上，今兒就能領回去。」

方十娘抽出手巾子把臉一抹，「她家陪嫁幾何？」小圓故作迷糊狀，「這個我卻是不知，她是夫人的本家，妳何不去問她？」方十娘歡喜起來，福身謝過她的大媒，一面擦淚痕，一面朝前頭去。

前頭書房裡，程老爺同錢夫人正在吵架，屋裡剛收拾好的物件又摔了一地，季六娘卻是遠遠靠在門口，一臉的忿忿不平。方十娘沒程大姊那般有底氣，不敢硬闖，只輕手輕腳地走到季六娘跟前，陪著小心問：「這位小娘子，我家大伯同大娘為何拌嘴？」

季六娘在程家住著的這些日子，就是粗使婆子都不曾給過她好臉色瞧，忽見這樣一位小意兒的媳婦，很是歡喜，連她是誰都不問就一五一十地答道：「妳看我那個表姑，口口聲聲說替我打算，其實哪裡是為我，替她自己打算罷了。那個金九少不但好手好腳，且還是正頭娘子親自上門來討的，為何偏要我守著個瘸子不放？」

方十娘聽她稱錢夫人為表姑，便知她是季六娘了，忙連聲附和：「還是季小娘子有見識，但妳只知其一不知其二。金九少的正室程大姊，最是好打罵作小的，妳去了她家可沒好日子過。」

季六娘心道，只要我將男人哄得好，有他護著我，任正房娘子再厲害也不敢動我。

方十娘見她不作聲，還以為她意動，忙忙地添火，「我最是個疼惜人的，我家的妾，一個個白胖白胖，我家的大郎長得比二郎還俊，妳何不捨了金家來我家？」

合該著她運氣不好，這話正好落在吵輸了架的錢夫人耳裡。

錢夫人先在程大姊那裡受了氣，後同程老爺爭辯又沒贏，正是怒火中燒的時候，突然聽見這話，氣得不顧儀態罵了幾句，等到罵完一抬頭，才現講話的是親戚家的媳婦，她生怕謾罵親戚的名聲傳出去，忙壓了火氣，好言好語問方十娘前來有何事。

方十娘被自家婆母罵慣了的，極是會瞧人眼色，見情況不對，哪裡還敢提季六娘。只道她是來求娶錢十三娘的。

錢夫人正愁那個侄女不好打發，聞言大喜，再不計較她方才的話，將她請到正房看茶。

方十娘在長輩面前十分小心，坐椅子只敢坐半邊，手邊有茶也不敢喝，錢夫人深恨自己怎麼沒這樣一個恭順的兒媳，嘆了又嘆：「二嬸有妳這樣的孝順兒媳，真真是有福氣，且還是個賢慧的，曉得主動與官人納妾。」

方十娘得了誇讚，站起身來謙虛了兩句，錢夫人愈發愛起她來，命人去請錢十三娘過來給大婦請安，又道：「納妾而已，也無需什麼禮儀，明兒就使個藍布轎子抬過去吧。」方十娘一愣，「到底是大家閨秀，需得準備幾日，再說泉州的嫁妝運來也沒那樣快。」

錢夫人笑道：「她一個妾，能有什麼嫁妝，少不得是我出幾文錢與她備幾個箱兒罷了。」

原來這是個窮的，方十娘大悔，不該被她一罵便失了方寸，連嫁妝都不問就求娶。她不敢直接拒絕錢夫人，急得坐立難安。

錢十三娘由個小丫頭扶進來，依著錢夫人的話去給方十娘見她臉上有幾道劃痕，方十娘好似抓住了救命的稻草，忙攔住她不許她行禮，道：「小娘子臉上的傷還未痊癒呢，且等好了再說。」說完，生怕錢夫人叫住她，匆匆行禮，轉身一溜煙地跑了。

她前後反差太大，錢夫人半天才回過神來，將氣撒到錢十三娘身上，「臨安無人要妳，且回泉州去吧。」錢十三娘落下淚來，浸得臉上的傷口辣辣地痛，抖著嘴唇道：「季六娘都被程大姊要去了，姑姑還不願用我一用？」

季六娘不等錢夫人開口，搶道：「表姑，妳不如就用十三娘，把我給金九少吧。」錢夫人手裡的茶盞蓋子幾乎被捏碎，氣道：「妳真以為男人能哄一輩子嗎？沒我給妳撐腰，妳在金家一天都待不下去。」季六娘聽她提「撐腰」，越認定她是為她自個兒謀算，跺腳就走，「空口說算什麼本事，能不能待的，何不把我送過去看看？反正我的賣身契也不在妳手裡，我只等著泉州的陪嫁和金家的轎子到。」

錢夫人看著她趾高氣昂地走出門去，突然覺得一陣頭昏眼花，身子朝椅子下溜去。錢十三娘忙上去扶住她，喚小丫頭找郎中來，錢夫人擺手道：「本就成了一樁笑話了，不要再張揚，妳且回去吧。不是姑姑不幫妳，現今的人娶妻都是看資財，沒有好陪嫁，哪裡有人肯要？」

錢十三娘咬了咬嘴唇，問道：「我只想做個妾都沒有出路？」

錢夫人深恨她父母要過繼兒子給錢老太爺，有人主動上門來討還罷了，哪裡肯主動去給她尋人家？就只裝頭暈，扶著額頭不搭她的話。

錢十三娘揣著滿腹的怨恨離去，回到房裡打開自家裡帶來的小箱子翻了翻，裡頭只有一百來文錢、幾根琉璃簪兒，一雙鐲子還是銀絲的，她扶著箱壁狠狠落了幾點淚，從底下抽出一條長汗巾來，靠著箱子坐到天黑，趁夜走到錢夫人房前，把自個兒吊在門口的樹丫子上。

也是她命不該絕，脖子上還未勒出痕，就被值夜的婆子救了下來。小圓聽說她尋死，唬了一跳，忙趕過去勸慰她，問她為何想不開。錢十三娘拉著她的手哭道：「她把我往絕路上逼，我就叫她吃官司。」

小圓知她指的是錢夫人，不好介面，便扭頭叫阿彩去打水，叫阿雲去請郎中。錢十三娘見屋裡只有她的幾個丫頭忙活，恨道：「妳看，妳看，我都要死了，她連面都不露。」小圓勸道：「許是夫人未醒呢。」

錢十三娘捂著臉嚶嚶地哭起來，「拿我當傻子呢，別以為我不知道，不過就是因為我爹娘要過繼兒子給她家，所以就將我恨上了。」小圓只當沒聽見，親自絞了巾子讓她擦臉，又叫小廚房開爐子，給她燉參湯。

錢十三娘見她忙前忙後，愈覺得她是個好人，緊緊抓住她的手不放，「嫂子，妳就可憐可憐我，把我收了房吧。我定處處以妳為先，只聽妳的話，妳叫我往東，我絕不往西。」

小圓被她這句話氣得不輕，突然覺得錢夫人不喜這個侄女還是極有道理的。采蓮見她氣得連話都說不出，忙上前掰開錢十三娘的手，將小圓扶出門去，邊走邊大聲道：「少夫人也是，人家不過是想作妾，何不成全她？程福前些日子不是還來央妳賞個人與他嗎？我看這個就很好。」

阿雲帶著郎中走過來，聽見她們說要給程福納妾，她與阿繡近來很是親厚，忙道：「她哪裡配得上程福，外頭看門的小廝倒還罷了。」說完又叫郎中回去，稱這樣的人不配使郎中。

采蓮比她明白許多，責備道：「別犯渾，要死也死在外頭，死在咱們家害人呢？」

小圓扶著采蓮的手，直到回房坐下，方才順過氣來，「這個錢十三娘比季六娘還可惡。」

采蓮倒了杯熱茶給她，道：「她脖子上連痕都無一條，誰會信她是上吊過的，不如明日就備了轎子，送她回家去。」小圓接過茶喝了一口，道：「她到底不是我的親戚，夫人不開口，錢府不來人接，不好就送回去呢。」

采蓮寬慰她道：「她今兒這一吊，明日夫人定要送她走的，不然下回要是成了真，夫人可脫不了干係。」

翌日大清早，天還未完全放亮，錢夫人就使了一頂轎十三娘送回錢府，只等季六娘的陪嫁船到後，把她帶回泉州去。

一家子人盼呀盼，終於等來了陪嫁船，隨行的卻還有兩個人，口稱他們是人證。程老爺只顧看嫁妝，不管什麼人證不人證，就把人丟給了錢夫人。錢夫人使人把他們領回來一瞧，大驚失色，你道是誰，原來是錢十三娘的爹娘錢大伯與錢大嬸兩個。她先讓陪嫁丫頭關上門，這才壓低了嗓子問：「你們怎會隨六娘的陪嫁船來？」

錢大伯是早被人教過的，嗓門很大，「咱們早就想把妳堂弟送來，卻苦於沒路費，正巧季六娘的陪嫁船要來臨安，這等不要錢的順風船，為何不搭？說起來妳這婆家真不錯，咱們一來就有人幫忙把妳堂弟送到他叔嬸家去了。」

堂弟的叔嬸家，那不就是錢老太爺家，錢夫人一口銀牙咬得咯吱響，「那人證又是怎麼回事？」

錢大嬸理直氣壯，嗓門也很大，「做人要厚道，季六娘名節有污，咱不能害了妳家程二郎。」

季六娘明明是給了程大姊，為何她說是程二郎？錢夫人也不是笨人，稍一思忖就悟過來，錢大伯兩口子必是兒媳故意尋來的，這是暗地裡警告婆母：我有把柄，不要惹我。她看了看錢大伯兩口子目光炯炯的眼，無力地揮手，「要多少錢，去我爹娘那裡領。」

她的陪嫁丫頭把門在錢大伯二人身後重重關上，回頭問錢夫人：「夫人，六娘是做妾，名聲不好又怎的，為何要用錢來塞大伯大嬸的口？」錢夫人苦笑道：「老爺最是個講究規矩的，若讓他知道我本要送到二郎屋裡的人是個名聲不好的，定要怪罪於我。我這招棋敗在了媳婦手裡，往後少不得要看她的臉色。」

陪嫁丫頭出主意道：「不如聽了程二嬸的話，過繼她家么兒。」錢夫人這點倒不糊塗，斥道：「且不說老爺那關過不了，隔了肚皮的本來就不親，何況還是個侄兒。」言罷又長嘆，「我最是個苦命的，別看現下還風光，等到老爺和爹娘百年，我孤苦伶仃，就好似那砧板上的魚肉，任人宰割，連我的陪嫁怕都是要被人奪去。」

她這裡愁雲密佈，程家和金家卻都是喜氣洋洋，程老爺得了豐厚進帳，樂得合不攏嘴，躲在書房撥算盤記帳，忙得不亦樂乎；程大姊帶了季六娘回家，當天就開臉作了金九少的八姨娘，她那一雙桃花眼果然靈驗，只一晚就把金九少迷得神魂顛倒，喜得程大姊到處宣揚自己尋了個好本事的自己人。

過了幾日她帶著季六娘來謝小圓的大媒，小圓抬頭一看，那個所謂「自己人」的一雙桃花眼，一看就是被人搗了兩拳，腫得似倆饅頭，她不禁愕然：「大姊，妳就這樣待自己人的？」

程大姊先回頭對著季六娘的臉啐了一口，才答小圓的話：「哄男人的本事倒不錯，就是不聽話，且讓我用拳頭先調教調教，若還不改，提腳賣掉。」

小圓見季六娘癟著嘴，想哭又不敢，知她是吃了大虧，就勸程大姊：「省著點，到底是夫人的親戚。」程大姊笑得十分燦爛，「我才聽爹說了，繼母娘家大伯大嬸正在錢家鬧騰著要過繼呢。這個繼母，這邊二嬸要過繼兒子給她，那邊大伯要過繼兒子給她爹娘，兩邊湊一起，夠她忙活的，哪裡還顧得了這個表侄女！」

小圓又問：「爹可是要幫錢家？」程大姊大大咧咧地道：「爹就是看中她家是個絕戶才娶的，正盤算如何將錢大伯兩口子趕回泉州去呢！」

他們都忙亂，我才能偷閒過過安穩日子！小圓暗地舒了口氣，看著季六娘也不那麼討厭起來，便命人帶她去下人房裡吃茶。程大姊朝外瞧了瞧，見第四進院子的門是敞開的，就問道：「錢十三娘不在這裡住了？我還想等她臉上的傷好，把她也要回去呢。她模樣雖比季六娘好，但看著是個聽話的，作個自己人想來比季六娘強。」小圓最惱錢十三娘。道：「在錢府住著呢，妳去討吧，錢大嬸不是她親娘，必肯給妳。」

程大姊卻不願去，道：「向繼母討還罷了，我不願給她娘家臉面，哪裡買不到妾，還特特上門去討。」小圓見她不肯，也不強勸，喚余大嫂把午哥抱來見大姑。

午哥的滿月酒上，程大姊是作了尊長的，因此極愛這個侄子，從余大嫂手裡把午哥搶過來摟在懷裡不肯放。午哥已五個多月，雖還不會說話，卻很是愛咿咿呀呀，喜得程大姊把他親了又親。孫氏端了人乳調的蛋黃過來餵孩子才放手起身。

小圓陪著程大姊走到二門前，再三叮囑她不要太苛刻季六娘，免得拂了繼母的面子。待她送走程大姊回房，卻發現屋裡多了位俊俏的少年郎，她小小吃了一驚，正要避出去，程慕天從裡屋走出來道：「是至親，不用避諱。」

小圓見到他，吃驚就全化作了歡喜，想問問他是什麼時候回來的，又礙著眼前有位客，只得先使人上茶上點心，又問這是哪位族親。程慕天一笑，「這是甘十二，進京趕考來了。」

原來是程三娘的未婚夫婿甘遠，可怎麼將他帶到了這裡？小圓正迷惑，程慕天道：「十二還未吃飯呢，且先給他做些吃食。」小圓知他有話要說，忙命人帶甘十二去前頭的小飯廳。

程慕天見他離去，方道：「方才我同甘十二去見了爹，爹說他是舊識的兒子，要留他在家住，可三娘在那裡呢，怎麼安排？」程老爺這般講究規矩的人，卻不顧程三娘的名節，真是不看重這個女兒。小圓替她傷感了一把，答道：「好辦，把第四進大院的東廂隔出去，裡頭圍牆砌死，只在外頭開門，那樣就同單門獨戶一般，不怕人說閒話。」

程慕天直道這辦法好，馬上叫人去請瓦匠。小圓見地上擺著幾口繫了麻繩的大箱子，問道：「你出了趟遠門，可有替爹娘捎禮物？」程慕天冷臉道：「我是去做生意，又不是去遊玩，有什麼禮物好捎帶。」說著說著，親自拿剪刀剪了麻繩，掀開一口箱子，興沖沖地朝她招手，「來瞧我給兒子帶的玩意兒，就是妳開玩具店都夠了。」

小圓知他是惱了父親和繼母要塞妾給他，忍俊不禁，悄悄吩咐丫頭們：「哪有給兒子帶禮物卻不給老子帶的，惹人閒話，快去庫房翻幾樣面生的擺設出來給前頭送去，就說是少爺從泉州帶來的。」

程慕天雖不知她講了些什麼，下人們就全散了去，卻也高興屋裡只剩了他夫妻倆，就湊到她耳旁悄聲道：「不光兒子有，給妳也帶了。」說完又掀開一口大箱子，獻寶似的把裡頭的物件一樣一樣拿出來。

小圓見他隻字不提錢季二人，奇道：「你是從夾道回來的吧，怎麼也不問問屋裡有無多個妾？」程慕天舉了個事物到她面前，笑道：「走夾道是怕甘十二碰見三娘，那兩個小娘子，爹早就同我講了，一個給了大姊，一個送還了錢家，是也不是？」

小圓猜得出程老爺定是用誇耀的口氣給兒子講這樁事的，忍不住笑起來，指著他手裡拿的東西問：「這是假髻？」程慕天把那東西往她頭上一套，「這是『懶梳妝』，妳早上起來若懶得梳頭，就把這個戴在頭上，跟真髻一般。」小圓把懶梳妝取下來瞧了瞧，笑得直不起腰，「哪裡就有那般懶，再說梳頭又不用我自己動手，有丫頭們呢！」

程慕天被她笑得臉發紅，忙另取了個小瓷盒，「這是『孫仙少女膏』，據稱是用黃柏皮三寸、土瓜根三寸、大棗七個研成的，那鋪子的老闆說，常用這個，容如少女。」

小圓見他講得那般玄乎，接過來打開蓋子聞了聞，問道：「味道倒是不錯，只是如何使用？擦臉還是沐浴？」程慕天愣了愣，臉愈發紅起來，「這個卻是忘了問。」

配方都打聽得一清二楚，卻忘了問是作什麼的？小圓笑得滾到榻上，把榻沿子捶了又捶。

程慕天好心帶禮物給娘子，才獻了兩件就失了面子，他又羞又惱，上前把門一栓，撲到榻上，「還有一件，這個我卻是曉得如何使用。」說著說著，又是扯衫子，又是扯裙子。

小圓被他鬧到無法，正想依了他，突然外頭甘十二一聲喊：「嫂子，問妳個事。」

程慕天一躍而起，跑到門邊仔細看了看，見栓子栓得牢牢的，這才喘著氣理衣裳，又催小圓整裙子。小圓被他揉弄得面似桃花，摸了摸散亂的頭髮，取過懶梳妝戴上。程慕天見自己的禮物這樣快就派上用場，扳回一局，笑得嘴咧到了耳後，親自去開門，教訓甘十二：「下回進來，要先通報。」

十二極是聽話地低頭認錯，認完錯卻不待人請他就對那一箱子孩子玩意兒笑道：「我說程大哥搬那麼些箱子回來作什麼，原來是給兒子帶的。」小圓怕這話傳到前頭去，忙道：「不是，這是我要開個玩具店，帶回來瞧樣子的，等找到好匠人，就叫他們仿照著做出來。」

甘十二眼睛一亮，搓著手道：「大嫂要做這些，何須尋匠人，我來便是。」小圓笑道：「真是孩子脾性，你要科舉，哪有空擺弄這個？」程慕天看了她一眼，「他比妳還大一歲呢。」說完又趕甘十二：「一路上你就敲敲鑿鑿，全然沒個讀書人的樣子，還不趕緊回去看書。」甘十二站得穩穩當當，「我同大嫂有話講。」

程慕天的幾個姊妹都是怕他的，不料這個未來的妹夫在他面前毫無懼意，他拿擰脾氣的人無法，只得往椅子上一坐，問：「有什麼事，當著我的面講吧。」

甘十二不願意，盯著屋頂一聲不吭，直到把他氣走才開口：「大嫂，非是我要瞞著大哥，只是這事若被他曉得，定要把我罵個狗血噴頭。」小圓頭一回見自家官人遇見敵手，也是好笑，問他有什麼事要悄悄說。

甘十二臉不紅心不跳，「大嫂，我想見見三娘。」這孩子還真是大膽，小圓吃了一驚，「男女有別，你們又不『相媳婦』，怎能私下相會？」甘十二苦著臉道：「大嫂，非是我不守規矩，只是不想娶個素未謀面的人回家。我先瞧上一瞧，心裡有個底，萬一她是個麻臉，掀蓋頭時我也好有個準備。」

小圓被他逗笑起來，「你好歹是個舉人，半分舉人的樣子也無。算你講得有幾分理，我替你出個主意，明早去給我家老爺，你的世伯請安吧。」

這是叫甘十二趁著程三娘請安的時候去瞧，又能見到人，又十分合規矩，果然是個好主意！甘十二一揖到底，謝道：「若能如願以償，定替大嫂好生做幾樣玩意兒去店裡撐場面。」

小圓啞然失笑，感情三娘要嫁的不是個舉子，乃是個工匠！甘十二一走，她忙派人去叫來程三娘，告訴她：「甘十二從明日起也要去向爹請安，妳提點神，把他瞧清楚。」

程三娘的臉漲得通紅，低頭把裙帶子絞來絞去，「父母之命，媒妁之言，我去瞧什麼……」

小圓知她慣常心思不外露，也不理她，只挑了一盒子程慕天帶回的油膏塞到她手裡，把她趕了回去。

第二日小圓去向程老爺請安時，果然在堂上既瞧見了昂首挺胸的甘十二，也看到了嬌羞垂首的程三娘，便一路笑著回房，「那兩人一個太害羞，一個忒膽大，湊成一家子不知是何模樣。」

甘十二請完安，見過未來的娘子，卻不回去讀書，又跑來尋小圓，非要把那箱子玩意搬回去照著做。小圓拗不過他，只得叫了兩個小廝，把那口大箱子抬了過去給他。

她原以為他只是少年心性，擺弄兩下就丟開手，不料過了幾日，甘十二真給她原樣搬回兩箱。

幾個丫頭都嘖嘖稱奇，把兩個箱子裡的東西比照來比照去，竟分不出哪箱是原來的，哪箱是甘十二做的。

甘十二抹著汗邀功，「大嫂，我手藝如何？」小圓實在是不敢勞動一位舉人去她店裡打工，故意給他澆涼水，「會照著做算什麼本事？這些東西我們家能賣，別人家也能賣。」甘十二彷彿知道自己會被責難，笑著從背後拿出兩樣物件來，「給午哥玩。」

小圓接過一看，一件是個陶製的不倒翁，一件卻是個木頭架子，上頭安了個能旋轉的木盤，木盤周圍掛著塗了色的小貓小狗、小鳥小魚。輕輕一推，那些飛禽走獸就轉動起來，一旁的午哥看得眼睛都不眨一下。

甘十二見小圓面露滿意之色，忙問：「大嫂，如何？」小圓將不倒翁推了推，笑道：「手藝倒是不錯，只是若將你招進店裡，你父翁必要親至臨安興師問罪，更何況，我們家三娘還等著你中了進士來娶她呢。」

甘十二最喜別個誇他的手藝，樂呵道：「三娘我見過了，很是不錯，不中進士我也娶她。」小圓笑著叫丫頭拍他，道：「給我裝傻呢。你不中進士，是我家三娘不嫁，不是你不娶。」

任她怎般勸說，擰性子的甘十二就是不聽，成日往她這裡跑，將識字用的木板，動物形狀器具改小了一半，做出許多小笛子小琴來。

面對他這樣的熱情，小圓兩口子都拿他無法，只得悄悄知會程三娘，要她做好嫁一個手藝人的心理準備。小圓屋裡的玩具眼看著越堆越高，趕緊喚程慕天來，叫他去選址開店。所謂獨樂樂不如眾樂樂，小圓琢磨，陳姨娘也是有個小娃娃的人，不如叫來一起開店玩。

陳姨娘得了信兒，抱著小閨女雨娘興沖沖地來挑玩具，等到見了那一整箱一整箱的木頭與陶瓷做出來的玩意，失望道：「我們雨娘是八個月大的女娃娃，哪裡肯要這些冷冰冰的東西。」

小圓臉上一紅，她的午哥是個兒子，就只想到了男孩子玩的，女娃娃愛的東西的確一樣也無。

好在她自己也是從女娃娃過來的，曉得她們愛些什麼，忙忙地叫來針線房的管事娘子祝嫂，拿了個布老虎給她瞧，「妳們既然會做老虎，那牛羊貓狗定也會做，且多多做些來，做得好，額外有賞。」

祝嫂領命，帶著針線房的人日夜趕工，做了一批來。小圓瞧了瞧她們的成果，兔子、山羊，一個個活靈活現，可惜都是寫實派的，更適合當擺設。她知她們不懂「卡通」一詞，只得親自上陣，畫了好幾冊子在她們看來是「四不像」的動物。祝嫂指著一個大圓臉，長鬍鬚，耳朵上卻繫個蝴蝶結的「四不像」問小圓：「少夫人，這個是什麼？」小圓估摸著她聽不懂英文，順口編道：「大臉貓。」

祝嫂很是仔細，又指了個貨真價實的大臉貓問她：「這又是什麼？」小圓張了張嘴，愣了好一會子才答：「大臉貓的姊妹。」她生怕祝嫂還要東問西問，忙道：「我也是隨手畫的，哪裡來得及取名字，不如妳們去編，編得好的也有賞。」

做這個有賞，取名字也有賞，下人們歡天喜地，在程家掀起了猜圖編名兒的熱浪，一時間湧現出許多頂著狗名兒的貓，和許多被安了貓名兒的狗。

眾人拾柴火焰高，有了甘十二和針線房娘子們的鼎力支持，小圓的玩具店很快就熱熱鬧鬧開張了。甘十二做的小樂器極受歡迎，那些軟軟絨絨的「四不像」也很招人喜愛，不但娃娃們搶著要，連些童心未泯的小娘子也買回去擺在床頭。

生意紅火，大夥兒都歡喜，只除了錢夫人。按說她二十萬貫的嫁妝，怎會嫉妒兒媳一個小鋪子？原來錢家來臨安的時日短，當初帶來的陪嫁大多是死錢，雖匆忙置辦了幾個莊子，也是出產不佳，城中的鋪子更是入不敷出。想來也是，她成日裡擔心自己老來無依，只顧著算計兒媳，分不出心思去照料，自然生意就不好。

這日她趁著程老爺高興，走去向他抱怨：「媳婦的那個鋪子，她改嫁了的生母有一股，你出嫁了的大姊也有一股，為何獨獨沒有我的？我又不是不出本錢。」

其實不分股份給她，就是程老爺的主意，他見錢府過繼一事還無定論，生怕錢夫人把錢都搬回了娘家，便宜了她堂弟。錢夫人聽說不分股份給她，不是兒媳的意思，竟是程老爺的主意，氣道：「且不說我爹娘不會過繼，我也不會把錢搬回娘家去！就是兒媳，難道她沒有娘家？」

程老爺笑道：「她有兒子，難不成不把錢留給午哥，反倒去貼補娘家那些不怎麼親的哥哥們？」

錢夫人一怔，滿腹的委屈湧上來，卻又怕一開口戳中程老爺的痛處惹他惱，只得強忍了眼淚，坐了轎子回娘家。

辛夫人正在家為過繼一事犯愁，忽見閨女抹著淚進來，急道：「祖宗，我這裡的事還未鬧清楚，妳這又是在哪裡受了委屈回來，可是妳那兒媳給妳臉子瞧了？」錢夫人哭倒在她懷裡，「媳婦現在瞧著倒還過得去，但是我家老爺卻因堂弟過繼一事，處處防著我。」

辛夫人歷經千辛萬苦，鬥敗無數個妾，才保下這麼個獨生女，見她落淚，心如刀絞，恨道：「要不是妳爹被他們說得有些心動，早被我趕回去了！閨女，妳且再忍耐幾日，要是他們還糾纏，我就夜裡拿繩子將他們捆起，隨便丟到哪艘回泉州的船上去，再給船老大塞幾個錢，等到了再放他們！」

錢夫人對自家娘親的辦事能力十分信賴，得了她的勸，安安心心地回家等消息。

辛夫人一想起閨女回到婆家還要受苦，忍不了兩天就趁錢大哥一家四口熟睡之際，喚了幾個手腳麻利的家丁把他們一起捆了，嘴裡塞上爛布，連夜送到了去泉州的船上。那船老大也不是第一次做這樣的勾當，收了錢，把人朝堆雜貨的艙裡一扔，自尋人吃酒開賭。

那雜貨艙裡又髒又亂又悶，偏四人嘴裡都被塞了布，連苦都叫不出，好不容易熬到第二日清晨，最靠近門邊的錢十三娘瞥見有個船工路過，忙用頭去撞門，一骨碌滾到了門外。船工頗不耐煩地踢了她一腳，提將起來，準備重新扔進船艙，不想這一提，卻發現手下拎的是個花容月貌的小娘子。他流著口水，捏了錢十三娘幾把，不敢擅自享用，拔腿去向船老大報喜，說頭夜送來的是個好貨色。

船老大聽說艙裡有個美人，也是心動，但他收的錢不少，就有些猶豫，船工獻計道：「不如蒙她一回，就說送她來的人起的是要把她扔進海裡去的心，咱們先把她嚇住了，再慢慢商議。若她是自願以身相許換一條命，就是她爹娘也說不得。」

船老大連聲稱妙，親自去瞧錢十三娘，果然很有幾分顏色，便連哄帶騙把船工獻的計策講了一遍，再親手把她嘴裡的布摳了出來，循循善誘：「小娘子，我看妳年紀不過十八，難道想這樣年輕就把命送掉？不如從了我們弟兄。」

錢十三娘最大的心願乃是做一個妾，淪為船工們的玩物可不是她所願，她死難臨頭，腦子卻異常活絡，便編出一篇話來：「我哪裡是什麼小娘子，乃是個小姨娘，大婦惡毒，趁著官人不在，將我同爹娘弟弟一起捆了這裡來。」

船工們哄笑起來，「妳不過一個妾，還帶著爹娘和弟弟去夫家過活，好厚的臉皮，勿怪大婦不滿。」

船老大把鬍子摸了摸，問道：「妳家男人姓甚名誰？」錢十三娘毫不猶豫地答：「做海上生意的程家少爺，程慕天。」方才獻策的船工又湊過來，向船老大道：「大哥，咱們行船，借用程家碼頭的時候不少。既是他家姨娘，不如送還回去，程少爺必會賞咱們一筆。」船老大笑道：「不錯，我也正有此意，不過須得避開他家大婦，不然領不到賞不說，還要討頓罵。」

船工們怕錢十三娘扯謊，就只帶了她一個去尋程家大宅，把錢大伯三人依舊扔在船艙裡。他們還要等著開船，一刻也捨不得耽誤，一路飛奔，把個小腳的錢十三娘累得氣喘吁吁。

到得程家門首，船工們不敢造次，船老大親自上門房一問，原來程少爺上新開張的玩具店去了，只有程少夫人在家。船工們都稱妙極，又把錢十三娘拖到玩具店門前，他們都是認得程慕天的，在門口東張西望了好些時候，卻不見他的人影，就急了起來，責罵錢十三娘道：「扯謊的小婦人，若妳真是他家姨娘，怎的在門口站了這些時候，也不見程少爺來迎？」

錢十三娘生怕他們又把自己拖回船上，忙抬頭拿眼一掃，隨手指了一個華服公子道：「就是他。」

船工們只想要賞錢，也不管那人是不是程少爺，上前就討賞，「這位少爺，咱們把你家姨娘送了回來，哥幾個討些辛苦錢。」這要換作別個，定是將他們一頓好罵，或是送去衙門見官，告他們一個「美人局」，但當屬他們運氣佳，趕巧碰上的是何家老二何耀致。

這何老二連妻都未娶，更是沒有孩子，怎會在玩具店前流連？原來他想娶的章家小娘子沒有好陪嫁，姜夫人不與他聘禮，他左右無法，便趁著小圓的玩具店開張，上門來「借錢」。至於船工們為何在門首瞧不見程慕天，那自然是躲何老二去了。

何老二最是愛美人，不然也不會要娶個沒好陪嫁的章家小娘子。他看了錢十三娘幾眼，覺得她的樣貌比起章家小娘子來還要美上幾分，便爽快地自袖子裡摸出幾十個錢，丟給船老大。

船工們把船老大手裡的幾十個鐵錢瞧了瞧，突然怒氣沖天，揪住他就打，「打發叫花子呢？瞧你穿的一身綢緞，竟這般小氣！」

何老二才從勾欄院出來，帶的錢被相好的盡數搜了去，此刻身上再也摸不出錢來。他又禁不起打，挨了幾下結結實實的拳頭，死命扯著嗓子喊起來：「妹夫，救命！」

程慕天躲在店裡看得一清二楚，叫來程福教導了幾句，又與他半吊錢去打發船工。

程福拎著錢走到外邊，笑嘻嘻地看著何老二又吃了幾拳才開口：「多謝各位好漢把咱們何二少的娘子送回來，這裡有幾文錢，不成敬意，兄弟們且拿去打幾兩酒吃。」

何老二被打得鼻青臉腫，頭腦卻還清醒，「不是娘子，不是娘子，只是個姨娘。」

程福打發走船工們，湊到他耳邊道：「何二少娘子不是尋常人，乃是咱們夫人的本家。何老二微微驚訝，「錢夫人的侄女？」他知道錢家富足，且在泉州是望族，若這個真是錢夫人的侄女，與他倒也是門當戶對，只是他連娶章家小娘子的聘禮都拿不出來，這錢家……

程福彷彿看穿了他的心思，笑道：「這位錢小娘子雖無什麼陪嫁，但也不消你費什麼聘禮，豈不是樁便宜事？」何老二不信，「錢家不比章家差，怎會不要聘禮？」

錢十三娘聽他們的言語，是要聘自己作正頭娘子，心裡早就樂開了花，此刻見他不相信，竟比程福還急，忙忙地上前搶道：「他講得分毫不差，我不要你分文聘禮。」

不要錢的美貌媳婦，還有個好家世，何老二覺得自己撿了個大便宜，跟程福借了一頂轎子，當即就把人抬回了家，準備央了姜夫人，隔日就擺酒。他們一人一轎還未進何府二門，就聽得有小廝趕過來報：「二少爺，外頭有一對男女加個小子，說是受人指點尋來的。」何老二心情正好，揮手道：「許是曉得二少爺我要成親，來討喜錢的，也罷，你就與他們幾個。」

錢十三娘忙從轎子裡探出頭來道：「不會是我爹娘和弟弟吧？」何老二聽說是未來的岳丈和小舅子，忙命人請進來，叫錢十三娘下轎一認，果然是錢大哥一家三口。他熱情地留他們在家住幾天，等吃完喜酒再回錢府。錢大伯想起辛夫人的手段，嚇得渾身一哆嗦，又得知錢十三娘已瞬間將自個兒嫁了出去，唬得拉起錢大嫂和兒子，轉身就跑，一路跑一路向錢大嫂講：「嫁閨女虧本哩，趁得那便宜女婿還沒開口要陪嫁，咱們趕緊尋條船回泉州去。」

錢十三娘十分清楚爹娘為何要逃，忍不住黯然落淚。何老二見美人哭得梨花帶雨，愈發覺得她嬌豔無比，恨不得當晚就摟在懷裡，忙忙地撇下轎子，三兩步跑進姜夫人正房向她報喜：「母親，妳講得很對，章家小娘子無甚陪嫁還要索取聘禮，著實可惡。我這裡有位妹妹家婆母錢夫人的本家侄女，分文聘禮都不要，還請母親明日給我擺兩桌酒，把房圓了。」

姜夫人聽了他這話，還以為他是要納妾，道：「你雖不是我親生，但若真要正經納個二房，少不得為你操勞操勞。只是錢家那樣富，會把小娘子給你做妾？」

何老二解釋道：「不是妾，是正房，因她沒有陪嫁，所以也不要咱們的聘禮。」姜夫人聽說沒得陪嫁，勃然大怒，別說擺酒，只差拿笤帚來打人。何老二被她扔來的一只花瓶砸到腳，疼得直齜牙，趕緊躲了出來。他不曉得錢十三娘就是做妾也是肯的，還道錢家大戶人家，怎麼也要給個正房位置？就聳了聳肩，坐了向程福借的那頂轎子，仍回玩具店找程慕天借錢。

程慕天這回極爽快，叫程福去專門替人操辦宴席的茶酒廚子店訂了幾桌酒，又把店裡的各樣玩具裝了一箱子與他，「你妹妹的私房錢都拿來開了這個店，沒有多的給你，就將這些玩具與你作賀禮吧。」

何老二見他肯幫忙辦酒席，十分歡喜，接過箱子道：「很好，很好，往後用得著！」

程慕天打發走何老二，擔心自己對待二舅子的態度不讓娘子滿意，忙回府尋小圓，將何老二要娶錢十三娘，自己只送了一箱子玩具的事講與她聽。

小圓聽後抱著午哥笑，「送玩具與送『連勝貴子』的蓮花盤不是一個意思嗎？你送的禮極好。」

程慕天聽得娘子一聲讚，比大暑天吃了冰西瓜還暢快，抱起兒子親了又親。

貳之章　婆母多慮頻糾纏

第二日，何府的帖子到，一張送去了第三進院子，一張卻是送到了錢夫人手中。錢夫人看罷帖子才曉得有這麼回事，不禁喜笑顏開，「老天還是眷顧我，不曾想與兒媳親上加親，想來等我老了，他們兩口子還是靠得住的。」她高興完又開始發愁，那一夜，錢十三娘是在她房門口的樹上吊過一回的，又被辛夫人綁了一次，那心裡頭的恨怕是只多不少，便向陪嫁丫頭嘆道：「十三娘怕是在兒媳面前講我壞話的多。」

她越想越擔心，便把自己的嫁妝錢拿出許多來，瞞著程老爺匆匆置辦了幾個箱籠，田產屋業來不及去買，就把現錢塞進箱子，沉甸甸地抬了去給侄女添妝。

小圓兩口子在門口等錢夫人一道去何府吃喜酒，左等右等也不見人出來，一問才知，她正忙著給侄女備嫁妝。程慕天還要等她，小圓卻道：「咱們是男家親戚，繼母是女家親戚，理應我們先去的。」這話講得有理，程慕天就依了她，給錢夫人留了個話，兩人先去了。

到了何府，程慕天去前頭男人們的席面上吃酒，小圓獨自朝裡走，先到新房瞧了瞧，卻見裡頭空空蕩蕩素素淨淨，連個喜慶色的帳子也無，更別提陪嫁的箱籠。她想著，雖說按規矩是頭一天就得鋪房，但錢夫人的嫁妝還未送到，現下寒磣些也屬正常，便動身往中門去，準備先看新婦跨馬鞍，不料才走到姜夫人堂前，就聽見李五娘喚她：「四娘快些來，新人拜見尊長親戚了。」

小圓驚訝道：「我還沒見外頭攔門呢，新婦是什麼時候進來的？」李五娘極是輕蔑地朝二房院子瞥了一眼，「妳不曉得嗎？咱們這位便宜二嫂，昨兒就抬來了，說是做正室，卻連花轎都不曾坐，更別提跨鞍坐虛帳。」又見小圓一臉訝然，忍不住笑了起來，「妳也太老實了，這算得了什麼？更荒唐的是，聽說老夫人連定聘禮都不曾下，這沒有三媒六聘，能算作是妻嗎？」

小圓有些不敢置信，問道：「錢十三娘就沒有質疑？」柳七娘受過新人的禮出來，聽見這話，笑得東倒西歪，「妳婆母那個侄女真是個傻子，還以為只要參拜過就是正妻呢！」

小圓上前與她見禮，問她道：「大嫂，禮還未畢，妳怎的就出來了？」柳七娘道：「一個妾罷了，值得我留多久，來受她的禮都是給她面子。」說完一刻也不肯多留，直朝後院去了。

李五娘進去受過新人參拜，出來向小圓道：「我說二哥的親事怎的這般草率，原來老夫人在親戚們面前都稱，這不過是為收屋裡人擺的幾桌酒呢。眾親友都拿錢十三娘當個妾看，只她自己一人被蒙在鼓裡，真是比妳大嫂還傻。」

小圓已算不得是何家族親，不好進堂受新人參拜，便等著他們禮畢，隨著眾人到新房看新夫婦交拜。她見著錢十三娘一身紅衣，滿臉的陶醉，想起她這妻不妻妾不妾的身分，不禁替她捏一把冷汗。交拜禮畢，禮官來撒帳，錢十三娘頂了一頭的金錢彩果，萬分得意地向小圓道：「妳不是連個妾都不給我做，如今怎樣，我反倒成妳娘家二嫂了。」

李五娘好笑道：「若她把妳收進房，妳又哪裡來的正房娘子做？妳不知感激也就罷了，倒拿些糊塗話來講。」

姜夫人冷著臉斥道：「休要胡說，這裡哪有正房娘子，只有耀致的一個妾！」錢十三娘分辯道：「我才剛參拜過長輩親戚，怎麼就不是正房娘子？」柳七娘不知從哪裡鑽出來，向著眾人笑道：「我就說她是個傻的，自己的生母是個妾，就不曉得要三媒六聘才能算作是正妻。」

這話雖是諷錢十三娘，但何老二與小圓都是庶出，就是李五娘的官人何老三也是姨娘生的，於是房中好幾人同時沉下臉來。小圓眼看著李五娘當場就要發脾氣，怕她攪了婚禮，忙藉著口渴要吃茶，把她拉了出來，勸道：「大嫂不是說我們，何必生這些無謂的氣？」

李五娘再氣也比不過小圓，見她反能沉沉穩穩來勸自己，就笑起來：「妳說的是，她本就是個蠢人，咱們不和她一般見識。」說著也不再進去，拉了她到廳裡去吃酒。

不多時，眾親友也陸續落座，交頭接耳議論紛紛：「這位錢娘子到底是妻還是妾？若是妻，怎的沒有三媒六聘？若是妾，怎的卻是行的妻禮？」小圓暗嘆，娘家行事太不穩當，這些時日臨安城飯後茶餘的話題怕就是這個了。

姜夫人在席前清了清嗓子，道：「今日進我家門的這位錢十三娘，乃是……」她正想說「乃是妾室」，卻被外頭震耳欲聾的鞭炮聲打斷，禮官進來報信：「老夫人，錢家送陪嫁來了。」

姜夫人將信將疑地走出來一看，門口果然擺了幾箱子，錢夫人笑著走上來道：「我來給侄女添妝。」姜程老爺繼室，不敢怠慢，忙命人請進去坐席，又悄悄問丫頭：「箱子裡裝的是什麼？」丫頭回道：「全是沉甸甸的現錢哩，沒得一萬，也有九千。」姜夫人聽說頂多只有一萬，立時住了腳步，問方才報信的禮官：「你說那是陪嫁，怎的這樣少？錢夫人的陪嫁可有二十萬呢。」

禮官回道：「錢夫人之所以有那麼些陪嫁，全是因為她家是絕戶，臨安有錢人嫁女，大多就是幾千貫哩。」姜夫人自己當年的陪嫁也十分看得，且近些年沒有出錢嫁過閨女，就不大相信，「敢騙我，李五娘嫁過來也有十萬貫呢！」禮官賠笑道：「小的不敢，句句都是實話。三夫人娘家乃是住在鳳凰山下的豪富，就是天家嫁宗室女，怕都不敢同她家比。」

姜夫人信了這話，添了幾分歡喜，「既然萬貫的陪嫁過得去，那就不是妾，是個妻。」陪嫁婆子問道：「既是妻，可要去補定帖婚書等物？」姜夫人嫌萬貫與十萬二十萬比太少，就皺眉道：「補那些作什麼，太過麻煩，我去席上講一聲便是。」

她回到席上，把出來前未講完的那句話換了個詞補全，讓吃酒席的親友都曉得了，錢十三娘乃是何府新進的二夫人。

小圓雖惱錢十三娘，但也有幾分擔心她若做了妾，會惹來婆母對自己的責難，此刻聽嫡母說她是妻，便鬆了口氣，也不理會他們究竟有無換定帖，只安心吃自己的酒。

錢夫人來臨安後頭一回遇上讓自己舒心的事，吃完酒就上娘家去報喜。辛夫人將她扶到榻上躺下，親手端來醒酒湯，笑道：「咱們也收到請帖了，因想著這陪嫁讓妳來送，才能讓她記著妳的好，所以就沒去吃酒。說起來這十三娘也真是個有運氣的，我本是想把她捆回泉州去，卻讓她逮住機會逃出來當上了少夫人。」

錢夫人問道：「那她爹娘呢？」辛夫人恨道：「那還用說，定是收了何家的聘禮，卻不想辦陪嫁，躲回泉州去了。」錢夫人安慰她道：「娘，不必計較那些小錢，我現在同兒媳搭上了親，往後可有依靠了。」辛夫人復又高興起來，「說的是，妳內侄女如今是她娘家二嫂，以後不必看她臉色過活，得拿出婆母的派頭來。」

到底知女莫若母，錢夫人聽了這話，掩不住滿面的笑容，也不在娘家久留，回家就稱吃醉了酒，要兒媳上來伺候。小圓也是吃上了頭才回來的，哪裡有力氣去侍奉她？便推程慕天，「二郎，繼母叫你去伺候呢。」程慕天早已睡得沉沉的，連話都懶得講一句，小圓無法，只得拿冷水拍了拍臉，走到前頭去服侍錢夫人洗臉喝醒酒湯。

她為了孝道強，撐著立在錢夫人榻前，頭昏沉，眼皮打架。自稱吃醉了酒的錢夫人卻精神奕奕，一時要吃茶，一時要吃果子，指使得她忙個不停。

以往這家裡只有丁姨娘一人是被錢夫人制服了的，這會兒她見小圓也遭殃，心裡平衡了幾分，趕著上來幫忙端茶遞水，悄聲道：「忍著些吧，她慣常是人前裝賢慧，背了人便是這般惡毒模樣。」

錢夫人乃是裝醉，將這話聽了個一清二楚，便體貼丁姨娘道：「勞動妳了，且回去歇著吧，這幾日不用上來伺候了。」幾日不伺候，就是幾日見不到小四娘。丁姨娘本來就摸不到親閨女的邊，不想連見她一眼的機會都失去，便賴在榻邊不肯走，苦苦哀求。

錢夫人唯一一個自泉州帶來的陪嫁丫頭見丁姨娘講了自家主子的壞話還賴著不走，一心想為主子出氣，便抓了個喝完醒酒湯的空碗，朝著丁姨娘砸去。丁姨娘下意識一側頭，那碗就直直朝著她側後方的小圓飛去，小圓吃醉了酒的人反應慢，心裡明知要躲，身子卻不受控制，眼睜睜看著那碗撞上了額頭，疼得她眼前一黑，知覺頓失。

幾個下人驚叫起來：「少夫人暈倒了。」

阿雲見小圓暈倒在地，袖子一挽要上去同那個丫頭拚命，采蓮死命攔住她，「打她有什麼用，趕緊到外頭喚個小廝去給少爺報信，順路請個郎中來家。」又吩咐阿彩：「去講與老爺知曉。」她指揮著幾個婆子把小圓抬回房中，叫小廚房煮參湯醒酒湯，又叫孫氏來掐人中。

聞訊趕到的程慕天，一聽說他捧在手心裡的娘子被個丫頭砸到暈倒，立時怒氣沖天，問也不問，先奔到錢夫人院中，尋到那丫頭盡力踢了幾腳。他踢完丫頭，正準備回房問娘子傷情，卻被錢夫人叫住：「二郎，這丫頭砸傷了主子，罪該萬死，我也不敢再留她，你且帶回去，要打要殺隨你們的便。」

她耍了一招以退為進，程慕天卻只朝字面上去聽，二話沒說就把人領了回去，交到了連他都怕三分的阿雲手裡。那丫頭名喚小銅錢，雖然名兒裡有個小字，歲數卻不小，足足三十有二。她跟在錢夫人身邊這麼些年，只打過錢老太爺的妾，罵過小丫頭，失手砸了正經主子還是頭一遭，因此被嚇得有些癡傻，抱著阿雲的腿，姊姊妹妹一通亂喊。

阿雲才十五歲，被個三十二歲的小銅錢喚了幾聲姊姊，就不知怎麼去下手，喚來幾個小丫頭將她手腳捆起，嘴裡拿布塞起，自己則去小圓房裡討主意。

小圓頭上被砸出老大一個包，萬幸她身體底子好，沒待孫氏掐第二下人中就醒了過來，此刻正在程慕天關切的目光下喝郎中開的湯藥。

阿雲站在一旁等她服完藥，接過碗去，扭捏問道：「少夫人，小銅錢那麼大個人，卻管我叫姊姊，我不知怎麼罰她才好。」

程慕天怒道：「她是妳哪門子姊姊，妳敢往我頭上澆涼水，卻跟個砸暈了少夫人的賤婢發善心？要真不知怎麼打，就送到柴房去，叫小廝們動手。」

小圓喝過醒酒湯有一會子，額上雖疼，頭腦尚清醒，忙出口攔道：「小銅錢要砸的是丁姨娘，砸到我乃是誤傷。你們要為這個打她，可是授了個大把柄出去。」

孫氏也幫著勸：「少爺，小銅錢是夫人跟前替你們盡孝道的人，不管放在誰家，小輩們都是要以禮相待的。」

程慕天踢翻一個凳子，氣道：「此等惡婢，難道就沒法治她了？」

采蓮比起孫氏，勸起來更透徹：「少爺，已讓人去健身館請老爺了，想必不久便要到家。你和少夫人不好罰她，老爺罰起來可是名正言順。」

小圓摸了摸額上的包，笑道：「我雖被砸了一下子，心裡卻是高興的。危難之時才瞧清，我身邊的人個個都比官人機靈。」

程慕天被娘子嘲諷手段不夠高明，卻絲毫不後悔踢了小銅錢幾腳，便稱去看看程老爺回來沒，帶了小銅錢朝前頭去了。

小圓本是想打趣他，讓他散開心裡的氣，卻忘了他在人前是最不經逗的，忙叫阿雲追上去跟他講：「少夫人那是玩笑話。」

其實程慕天滿心只有對娘子的疼惜，根本沒把那話往心裡去，倒是聽了她補上的這句，臉上紅了幾分。他紅著一張臉在錢夫人的院子裡尋到程老爺時，程老爺正在衝錢夫人發脾氣：「兒媳也是妳的人能打得的？何家與咱們程家乃是世交，妳傷了她，叫我如何向她逝去的父親交代？何耀弘在泉州市舶司當差，要是讓他曉得妹妹受傷，咱們家的海運怎麼辦？我原以為妳是個明白人，哪裡曉得內裡竟是糊塗的。她的娘家雖無妳娘家有錢，可兩個哥哥都是有官職在身的，且她還有兒子，這些這些，哪點是妳惹得起的？」

丁姨娘仗著與他有過夫妻之實，偷偷靠上來，「老爺，你不曉得，夫人一向這般跋扈呢。端莊賢慧只是做給你看的，她打少夫人還是輕的，連小四娘都不叫我摸一下呢。」

程老爺正是煩躁之際，哪裡聽得進她這些沒頭沒腦的話，伸手就把她甩到了一旁。錢夫人藉著教訓丁姨替自己辯護：「休要胡說，我疼媳婦還唯恐來不及，怎會去打她？小銅錢那一下子乃是誤傷，況且人我已交給二郎帶走了，我可無一點護短。」程老爺聽說人已交由程慕天帶走，稍稍卸了火氣，看在那二十萬陪嫁的分上又提點錢夫人：「妳莫要惹著媳婦，不然到了老時，就得看她臉色過活。」

程慕天聽見這話，眉頭不自覺皺了皺，把小銅錢帶到他們跟前，道：「是兒子魯莽，小銅錢是替我盡孝道的人，我不能罰她。」說著就向錢夫人行禮賠罪：「娘，兒子一時衝動打了妳跟前的人，請妳責罰。」

錢夫人見他把自己的以退為進學得一絲不差，不知如何接話，只拿眼瞧程老爺。程老爺極是愛這樣母慈子孝的場面，樂呵呵笑道：「家有家規，她打了少夫人，本就該罰，你打她幾下算什麼。」說完又喚小廝，讓他們把小銅錢拖到柴房去，狠狠敲幾板子給少夫人出氣。

錢夫人在這家中就這麼一個自己人，哪裡捨得讓他們拖進柴房？便不顧儀態親自上去攔，程老爺見她還執迷不悟，忙叫丁姨娘：「快上去拉開妳夫人。」

這可是千年也不一定盼得來的機會，丁姨娘喜孜孜地挽起袖子衝了上去，趁著他們拉扯成一團，使勁在錢夫人胳膊上掐了幾把。錢夫人自然曉誰下的黑手，但卻不好與一個妾當面幹架，又氣又疼，還不好當著繼子的面發作，不禁怒得胸口發疼，突然瞧見小圓由兩個丫頭扶著走進來，便道：「媳婦，妳自己來說，小銅錢到底是存心還是無意。」

小圓臉上一絲血色也無，嘴角卻是帶笑，在采蓮的幫助下周全了禮數方才開口：「小銅錢是無心之舉，媳婦強撐著要來，就是來勸爹爹息怒的。咱們家一向寬厚待人，小銅錢又是替我和二郎在娘跟前盡孝的，怎能因一點子過失就責罰她？沒得讓人嚼舌頭，說咱們苛責下人。」

這番話讓程老爺很是動容，當著子女下人的面對錢夫人道：「媳婦都讓妳打成這副樣子，還記掛著咱們家的名聲，以後多向她學著些。」這天下哪有婆母向兒媳學習的道理，錢夫人心裡又添氣，臉上卻一絲也不敢表現出來，只低頭裝著虛心受教，親自把小圓送出院門，又讓人把自己從娘家帶來的好補品送過去。

程慕天見娘子臉色極差，又是要昏倒的樣子，就顧不得什麼規矩，一把將她橫抱在懷裡，大步走回房。他把小圓小心翼翼放到榻上，摸了摸她額上的大包，心疼道：「叫丫頭們去傳個話就成，萬一又昏過去可怎生是好？」小圓頭上直冒虛汗，還不忘逗他：「怕禮數不全，被你責罵不孝順呀。」程慕天被她這話堵住，急得面紅耳赤，好半天才擠出一句：「妳這是愚孝。」想了想又問：「爹要把小銅錢拖到柴房去，正合我意呢，妳攔著作什麼？」

小圓仗著自己是傷員，當著下人們的面捏了他一把，「後院的事，我自忖還有那個能耐處理好，你就別操心了，只管打理生意便是。若無事，就去督促督促甘十二，叫他別一門心思琢磨玩意，科舉的書也得多翻翻。」

程慕天又是心疼又是感激，極想同娘子講幾句貼心話，卻苦於下人們在側，便起身趕采蓮去熬藥，趕阿雲去煮湯，亂七八糟派出一堆差事，把她們打發得乾乾淨淨，這才回身輕輕用嘴碰了碰小圓的額頭，低喃：「苦了妳了。」

程家少夫人被婆母的丫頭砸傷的事，想瞞都瞞不住，親戚們接到消息，有替她難過的，有幸災樂禍的。接連幾日，俱都懷著各種不同的心思，一個接一個往程家跑。

程大姊向來最是風風火火，頭一個來探病人，帶著「自己人」季六娘，先殺到錢夫人院中將她臭罵一通：「別以為我不知妳揣的什麼心思，不就是想弄死二郎媳婦，再塞個不要臉的侄女給午哥當後娘嗎？」她自己罵完猶覺不解氣，逼著季六娘也罵。

季六娘哪裡敢罵自己表姑，挪著腳直往角落裡躲，程大姊並不追過去施展拳頭家法，笑道：「妳是個膽小的，活該被她賣作妾。妳看錢十三娘敢在她門口上吊，就拚了個正房娘子做。」

季六娘一向以大家閨秀自居，沒能做成正室是她今生憾事，此時被程大姊這一激，心頭的火氣竄得比她還高，走到錢夫人房門口，靠著門框不慌不忙地道：「妳為了自個兒好過，先把個嫡親的表侄女害成了妾，現在又想殺了兒媳再害哪個？」

錢夫人很是沉得住氣，被她們輪番罵了多時仍舊不露面。程大姊自己罵得累了，這才凱旋至小圓房中，喜氣洋洋向她展示自己調教季六娘的成果，又道：「咱們在繼母門口罵到口乾，可是替妳出了口氣了。」小圓苦笑連連，妳們的氣出得暢快，誰曉得她轉頭來是不是都算到我頭上。

阿雲卻是頭一回對程大姊心生佩服，捧了兩盞子潤喉的茶上來，一盞捧給她，一盞遞給季六娘。季六娘哪裡受過這樣高的待遇，喜出望外，心道，原來罵表姑這樣有好處，往後得多罵才是。

小圓很是苦惱地望著這二位，不知該謝她們好，還是將她們趕出去，突然想起大人唬小兒的招數，便抬頭問阿雲：「少爺說去鋪子拿蛋糕，也該回來了，妳瞧瞧去。」

這招果然靈驗，程大姊極怕程慕天給她臉色瞧，跳起來拍落季六娘手中的杯子，罵道：「妳這茶吃得沒完沒了了，還不趕緊跟我回去。」她話音未落，人已到了院門口。阿雲極是不捨地抱怨：「少夫人就曉得一味的忍，好不容易來個替妳報仇的，還把人趕了去。」

小圓靠在榻上，額頭還隱隱作痛，懶得去教導她，便道：「妳不是一心要嫁孫大郎嗎，還不去替他盡孝道？」她把阿雲趕去孫氏那裡，又叫余大嫂抱午哥來，「兩個半天沒見著兒子了，怪想的。」

午哥才幾個月，還不懂娘親受了傷，只笑著把小手往小圓臉上摸。小圓甜蜜地享受著兒子的「魔爪」，迎來了第二位探病的客人程三娘。

程三娘見著嫂子額上的包，還未開口先伏在榻邊哭了起來，引得午哥也跟著哭。小圓忙讓余大嫂把孩子帶下去，安慰她道：「我這不是好好的嗎？不出幾天又活蹦亂跳了。」程三娘來探病人，反倒讓病人安慰，不禁不好意思起來，「嫂嫂，我除了會做幾針活計，別的都不懂，本想給妳燉個湯端過來，又不知該放多少水。」

小圓被逗笑起來，「無妨，妳嫂嫂我也只會拌小苦瓜，只不知甘十二嫌不嫌棄妳不會廚下之事。」

說曹操，曹操到，甘十二從門外走進來笑道：「不嫌棄，不嫌棄，到時把大嫂家的好廚娘借兩個去便是。」程三娘羞得不敢抬頭，瞅準了機會，從他身旁快步躲了出去。

甘十二見程三娘逃走，極是惋惜地嘆氣，「打聽了半日，得知她這會兒來探大嫂，我把才做了一半的玩意丟下就朝這裡趕，好不容易趕上了，她卻又走了。」

小圓笑罵：「你以為人人都似你那般厚臉皮嗎？也虧得你是我們老爺的世交之子，不然這樣公然偷看未婚娘子容貌，早被一頓笤帚打了出去。」

甘十二摸著腦袋嘿嘿地笑，忽見門口一前一後走進來兩位娘子，前頭一位蔥白大袖，鬱金香羅裙；後頭一位半袖衣背子，腰間束著勒帛。他料想這必是一位夫人領著她家的妾，忙上前衝著穿大袖的娘子深深地彎腰鞠躬。

李五娘被嚇了一跳，問小圓：「這孩子膽子真大，誰家的？」小圓笑道：「這是甘十二郎，我們老爺的故交之子，三娘子的未婚夫婿。他向來膽大包天，三嫂不必理他。」李五娘也笑起來，問甘十二道：「你不問青紅皂白就行禮，萬一我是個小輩，你可不就虧了？」

甘十二還未作答，穿背子的錢十三娘不滿地道：「論輩排序，我還在她前頭，為何只與她行禮，不與我行禮？」小圓忙道：「十二，這是我娘家二嫂，快去與她見禮。」甘十二詫異地重新打量了錢十三娘一番，上前作了個揖，再回身向小圓告辭：「大嫂，既然妳有客來，我先回去做活，隔日再來看妳。」

錢十三娘猶自抱怨他為何不先向自己行禮，小圓忙先讓丫頭們去開角門，待得甘十二出去，方向她道：「二嫂，妳怎作這副打扮？許是甘十二錯認了。」錢十三娘也曉得自己這身衣裳不倫不類，指著李五娘繼續抱怨：「我來月事不當心，讓那身見客的衣裳染了紅，去向她借衣裳，她卻說我倆身量不合適，只拿了套螺姊的背子給我。」

螺姊乃是剛給何耀弘添了第二個兒子的妾，如今正在做月子。李五娘哼了一聲，「要不是螺姊不用出門，背子都沒得借妳的。」她的身量明明同錢十三娘差不多。卻偏偏把個妾穿的背子借她，擺明了就是要戲弄人。小圓心中暗笑，但更多的是奇怪，便問錢十三娘道：「二嫂，我家夫人給妳抬了那麼些陪嫁過去，妳就沒拿些出來做兩身新衣裳？」

錢十三娘站起身來，「時候也不早了，妳歇著吧，我去瞧瞧我姑姑。」說完，就像後頭有人要剪她尾巴似的，急急忙忙朝前頭去了。

李五娘拍了拍裙子，嗤道：「就曉得到處搶面子，丟人的事怎的不敢講了？如今北邊在打仗，物價飛漲，她那幾千貫陪嫁錢，哪裡夠一大家子人花，自然沒有多的拿來做新衣裳。」

隨著她拍裙子，空氣中多出一縷花香，小圓驚奇問道：「三嫂，妳把花汁抹在了身上？」李五娘見房中只有幾個丫頭，就把裙子稍稍提了提，給她瞧仔細，道：「妳嫡母得了錢十三娘的陪嫁，發善心也分了一貫給我，我就拿去換了這條裙子，聽說是用鬱金香草染的，因此有股子花香。」

奪兒媳的陪嫁是姜夫人的老手段，小圓並不奇怪，「那陪嫁可是我們家夫人送的，要是讓她知道被我嫡母奪了去，可不會善罷甘休。」李五娘卻搖頭，「妳這可是冤枉她了，錢十三娘的陪嫁她只拿了一千貫而已，剩下的都被妳二哥吞了。」

小圓奇道：「可妳不是說她的陪嫁拿去養了一大家子人？二哥屋裡一個妾也無，哪裡來的人要養？」

李五娘大笑，「妳總不回娘家，不曉得詳細，妳二哥的人都養在勾欄院裡呢。」

小圓想起得花柳病死的趙郎中，嘆息道：「錢十三娘的命，怕是比我那個叫采梅的丫頭好不了多少。」

李五娘一絲同情也無，「她自討的。」

二人閒話一陣，她突然又道：「都是被錢十三娘攪的，差點同她一樣，連妳的傷問也不問就走了。」小圓摸了摸額頭，「沒什麼大礙，那天是因吃多了酒才暈的。」

李五娘扳著她的腦袋仔細看了看，皺眉道：「這樣大的一個包，這叫沒大礙？傷人的丫頭呢，打死沒有？」

小圓在榻上挪了挪身子，道：「她不是有意，打她作什麼？」李五娘想了想，點頭道：「是，打她傷臉面，直接賣了就是。」小圓笑道：「賣她作什麼？我憐她年過三十還未婚配，卻是要作一樁好事，給她挑個人家。」李五娘不信，只道她是有意隱瞞了絕妙好計，藏私不教給她。

這可是冤枉了小圓，她是真想替小銅錢尋個好人家，待得頭上的包剛消退，就趁晚飯時問程慕天：「二郎，你常在外做生意，想必在你手下做事的管事不少，可有三四十來歲，尚未婚配，或要娶繼室的？」

程慕天還以為她要給幾個陪嫁丫頭挑夫婿，捏著筷子瞧了瞧一旁的采蓮、阿雲，悄聲問道：「年齡不對呀，她們犯了錯了？」小圓好笑地拿筷子敲了敲他的手，「想哪裡去了，我是要給小銅錢挑一個。」程慕天對她當著下人的面敲自己的手很是不滿，聽了這話更是氣得慌，「妳又要亂做好人！」小圓又敲了他手背幾下，「叫你不要理會後院的事，你只管把合適的人選報給我，若是不報，我就把她許給程福做二房。」

她的筷子雖敲得輕輕的，卻是大大跌了程慕天的面子，他想還手，又不好意思，瞪了她好一會兒，道：「沒得教壞了午哥。」

進來取新鮮果子的余大嫂愣了愣，「少爺，午哥在隔壁呢，我來拿果子搗泥給他吃。」小圓見程慕天已遊走在惱羞成怒的邊緣，忙忍著笑道：「少爺是想午哥了，妳餵完果泥，抱過來給他瞧瞧。」

余大嫂應下，取了個嶺南來的頻婆果，去給午哥搗果泥。

程慕天悶頭吃米酒，小圓夾了一筷子菜到他碗裡，卻被他撥出來，再夾，再撥，直到午哥咿咿呀呀的聲音傳來，余大嫂掀簾子，他才匆匆吞下小圓最後夾來的一顆肉丸，道：「不是怕了妳，只是不想在兒子面前駁妳面子。」

午哥連爹娘都還不會叫，會曉得面子為何物？小圓和幾個丫頭都抿著嘴笑。

第二日程慕天做完生意歸家，帶回一頁紙，一聲不吭丟到桌上，自去隔壁抱兒子。采蓮拿來遞給小圓，笑道：「是幾個人名，職務年齡一應俱全。」小圓接過來一瞧，只見上頭寫著：張三，年四十，碼頭副管事；李四，年三十八，藥鋪副管事；王五，年四十三，田莊管事。

采蓮湊在旁邊一起瞧了瞧，問道：「只有三個？」小圓笑道：「到了她那個年齡，還有什麼好挑的，能尋出三個來已是不易。」阿雲看過那張紙，忿忿不平，「我還以為少爺同我想的一樣呢，卻選的都是好身分。」

小圓將她腦袋敲了敲，「少爺準是想轉過來了，妳以為都同妳一樣糊塗呢。」采蓮將燈挑亮了些，問道：「夫人要給小銅錢挑哪個？張三李四還是王五？」小圓聽了她這一串子，笑起來「這都是些什麼名字。」采蓮卻沒笑，輕嘆：「想必都是窮苦人家出身，有個姓和排行就不錯了，哪裡懂得去取名字。」

阿雲見她嗟嘆，笑道：「別個姓什麼叫什麼妳嘆哪門子氣，若是嫌不好，叫少夫人給妳挑個名字齊全的便是。」采蓮紅著臉就去拍她，小圓卻連連點頭，「是我糊塗，昨日就該讓少爺多抄一份名單來的。」

采蓮見她也說，愈發害羞起來，便藉著去喚小銅錢，擦著牆邊就出去了。

錢夫人昨日才聽完錢十三娘訴苦，心裡正堵得慌，忽聽見外頭采蓮叫小銅錢，忙喚她到跟前教道：「必是少夫人傷好，有了力氣拿妳作筏子，妳且忍耐些，等我日後逮了空子再與妳報仇。」

小銅錢卻道：「我失手砸了少夫人，她打我罵我都是應該的，只恨那個丁姨，若不是她偏頭躲了一下子，那碗怎會傷到少夫人？」錢夫人見她講得十分有理，就把小圓先擱到了一旁，叫過丁姨娘來罵著。

小銅錢怕她罵人的聲音被人聽見，輕輕掩了門出來，把一對黃澄澄的鐲子塞進采蓮手裡，悄聲央道：「姊姊，我傷了少夫人，理應受罰，只望姊姊們手下輕些，留我一條命。」

這一聲姊姊叫得采蓮哭笑不得，怪不得當初阿雲不好意思打她。她把鐲子塞回小銅錢手裡，笑道：「是喜事，妳莫慌。」

莫非少夫人是隻笑面虎？小銅錢一顆心七上八下，挪著小步子跟著采蓮到得小圓房中，還未開口便先跪了下去，把頭磕得砰砰響，直稱少夫人饒命。

阿雲上去捂住她的嘴，罵道：「好利的一張口，少夫人叫妳來是好意，這要是讓有心人聽見，倒以為我們苛責妳。」

小圓彈了彈手中的紙，極是和氣地朝小銅錢招手，「我這裡有三個人選，妳莫要害羞，來瞧瞧喜歡哪個。」

宋人好文成風，即使偏安江南一隅，只要吃得飽飯的人家，都識得幾個字，大戶人家有頭有臉的丫頭更是不消說。小銅錢戰戰兢兢地爬上前接過紙一看，又驚又喜又不敢相信，「少夫人，這是給我挑夫婿？」

采蓮幾個俱捂嘴偷笑，「還以為她不曉得意思呢。」

小銅錢不好意思道：「我還在錢家時，哪天沒有媒婆拿著這樣的單子上門來求娶我們小娘子，我早就看熟了。」說完又苦笑，「我像姊姊們這般年紀時，就是不當心聽人提起這些事，還要害上好一陣子的羞。可年歲一年大過一年，晃眼三十出頭，現如今只要能嫁出去就是好的，哪裡還顧得了羞？」

主子不嫁，累得丫頭也受苦，小圓幾個陪嫁丫頭聽了她這話，心裡都酸酸的。采蓮揉了揉眼，道：「我們比妳小呢，莫要喊姊姊了。」阿雲道：「妳也是個魯莽的，拿著碗非要往我們少夫人頭上砸，虧得我們少夫人菩薩心腸，不但不與妳計較，還要給妳挑夫婿。」

阿彩默默端了盞果子露到小圓手邊，一雙眼亮晶晶地望著她，小圓被她逗笑起來，「看我作什麼，叫她起來吧，本來也不是我叫她跪的。我好心要辦場喜事，可不願妳們都哭喪個臉。」

采蓮走過去拉了小銅錢起來，指了那張紙問她：「這三個都是我們少爺精挑細選的，全是副管事呢。妳喜歡哪一個，只管告訴少夫人。」

小銅錢此時才真信了小圓是要給她尋人家，激動得流出淚來，跪下磕了三個響頭，邊笑邊哭，「我還以為這輩子都嫁不出去了呢，少夫人真是活菩薩，多謝少夫人，多謝少夫人。」

小圓命人扶她起來，笑道：「別光顧著謝我，趕緊挑一個，我再擇個吉日，風風光光把妳嫁出去。」

小銅錢此時卻扭捏起來，小聲道：「全憑少夫人作主。」

阿雲拿過單子，笑她道：「我看妳是挑花眼了吧。」她走到小圓身旁，指著單子道：「少夫人，挑誰也別挑郎中，郎中都無一個好東西。」

小圓見小銅錢臉上明顯滯了一滯，忙拍阿雲道：「別因為采梅嫁了個不中用的，就以為天下郎中都是壞人。」采蓮也道：「能在少爺手下做到副管事，必然是有德行的。」

小銅錢喜笑顏開，道：「少夫人，我就嫁那個李四，家裡有個郎中，看病抓藥極便宜。」

小圓不是頭一回嫁丫頭，極是有經驗，便尋了黃背子的媒人先去打聽李四的家世。媒婆拿了賞錢，撐著傘跑得飛快，轉眼就來回話：「少夫人，李四家雖不富裕，但卻都是良人，不知貴府要嫁的這位姊姊，是死契還是活契？」

小圓聽這話，便曉得人家不想娶賤民，找來小銅錢一問，她卻是賣了身的。小銅錢熬到三十來歲，好不容易尋了個好夫婿，卻不想被一紙賣身契攔住了，急得她淚珠子在眼眶裡直打轉轉，小圓安慰她道：「夫人定比我更盼著妳有個好歸宿，妳去求她，必是肯還妳的。」

小銅錢覺得少夫人講得有理，就又高興起來，回到錢夫人房裡擺椅子撣灰，忙個不停。錢夫人笑她道：「媳婦看我面子，不但不罰妳，反倒給妳尋了個好人家，就把妳樂成了這樣。」小銅錢瞧著她是高興的樣子，就收了雞毛撣子，挪到她旁邊，將李家只想娶良人的事講了。

錢夫人也不是笨人，一聽就曉得這是在拐彎抹角找她討賣身契，但她從泉州只帶了這麼一個貼身丫頭過來，自然不想放手，便道：「咱們大宋不比前朝，良人與奴婢是可以通婚的，為何非要自由身不可？妳放心，我多多與妳陪嫁，不怕李家不要妳。」

話雖不假，可奴婢嫁到良人家，怎能得夫家尊重？小銅錢還要再求，可一想到為了她失手砸傷少夫人，錢夫人先被老爺責怪，後被程大姊辱罵，卻自始自終隱忍，一味護著她，就不好意思再開口。她尋到小圓，傷心道：「我沒那個福氣，少夫人回了李家吧。」小圓忙問她為何，得知錢夫人不肯放人，有心幫她一把，便趁著請安，勸錢夫人道：「娘，小銅錢嫁了人，照樣可以服侍妳，簽個活契便是。她以奴婢之身去嫁良人，被人瞧不起，那也傷妳的臉面。」

不管這話有理無理，錢夫人的丫頭砸傷她在前，怎麼也得給幾分面子，便依她所言，還了小銅錢賣身契，另簽了活契來。小銅錢做夢也沒想過有這樣一天，趴下先給小圓磕頭，才去謝錢夫人。

程家前後兩個大丫頭都是以良人身分嫁出去的，下人們稱頌不已，就是臨安城的少爺夫人們，俱誇讚錢夫人婆媳待人寬厚。錢夫人什麼也沒損失，白得了好名聲，心下十分歡喜，便拿出一千貫，給小銅錢厚厚辦了份嫁妝，將她風光嫁了出去。

小圓嫁了婆母的丫頭，又想起自家的來，便又找程慕天要了張單子，喚幾個丫頭來看，「我讓少爺把十八歲至二十八歲的夥計同管事全記了來，家裡也還有好些尚未婚配的小廝，妳們瞧上誰了，儘管告訴我。」

阿雲看也不看，嘟著嘴去尋孫氏；阿彩丟了句「我還小」，提起壺去澆花；采蓮倒是就著小圓的手看了幾眼，卻一臉茫然地道：「我不曉得他們哪個是哪個。」

小圓晚上跟程慕天提起這幾個丫頭，極為頭疼，「我就是怕錯點了鴛鴦譜，這才叫她們自己挑，卻沒想到她們也是兩眼一抹黑。」

程慕天見慣她替下人們操心，不以為然道：「相媳婦時又不是不能看，急什麼？」

小圓還是擔心，「相媳婦只能看樣貌，哪裡瞧得出人品？我可不想讓她們一個二個都變成采梅。」程慕天懶得與她討論丫頭們，便邊把弄她的腰帶，邊轉移話題：「聽說妳嫁了小銅錢，繼母待妳親近了些？」小圓扭腰躲開他的手，道：「小銅錢感念我，常私下替我說話呢。」

程慕天箝住她的手，將個同心結掛到她腰帶上，笑道：「還以為妳要同繼母針鋒相對呢，白替妳操心了。」小圓把同心結擺弄了幾下，「早說過的，只要她不給妳納妾，我什麼都不計較……咦，這個同心結誰做的？」

她攥緊了拳頭，時刻準備朝程慕天身上招呼。程慕天不等她動手，先發制人，抱著她滾到床上，好好捏了她幾把，「外頭走街串巷賣湯水的婦人都曉得繡個同心結掛上，就屬妳手最笨，一針也不懂得繡，我只好替妳買個現成的，免得被人嘲笑我，說我家娘子萬事不會。」

小圓握著同心結，心裡甜絲絲的，直到第二日去向錢夫人請安，臉上都還掛著笑。小銅錢得她助嫁，同她熟了幾分，見她的手一刻不離同心結，讚道：「少夫人這個活計繡得精緻。」

錢夫人聞言也看了幾眼，亦讚：「媳婦果然手巧，改日與我也繡一個。」小圓嚇了一跳，忙道：「我哪裡會弄這個，乃是丫頭拿來玩的，娘若瞧得上，回頭我叫她們送幾個來。」

錢夫人聽說是丫頭的手藝，失了興致，只問：「妳那幾個丫頭不錯，可有許人？」小圓愁道：「前頭有個丫頭嫁得不好，把她們嚇怕了，現下都縮手縮腳不敢挑人呢。」錢夫人拿茶盞蓋子撥了撥水裡的花瓣，狀似無意地問：「調教的那般伶俐也不容易，沒想過給二郎留一個？」

小圓撥弄著腰間的同心結，極是不好意思地開口：「二郎瞧不上，爹倒是看中過一個，我又小氣捨不得。」

錢夫人一口花茶差點嗆在嗓子裡，忙道：「妳爹也不大願意納妾呢，就是丁姨娘屋裡都去得少。」

小圓看了看眼眶深陷，顴骨高聳的丁姨娘，嘆息了一聲，起身告辭回房，繼續替丫頭們挑郎君。阿雲實心眼，打定主意要等孫大郎回來，任誰也勸不動；阿彩年齡還小，暫時不用操心；采蓮想嫁人，又患得患失。

小圓把單子從頭看到尾，也沒瞧出個所以然來，便喚來采蓮問：「要不，妳親身去偷著瞧瞧？」采蓮羞道：「瞧又能瞧出什麼，我不去。」小圓故意提了筆在單子上圈圈劃劃，嚇唬她道：「那我閉上眼，圈中哪個就是哪個。」

采蓮嘆道：「我看了采梅，看了老爺，就想嫁個不納妾的，可即便是種地的農夫，秋天多收了兩斗糧，還想買個妾幫著做活呢。我思來想去，不如不嫁了，就陪著少夫人一輩子。」

小圓想嚇唬她，反被她嚇住了，「妳是我身邊最得力的一個，我存心叫妳自己挑個稱心如意的，才將妳的親事拖到了現在，沒想到倒讓妳起了旁的心思，說來都是我的罪過。」

采蓮忙道：「我也是一說，少夫人別往心裡去。其實只是不知挑哪個好，才講了胡話。」

小圓輕輕搖頭，把單子塞進她手裡，「妳沒錯，就是換作我，也不肯僅憑寥寥數位就選定終生良人。這名單妳且先留著，等有機會，我把人喚到家裡來做活，讓妳瞧一瞧。」

她將這話放了出去，卻找不出藉口招人到家中來，突然想起甘十二，不如就說他要收徒弟，多挑幾個來家試靈氣，可還沒等她去向甘十二開口，他的書僮甘禮先找上了門來，「少夫人，我家少爺病了。」

小圓忙問甘十二生的什麼病，程慕天在裡屋聽見，也走出來準備喚人去請郎中，甘禮卻搶了幾步攔在門口，道：「已請郎中瞧過了，他也束手無策，這才來尋程少爺和少夫人。」

程慕天聽說郎中都無法，駭道：「到底得的是什麼病？」甘禮回道：「瘧疾。」小圓朝程慕天打了個眼色，拉他到一旁低聲笑道：「現下才初春，蚊蟲還未出洞，哪裡來的瘧疾，倒是科舉快開場了。」

程慕天又好氣又好笑，「不爭氣的東西，不翻書自然怕進考場，偏還想出裝病這一招，唬誰呢？」小圓撞了他一下，「反正不是唬你的，是想借咱們的嘴，傳到他老子耳朵裡去，好免一頓責罰呢。」程慕天壞笑道：「不能叫他如願。」說著就叫甘禮帶路，說要去瞧甘十二。

甘禮正是怕他不去，趕緊帶路，將他引到甘十二「病榻」前。甘十二見得他來，抽搐得愈密集。程慕天關切問了幾句，在懷裡掏啊掏，掏出枚藥丸就朝甘十二嘴裡塞，「十二，這是我家藥鋪祕傳之物，專治瘧疾。」

甘十二乃是裝病，自然不敢亂吞，忙扒住他的手問：「好大哥，我這人有個毛病，需曉藥有哪幾味，方才吞得下去。」程慕天猶豫了半晌，道：「這本是祕方，不好講與你聽，但你的病要緊，我就破例一次——這藥丸是抓了狗身上的蒼蠅，去腿去翼，再裹了蠟製成的。」說完又喚甘禮：「差點忘了，去端冷米酒來，這藥用冷米酒送服最有效。」

甘十二聽說這藥丸裡有蒼蠅，只差嘔出頭天的早飯來，哪裡還敢吃，忙忙地伸胳膊踢腿，「程大哥，你家藥丸果真有效，我還未服就好了。」程慕天也不同他糾纏，拿起桌上的書塞進他手裡，拍了拍他的肩道：「好了就成，接著看書吧，待到科考，我親自送你進場。」

十二科考在即，程慕天嚴令禁止娘子給他招徒弟，成全采蓮的自由戀愛。此路不通，小圓便時不時地招小廝來後院做活，或是差遣采蓮去前院取東取西，可惜這丫頭眼界頗高，一晃半月過去，她一個也沒瞧上。

程慕天笑她是無事忙，提了個籃子丟過去，「甘十二明兒就要進考場，妳這做大嫂的，不說替他備些筆墨吃食，盡為丫頭操心。」小圓把籃子拋還給他，笑道：「莫要浪費了那些好墨，我看他是想帶一堆木頭進考場做玩意。」程慕天捧著籃子顛了顛，很是頭疼，「成日跟我磨咕，說不願進考場去坐牢，我正愁如何把他押去呢。」

小圓取了采蓮的生辰八字，飄了個媚眼給他，「我看你才是無事忙，他那麼大個人，需要你操心？我現下要去繼母那裡，打聽打聽錢家可有適齡的小廝或管事，恕為妻不奉陪。」

程慕天從未瞧見過娘子這般嫵媚神態，不覺得癡了，丫頭們在旁邊偷笑出聲，他才醒過來，想趕上去要她往後不要丟那些不符規矩的眼神，又怕再也享受不到此等樂趣，不由得猶猶豫豫又躊躊躇躇，在禮教和閨房之樂間踱過來踱過去，直到把廿十二送進考場還沒拿定主意。

程福見他心事重重，提議道：「少爺，金九少的採蓮船就在西湖，不如去散散心？」程慕天想起他家的「桃花眼」，打了個寒顫，忽然就覺得自家娘子的秋波實在是純潔無比，他瞬間釋懷，興致陡漲，借過路邊小攤的扇子敲了敲程福的腦袋，道：「你想去瞧金家的丫頭自便，我要去逛橘子市梨子市，買幾個果子回去給午哥磨牙，再順路叫阿繡去湖邊接你。」

程福很怕阿繡的棒槌，聞言哪裡還敢提，忙接過扇子自敲了幾下，丟下幾枚錢與攤主，乖乖地跟著程慕天往果市去。東菜、西水、南柴、北米，這果子市就靠著菜市場，青的杏、黃的梨，各樣新鮮果子豐富十足。程慕天在果市裡轉了轉，正不知買什麼才合適給剛長牙的午哥吃，就瞧見一個經紀，挑著一籃永嘉黃柑子打面前過，忙叫住他問：「這柑子幾個錢？」

程福撿起個柑子拋了拋，笑道：「他這小本生意，怕是要博的。」經紀點頭「小人正是想博兩文錢使，官人可要賭一賭運氣？」

程慕天何曾親自買過果子，叫他們這一說才想起來，小商小販賣果子，大多是要撲賣的，取一個或幾個銅子作頭錢，賭哪一面朝上，帶字那面向上為「叉」，沒字那面向上叫「快」。他看了看籃子裡金燦燦的柑子，忖道，若是博上兩個回去給午哥，既能哄兒子，還能當作故事講與娘子聽，豈不美哉？他想著想著，玩心大起，笑問：「幾個頭錢來博？」

經紀今日還未開張，聽他要博，咧著嘴笑道：「三個。」

程慕天在懷裡摸來摸去，只掏出兩枚來。程福看不下去，丟了一枚給他，湊齊了頭錢。

程慕天把頭錢握在手裡，問：「三枚全是『叉』或全是『快』，是『渾成』；『叉』、『快』都有是『背間』。『渾成』為贏，『背間』為輸，是也不是？」待得經紀點頭，他將手晃了晃，輕輕擲了出去。他心情好，手氣也佳，竟輕輕鬆松擲了個「渾成」出來。

經紀的一張臉皺成了苦瓜，把籃子提到他腳下，又數出一枚頭錢還給程福。程慕天還以為博贏一次只得一個柑子，沒曾想得了一籃，忙叫程福多數幾個錢給經紀，「他做生意也不容易，照著市價與他。」

經紀捧著錢千恩萬謝，指點他們道：「果市那頭在博奴婢，官人手氣這般好，何不去試試？」

如今北邊打仗，流民甚多，就是全價買個人也花費不了幾文錢。程慕天謝過經紀，卻是不想去。程福暗想，特特買個妾回去，阿繡定是要使棒槌，但如果是憑運氣博一個，想來她也無話可說。他心裡發癢，便不停地磨程慕天，程慕天叫他纏到無法，只得隨了他的願，一同往經紀指的那邊去。

二人走了沒幾步，就見前頭圍了一大圈人。程福小跑過去瞧了瞧，興奮地朝程慕天招手，「少爺，就是此處。」程慕天站在周邊一看，果然是在撲賣奴婢，卻不是擲頭錢，而是扔飛鏢。那群被賣的男男女女旁邊豎了個大圓盤，上畫六十四卦，每一卦上都貼了一隻僅有黃豆粒大小的小獸。

程福在一旁解說：「少爺，打中老虎，可得一名男僕；打中獅子，得女僕。」程慕天又看了幾眼，道：「那獅子比老虎小上許多呢。」程福嘿嘿一笑，「少爺，來扔鏢的，打的都是同我一樣的主意，畢竟好男風的還是少數。」

程慕天這才曉得這撲賣的不是什麼正經奴婢，眉頭一皺，就要拂袖離去，卻見程福一臉驚詫地望著內圈，「少爺，那不是甘少爺嗎？咱送他去了考場，怎的在此處扔飛鏢？」

程慕天抬頭一看，那個正捏著一枚堪比繡花針的小飛鏢，全神貫注地朝圓盤上投的，可不就是甘十二？他一時氣極，大喝一聲：「甘十二。」

甘十二心一驚，手下一偏，那枚「繡花針」失了準頭，直直地朝著圓盤旁的奴婢們而去，斜斜擦過一名女子的臉。賣主立時不幹了，一手扯著劃傷臉的奴婢，一手揪住甘十二，叫他賠錢。

甘十二一看，那奴婢的臉不過劃破一層油皮，連血珠子都無一個，他直道賣主訛人，同他理論起來。程慕天急著想問甘十二為何沒進考場，忙叫程福與賣主幾個錢，趕緊把甘十二拉出來。

程福想要個妾久矣，如此良機豈會放過，奮力擠進人群，把一張會子悄悄塞給甘十二，「甘少爺，這名奴婢樣貌不差，何不買下？」甘十二偷眼望了望圈外的程慕天，還當是他要買，便拿了會子，同賣主換來那名奴婢，親自牽著她的手擠到程慕天面前，笑著同他打商量：「程大哥，你不把我沒進考場的事講出去，我就同大嫂說這個妾是我送你的。」

程慕天還未作聲，程福先向他作揖道：「多謝甘少爺送美妾與我。」又笑道：「我們夫人送少爺的妾，少夫人都敢趕出去，你要是真同少夫人那樣講，少不得連你一起趕。」

甘十二失了同程慕天交換的條件，洩氣道：「我甘十二命絕於此。」

這不是自個兒的親弟弟，甚至連妹夫都還談不上，程慕天對他，打不得罵不得，氣道：「你爹為了你能上京考進士，特意花錢給你買了個舉人，你怎的就不珍惜？」

甘十二笑道：「程大哥，這是我爹他糊塗，可不是我糊塗。他也不想想，我連舉人都考不上，何談進士？」

程慕天從未見過膽大到當著外人的面說自家父翁糊塗的，他被這番言論嚇住，生怕再爭辯下去，甘十二還要講出什麼大逆不道的話來，忙轉了話題：「你就這樣回我家，不怕我父親曉得你沒進考場？」

甘十二自程福腳邊籃子裡揀了個大柑子，一邊剝皮一邊回答：「我在考場邊上訂了客房了，過了這幾天再回，還望程大哥替我遮掩幾分，小弟來日定當報答。」

「看你這吊兒郎當的樣，是求人的態度嗎？」程慕天忍不住斥他。程福還要拿甘十二來當擋箭牌，忙替他講話：「少爺，所謂人各有志，甘少爺替少夫人把玩具店打理得有聲有色，這也是能耐。」

程慕天一言不發，拔腿朝來路走，甘十二要跟上，程福攔他道：「這便是准了，甘少爺放心。」甘十二笑著把他的肩一拍，「這奴婢是我送你的，你也放心。」

程慕天回到家中，把柑子交給小圓，隱去甘十二那節不提，只把自己擲頭錢的事講與她聽。大戶人家的女眷是不能輕易出門的，別說小圓，就是那幾個丫頭，都聽得津津有味，聽完還纏著小圓，也要撲賣一番。

小圓見她們有興致，就將柑子分了一半出來，任由她們去擲頭錢博輸贏，再令小丫頭給程老爺、丁姨娘、程三娘送去幾個，又裝了一盤子，親自送到錢夫人房中。

錢夫人掰了個柑子，嘗了直說甜。她因著小銅錢出嫁的事，看兒媳很順眼了些，就把剩下的一半遞給她吃。小圓雙手接過柑子，笑道：「丫頭們鬧著要學人家撲賣，將半籃子柑子分了去，就只得這幾個送來給娘吃。」錢夫人也是沒逛過集市的閨秀，連撲賣是什麼都不曉得，忙向她問詳細。小圓索性喚來玩得正歡的丫頭們，叫她們當著錢夫人的面演示一番。

錢夫人在閨中待了三十多年，全靠各式玩樂打發時日，一見還有這樣有趣的遊戲，就躍躍欲試起來，但她不好意思和丫頭們同樂，便與小圓商量，要請親戚們來家撲賣玩。

小圓極是樂意婆母有事情做，道：「娘這主意不錯，但我們不能拿事物出來賣，不然讓人說咱們是藉著玩樂賺錢。不如大方些，拿出茶水點心，再辦一桌子酒席，只說邀親戚們來家玩，至於她們要拿些什麼來賣，由她們去。」

錢夫人於錢財一事，是秉承錢家家風的，聽了這話連連點頭，也不叫小圓出錢，自拿了嫁妝錢來，交給她去辦。

婆母要玩撲賣，兒媳自當精心籌畫，隔日，就見小銅錢捧了一匣子會子來。她取出一看，一貫、二貫、三貫各兩張，一共竟有六貫，不禁驚訝道：「一共也沒幾位親戚，哪裡用得了這許多？」小銅錢回道：「如今會子不值錢，夫人怕少夫人不夠使。」

小圓取了算盤來撥，笑道：「夫人真真是大家閨秀，現下的市價，一貫會子能兌四百文，六貫就是兩千四百文，親戚們來玩上一整天，也不過是些茶水點心，兩頓酒席，這麼多錢叫我往哪裡花？」

小銅錢想了想，「夫人還說了，如今物價高，叫少夫人別省著。」

小圓越聽越樂，正巧瞧見小廚房的廚娘從院中路過，喚她來問：「這幾天米價、菜價如何？」廚娘答道：「米價漲得飛快，本只要二十來文一升，如今得四五十文；至於菜價，我只曉得少爺同少夫人，每日吃肉吃菜，約莫得花五百文。」

小圓笑道：「瞧瞧，這還是在打仗，物價飛漲，每人每天吃下的也不過三百文上下，等親戚們來家，點心可以從我鋪子裡去拿，家裡只管兩餐的酒席，一千五百文盡夠了。」

采蓮取了一張二貫的會子還給小銅錢，道：「要不是田大過年時把出欄的羊全賣了，連一千五百文都不用。」

小銅錢在錢夫人身邊薰陶已久，不把這二貫會子放在眼裡，推回去道：「我在錢家時，老太爺一個妾吃一頓飯都得五百文呢，少夫人莫要太勤儉。」

程家已是奢侈，也沒那般費錢，廚娘問：「那個妾吃金子呢？」小銅錢道：「吃鵝只吃翅尖尖，吃野味只吃幾條腿，剩下的全扔，五百文僅是堪堪夠用。」

這便不是奢侈，是浪費了。小圓忙告誡廚娘，不許和錢家一樣行事，又叫采蓮把方才寫的幾個帖子拿來念給小銅錢聽。

小銅錢不敢勞動少夫人的大丫頭，接過帖子來自己看：程二嬸婆媳、程大姊、何府三妯、錢家辛夫人。她把帖子理好放回桌上，笑道：「少夫人面面俱到，我告訴夫人去。」

小圓微微點頭，叫阿雲送她出去，又讓阿彩去喚四司六局的管事娘子們來領差事。采蓮收起那匣子會子，取出帳本來記帳，「小銅錢這一去，又要在夫人面前把少夫人好生誇一番。」

小圓道：「她是個念恩的，就因著我給她尋了個好人家，時時處處不忘替我講話。」講完又嘆氣，「我替別個的丫頭尋人家容易，自己的丫頭卻犯了難，不如這幾個帖子妳去送，瞧瞧她們家可有合適的人。」

采蓮羞紅了臉，趕緊把帖子拿出去，讓小丫頭交給門上的小廝。小圓本是逗她，見她著羞，忙道：「我開玩笑呢。快些把我娘家的帖子拿回來，叫阿繡派兩個粗使丫頭直接送到後院去。他們人多手雜，要是送到門房，天曉得什麼時候才能到嫂子們手裡。」

何家自姜夫人管帳，發現少了十萬貫，又不好尋李五娘討，只得上下縮減開支，下人們的月錢少了近一半，自然幹活就不賣力。這其中的道道采蓮也明白，忙叫住小丫頭，讓她把何家的帖子單送到阿繡處。

沒過會子那小丫頭又跑了回來，喘著氣回話：「少夫人，阿繡姊姊脫不開身，叫妳隨便尋兩個人去送。」阿繡雖有些魯莽，但做事一向勤快，此番推脫必有緣由，小圓一問，果然是有事。小丫頭看起來像是受了驚嚇，身子還有些發抖地道：「少夫人，忒嚇人，阿繡姊姊正拎著根胳膊粗的棒槌朝程福背上敲呢，還不許他出聲，若不小心喊了一聲兒，就要加一棒槌。」

程福成天起賊心，哪日裡不挨上幾下，只是阿繡怎的為了這樣稀鬆平常的事耽誤正經活？小圓心下奇怪，命小丫頭去何府送帖子，帶了陪嫁丫頭們往阿繡的住處去。

她們穿過夾道，才拐進下人們住的院子，就聽得程福扯著嘶啞的喉嚨大喊：「少夫人救命！姊姊們救命！」阿繡兩口子都是管事，這間小院單獨隔開，此時除了門口圍觀的一圈兒人，院中只有跪著的程福和操著棒槌的阿繡。小圓輕輕咳了兩聲，下人們慌忙散得一個不剩，阿繡丟了棒槌來行禮，慚愧道：「我男人不爭氣，害我耽誤了正經事不說，還給少夫人臉上抹黑。」

小圓扶了采蓮的手走進去，責道：「管教男人倒沒什麼，談不上抹黑不抹黑，只是程福向來有賊心沒賊膽，妳打他兩下也就罷了，怎能耽誤正經事？」

程福大概是被潑了涼水，渾身透濕，在春日還不太暖的風中直打哆嗦，「少夫人英明，她平日只打三兩下，今日足打了幾十下不止，還罰我跪了一整夜。」說著擠出一臉的笑，「好娘子，我被打本就是活該，若還害妳耽誤了少夫人的正經活，豈不更添罪過？不如妳先去忙，回頭再打？」

幾人都被逗笑起來，紛紛勸阿繡歇手，阿繡揮著棒槌一跳得老高，「少夫人，妳低估他了，他這回不但有賊心，還有了賊膽了，妳瞧那邊樹後頭是什麼。」

小圓手搭涼棚望了望，「瞧著是個人影。」阿雲性急，看不分明就跑過去，從樹後揪出個女人來，帶到小圓面前。小圓一看，這女人年齡不大，卻梳的是婦人髮式，吃驚道：「程福，你好大的膽子，居然養外宅，勿怪阿繡打你！」

程福急急分辯：「少夫人錯怪我了，她是撲賣的奴婢，甘少爺博來送我的。因是個小寡婦，這才作了婦人裝扮，天地良心，我連她的手都未曾碰一下。」

阿繡拎起棒槌又敲了他一下，氣道：「扯謊也不選個圓的，甘少爺昨兒就進考場了，哪裡又來個甘少爺去博奴婢？」

昨日程福是隨著程慕天一道出門的，小圓想起那籃永嘉黃柑子，指著小寡婦問道：「這也是擲頭錢贏來的？」因博奴婢與程慕天不相干，程福就放心大膽地回道：「不是，這是甘少爺投飛鏢贏的。」

幾個丫頭都「哦」了一聲，「原來撲賣除了擲頭錢，還可以投飛鏢。」小圓見她們輕易跑題，哭笑不得，轉身把她們全轟了出去，再接著問程福：「甘少爺沒進考場？」

她臉上一絲驚訝的表情也無，想必是深知甘十二秉性，程福趕緊加上一句誇讚：「少夫人神機妙算，甘少爺說要一心一意替少夫人打理玩具店，不作他想。」

小圓笑罵：「猴兒，這是要把他不進考場的罪過推到我身上嗎？」程福忙稱不敢，見她臉上帶笑，趁機就要起來，小圓瞥了他一眼，道：「跪好，阿繡不許你起身，就得一直跪著。」講完又向阿繡道：「家務不整頓好，如何替我做事？且放妳幾日假，把屋裡收拾清楚再上工。」

程福嚇得攤作一團泥，喊道：「少夫人，這奴婢是甘少爺送我的，他馬上就是咱們家東床，也是我半個主子，主子賞人，我哪裡敢不要，不信妳問少爺去。」

小圓本已走到了門口，聞言又回頭，「這話講得也有幾分道理，阿繡且饒他半日，待我問明了少爺再處置。」她回到房中，卻不願為了此等小事把程慕天喚回來，便先打點撲賣會的諸般事體。點心有各式蛋糕和餅乾，鋪子裡現成的，家中操辦酒席的廚娘也隨時能開工，只有新鮮果子缺幾斤。

采蓮提筆記下短缺的事物，提議道：「不如咱們拿些果子來撲賣，也不收錢，誰博中了就送與誰吃。」眾人都誇這主意妙，阿雲記掛著那個投飛鏢，悄悄問小圓：「少夫人，若甘少爺真沒進考場，不如叫他回來做幾個飛鏢給咱們玩，不然光擲頭錢，耍多了也膩。」

小圓看著采蓮記完果子數目，道：「是要叫他回來，好好交代交代程福院子裡的小寡婦是怎麼回事。」

晚上程慕天回來，卻是應酬上飲了些酒，醉醺醺地講不全話，只道甘十二住在考場附近的客棧裡。小圓服侍他喝過醒酒湯躺下，命人去考場四周搜尋，務必要把甘十二帶回來。

考場周圍的客棧早就住滿了趕考的舉子，尋人的小廝們本還以為大海撈針，不想甘十二生怕別個不曉得他是參加了考試的，特特在掌櫃那裡登記，他們稍稍一打聽就把他找了出來。

甘十二以為是自己逃考的事東窗事發，哪裡肯回，小廝們寬他的心道：「甘少爺，我們少夫人只是想問問程福家小寡婦的來歷。」原來是程福的事，甘十二的膽子又回來了，他正嫌客棧住著不舒服，乾脆讓甘禮收拾了行李物品，偷偷搬回程家住處，再沐浴更衣，收拾得精神抖擻來見小圓，「大嫂，那個妾是我送與程福的。」

小圓指了指旁邊還提著棒槌的阿繡，道：「她聽說你送程福奴婢，已然著惱，你還敢說是妾，只怕程福又要多挨上幾下子。你這人，不考就老實躲著，為何要去博寡婦送程福？」

甘十二看了看那根粗棒槌，很講義氣地不提買妾是程福自掏的錢，理直氣壯地道：「妳們可曉得，贈人與妾是件極風雅的事。」

凡習了幾個字的文人，都好講個風雅，他們相互間禮物贈來送去的，小圓也曾聽說過。阿繡卻是個粗人，把棒槌拎起來到甘十二眼前晃了一晃，笑道：「你可曉得，我使棒槌也是件極風雅的事。」

滿屋子的人哄堂大笑，甘十二被棒槌掃過的風颳得站不穩，東倒西歪間突然瞥見程福在門口晃了下，忙奔過去把他揪進來，埋怨道：「既然你娘子不許你納妾，為何還要買奴婢？害我也受牽連。」

眾人這才曉得那個奴婢原來是程福自掏錢買下的，不過借了甘十二的名頭而已，阿繡更添惱怒，朝程福的腿上狠敲了幾下，疼得他拉著甘十二作擋箭牌，滿屋子亂竄。程慕天被他們吵醒，帶著酒氣掀簾子出來一看，自己的貼身小廝正拽著客居的準妹夫擋棒槌，這還了得！他怒吼一聲「程福」，把你追我趕的三人全都嚇住了。

采蓮要去接阿繡手裡的棒槌，小圓攔她道：「讓阿繡把甘十二也敲兩下，就當是替三娘子提前管教了。」程慕天對這話極為不滿，然而外人在跟前，再生氣也要給娘子面子，除了黑著臉別無他法。阿繡膽子再大也敢打主子，收了傢伙，揪了程福的耳朵告辭，說要回去再好好收拾。

當事人走了，甘十二只當散了場，扯了扯揉皺的袍衫就要撤退。

「甘十二，贈妾與人真是風雅之事？要不讓你程大哥也送你兩個？」小圓問的是甘十二，眼睛卻看著程慕天。

程慕天向來信奉的是，我不納妾，但也不管別個納不納妾，但眼前這位卻是未來的妹夫，就算他不待見那個妹子，也不能在他們還未成親之時就送幾個妾過去拂自家的臉面，於是他的臉又黑上了幾分。娘子在外人面前說不得，準妹夫卻是小輩，說一說也無妨，他便尋了張椅子坐下，接過小圓遞來的濃茶，斥責甘十二道：「哪個教你贈妾是風雅之事的？好的不學，盡學壞的，還未成親就想著這些！三娘子性子又柔弱，將來嫁去泉州，豈不是只有被休的份？」

甘十二不慌不忙在他對面坐下，也伸手要茶喝，「程大哥，你是老實人，不曉得這其中的道道。把妾送別個，是風雅，收下別個送的妾，那是鬧心。再說我也不回泉州，大嫂這裡有玩具店，我就做玩意過活，豈不美哉？好過回家受父翁的嘮叨。」

只要他不在成親前納妾，程慕天就認為萬事大吉，哪裡管他回不回泉州，便揮手趕他回去，自摟了娘子就著酒勁作些個事體。

既然那個奴婢是程福自個兒買下的，那就是他的家務事，別人不好再管，大夥兒都以為這事兒到此為止了，不料第二日一早，阿繡領著那個奴婢走到小圓房裡來，道：「少夫人，我要見甘少爺。」

小圓正在忙撲賣會的事，屋裡管事娘子一大堆，沒空理會她地家務事，便隨手指了個小丫頭，讓她帶阿繡到甘十二的住處去。甘十二雖住著程家的房，卻是隔斷成獨門獨戶的。小丫頭帶著阿繡二人，圍著程家大宅繞了整整半圈，才到得他門首。

他這院子連個守門的也無，阿繡正愁找不到人去通傳，就見甘十二摟著一大堆新奇玩意，帶著甘禮大步朝門口來。未等她開口，甘十二先瞧見了她們，熱情打招呼：「我才做了新玩意，要拿去給午哥玩。妳家是不是也有個小子，揀幾樣回家去。」

所謂伸手不打笑面人，阿繡對著笑嘻嘻的他沒法罵出口，就把那個奴婢往前一推，道：「我也學個風雅，送個妾與你。」說完，一刻也不多留，拉了帶路的小丫頭轉身就走，霎時繞過圍牆不見了蹤影。

甘十二苦惱地看了看眼前的奴婢，第一回領悟到何為「己所不欲，勿施於人」。若這是小丫頭，他大可留下自己使喚；若是大丫頭，就送去給程三娘表忠心，可惜面前站的是個小寡婦，動不得碰不得，實在棘手。

甘禮見他還不走，心知他為難，忙湊過去耳語幾句。甘十二聽了他的主意，拍手叫好，便讓他把小寡婦領進去安頓，自己則捧了那堆玩意照舊去尋午哥。他到得午哥房裡，給他換上新的磨牙棒，抱著他走到正房問小圓：「大嫂，聽說你們要辦撲賣會，不如把我新做的玩意拿去賣？」

小圓埋頭對著果子單，搖頭道：「此回來的都是親戚，不好拿些自家做的物件賣呢。」阿雲端過一盞茶放到甘十二手邊，央他做個投飛鏢的圓盤來。甘十二滿口答應，又教她們一種搖籤法，「尋個籤筒，裡頭擱一把竹籤，竹籤上刻一到九，博的人需連搖三根，如果這三根籤上的數加起來大於十五便是贏了，反之就是輸。」

阿雲轉身就去尋籤筒，但程家上下都無那東西，只得翻了個沒用過的空雕花筷筒子來充數，又親手削了一把竹籤，拿小刀刻上數字。

甘十二逗弄了會子午哥，也回去幫襯撲賣會。小圓對完單子，命人把新鮮果子拿上來看，梨子、柑子、青杏、頻婆果各一籃，她見只有四樣，嫌太少，但採辦稱，此時未到夏天，買不到更多的品種，便只得罷了。

任青松親自送了新品種的蛋糕來，外有奶油雕花，裡頭夾著蜜餞做的餡，另外還有奶油夾心餅、蔥油鹹脆餅。這幾樣點心丫頭們都是頭一回見，眼巴巴地盯著食盒，待得小圓點頭，搶著拿來嘗，個個都說好吃。小圓挑了一塊鹹餅乾嘗了嘗，味道果然好，忙叫人留幾塊給程慕天，又讓余大嫂把軟蛋糕拿一塊去餵午哥。

阿雲連吃了五塊餅乾，待要再拿卻沒了，便嘟著嘴道：「小任管事太小氣，明曉得咱們廚房無人會做這個，還不多送幾塊來。」原來為了商業保密，小圓並未留會做蛋糕的廚娘在家，就是蛋糕鋪子的那四位領頭娘子，都安排了統一的隱蔽住處，因此家裡人要吃蛋糕，得遠遠地趕去鋪子拿。

小圓聽了阿雲的牢騷，晚間同程慕天商量：「午哥是小孩子，愛吃蛋糕，每日去鋪子裡拿太過麻煩，不如讓采蓮去跟著學幾手。」程慕天聽了不言語，只望著她笑。小圓以為他信不過采蓮，忙道：「她是個嘴嚴的，心眼子又多，學了也不會讓人偷師了去。」程慕天揀了塊鹹餅乾嚼了嚼，「餅乾味道不錯，任青松也不錯。」

小圓的心思全被看透，羞惱著去端他面前的餅乾盤子，卻被程慕天把手按住，扯進懷裡去。兩口子玩了會兒香嘴的遊戲，程慕天咬著她的耳垂含混地問：「我看了妳安排的撲賣會座次，怎的沒有妳生母？」小圓笑著躲他，道：「我知你的海船和鋪子還藏在我姨娘那裡，因此時時不忘她。」

程慕天使了點勁把她按住，笑道：「那點子東西不過是我當初年少輕狂，其實能值什麼，妳不說我都忘了。」小圓在他嘴上啄了一下，「曉得你是真想著我姨娘，只不過薛家一大家子人，過得並不寬裕，若她將私房拿來撲賣，少不得大房二房要講閒話。」程慕天點頭，「還是妳想得周到，若下了帖子，她來也不是，不來也不是，倒讓她為難。」

小圓直誇他聰明，好好獎勵了他一番，直到第二日去向錢夫人請安，還有些腰酸背疼。錢夫人見她面有倦色，還當她是操辦撲賣會累著了，忙叫小銅錢取了瓶鹿血酒來與她，道：「媳婦，這是拿鹿頭角間的血和成的酒，專補氣血，妳這幾日勞累了，拿回去吃幾盞，補補身子。」

小圓臉上一紅，忙命采蓮收下，道：「娘，天氣還有些寒，因此撲賣會上未準備涼飲，只備了乳奶和湯。」

錢夫人點頭稱是，又問具體是哪幾樣。小圓接過采蓮遞來的單子，回道：「乳奶有羊乳和牛乳；湯有蜜漬橙湯和蜜甘湯；另外還備了茶水，是蜂蜜子茶和松子茶。」

牛乳羊乳是臨安人的最愛，蜜餞橙皮丁煮的蜜漬橙湯是慣常待客的湯水，蜂蜜子茶是年輕人愛喝的花茶，松子茶則是胡桃、松子和茶餅一起泡的古茶，想來是因為來客有程二嬸，才作了此準備。

這幾樣茶湯錢夫人都看得明白，但蜜甘湯她卻是頭一回見，問道：「媳婦，蜜甘湯是何物？」

小圓笑道：「這是我閒著無聊，在《證類本草》上看來的，蜜甘其實就是甘草，取它的根暴曬十日，拿來煮湯，甚香。」

兒媳居然還看那樣的雜書，錢夫人朝手邊的詩詞集望了一眼，沒有作聲。

小圓見婆母對待客的茶水飲料無甚異議，便接著把擲頭錢、投飛鏢和搖籤筒三種撲賣方式講解給她聽。

錢夫人一心要在撲賣會上買些好東西來的，聽得極是認真，只差讓小銅錢拿張紙來做筆記。

小圓在她房裡坐了半日，終於將撲賣會的諸般事宜彙報完畢，便帶著那瓶子鹿血酒回房，同程慕天兩個對酌。

自家的撲賣會請了程二嬸婆媳，最後來的卻僅有程二嬸來。她只想過繼么兒給有錢的錢夫人，得罪了大兒一家，如今方十娘再不願同婆母一道出門。何家三妯娌也只來了兩個，柳七娘幫姜夫人管家忙得焦頭爛額，又怕被人偷了錢財，因此留在家裡算帳，只有李五娘和錢十三娘結伴而來。辛夫人年紀大了，不願出門，也沒有親來，只叫人送了一疊會子來給閨女撐場面。

李五娘自接到帖子那天起，就比小圓更忙活，把家中閒置的舊物清了好幾箱子，待到撲賣會這天，頭一個帶著大車到程家來，卸貨、搬貨，還未開場就忙了個底朝天。

往常有什麼事，程大姊最積極，這回卻是來得最遲。小圓迎到門口，笑問她怎麼沒把「自己人」帶來，程大姊道：「昨日被我打了，臉上有傷，不肯來哩。」小圓慌忙擺手，叫她莫要大聲，不然讓錢夫人聽見，又要有說法。程大姊不以為然，大搖大擺走進廳去，到兩位長輩面前草草行了個禮，挨著程三娘坐下，問她道：「可有錢來耍？姊姊給妳。」程三娘偷偷把袖子裡的幾樣精緻活計露給她瞧，笑道：「嫂嫂也說要給我錢，我沒要，我是來瞧瞧這些針線有沒有人看得上眼呢。」

說話間丫頭們架起投飛鏢的動物圓盤，擺好籤筒，數好頭錢，阿雲還煞有其事地拿一面小鑼敲了敲，撲賣會正式開場。

廳中一共七人，只有李五娘和程三娘是帶了貨品來的，李五娘見無什麼人同她競爭，十分歡喜，指揮著幾個小廝，將三口大箱子搬上來，一個場子裡放了一個。眾人都是頭一回玩撲賣，紛紛圍上去瞧，只見那幾口箱子，一個裝的是化妝用品，一個裝的是幾成新的四季衣裳，還有一個裝的是小兒的衣裳和玩意。

小圓是有兒子的人，逕直走到最後一口箱子跟前看，發現這一箱子小衣裳小褲子大多還是新的，想必是別個送來的禮，李五娘不願留給妾生的兒子享用，便搬來撲賣。她暗嘆一聲，取了件金絲小衫，走到盛了頭錢的盤子前，問李五娘道：「三嫂，這個博幾個錢？」李五娘伸出五個指頭來晃了晃，笑道：「怎好意思賺親戚們的錢，圖個熱鬧罷了，隨妳用幾個頭錢。」

小圓聞言，取了三個頭錢，擲了足足十一回才湊出個「渾成」來。她喚過采蓮取五十五個錢給她，大笑道：「三嫂的這件金絲衫好貴。」

程二嬸亦對這箱子小兒衣裳感興趣，但她自己卻不挑，只問錢夫人愛哪一種。錢夫人如何不曉得她是什麼心思，便站在化妝品箱子前不挪步，不住地喚丫頭取飛鏢來，投了一輪又一輪，幾乎把那一箱子貨全博了去。

程三娘把袖子裡的針線活捏了又捏，不好意思自己去擺出來。程大姊雖疼愛這個妹妹，卻看不慣她的扭捏姿態，一把奪過活計，喚來丫頭，單獨開了一場。除了飛鏢因為尋不來第二個圓盤，只能作罷，便把籤筒和頭錢都擺了出來，又盡職盡責替她吆喝了幾嗓子。

此時廳中氣氛極為熱烈，連手中有錢的丫頭們都加了進來，只有錢十三娘孤零零一人站在邊上。小圓是主人，少不得去問詢兩句，原來她既無物件來賣，又沒大子兒來博，只能眼巴巴地望著。程大姊急著替妹子賣活計，見錢十三娘磨磨蹭蹭，便不耐煩道：「這樣便宜的東西平日裡哪兒去買，還不趕緊著。」又招呼小圓：「四娘，莫同她費時間，妳先來。」

小圓有幾分憐惜錢十三娘嫁到了她那個不像樣子的娘家，忍不住問她：「那日就算妳慌不擇人，也該指個穿戴正經的，我二哥一看就是常在煙柳地裡打晃的人，妳怎的瞧上了他？」錢十三娘是做了人家二嫂的人，不好意思講她那日的真正目標是程慕天，便紅著臉道這是她與何老二的「緣分」。

程大姊冷不丁伸過一個香囊來，「瞧這針腳，不比四娘生母繡的差。妳既與何老二有緣分，何不博一個回去贈他？」錢十三娘窘迫地手足無措，小圓忙悄悄塞了張一貫的會子給她，把她推到籤筒跟前，叫程大姊陪她去玩。

錢夫人見小圓所到之處，人人歡聲笑語，再瞧瞧自己身邊，只有一個難纏的程二嬸，心裡十分不平衡，猶豫半天，還是悄悄去向小圓討主意，問她如何才能甩掉程二嬸。

小圓笑道：「二嬸要博小兒衣裳，娘何不就陪她耍去。那些衣裳雖說小四娘穿不了，但妳孫子可是正好能穿。」錢夫人明白過來，笑著去挽程二嬸，一同擲頭錢，贏了半箱子小衣裳，問也不問程二嬸一句，便吩咐丫頭全送去給午哥。

這邊錢夫人同程二嬸暗自較量，那邊錢十三娘拿著別個的錢博起來不心疼，轉眼間，李五娘和程三娘的貨品去了大半，許多人哀嘆無甚可博。小圓想起那四籃子新鮮果子，忙命人擺了出來，讓她們博著吃。

李五娘和程大姊忙了半日，正是口乾舌燥，見有果子撲賣，丟了手裡的活兒也來博。李五娘一舉博得兩個大梨子，丟給丫頭去削皮切片，向程大姊笑道：「東西太少，下回得多搜羅些來。」程大姊卻叫苦連天，「若不是為了妹子，我才不做這苦差事，比吵一場架還累。」

四籃子果子很快就被博完，眾人正犯愁拿些什麼來博，忽然聽得門口一聲：「我這裡有些事物要撲賣，眾位娘子博不博？」待得那人轉過屏風，程三娘驚叫一聲，躲進丫頭群裡，眾人便都曉得，這是甘十二來了。

小圓以為他是拿玩具來撲賣，嗔道：「你是來做生意，還是來顯擺手藝？若是做生意，就去玩具店，若是顯擺手藝，直接送咱們幾件。」甘十二哈哈大笑，把身後的小寡婦拉到她面前，道：「大嫂，這個手藝，妳敢要？」

錢夫人到底是他未來的丈母娘，責他道：「咱們正經撲賣會，莫要胡鬧，趕緊把這女子帶回去。」甘十二朝她拱了拱手，將小寡婦帶到場地中間，笑道：「夫人錯怪我了，我可不是來砸場子的，而是湊個熱鬧，撲賣這個奴婢。」說著，先把飛鏢一指，「投中燕子贏。」再把籤筒一指，「三根籤子，少於十五贏。」最後把頭錢一指，「擲出『背間』贏。」

他樣樣都是和正經規則反著來，擺明了是要把小寡婦塞出去。眾人樂不可支，紛紛向小圓道：「妳家這個親戚實在有趣。」

那個小寡婦繫著一條歌舞伎樂才穿的大紅裙子，一看就不是正經人，因此甘十二的撲賣門檻雖低，卻是連程大姊都不願下手。

程三娘就藏在廳中看著，甘十二如論如何也不敢把小寡婦再帶回去，又見眾人都不願來博，急得作了一羅圈揖。錢夫人被程二嬸煩惱了半日，正愁找不著機會反擊一下子，便笑著朝甘十二招手，把他叫到近前，對程二嬸道：「弟妹，妳拉我去博小兒衣裳，結果全便宜了午哥，實在叫人過意不去，不如我把甘十二的奴婢博來送妳。」

甘十二十分機靈，不待她吩咐就取了三枚頭錢來。這頭錢要擲成「渾成」難，想擲成「背間」還不容易？錢夫人看也不看，隨手一扔就贏了那個小寡婦來，笑咪咪地交到程二嬸手裡，再三謝她給午哥添了新衣裳。

她將話講得極漂亮，程二嬸不好推辭，只得咬牙切齒地謝過，領了小寡婦，氣呼呼地告辭。

錢夫人見撲賣會已近尾聲，剩下的又都是小輩，便叫小圓陪著她們去吃酒席，自己則扶了小丫頭的手回房歇息。今日小圓幫了忙，小銅錢照例要替她講好話，錢夫人卻有些落寞，「她既有萬般好，妳何不跟了她去？」一席話講得小銅錢再不敢開口。錢夫人雖有些不服氣，但面子要做足，命人把她在撲賣會上博來的化妝品給小圓送了去。

不到半個時辰小圓就吃完酒送完了客，笑著走回院子，「這些姊姊嫂子們趕著回去炫耀，連酒也不好好吃，還直追著我問下回的撲賣會何時辦。」

因她們酒席間已商量好，下回的撲賣會是要到何府去辦的，便見阿雲央道：「少夫人，下回可得帶我去，今兒我想博兩盒子油膏，輸了幾十個錢也沒博中。」

眾人都笑她手氣差，進得房內才發現，屋裡擺了一桌子各式各樣的油膏。阿雲歡呼一聲撲上去，一手舉了一個，笑道：「這定是夫人送來的，我瞧著她博的。」

小圓望向孫氏，待得她給了肯定的答覆，便笑道：「妳們自個兒挑吧。」

丫頭們一哄而上，一人挑了一個，卻不揣起，只湊到一處商議，要用這幾盒子油膏接著撲賣。

小圓直道她們是走火入魔，又揀出六盒擦臉的茶油，一盒給了孫氏，兩盒分別送去給程三娘和丁姨娘，還有三盒子命人送到薛府，交給陳姨娘。

姨娘收到茶油，深感閨女細心，連薛家大嫂和二嫂都得了油膏，隔日便到婆母面前告假，抱著小閨女雨娘去看小圓。

小圓正在開箱子翻衣裳，見生母親自來謝她，忙把那一攤子丟給丫頭們，上前接過雨娘，笑道：「昨日撲賣會，丫頭們贏了幾條裙子，卻沒得背子來配，我正開箱子把自己的翻兩件出來與她們去穿。」

陳姨娘拿了一包小衣裳來給她看，道：「我給午哥做了幾件小衣裳，不知大不大？」小圓一手抱著雨娘，一手接過衣裳來瞧，讚道：「昨兒我婆母贏了三嫂的一堆小衣裳，全拿來給了午哥，那針腳哪有姨娘縫得細密。」

采蓮笑道：「陳姨娘的蘇繡譽滿臨安城，虧得近幾年收手改做外孫和女兒的小衣裳，不然那些繡娘們哪裡有飯吃。」陳姨娘笑起來，「只曉得妳穩重，原來拍馬屁也是一絕。」

小圓讓孫氏把小衣裳收起，叫余大嫂把雨娘抱去同午哥玩，又讓采蓮端奶油夾心餅來給陳姨娘嘗。陳姨娘拿起一塊瞧了瞧，笑道：「前幾日我去蛋糕鋪子拿了一盒子蛋糕回來分給孩子們吃，卻不敢說那鋪子裡有我的股份，不然我家大嫂和二嫂的那幾個小子天天嚷著要吃，豈不把妳的鋪子搬空了。」

小圓忙叫采蓮多拿幾盒來給陳姨娘帶回去，道：「說是閨女送的，就無甚顧忌了。」她又問起陳姨娘過繼的事，得知薛家人並不強求，這才放下心來，命廚房燉嫩嫩的肉末雞蛋，留她和小雨娘吃午飯。

陳姨娘推辭道：「妳管著家事情多，我回去吃更便宜。」小圓的確有許多事要忙，便不強留，命人把蛋糕和餅乾給她帶上，派了轎子送她們回去。

阿雲見客人已走，跑進來回事：「少夫人，何家三夫人特特使人來，問那個蜜甘湯還有沒有。」小圓正看著阿彩算撲賣會的帳，抬頭奇道：「又不是什麼好東西，她喜歡，昨日怎麼不當面問我要？」阿雲笑道：「我也是這般問來人的，他說，迎客茶送客湯，他們三夫人要守規矩，不好當面要得。」

小圓亦笑道：「不是一家人，不進一家門，三嫂也同三哥一般講究起規矩來。」采蓮在一旁聽到她們的話，忙取來一束曬好的甘草，裝進盒子裡，交由阿雲送出去。

小圓對過阿彩算的帳，想起要送采蓮去學做蛋糕的事情，便叫她來吩咐。因做蛋糕的全是廚娘，采蓮並未作其他想，滿口答應下來，轉身去教導幾個小的，叮囑她們，自己不在時要勤快，要機靈。

程慕天忙完生意歸家，見了午哥房裡一大堆衣裳，很是滿意，「撲賣會不錯，要常開。」小圓捏著一張辦撲賣會剩下的會子，吃兒子的飛醋，「就曉得你兒子，也不問問我贏了什麼。」程慕天瞪了她一眼，「妳多大？他多大？」等到下人們撤下去，他又覺得自己態度太粗暴，便補問了一句：「妳到底贏了什麼？」小圓想了想，「給午哥博了件金絲衫。」

程慕天一愣，隨即笑得直捶桌子。小圓自己回過味來，忍不住也笑了，「幸虧繼母給了幾盒子油膏，不然沒得我自己用的。」程慕天逮住了空子，問：「沒得我的？」小圓不給他吃醋地機會，白了他一眼，「來的都是女人，哪有男人用的東西撲賣。」

外間傳來甘十二的聲音：「誰說沒有男人用的東西，我不是撲賣了一個奴婢？」

小圓抓緊時間把錢夫人博得小寡婦贈程二嬸的事講與程慕天聽，再把他推出去教導甘十二。

程慕天卻很高興那個害得他貼身小廝挨棒槌的小寡婦被賣掉，便誇讚了甘十二幾句，才問他所來何事。甘十二掏出個雕花小匣子遞過去，笑道：「昨日撲賣會，我看三娘只賣不買，就替她買了幾樣，不知她喜不喜歡。」

小圓在裡屋聽得他們談論程三娘，出來一看，匣子裡裝的是桃、蓮、菊、梅四樣簪子。她握了簪子在手，笑著喚阿雲進來，道：「告訴甘少爺，昨日撲賣會都賣了些什麼。」阿雲掰著手指頭道：「衣裳、油膏、水粉、玩意，還有三娘子的幾色針線。」

這下連程慕天也望著甘十二直笑，「十二，好似沒賣首飾，這簪子哪裡來的？」甘十二來臨安這麼久，頭一回不好意思，卻沒有紅臉，摸著腦袋道：「沒有賣首飾？許是我記混了。大嫂，這是照著四季的名花製成的簪子，把這四支同嵌到冠上，就叫『一年景』。」

小圓半是玩笑半講實情：「我記得三娘子並沒有冠帽。」甘十二沒有被難住，馬上接道：「我買個來送她。」大大咧咧的甘十二也有細心的時候。程三娘沒有錢去博東西，便特特送禮物來，小圓很是為這個妹妹感到欣慰，就讓甘十二在匣子裡頭淺淺刻了個「甘」字，再將簪子收進去，喚來阿彩，送去給程三娘。

甘十二謝過他們兩口子，過了幾日真又送了個冠帽來，小圓親自拿去給程三娘，陪她閒話一陣回房，現自己的照臺上也有四隻「一年景」，忙問這是哪個的。

程慕天一邊遣丫頭一邊走進房來，自己動手倒茶吃，狀似不經意地答了一句：「朋友新開了首飾店，買了幾樣捧場。」

「原來是應景兒買的。」小圓隨手把簪子丟到了一邊，照臺太滑，其中一只眼看就要滾落地上。程慕天一個箭步衝過去接住，生氣道：「小心些放，這簪子磨得很薄，跌了就碎了。」

小圓「咦」了一聲，「不過是為朋友捧場才買的，慌什麼？」程慕天怕她還要到處丟，扭捏道：「甘十二粗人一個，竟曉得給三娘子買簪子，我也買幾個與妳戴。」小圓笑著接過簪子，插進髻，甜蜜嗔道：「情意我領了，東西卻不敢戴出去，讓甘十二和三娘子瞧見，定要笑話我。」程慕天臉一紅，伸手把她剛插好的簪子拔出來，「忘了這一層，明兒我拿去換，給妳換個釵頭燕。」

參之章　小姑嫁妝難採辦

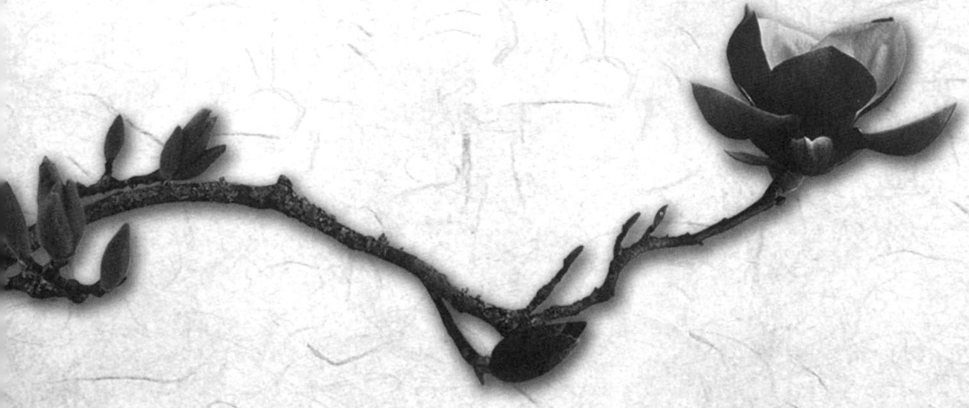

轉眼三月初，科考放榜，甘十二膽大到連父翁也敢瞞，託了同年捎信回泉州，稱自己不幸名落孫山實不甘心，要留在臨安再苦讀三年。能一舉中第的畢竟是少數，甘老爺收到信倒也不怎麼責怪他，又見兒子十分有上進心要留下苦讀，哪有不願意的，特親修家書一封，隨著一船的聘禮運給他。信中說，甘十二在臨安讀書無人照料，不如先帶程三娘回泉州成親，再夫妻雙雙返臨安。

甘十二捧著信直樂，先送去與程老爺和錢夫人看，再送去給程慕天和小圓看，又央阿彩送去給程三娘也瞧瞧。小圓笑罵：「樂瘋了嗎？生怕別個不曉得你要娶媳婦了？」甘十二連連搖頭，「媳婦早晚是要娶的，並不是為這個樂，大嫂沒瞧見我爹信中說的，許我在臨安長住呢。」

小圓把信要過來又看了一遍，奇道：「明明只許了你三年，難不成還有密書？」甘十二拍著胸脯道：「中進士難，想落榜還不容易，只要開考，我就名落孫山，可不就是長住了？」

有了甘十二，格外多些笑聲，小圓扶了扶頭上的釵頭燕，去同錢夫人商議程三娘的嫁妝。錢夫人不解，「這有什麼好商議的，照著程大姊的嫁妝單子備一份不就是了？」程大姊是程老爺的心頭肉，程三娘是無人疼的狗尾巴草，這兩姊妹怎能比得？小圓斟酌著答道：「老爺原先以為三娘子要去泉州過活，因此只打了些家具，現下他們成了親還要回來，是否得多備些嫁妝？」其實那些家具還是她從山上拖下來的杉木打的，程三娘的嫁妝，程老爺是一分錢沒出，也不想出。

時下宋人嫁女都是傾家蕩產，似程老爺這般只陪送家具的，怕是絕無僅有了，錢夫人可憐起程三娘來，嘆道：「杉木家具雖也算得上貴重，但到底不像樣子，我好歹做了她幾天的母親，替她添個妝吧。」小銅錢捧上個錢匣子來，錢夫人也不數一數，整個兒給了小圓，「拿去給三娘子置辦些什麼吧，她要真只帶著幾件家具出嫁，我都不好意思出門了。」

小圓驚訝道：「這裡頭是多少，娘不數數？」錢夫人笑道：「管它是多少，我這人什麼都在乎，就是不在乎錢，這東西生不帶來死不帶去的。」小銅錢也笑，「裡頭的會子換成鐵錢，大概不是兩萬就是三萬，若是不夠再來拿。」這些錢早就被程老爺視為己物了，要是曉得拿了這樣多出來給程三娘置辦嫁妝，只怕要暴跳如雷，小圓猶豫道：「是不是多了些？」小銅錢道：「我們夫人給十三娘添妝都出了一萬呢，三娘子不比她更親些？」

程老爺從書房回來，恰好聽到這一句，怒氣沖沖地進來責問錢夫人：「妳竟把我們家的錢拿去貼補內侄女？」

爹與婆母吵架，小圓的第一個反應就是躲出去，但她長裙稍稍提起，就聽見錢夫人在申辯：「十三娘如今可不單單是我內侄女，還是媳婦的娘家二嫂呢。我就算不看在我娘家分上，也得看在媳婦娘家分上。」

只一句話就把兒媳也拖下了水，小圓慢慢地躲到門邊上，不敢再走，極是無奈地撫額頭。程老爺順著錢夫人的目光看向小圓，問道：「媳婦，妳也給錢十三娘添妝了？」

小圓忙站直了身子，回道：「二哥結婚，怎能不添妝？叫二郎把咱們玩具店的玩意抬了一箱子去的。」程老爺滿意地點頭放過她，還是去罵錢夫人：「是娘家侄女親，還是娘家二嫂親？媳婦都曉得只送箱玩意，妳竟拿出一萬貫去，一萬貫哪！」

阿雲悄悄拉了拉小圓的袖子，「少夫人，沒咱什麼事了，走吧。」小圓也極想躲開「戰火」，免得受到無妄之災，但一想到程三娘，她又挪不開步子，「三娘子可憐呢，若沒有好陪嫁，別說甘家人，就是咱們自家親戚都瞧不起她。」阿雲把腳一跺，「原來少夫人是為了三娘子，這有什麼難的，叫大姊來呀。」

小圓笑著敲了敲她的腦袋，「采蓮不在，妳倒比往常機靈了些。」阿雲得了她的允，拔腿到門上叫小廝去金家請程大姊。程大姊是個疼愛妹子的人，又得程老爺的寵，必能為程三娘爭份嫁妝來。小圓放下心，一手提裙子，一手扶阿彩，趁著兩位高堂爭辯得熱火朝天，悄悄溜了回去，靜候程大姊消息。

不多時，浩浩蕩蕩一隊車馬行至程家門前，為首一頂四人轎子上跳下程大姊，指揮著小廝們把車上的許多箱籠搬到錢夫人院中。程老爺與錢夫人吵架累著了，正在吃茶潤嗓子，忽見這麼多箱籠搬進來，啞著喉嚨罵錢夫人：「原來妳是先斬後奏，嫁妝都已置辦好了才讓我曉得。」說完，趕到院中大聲嚷嚷，讓小廝們把嫁妝都搬去退掉。

程大姊看著下人們放下最後一只箱子，丟下一把賞錢，走上去道：「爹，既然你無錢給三娘子置嫁妝，那就把我的拿去吧。」程老爺一驚，上前細細查看，果然箱子底上有他當年親手刻上的「程」字。

程大姊出嫁時，程老爺憐她沒了生母，不但陪了小半個家產過去，且一針一線都是他親自查點的，此刻見她把他的心血原樣搬回，竟有了絲痛心的感覺，怒道：「胡鬧，又不是不給三娘子辦嫁妝，只不過現下物價飛漲，我不願浪費錢，這才簡薄了些！再說我給她辦再多的嫁妝，她也帶不到泉州去，何必費錢又費事！」

錢夫人曉得程三娘出嫁後還要在臨安住，但她願意出錢，卻不願意出頭，便閉口不作聲。程大姊卻是不知這一層，就覺得程老爺講的在理，上前賠過不是，讓人把自己的嫁妝又浩浩蕩蕩運回去。

她送走車隊，帶著些怨氣來尋小圓，道：「既是遠嫁，嫁妝簡薄些也沒什麼，大不了咱們做姊姊嫂子的，每人出些錢來幫襯她。」

婆母果然是除了錢，什麼都在乎。小圓輕笑了一聲：「繼母沒有告訴妳，甘十二收到了家書，甘老爺許他帶著媳婦留在臨安讀書？」

程三娘要留在臨安過活？程大姊有種被老父和繼母聯手騙過的感覺，拍著桌子站起來，要去尋他們討說法。小圓指點她道：「繼母願意拿嫁妝銀子出來呢，妳只需說服爹。」

程大姊找程老爺要東西還沒有失敗過，點了點頭，重新去尋他。不料一向依著她的程老爺在此事上死活不鬆口，只道：「錢要留給午哥。」程大姊氣得將他屋子砸了個稀爛，「三娘都不稀罕這點子錢，你倒要巴巴地留給他。」

程老爺為了安撫大女，叫錢夫人拿了一貫錢來，塞給程大姊，哄她道：「乖閨女，拿這錢去換條鬱金香根染的黃裙子穿，莫要和爹鬧。妳妹妹嫁出去同妳就是兩家人，妳理那麼些作什麼？」

程大姊捧著錢哭笑不得，折回小圓房中，將她同程老爺吵架的場景描述給小圓聽。小圓聽說程老爺提及午哥，苦笑道：「爹口口聲聲說是為了我兒子，那我可要避避嫌了。」程大姊指了指桌上的那吊錢，亦苦笑：「倒像是我要藉機討錢似的，我也不敢再去了。」

二人相視苦笑，都拿視財如命的程老爺無法。程大姊幫不了程三娘的事，就又記起錢夫人來，不禁抱怨道：「繼母到底不親，明曉得三娘子要留在臨安卻不告訴我，不然我就不把嫁妝搬回去了。」

小圓勸解她道：「她算不錯了，也沒幾個繼母願意拿自個兒的陪嫁出來給繼女添妝的。」程大姊卻道：「她的錢，她們錢家的錢，真真是生不帶來死不帶去的，自然要趁著還在世，下死力地花。」小圓忙問這是什麼意思，程大姊耐心解釋了一番。原來大宋絕戶的家產兩種方法：一是「立繼」，若錢老太爺死在辛夫人前頭，就要從族中過繼個兒子到辛夫人名下；二是「命繼」，若錢老太爺夫妻雙雙去世，還是得過繼一個兒子，只不過歸到尊長親屬名下。

小圓開了眼界，問道：「原來不論他們願不願意，都得過繼個兒子來繼承家產，那先前錢十三娘的爹娘來臨安吵著要過繼，辛夫人為何把他們趕了回去？」

程大姊笑道：「看妳管家挺能耐，這些道理居然一竅不通。」原來過繼的兒子並不能繼承全部的家產，絕戶之女一樣也有繼承權，這也分兩種情況：未嫁的在室女能繼承四分之三，繼子繼承四分之一；若絕戶之女已出嫁，則要將家產一分為三，一份歸出嫁女，一份歸繼子，另外的一份要被官府收為己有。

小圓聽她講完，頓生豁然開朗之感，暗自佩服起錢家人的智慧來。錢夫人的巨額陪嫁看起來是為了撐臉面，實則為財產轉移。錢家上上下下手中散漫，也不是家風使然，而是不想把錢留給繼子。

這些道理她現在才明白，程大姊卻是早就透徹，道：「現在妳曉得辛夫人為何要把錢十三娘的爹娘趕回去了？他們兩口子是要趕著把錢都花完，花不完的都貼補閨女，然後留個空架子讓族裡來過繼呢。」

小圓連稱「受教」，但這些不過是別個的家務事，當八卦聽聽也就罷了，聽完還得同程大姊商量程三娘嫁妝的事。程大姊有程老爺寵愛，又是已出嫁的閨女，行事無所顧忌，便嚷嚷著要直接抬箱籠來。小圓卻是還要做人兒媳的，不好明目張膽和公爹對著幹，只得暗地把玩具店的股份拿一成出來，偷偷將契紙交給程三娘，叮囑她莫要聲張。

錢夫人愛錦上添花，卻不願雪中送炭，被程老爺罵了幾句，就縮手縮腳起來，萬事只當不曉得，對繼女的婚事問也不問一句。

程三娘每每去堂上請過安，都要到小圓房裡哭上一場，「嫂嫂，非是我貪心，只是咱們大宋嫁女，不成文的規矩，男家送了多少聘禮，就得回更多的陪嫁去，要是我的嫁妝還不如聘禮多，我不如一條白綾了結此生算了。」

小圓很想幫襯小姑子，卻無奈她的陪嫁鋪子用來撐場面足夠，真正到自己手裡的錢並不是很多，而蛋糕鋪子和棉花包鋪子，六成的股份都留給了陳姨娘；玩具店的股份也給程大姊和陳姨娘各分了一成；反季節菜蔬每年雖能掙些錢，但只有短短幾個月。她看著程三娘手裡透濕的手帕子，道：「不如玩具店的股份多分一成給妳？」程三娘忙搖頭，「使不得，親戚們都只拿了一成，我又不曾出力，怎好多拿。」

都道她們是豪門大戶，鳳凰山下的富貴人家，誰能想到也有如此辛酸時候，倒還不如那些小門小戶，雖然無錢，卻肯傾盡家產疼一個閨女。

程大姊的嘴不嚴，程老爺只給程三娘陪嫁幾樣杉木家具的事，經由她傳呀傳，傳遍了親戚家，連甘十二也曉得了消息，跑到小圓處捶胸頓足，「早知叫她這樣為難，不如瞞下一半的聘禮。」

程慕天罵道：「胡鬧，陪嫁是她的臉面，難道聘禮就不是？」小圓悄悄看他一眼，當年自己還偷偷抱怨他挑了那麼些聘禮去便宜了嫡母，原來是為了給娘子撐臉面。

甘十二在未來的大舅子面前後悔了一番，卻不能解決問題，便私下找他借了幾千貫錢，一半買了首飾和衣帛，另一半拿著現錢裝了幾箱子，趁夜搬來給小圓，道：「大嫂，『兜裹』一事古已有之，我也效仿一回，還懇請大嫂千萬莫要告訴三娘子。」

何為「兜裹」？那是女家貧窮或父母雙亡，無力出資置辦妝奩，便由男家在行定聘之禮時，另附送一些錢財，以用作女子嫁妝，免得她出嫁時因奩具單薄而被旁人取笑。

好歹也是住在鳳凰山下的豪門閨秀，卻落得「兜裹」的地步，小圓心一酸，險些替她落下淚來，忙藉著查看妝奩，用帕子按了按眼角。

十二的「兜裹」幫了大忙，成全了程三娘的臉面，再加上大姐送的十個箱籠、小圓送的玩具店一成股份，和那些杉木家具一起，勉強湊了份看得過去的嫁妝。

小圓為小姑子忙活了好幾日，終於能歇一歇，便取了采蓮學著做的蛋糕，旁敲側擊問了問她對任青松的印象，可惜收效甚微。程慕天笑她太心急，「火候到了，任五自會替他兒子擔聘禮來，難道非得私下先來個海誓山盟？」這便是古今戀愛的差別了，小圓自嘲一笑，將此事按下不提。

程慕天也取了塊蛋糕，哄著午哥叫爹爹，小圓笑道：「他才多大，你這也是心急。」程慕天把兒子交給余大嫂，叫下人們都出去陪午哥耍，便走到小圓慣常算帳的桌子前拍了拍算盤，問道：「上次撲賣會還剩下一張會子？」小圓點頭：「是，還剩下二貫，我讓人換了八百鐵錢收起來了。」程慕天就問入的是公帳還是私帳，小圓以為他要責怪，辯道：「你要講究『父母在不私財』的臭規矩，我可是能正大光明攢私房的，那個錢，全算在我嫁妝裡了。」

程慕天在屋裡東晃晃西翻翻，好半天才紅著臉開口：「娘子，可有多的錢借我？」小圓笑道：「原來是要借錢，還以為你不許我攢私房呢，借多少？」娘子如此爽快，程慕天很開心，伸出九個手指頭。小圓二話不說，也不問他借去作什麼，當場開了她放零花錢的小箱子，取出二十三貫會子與他：「拿去吧，換成鐵錢，九貫還有多的。」

程慕天伸出去接錢的手頓在了半空中，極是尷尬地開口：「不是九貫，是九千貫。」小圓先是一笑，「我說你做生意的人，怎連九貫錢都沒得，原來是九千貫。」緊接著又是一驚，「怎的要這多錢，你做生意虧了？」程慕天無奈，「妳家官人在妳眼中就那般沒本事？這是前些日子甘十二問我借的，我一時湊不出那麼些錢，就在鋪子裡支了九千，想向妳借來先把公帳填上，免得爹起疑。」

小圓笑道：「想不到甘十二竟肯為了三娘子的臉面去借錢，她是個有福氣的。這錢你也別讓甘十二還，就讓他到我的玩具店做活抵帳好了。」程慕天明白她是要將這錢送給甘十二了，點頭道：「三娘子的臉面就是程家的臉面，當是哥嫂替她添妝了。」

小圓很高興程慕天不似程爺那般掉在錢眼裡，親自去關了房門，從床下拖出個箱子，數出價值九千貫鐵錢的會子來，交給他去填公帳。

程三娘的嫁妝一備好，甘十二就急不可耐地要動身，「早去早回，我不愛在泉州待。」小圓笑話他是急著要娶媳婦，指點他去同程老爺講。程老爺對程三娘這個女兒是可有可無，自然無甚話講，於是甘十二找程慕天訂好了去泉州的船，擇了吉日三天後出發。

眼看著程三娘要出嫁，全家人都歡，小圓卻犯起了愁。這日她同程慕天行完人倫，戳了戳他裸在被子外的胸，問道：「二郎，三娘子就要出閣，房中之事誰人來教？」程慕天只顧著捉她亂動的手，隨口答道：「有繼母在，輪不到妳操心。」說完，發現小圓望著他似笑非笑，反應過來，那位可憐的繼母至今還是處子呢，自己都不曉得閨房之樂，如何教導程三娘。

不論誰教，反正輪不到他，程慕天絲毫沒有不好意思，拍了拍小圓的臉，「長嫂如母，妳去教。」

若這是自個兒閨女倒還罷，小姑子到底不是從小一道長大的，饒是小圓自詡大方，也不知如何啟口。她極為不滿地瞪了程慕天一眼，道：「你是站著講話不腰疼。那些事我講不出口，大姊與三娘子更親厚呢，不如讓她來。」

程慕天回道：「這不合規矩，再說她那咋咋呼呼的性子，妳放心？」教導房事還與性格有關係？小圓半日沒想通，只得把他歸結為老古板心理作怪。她絞盡腦汁又想了想，再找不出第二個合適的人選，無奈之下，只得硬著頭皮自己上。

說起來程三娘今年才十四，比小圓當年出嫁還小一歲，身量都未長足，便要嫁為人婦，小圓極為擔心地看了看小姑子那略顯單薄的身子，道：「比我剛進門時長好了些，但還是瘦，早知道就逼著妳多吃些。」

程三娘不解，「我也沒哪裡不爽利，吃那麼些作什麼，長胖了惹人笑話呢。」小圓張了張口，不知如何跟她解釋，難道與她講，妳才十四歲，身子太單薄不經折騰？啊呀，想想都臉紅！她憋了半日，冒出一句「身子壯實好生養」，羞得程三娘轉身就走。

她自己也鬧了個大紅臉，拽住三娘子道：「別惱，我比妳還羞。」程三娘偷眼一看，果然嫂子的臉比自己還紅，既然兩人都害羞，她反倒平衡了些，拉著小圓的手輕聲問：「嫂嫂，妳到底要講什麼？」

小圓湊到她耳邊悄聲問：「妳可知成親是怎麼回事？」程三娘笑了，「原來嫂嫂是要問這個，那臉紅什麼，這些事我早就懂得了。」小圓聽了這話，又是驚奇又是歡喜，原來她是無師自通，忙問她曉得哪些。程三娘還以為嫂子是考她，胸有成竹地答道：「在家從父，出嫁從夫，早起侍奉公婆……」她把三從四德講了個透徹，洋洋灑灑幾乎能寫篇文章出來，小圓被驚得目瞪口呆，無語到想尋塊豆腐撞一撞。

程三娘見嫂子的面色越來越不對勁，忙道：「可是我哪裡講錯了？請嫂嫂指教。」小圓無力呻吟了一聲，再顧不得什麼害羞，緊栓起房門，從人體生理構造開始，與她講了個仔仔細細。

約莫半個時辰後，程三娘面紅耳赤地從小圓房裡衝出來，接連撞倒了三個小丫頭，驚得阿雲直叫：「三娘子魔障了。」小圓忙捂她的嘴，「三娘子是要嫁人了，歡喜呢，莫要大呼小叫。」

程慕天得知她圓滿完成了房事理論教育，好奇地要她也講一遍給自己聽，小圓哭笑不得，「你兒子都有了，還需聽這個？」程慕天想了想，打橫抱起她來，「說的是，那些我都懂得，不如演練一番。」

兩口子也圓滿完成實踐工作，心滿意足的程慕天呼呼大睡，小圓卻還有許多事要做。陪嫁的箱籠無法帶去泉州，便列出詳細條目，讓程三娘帶去給公婆過目，又將私房錢取了一千貫給她帶上，免得到了甘家，連個打賞的錢也無。程三娘已白得了玩具店的一股，很不好意思，就推辭不要那錢，小圓教她道：「拜堂前妳還是程家人，一路上怎好使用甘家的事物，沒得讓人瞧不起。」

程三娘然大悟，誠誠懇懇向她磕了個頭，謝她代行母職教導自己許多。三日晃眼就過，甘十二萬般興奮地來告辭，攜了程三娘登上海船，往泉州成親去了。

程三娘一走，家裡多出幾個丫頭，阿雲來問小圓如何打發。小圓心道，錢財陪嫁不起，人總是陪得起的，便讓她把那幾個丫頭留起來，待程三娘回來，還送去與她使。

且說那日參加撲賣會的李五娘幾個，聽說小圓已嫁過小姑子，得了些空閒，便盤算著再辦撲賣會。姜夫人正愁無處賺錢，聽得消息也要來耍，又見李五娘住的屋子太小，就在她自己的院子裡收拾了一個大廳，請了好些親戚朋友來撲賣。

這日小圓同錢夫人帶著幾個丫頭去何府捧過場，贏了幾箱子東西回來，各自回房歇息。這回小圓也賣了些物件，便叫阿彩撥算盤，算一算賺了多少花了多少。

她們正得熱鬧，阿雲拎著幾樣玩意從外頭進來，樂道：「夫人特特叫我過去，說她方才贏了幾件玩意，叫我拿回來給午哥玩。我一看，這不就是咱們玩具店賣出去的東西嗎？我怕她惱，也不好意思說，在她面前忍了半晌的笑，好不辛苦。」

阿雲把這個當作趣事來講，小圓卻琢磨：婆母這般行事，是無意，還是有心？若是無意便罷了，如果是有心，恐怕就是在暗示兒媳，要分玩具店的一份股。她完全不介意分一股給婆母，但程老爺的吩咐在前頭，她可不想失了股份還得罪公爹。

她極是不願費這樣的腦筋，但不弄清楚，又怕婆母給自己小鞋穿，於是趁著請安，故意先提玩具店的生意。錢夫人喚過剛剛學會走路的小四娘，嘆道：「老爺捨不得錢與三娘子辦嫁妝，不知我養的這個長大，有沒得好陪嫁。」

小圓明白了，婆母自己得子無望，便把小四娘視為己出。她自己的陪嫁被程老爺盯著動不了，只好打兒媳的主意。丁姨娘不曉得錢夫人的心思，還道小四娘年紀小，夫人操心過早。錢夫人狠狠瞪了她一眼，暗罵一聲蠢貨，把她趕了下去。

丁姨娘不解風情，小圓卻很識趣，道：「娘不用擔心小四娘，待我稟明爹，將玩具店的股份分她一成。」

錢夫人一愣，「那是妳的陪嫁鋪子，贈人股份還需老爺同意？」小圓笑道：「百事孝為先，媳婦做事，向來是要先知會爹的，不然我分給親戚兩股，怎不見爹說我？」

程老爺之所以對兒媳贈股份給生母視而不見，完全是因為他最疼愛的程大姊也得了好處。錢夫人不是笨人，稍一琢磨就明白，這是小圓要給生母送錢，拉了程大姊作幌子，跟什麼對公爹的孝道根本不搭邊。

這其中的道道她全明白，卻不敢接著再問，不然要是小圓接上一句「不信妳去問爹」，那可真是自討沒趣了。

她為了今日討股份，策劃了許多日，繞了許多彎，又是拿玩具店暗示，又是用言語提點，卻不想兒媳的四兩撥千斤更勝一籌，抬出個程老爺就將她彈壓住。

小圓見她低頭語，又添了一句：「正好我還沒給爹請安，不如現在就去與他說，把玩具店的股份分一成給小四娘。」

錢夫人怎敢叫程老爺曉此事，慌忙擺手，「媳婦的心意我領了，四娘子還小呢，不急。」婆母果然高，明明是主動討要股份，卻偏偏不明說，還道是兒媳的「好意」。如此一來，這事兒就與她無甚干係了，就算有人告到程老爺那裡她也不怕。小圓在心裡由衷道了聲佩服，起身告退，撤離戰場。

程慕天陪程老爺打完拳回來，見娘子面色不佳，悄聲問：「繼母為難妳了？」這要放在以前，講孝道守規矩的他無論如何也不會問這樣的問題，但自從上回錢夫人要把季六娘塞到他屋裡，他就對這位繼母有了些成見。小圓曉得如今在官人面前講一講錢夫人的不是，是不要緊的，因此放心大膽道：「繼母話裡話外，暗示我把玩具店的股份分一成給小四娘作嫁妝呢。」

程幕臉一沉，「高堂俱在，四娘子的嫁妝該由咱們操心嗎？頂多送幾樣禮添個妝罷了。」小圓想了想，道：「其實玩具店的股份，我給三娘子也分了一成的。」程慕天道：「前年我們在山上時，她通風報信幫過大忙，又在家替妳盯了丁姨娘，就是錢十三娘和季六娘的事，她也出了不少力，妳送一成股份謝她是該的。」

小圓笑道：「婆母可不曉得這一層，若是她知道我分股份給三娘子卻不給四娘子。非得把我生吞活剝了。」程慕天道：「她的嫁妝咱們不稀罕，但也休想打妳的主意。若妳的陪嫁都散光了，爹定要生妳的氣。」

到底是青梅竹馬的夫妻，想法都是差不多。小圓朝他笑了一笑，送他出門去碼頭，自回房處理家務。

且說錢夫人，與兒媳多次交鋒，竟沒一回贏過，氣得關起門，隨便尋了個由頭罵丁姨娘。丁姨娘早已習慣她敞開門賢慧，關起門豎眉毛瞪眼睛的風格，不聲不響等她罵累了，再走到程老爺書房抱怨道：「四娘子才一歲多點，夫人就操心她的嫁妝，真是無事忙。操心就操心吧，要不來錢還拿我出氣。」

她是咬過程老爺的人，怎還敢到他面前抱怨正房夫人？原來程老爺自從曉得錢夫人私自拿嫁妝錢去給內侄女添了妝，就一直不待見她。正頭娘子「失寵」，丁姨娘便抓了機會，使出渾身解數，再藉著些輔助用品，竟將程老爺留在她房裡睡了好幾宿。

有了這層關係，加之身患隱疾的程老爺極是依賴丁姨娘的「手段」，不免就偏向她幾分，關切問她究竟受了什麼氣，丁姨娘道：「怕我聽見，趕我出去了呢。幸虧我機靈，貼在門上聽了一點半點，好似她在向少夫人討要什麼股份給四娘子做陪嫁。」她重得程老爺的寵愛，一心想讓小四娘與自己更親，便見不得錢夫人對小四娘好，又道：「依我看，她哪裡是要替四娘子討嫁妝，怕是為她自己多些。有老爺在這裡，還怕四娘子將來沒有一份好陪嫁嗎？」

在程老爺眼前，什麼錢夫人的陪嫁、小圓的陪嫁，統統都是他孫子的，怎由人輕易動得？他怒火上竄，卻不想在一個妾面前責罵正妻，便取了一方田黃石先把丁姨娘哄回去，這才走到錢夫人房中去找她算帳。錢夫人自然辯解那股份是兒媳主動要送，而她沒要的，但程老爺先信了丁姨娘的話，哪裡肯聽她講，仍舊捧東捧西地罵她。

丁姨娘回房坐了一會子，按捺不下內心激動，偷偷溜到錢夫人窗下去聽，見裡頭確實有程老爺的怒罵聲傳出，便捂著嘴，笑了好一氣。待到程老爺教訓完正妻離去，她忍著笑進房尋錢夫人，把那方田黃石拿給她看，故作煩惱道：「我盡心盡力服侍了老爺，卻賞我塊硬石頭，能作什麼用？夫人是不是得了，咱倆換換？」

早有下人回報，說程老爺這幾晚都歇在丁姨娘房裡，錢夫人本還不信，但見了田黃石，她的心就七上八下起來。這樣名貴的東西，不是丁姨娘自己有能耐買來的，那她的話多半便是真的，既然是真的，那她究竟有什麼能耐，竟能讓廢人一個的程老爺重振雄風？錢夫人又是疑惑又是心驚，自己只顧算計兒媳，竟生生把男人推向了丁姨娘！

丁姨娘見她盯著田黃石看了半晌還不言語，猜她是氣悶，愈發得意起來，伸手就要抱她身旁的小四娘。小銅錢見情形不對，忙進去抱了個小箱子出來，取出裡頭的一條男人褲子問丁姨娘：「可還記得這個？」這條褲子是錢夫人與丁姨娘第一回過招時栽贓給她的，不論程老爺信不信，只需再提出來給她蓋個大帽子，她這輩子就別想再翻身。丁姨娘安穩日子過久了，竟忘了這一齣，灰溜溜地垂頭退了出去，連田黃石也忘了拿。

小銅錢輕輕喚了聲「夫人」，勸道：「小人得志，莫理她，夫人且把這條褲子拿給老爺看。」錢夫人卻道：「總要顧著點四娘子的臉面，她還要嫁人呢，趕明兒妳去尋個人牙子來。」小銅錢會意，把箱子拿回去藏好，又揀起田黃石欲丟，錢夫人攔她道：「送還給她，沒得讓人說我同一個妾爭風吃醋。」她面兒上雲淡風輕，心裡的那罈醋早就攪了個天翻地覆。丁姨娘雖年輕些，但到底是生過孩子的，又只是妾室，程老爺既然已中用，為何不來自己房裡，反倒去尋她。

她越想越委屈，躲著哭了一場，也無心去查她討要玩具店股份的事是誰傳到程老爺耳中去的，第二日一早就坐了轎子回娘家尋辛夫人。

辛夫人一見閨女就笑，「做婆母真是好，回娘家無須哪個點頭。」錢夫人滿腹的怨氣，「妳只曉得我與媳婦鬥，這下可好，叫那個妾把老爺占了去。」辛夫人拉她進房，把門栓起，奇道：「女婿不是不中用嗎，丁姨娘如何占得？」錢夫人搖頭，「就是不曉得，才來請教娘。」辛夫人到底年紀大，見多識廣，想起她家的一個妾好似也有這般手段，便叫來一問，果然有許多不同尋常的法子能讓男人得趣味。

錢夫人聽得臉發燙，羞道：「都是些不要臉的法子，我不學。」辛夫人急道：「閨房之中，還要什麼臉面？把男人哄好比什麼都強。這也是怪我，沒早早替妳想法子，倒讓妾搶了先。」請過來當先生的妾聽了她後頭這句話，悄悄白了她一眼。辛夫人勸完閨女一抬頭，正好瞧見，當即叫她自己下去領家法。

錢夫人到底經人事，坐在那裡想了多時，還是抹不開面子去做那些羞人的事，任辛夫人怎麼勸也不聽，心道，只要我將丁姨娘賣掉，就不怕老爺不回我房裡來。

等她回到家，小銅錢已人牙子找了來，正捧著賣身契候她。雖然錢夫人不計較價錢，但人牙子非要先驗貨，她只好叫了個小丫頭去請丁姨娘。那個小丫頭認得人牙子的裝扮，不去找丁姨娘，卻飛奔來尋小圓，「少夫人，夫人要賣丁姨娘。」

阿雲了賞錢來給她，笑道：「有個自己人果然好。」阿彩不以為然，「家中大小丫頭都是采蓮姊姊親自挑的，哪個不是自己人？」小圓沒空聽她們閒聊，趕忙叫了個掃夾道的粗使婆子到程老爺跟前報信。

程老爺好不容易重嘗房中滋味，豈會由得錢夫人賣丁姨娘？一接到消息就趕往她房中，親自轟走人牙子，還給她戴了頂「善妒」的帽子。他嚴守規矩，沒有當著正妻的面安撫丁姨娘，但卻付諸於實際行動，又到丁姨娘房中歇了好幾晚。

消息傳到小圓房中，阿雲胸頓足，「我還以為老爺會幫著賣掉丁姨娘呢，哪裡曉得將她留了下來。早知如此，我該攔著少夫人別去報信的。」小圓心道，一人獨大是什麼好事嗎，若沒個妾把婆母牽絆住，我這做兒媳的日子恐怕更要難過。

程慕天得知錢夫人與丁姨娘的糾紛，十分不解，「旁人的事嘛，怎的變成她們在鬧？」小圓偷笑了好一陣，問他：「丁姨娘到底使了什麼妙招，居然讓爹每日都宿在她房裡？」程慕天又羞又怒，「爹的這種事，我做兒子的如何得知？」小圓奇道：「你不怕丁姨娘給你添個兄弟？」程慕天迅速搖頭，「不會，其實爹……」忽地警覺起來，「妳套我的話？」

小圓笑倒在床上，「你不是不曉得事嗎，為何如此篤定？」程慕天真生起氣來，翻過她就要打，又捨不得下手，只得剝了她的衣裳，換種方式懲罰。小圓摟過他的頭，悄聲道：「丁姨娘為了謝我的救命之恩，把那法子教我了呢，你想不想試試？」程慕天又怒了，「我又沒毛病。」待得小圓試驗了兩下，馬上又改口：「還真有些趣味。」

一時間房內風光無限，不消細說。

自從程老爺連接二三宿在丁姨娘房內，丁姨娘便認為翻了身，慫恿程老爺將小四娘交給自己撫養，可惜程老爺在有違規矩的事上一點也不含糊，斷然拒絕了她的要求。

錢夫人獨守空房好些日子，眼紅難耐，再顧不得什麼面子和害羞，將娘家那個妾室教的本事使了些出來，讓程老爺耳目一新，但她受大家閨秀的教育太久，閨房中甚是端莊，不如丁姨娘放得開，程老爺新鮮了兩日，大半還是往丁姨娘房裡去。

程老爺的妻妾明爭暗鬥，小圓落了清閒，每日裡除了見見管事娘子算算帳，就是哄兒子逗官人，好不快活。

轉眼寒食臨近，小圓抱著午哥，望著余大嫂笑，「幸虧午哥有個奶娘，不然他小小年紀，吃三天冷食哪裡受得了。」余大嫂笑著接過午哥去餵奶，走到門口又回頭，「少夫人，采蓮回來了。」

小圓抬頭一看，前頭的是采蓮，後頭還跟著提食盒的任青松，她瞧見這兩人走在一起，心中的大石頭終於落下，忙喚小丫頭搬凳子小任管事看座。

任青松把食盒擱到桌，開了蓋子。這盒子有三層，頭一層是一盒子應景兒的「子推燕」；第二層是一碗凍薑豉；最底下一層是薦餅。小圓問道：「這是預備寒食節賣的？」任青松點頭，「是，但咱們蛋糕鋪子來往的都是達官貴人，那些人家廚子廚娘大把，不會理這些便宜事物，我此番來是要與少夫人商議，是不是租個小鋪來賣『寒食盒子』。」又笑道：「這幾樣都是采蓮親手做的，少夫人嘗嘗？」

采蓮忙取過小碗調羹，舀了幾勺凍薑豉，又把薦餅掰開到小圓面前。小圓先讓小丫頭們把子推燕拿去穿上柳枝插到屋簷上，再就著薦餅吃了幾口凍薑豉，笑道：「味道還好，只是這樣普通的東西，會有人來買嗎？」任青松回道：「凍薑豉是用豬肘子做的，咱們還加了雞湯。豬肉雖賤，尋常人家也買不起，雞肉更不用說。

但咱做的量大，一斤豬肘子加一鍋雞骨湯做出的凍薑豉能分成好幾份來賣，這樣成本就降下來，貧窮人家也能買些回去嘗嘗。」

采蓮補充道：「物價漲了，麵粉也貴，人們買一個寒食盒子回去應景兒的也有了，吃的也有了，既省錢又實惠。」

小圓讚許地點頭，看著面前二人，竟生出珠聯璧合之感。租個小鋪不是什麼難事，她當即應了下來，取了錢交由他二人去辦。寒食盒子成本低，製作工序簡單，任青松拿了本錢，短短幾天時間就在各個貧民聚居區都開了寒食店，又在采蓮的建議下增加了茸母糕餅、蒸糯米和鹹鴨蛋，供自由搭配組合。那些手中無甚錢的窮漢，乃至做小生意的小商戶，見有了這個盒子，麵粉也不用買，豬肉也不用買，都覺得極合算，紛紛趕在寒食節前來買幾個回去。

臨安的貧民區與富戶區很不相同，那些多層的木製樓房一棟緊挨一棟，密集得連個小院子都難尋到。各家各戶離得近，好消息就傳得快，沒幾日眾人都曉得了何氏寒食店的寒食盒子既便宜又方便，便呼朋喚友來買，店裡的生意更加紅火起來。

這日程慕天回來，在門口聽見有人吹簫子，近前一看，原來是賣稠。他想起家裡的午哥，忙命人將那擔兒整個買下，搬回房裡去。所謂稠，不過是又濃又厚的糖汁而已。小圓不許午哥多吃，又見程慕天竟將整擔兒都搬了回來，苦惱道：「就是覺得這不是什麼好東西，才沒讓廚房做，沒想到你卻買回這麼多。」程慕天嘗了一口，自己也覺得不好吃，丟開碗笑道：「應節氣罷了，管它呢。」小圓問他：「你買了這許多，可有送一碗過去給小四娘？」程慕天忙著哄著午哥再嘗一口稠應應節氣，頭也不抬，「她自有繼母操心，我管那麼些作什麼。」

小圓笑罵他太偏心，命人將稠送一半到前頭院兒。

宋人最看重的節日有三，除了冬至和元旦，就是這寒食節，因此程老爺過節的興致十分濃厚，還吩咐管家的小圓辦個小家宴。大小寒食節一共三天，全都要禁火，家宴除了吃薧餅稠這些「寒具」，別無其他選擇，小圓索性把自家寒食店的寒食盒子搬了一大疊來，滿滿當當擺了一桌子，還給管事娘子和各院的大丫頭各發了一盒。

家宴開場，眾人臉色皆不同，程老爺見兒媳又給他孫子添進帳，拿著個薧餅直樂。錢夫人陪嫁的幾個店鋪月月虧本，兒媳賺錢卻不捎帶她，便只盯著凍薑豉不作聲。丁姨娘則是一見正房娘子皺眉頭就開心，趁機舀了稠哄小四娘到她這邊來。

程慕天如今修養功夫很到家，悶頭啃茸母糕餅，哪個也不看。這裡本不該小圓伺候，但丁姨娘在哄小四娘，她只得站起來盛了一碗麥粥捧到程老爺面前，道：「爹，店裡賣的都是乾食，我到廚房端了粥來，你且就著餅喝一口。」

程慕天見父親的妾坐著不動，卻要他娘子忙前忙後，一雙眉毛皺得似墨團。他不敢明著提意見，便故意咳了一聲，程老爺醒悟過來，忙道：「媳婦妳坐著，讓丁姨娘來。」丁姨娘哄了小娘半日也沒能把她哄過來，正傷心著，忽聽得程老爺叫她去伺候，只得委委屈屈從她的小几旁走到大桌子邊，接過小圓手裡的碗，放到錢夫人面前。

同她一樣，錢夫人也極愛對手難過，臉上就顯出笑來，問小圓道：「媳婦，妳這個盒子幾個錢一個？」小圓答道：「便宜，帶凍薑豉或鹹鴨蛋的十五個錢一盒，若兩個都要，價錢加倍，若都不要就更便宜了，只需五個錢。」錢夫人驚訝道：「賣得這樣賤，怎麼賺錢？」

小圓不願告實情，只道：「耍著玩呢，打發時日而已，那個鋪子也只租了這幾天，寒食節一過就收攤。」

所謂薄利多銷，這個道理老爺和程慕天都明白，卻無一個人願意講與錢夫人聽，錢夫人就真以為兒媳的鋪子是虧本的，待到家宴一結束就質問程老爺：「我的陪嫁你總說要留給孫子，我多花一文都要挨罵，媳婦拿著錢丟到水裡開店耍呢，你怎麼不說她？」

偏媳不偏娘子，傳出去很要讓人講閒話，程老爺無法，只得告訴她：「她那一個盒子，少說也能賺一半，她臨時租的鋪子，一共十來個，聽說開張頭一天總共一千五百個盒子早早兒就賣光了，後頭幾天還一直在加量，妳自個兒撥算盤算去吧。」錢夫人不會打算盤，只約摸著估計這是個大數目，半信半疑地道：「一千五百個盒子，就算有十幾個店，每個店也要做百來個，哪裡來的那麼些功夫和人手，哄人呢？」

程老聽了她的言論，笑起來，「媳婦說她不懂廚事，我看妳更不通。寒食節賣的『寒具』都是冷食，又無須現賣現做，她的大廚房另設在別處呢，請了好些媳婦子，日夜兩班輪流做，流水似的往店裡運盒子，哪有來不及的。」

錢夫人只覺得心口一疼，要小銅攙扶著才站得穩，「媳婦這樣賺錢的生意，竟不叫我一起。」程老爺惱怒道：「妳要賺錢作什麼，賺了搬回娘家便宜過繼的兄弟嗎？」錢夫人急急分辯錢老太爺和辛夫人斷不會過繼兒子，程老爺道：「哄誰呢，大宋律例，絕戶都得過繼個兒子。」錢夫人見這般說服不了他，就換了一招，道：「你口口聲聲說錢都是孫子的，可我那幾個陪嫁鋪子，本錢都快賠光了，恐怕等到孫子長大，只有個空殼子。」

程老爺雖時刻盯著她的錢，卻是沒管過她的生意——他自己的生意還是程慕天打點的呢，驚道：「竟到了如此地步？」錢夫人見他鬆動，又加了把火地道：「不只鋪子，田莊也是無甚出產，連莊戶都在餓肚子。」

程老爺的兒子、兒媳家裡家外都是好手，聽說她的鋪子莊子都虧本，就有些看不上她，道：「虧得沒讓妳管家，不然米錢都要敗掉。」

錢夫人聽得程老爺這般說她，心頭的妒火竄起老高，又忍下去換出笑臉來，「就是不在行，才想讓媳婦拉我一把。」她能力不行，但勝在態度良好，程老爺又著實心疼她的嫁妝，便趁著兒子兒媳雙雙來請安，同小圓打商量：「媳婦，妳婆母的嫁妝遲早都是午哥的，若讓她敗掉，吃虧的是你們，不如妳幫她管起來呀！」

程慕天捨不得娘子受累，搶先答道：「爹，午哥還小，沒有娘親抱著就哭呢，她算帳多一會子都不行。」程老爺也捨不得孫子哭，只得作罷。

小倆口請過安回房，小圓笑道：「午哥有余大嫂和孫氏，哪裡需要我親自照料？」程慕天道：「生意有盈有虧，妳幫她管嫁妝，賺了還好，若折了本，就全是妳的過錯，何苦來？」小圓佩服道：「還以為你只是心疼我，原來另有大道理在，果然是常做生意的人，到底想得周全些。我本還想受點累替她管起來盡孝道，如此看來，寧願不接手得罪她些，也不能等到虧錢再遭埋怨。」程慕天臉色微紅，嘀咕道：「誰心疼妳，怕妳病了費藥錢罷了。」

他們打定主意只推脫，錢夫人卻不甘休，沒隔幾日又把小圓喚了去，先訴苦鋪子虧本，後討教生財之道。小圓心想，繼母成日糾纏，何事都做不了，不如想個穩妥的法子敷衍一番，便道：「娘，如何賺錢我真是一竅不通，鋪子都是管事們在打理呢，如何能不再虧本倒是有個主意。」錢夫人大喜，忙問她有何妙招。小圓繼續道：「簡單，月月虧損的鋪子，關掉算了，無甚出產的莊子，賣掉。把本錢先保住，比什麼都強。」

錢夫人也覺著這主意不錯，關了虧本的鋪子，至少她的錢不會像沙漏一般日日夜夜往外流，但關了鋪子又賣了莊子，她的陪嫁就是死錢一堆，花一個少一個，等到老時，怕是一文都不剩。她真正的目的沒達到不甘，就命小銅錢取了一只首飾匣兒，放到小圓面前，「媳婦，瞧瞧喜歡不喜歡。」

小圓打開一看，匣子裡竟是一支通體透明的水晶雙蓮花，她慌忙把匣子推回去，「娘此物太過貴重，媳婦不敢收。」錢夫人笑道：「錢財與我何用，只是想開幾間鋪子打發時日而已，閒坐無聊呢，媳婦幫幫我呀？」小圓十分為難，「娘，非是我推脫，只是實在不懂生意上的事。」錢夫人一點也不生氣，「那把妳的管事借我一個？」

此話一出，連小銅錢都覺她欺人太甚，藉著上來替小圓換茶，笑道：「少夫人，少爺經商多年，肯定認得不少牙郎，何不請一個來給夫人講一講生意經？」

小圓感激看一眼，向錢夫人道：「娘到底是長輩，連身邊的丫頭都比旁人聰敏些。我看她講得十分在理，不如就請個牙郎來，我也借光聽一聽，學學如何做生意。」

這番回答總算讓錢夫勉強滿意，小圓稍稍鬆了口氣，轉頭命人去請臨安最有名的牙郎茅東廂。東廂是個男人，不好讓他見女眷，錢夫人便做主借了程老爺的書房，叫人設上厚屏風，同小圓二人坐在後面，也不出聲，只讓丫頭們代為傳話。小銅錢事先得了錢夫人的指示，一見茅東廂就問他臨安什麼行當最賺錢。

東廂十分的圓滑，答道：「所謂三百六十五行，行行出狀元，咱們臨安名為行在，實為京都，什麼樣的店沒有，金銀珠寶店、珍玩店、日用雜貨店、茶葉店、香藥店、紙墨文具店、漆器店、陶器店、水果店、服裝店、花店、洗染店、鞋店、寵物店、藥店、飲食店、米店、肉店……天子腳下，什麼店都賺錢。」

小圓聽他竹筒倒豆子，一口氣講了一大串，差點笑出聲來。側頭一看，錢夫人卻是聽得津津有味，不住地點頭，她只好把笑憋了回去，裝出一副認真的表情來。

小銅錢道：「你講了這麼些，我們總不能每樣開一間去。若是不缺本錢，開個什麼店好？」

茅東廂眼珠子一轉，原來這是個沒做過生意的村人，三兩句話把底兒全透了，不賺她的錢，賺哪個的去？忙道：「是小人糊塗，既是本錢豐厚，質庫為首選，臨安的大姓都開這個呢。」

所謂質庫，就是當鋪，錢夫人走親戚時在路上也見過，街上的確有不少，店中人來人往，瞧著生意挺紅火。她正要衝小銅錢點頭，小圓低聲勸她道：「娘，當鋪是長久生意，沒個三年五年回不了本。外頭正打仗呢，做這個可不踏實。」

兒媳終於開始替自己著想，錢夫人有些欣慰，就聽了她的勸，衝小銅錢搖了搖頭，小銅錢便將頭擺了一擺，茅東廂馬上轉口：「除了當鋪，還有金鋪，這種賣金器的店，還真只有像您這般有錢的主子才開得起。」

這馬屁拍得錢夫人很舒服，微微一笑又要點頭，小圓忙勸：「娘，御街南邊，自五間樓北至官巷南街，還有融和坊北至市南坊，全是金鋪。朝廷有令，庶民不許用金器，因此那些金鋪都是賣的多買的少，生意不大好呢。」

錢夫人心道她是要攔自己的財路，有些不高興，「妳和我一樣足不出戶，哪裡得來的這些消息？」小圓笑道：「二郎成日在外頭跑，回來就給我講故事呢，爹不和妳講這些的嗎？」程老爺一回來就往丁姨娘房裡鑽，哪裡有空與她講這些？錢夫人臉上一紅，再次朝小銅錢搖頭。

茅東廂見接連給了兩個建議她們都不滿意，有些心急，道：「藥鋪、書肆、花店、正店、茶樓和彩帛鋪，除了這幾樣，別的都是小本生意了。」

錢夫人還在心裡默默地數，小圓暗嘆了一口氣，又勸：「娘，藥鋪咱們家有；正店靠的是承攬官府榷曲造酒；其他幾個行當，咱們都不熟，還需慎重。」錢夫人生起氣來，「是妳要叫牙郎來的，他出了主意妳又左不願意右不願意，到底是何居心？」

小圓道：「娘，小本意一樣能賺錢的，何必拿著本錢去冒險？不如問問牙郎，可有什麼好做易賺的行當。」錢夫人頗為不屑，「小本生意賺的錢還不夠我買脂粉，要來何用？」

她不聽小圓的勸，執意拿萬貫出來，請茅東廂替她盤金鋪。茅東廂費了半日口舌，終於引得她入巷，興高采烈地繼續哄道：「金鋪如遇買賣，都是動以萬數，區區五萬能作什麼？」

錢夫人根本不懂生意為何物，還道本錢越大賺的就越多，急急忙忙想把現下的幾個鋪子盤出去湊錢。茅東廂笑道：「牙郎做的就是這個買賣，我來替您分憂。」他幫錢夫人把名下的鋪子盡數盤出，中間撈了多半，將剩下的三萬交給她，猶道沒得中人錢。當初那幾個鋪子是花了十萬買來的，雖說錢老太爺也是被人誆花了冤枉錢，但怎麼也不會只轉賣了三萬。錢夫人將心中疑惑講了出來，茅東廂慌亂了幾秒，馬上鎮定下來，胡道：「如今兵荒馬亂，三十貫就能盤一個鋪子，就這三萬，還費了我好些口舌呢。」

小銅錢覺得他很不可靠，勸錢夫人道：「夫人，莫要心急，不如先問問老爺。」錢夫人背著人與她講心裡話：「就是不想讓老爺知曉，不然咱們賺的錢全成了午哥的，連給四娘子備嫁妝的都沒得。」

原來夫人是要攢私房，小銅錢不好再勸，只能眼睜睜看著她又託茅東廂賣了田莊，湊足十萬貫，在御街北邊開了家金鋪。其實錢夫人心中並不是一絲忐忑也無，只是錢家的家產是祖上留下來的，她一直賴以依靠的錢老太爺和辛夫人都是只會花錢不會賺錢的主，她找不到旁的人來商量，又急著把明錢變作暗錢，便只能選擇相信茅東廂。

那幾個鋪子在嫁妝單上有詳細條目，做不得假，現下這個金鋪無據可查，就先請新聘的帳房做了本假帳，將本錢少填了兩萬，這才向全家人宣佈她在御街北邊開了個金鋪。

「御街北邊？」程老爺和程慕天兩口子俱驚叫出聲，連丁姨娘都拿看怪物的眼神望她。

錢夫人忙問有何不妥，丁姨娘好不容易逮著了正大光明挑正房夫人錯兒的機會，搶道：「咱們家住的地方才是臨安有錢人待的地兒，北邊住的都是窮漢，哪裡有錢買金器？再說他們都是庶民，皇令不許他們用呢。」

錢夫人袖中的手微微抖了起來，分辯道：「我才來的臨安，又沒逛過街，哪裡曉得這許多。」程老爺被她氣得七竅生煙，怒道：「皇城在南邊妳總曉得吧？就算妳不曉得，難道不會請教兒媳？」錢夫人忙道：「怎麼沒問她，叫她帶我一道做生意，她死活不肯，我原先的鋪子又一直虧，生怕到頭來沒得錢留給午哥，實在沒辦法才開了這個金鋪。」

程慕天總教導小圓要講孝道，在高堂面前要逆來順受，可這種時候，他自己頭一個坐不住，把桌子一按就想站起來替娘子分辯兩句。小圓忙輕輕踢了他一腳，看也不看錢夫人一眼，只向程老爺道：「爹，這不關南邊北邊的事兒，我那日苦勸過娘，現下臨安的金鋪是僧多粥少，開在哪裡都不賺錢。」

程老爺仔細一想，的確是這個理，就問錢夫人為何不聽兒媳的話。當時好些個丫頭在場，小圓的苦口婆心有目共睹，錢夫人扯不了謊，就支支吾吾起來，反覆只有一句：「誰叫她不幫我把嫁妝管起。」程老爺心疼錢，便不忙著斥責她，反倒幫忙一起勸小圓，讓她在照料兒子的空隙裡，抽點時間管理婆母的陪嫁鋪子。

小圓還未表態，程慕天又急了，此等吃力不一定討好的事，怎能應下，累壞了娘子如何是好？他雙手一撐又要起身，卻聽得采蓮的聲音在門口響起：「少夫人，我才從蛋糕鋪子回來就聽見午哥在哭，嗓子都啞了。」程老爺忙住了口，慌道：「媳婦，莫管妳婆母的陪嫁鋪子了，趕緊回去哄午哥。」

小倆口匆匆趕回房裡，卻見午哥正拿著塊蛋糕吃得興高采烈，哪裡是哭過的樣子。采蓮賠禮道：「我在外頭聽了一會兒，怕少夫人為難，才拿午哥作了幌子，請少夫人責罰。」程慕天笑道：「妳何罪之有，責罰什麼？下去領賞。」這是他頭一回誇讚丫頭，采蓮和小圓都愣了一愣才反應過來，相視一笑——程家孝子偏媳婦了呢。

小圓藉午哥脫了差事，程老爺只好親自上陣，先把錢夫人責罵一番，再命她趕緊把金鋪盤出去。錢夫人這個金鋪花費的著實不少，捨不得就此關門，便道：「金器又不曾損失，先把鋪子挪到南邊來便是。」

程老爺摔了她兩個瓷器，氣道：「蠢貨，曉得要賣我的妾室，卻不曉生意的道理。媳婦講得那般明瞭，開金鋪賺不了錢的。」說完，自己動手去翻她的箱籠，要尋帳本子出來。錢夫人想起那本假帳，忙主動遞過去，道：「帳在這裡，就託付給老爺了。」

程老爺好歹也看著程慕天經營生意這麼些年，轉賣金鋪不在話下，不出幾日就將金器盡數盤出，再把空鋪子轉租給一戶賣酒的人家，反多賺了五百錢。程老爺先將這五百錢記進自己的私人帳本，才拿了錢夫人的金鋪帳本去問她：「除去這幾日雇工的工錢，怎的只有不到八萬？妳盤掉先前幾個鋪子的錢呢？賣掉田莊的錢呢？」

錢夫人不肯說自己藏了兩萬，只道這是茅東廂經的手，程老爺馬上命人尋茅東廂來問，得知金鋪的本錢卻是有十萬。錢夫人還在哀嘆私藏的兩萬貫保不住，程老爺已是又驚又怒，「妳先前的陪嫁鋪子和田莊竟只賣了十萬？」

錢夫人不敢作聲，小銅錢隱約猜到她吃了虧，忙稟明實情，想讓程老爺替她作主，「老爺，那麼些鋪子、田莊，茅東廂只替夫人賣了五萬呢，還有五萬是夫人出的現錢。」說完，雙膝一彎跪了下去，「都是茅東廂搗的鬼，夫人未出過門，哪裡曉得生意上的道道。」

程老爺自然也明白錢夫人是被人擺了一道，但茅東廂一口咬定他拿的錢是錢夫人賞的中人費，程老爺也拿他無法。

錢夫人吃了這樣大一個虧，再也不敢輕舉妄動，只想把僅剩的十萬好好藏起，但程老爺卻不肯把那八萬還她，說是怕她又胡亂被人騙去。錢夫人苦要了幾日無法，一狀告到錢老太爺和辛夫人面前，可惜她的雙親年事已高，臨安又舉目無親，實在幫不了她，只能勸她忍著些，把手頭的錢看管好。

所謂好事不出門，壞事傳千里，錢夫人做生意不成，反栽大跟頭的事體，眨眼傳遍了臨安城，一些同程家做生意的大官人總笑話程慕天，說他是經商世家出了個蠢人，害他每日回家都是沈著臉。小圓捨不得看他不高興，出主意道：「我三嫂認得道上的人，叫她尋幾個混混教訓教訓茅東廂，逼他把錢吐出來，如何？」

程慕天卻搖頭，「潑皮我也認得些，但繼母若要回了錢，怕還要為難妳。我失些臉面無妨的，妳莫要累病了就好，現下物價飛漲，藥錢也貴哩。」

這是關切的話嗎？怎的讓人感動間還覺著有些彆扭？小圓笑著掐了他一把，故意埋怨他不孝，果然成功看到他的臉色起了變化。

玩笑歸玩笑，讓人捏把柄的事要不得，小圓趕忙請來李五娘密談，託她尋個潑皮，向茅東廂討要誆去的錢財。李五娘直道小事一樁，轉頭就尋了老相識萬三兒，叫他帶上幾個打手，趁夜將茅東廂綁到西湖邊好好洗了個澡，取回四萬貫來。

小圓得了這錢，做了回小人，瞞著錢夫人，逕直去尋程老爺，「爹，二郎最孝順不過，見不得娘吃虧，特特尋了幾個能人，歷經千辛萬苦，終於把她被人誆去的錢追了回來，足足有四萬貫呢。」

程老爺十分驚喜，問道：「錢呢？交與妳繼母了？」小圓朝侍立一旁的槐花努了努嘴，待得她領著下人們盡數退下，這才將一匣子會子拿出來，笑道：「媳婦私以為，這錢還是爹收著更妥當，但又怕被娘知曉了會責罰我。」

程老爺立時將十分的驚喜添作了十二分，緊緊摟過錢匣子，連聲保證此事天知地知，又道：「我只說錢是我派人要回來的，與你們毫無干係。」他將錢夫人的大半陪嫁歸在了自己名下，樂得逢人就笑，把來陪他練拳的程慕天誇了又誇，直讚他是個孝順兒子。

程慕天有能耐追回繼母的錢，卻故意不動手，心裡備受煎熬，忽見自己不但沒背負罵名，反倒成了孝子，大惑不解而來問小圓：「娘子，今兒爹居然誇我孝順，妳說奇怪不奇怪？」

小圓偷偷將實情告訴他，本想換來一聲感激，不料程慕天卻惱了，「這等事體該由男人來做，妳瞎操什麼心？萬一失手怎辦？」小圓琢磨了半日，試探問道：「你是責怪我尋潑皮沒找你幫忙，不是怪我把繼母的錢給了爹？」

程慕天的臉刷的通紅一片，拉過她箍在懷裡，不滿地道：「這般危險的事，妳不同我商議，倒去和三嫂說。原來我在妳心裡，排在三嫂後頭。」原來官人是吃飛醋，小圓忙香香又摸摸，好生將他哄了一番。

且說程老爺，那樂呵得見人都笑，丁姨娘晚間服侍過他，問道：「老爺，夫人被人騙了那麼些錢去，你還笑得出來？」程老爺摟住她，笑道：「那個錢我早就使人要回來了。」丁姨娘不信，「夫人說茅東廂甚是賴皮，不肯給呢。」程老爺吹噓道：「我在臨安這些年，什麼人不認得，隨便叫了兩個混混，就把茅東廂嚇住了。」

丁姨娘給他捏著肩，笑道：「老爺真是個有本事的，這個錢不如你自己管起，免得夫人又被人誆了去。」這話無比的中聽，程老爺又被她捏得飄飄欲仙，便將私藏的錢拿出一貫來，賞給她去做衣裳。

丁姨娘捨不得給自己花，拿著那一貫錢扯了幾尺好布，親手給小四娘做了幾身新衣裳，捧去交給奶娘，央她給小四娘換上。奶娘沒得錢夫人的允，不敢就接，丁姨娘淚水漣漣，站在房前不肯走，奶娘無法，只得接了衣裳去正房稟報。

錢夫人摸了摸小衣裳的料子，喚丁姨娘進來問：「都是綢子，妳哪裡來的錢？」丁姨娘愛女心切，道：「夫人許我給四娘子換衣裳，我就全告訴妳。」錢夫人聽這話有些蹊蹺，便點了點頭。丁姨娘歡喜起來，忙把程老爺追回嫁妝錢又藏起的事簡明扼要講了講，然後趕去小四娘房裡給閨女換新衣。

連丁姨娘都曉得的事，自己卻被蒙在鼓裡，錢夫人怨氣難平，捨了賢慧的名聲與程老爺大鬧一場，收拾包袱回娘家，抱著辛夫人大哭。辛夫人安慰她道：「也不全然是壞事，妳變窮的消息傳出去，程家二嬸定不會再來糾纏。」錢夫人搖頭道：「老爺只拿了十二萬，她曉得我手裡還有些錢，哪裡有不打主意的。」

錢老太爺見閨女又失財又不省心，怨辛夫人道：「都怪妳把錢十三娘的爹娘趕了回去，不然閨女有個過繼兄弟撐腰，何至於被夫家欺負到如此地步？」

夫人生怕他真要過繼，急道：「錢十三娘過得還不如咱們閨女，你可見她有爹娘來撐腰？」錢老太爺辯不過她，拂袖而去，辛夫人又給閨女出主意：「失財事小，面子事大，妳且在家住著，等妳家老爺親自來接妳。」

錢夫人道：「他已得了我錢財，哪裡還肯來接我，只怕想休了我哩。」辛夫人道：「胡說，世人皆以休妻為恥，他斷不會做出如此事體，再說妳手裡還有些錢和首飾，湊到一起怕比妳那個媳婦的陪嫁還多些，哪個敢瞧不起妳？哪個敢休了妳？」錢夫人覺得母親講得有理，便依她所言，在娘家住了下來。

月底五月初，新成親的甘十二攜著程三娘自泉州歸去拜見岳丈，卻不見岳母的身影，他當場就想開問，被程三娘暗地裡扯了一下，忙住了口，只將些泉州趣聞和成親的盛況來講。

程老爺問候過他父親的近況，還留他在家裡住，甘十二辭道：「雖是岳丈厚愛，但住在岳家到底讓人講閒話，我且帶著三娘到隔斷的小院住幾日，再託哥嫂替我尋個宅子。」

女婿要自立門戶，程老爺還是有幾分歡喜的，留他吃了幾盞酒方才放他去了。

甘十二連蹦帶跳到得第三進院子，笑道：「如今我是正經姑爺，再不用走夾道。」先到一步的程三娘羞紅了臉，靠在小圓肩頭直笑。小圓忙命人給新姑爺看茶，又叫人去請程慕天回來。甘十二接過茶吃了兩口，看著程三娘道：「娘子，現下能問了？」小圓笑話他道：「什麼祕密的事，還要先稟告娘子？」程三娘如今能自己當家作主，比先前很大方了些，笑道：「哪有什麼事，他想曉得為何繼母不在而已。」小圓輕描淡寫道：「辛夫人想閨女，繼母回娘家住幾天。」

程三娘偷偷瞧了瞧她的神色，向甘十二道：「官人，咱們帶來的泉州土產呢？何不取來給哥哥嫂嫂嘗一嘗。」甘十二拍了拍腦袋，「瞧我這記性，竟混忘了。這就去取來，順道接一接哥哥。」

小圓看著甘十二蹦跳著出門，笑問程三娘：「把他支開想問什麼？可是他待妳不好，還是甘家給了妳氣受？」程三娘輕輕搖頭，「我們早上停靠臨安碼頭時，請挑夫來搬箱籠，他們一聽說我們是到程家，個個漫天要價，我使人悄悄一打聽才知，他們都道程家出了蠢人好誆錢，因此把我們當傻子耍。嫂嫂，他們說的蠢人到底是哪個？」

這個小姑子，還是同未嫁一般話只講半截，小圓玩笑道：「明知故問。」程三娘吐了吐舌頭，「繼母歸寧幾日了？」小圓愁道：「爹死撐著面子不去接，怕有四、五天了。」話音剛落頭小丫頭來報：「丁姨娘又鬧著要漲月錢，還偷偷把四娘子抱回她院子。」

小圓苦笑：「婆母在有氣受，不在卻有不在的煩惱。」說罷，喚來阿彩吩咐：「叫人抬轎子去錢家接夫人回來過端午，就說是老爺派去的；再去告訴丁姨娘人要回來了，讓她萬事都留著去跟夫人講。」

不多時，甘十二同程慕天一道回，一人手裡拎著個包袱，打開一個來看，原來是一包大海螺。甘十二笑道：「你們家什麼都有，只得捎帶幾個海物給午哥玩。」說著又解開另一個包袱，卻是半包袱貝殼和一個大瓦罐把貝殼丟在一旁，只提起瓦罐來遞給小圓：「嫂子，這是泉州土筍，拿去嘗嘗。」

小圓就要開罐子瞧瞧泉州的土筍與她山上種的有何不同，三娘忙道：「嫂嫂莫被他騙了，那是海邊沙子裡長的蟲子，莫要嚇著妳。」小圓最是怕這樣的東西，聞言忙把罐子塞到程慕天懷裡，離他遠遠地站著。

甘十二失望道：「往後我可要靠著你們活了，本還指望能用這土筍討好呢。」小圓忙著揀海螺和貝殼，命人送去給小四娘。聽他講得可憐，便指了指程三娘，「她也是股東，你只問她。」甘十二真走到程三娘面前作了個揖，當著小圓兩口子的面，道：「求娘子賞口飯吃。」

小圓見他兩口子親熱。很替程三娘高興。程慕天卻是把一雙拳頭攥了又攥，只差搗甘十二兩拳，問他怎能如此丟男人臉面。

甘十二不是沒眼色的人，見大舅子怒氣沖天，忙摟了他的肩往外走，說要請他去吃兩杯。程慕天離了家門，急不可待朝他揮了一拳，道：「你竟求女人賞飯吃，還是當著你嫂子地面，男人的臉面都讓你丟盡了。」

甘十二不以為然，「面子值幾個錢？逗得娘子一笑比什麼都強。」程慕天咬牙切齒，你要哄娘子，回房關了門再哄不行嗎？萬一我家娘子有樣學樣，也逼我在人前低頭做小怎辦？

甘十二見他沉著臉不言語，一心想要討好他，便摸出本薄薄的冊子塞進他懷裡，道：「哥哥，送你件寶物，包管你喜歡。」程慕天要掏出來看，甘十二忙按住他的手，「莫急，你回家再慢慢瞧，先替我尋處宅子安家。」

安頓家室是正事，程慕天就暫且放過了他，道：「不用找，你嫂子早為你們看中了一間，就在咱們家隔壁的巷子裡，極是清幽地一個所在，就怕你愛熱鬧住不慣，因此等你看過再下定錢。」

甘十二歡喜道：「清幽又如何，難得離你們家近，三娘要尋嫂子說話可就便宜了。我從家裡帶了些錢來，這就去付定錢，只是向你借的那些，要拖些時日才能還上了。」程慕天忙道：「你嫂子不叫你還，莫再放心上。」甘十二連連搖頭，「嫂子的好意我領了，錢卻不能不還，那是我對娘子的一片心，不能讓她搶了去。」

這話酸得程慕天直倒牙，一刻也不願同他多待，忙忙地奔回家去，只叫程福帶他去看房。

他到家時，程三娘已回去歸置行李，房裡只有小圓帶著阿雲和阿彩在預算過端午的帳，邊算邊閒聊：「三娘子好福氣，甘十二當著那許多人的面都肯哄她開心，再看看你們少爺，人前只會吼我。」程慕天被嚇壞，生怕娘子要他學甘十二，擦著牆邊溜進裡屋，豈料小圓是看見他進來才故意講那番話的，哪裡肯放過他，便掀起簾子就跟了進去。

程慕天見她進來，連忙把懷裡的冊子掏出來轉移她視線，「娘子，特意買給妳的。」小圓心裡被程二郎填得滿滿當當，哪會真去羨慕程三娘，方才不過是故意逗他罷了，此時見他慌忙獻寶，更是覺得世間男人只有自家官人最可愛。她笑看程慕天一眼，接過冊子來翻看，「描眉的冊子，還是塗胭脂的冊子？」

她翻著翻著，眼睛越睜越大，臉上越來越紅，不等看完就走到床邊朝枕頭底下塞，想了想覺得不妥當，又朝床底下塞，嘴裡責怪道：「這樣的東西晚上再拿出來呀，這會兒丫頭們都在外間呢，萬一進來回事，撞見了怎辦？」

程慕天不明所以，趴下身子鑽到床下，把冊子摸出來一看，氣得他大罵甘十二不正經。小圓連忙捂住他的嘴，小聲道：「你嚷嚷什麼，想讓人都曉得你有本春宮圖嗎？」鬆開手又笑道：「官人，這是你特意買來送我的呢，果真是好東西。」

程慕天背過身去，不敢看她，只道：「十二害我。」小圓抓過冊子，重新塞回床底，笑道：「別急，娘子替你出氣，改日也送一本給三娘子。」程慕天瞪了她一眼，大嘆甘十二果然害人，把他娘子也帶壞了。

小圓道：「那我把冊子一把火燒了，一乾二淨。」程慕天忙道：「燒了作什麼，晚上咱們試試。」

小圓忍著笑出去接著帳，分派甘十二捎來的土產。那些海螺和貝殼都極受歡迎，孫氏甚至還串了兩個貝殼鏈子，給午哥和小四娘一人掛了一個，但那一罐子土筍卻無人敢吃。小圓想起程老爺是在泉州住過的，便命人送去與他，不料他卻道那是窮漢吃的事物，不肯去碰。

采蓮自蛋糕鋪子回來，見了桌上的瓦罐，好奇問起，阿雲告訴她道：「那是泉州來的蟲子，叫什麼土筍的，少夫人命我去扔掉呢。」采蓮笑道：「任嬸子前兩天還跟我嘮叨，說想念家鄉的土筍吃，我還奇怪，難道咱們臨安沒得筍子？原來她說的土筍是蟲子。」阿雲忙走去大聲回小圓：「少夫人，小任管事的娘親愛吃土筍，不如把那罐子給采蓮姊姊去做人情呀。」

小圓看向采蓮紅撲撲的臉，道：「是我糊塗，忘了任嬸是福建人，趕緊與她送去吧。」采蓮忙福身謝過，卻不好意思上任家去，提著罐子在門口躊躇。這麼個聰明人，遇上情事一樣犯迷糊，小圓笑道：「叫個小丫頭替妳送去。」采蓮醒過神來，忙把罐子交給一個小丫頭，告訴她去任家的路，又扭捏著求小圓，還讓她回來伺候。

小圓知她是好事近了要避嫌，點頭應了，卻又好奇：「任青松既對妳有意，上次……就是少爺誤會你們那次，他怎的不趁機來求親？」采蓮含羞笑道：「他竟是和我存的一樣心思，不願僅憑隻言數面就定終身。」

原來也是個追求「自由戀愛」的主兒，小圓心中大樂，這可真是「不是一家人，不進一家門」了。

第二日錢夫人終於歸家，輕輕鬆鬆教訓了丁姨娘，重新照管起小四娘。程三娘聽說繼母回來，忙帶了甘十二來請安，給她講些泉州見聞。錢夫人聽到家鄉事物，不知不覺入了迷，看他們兩口子親切起來，使人告訴小圓，要留甘十二夫妻在家過端午。他們的宅子還未收拾好，下人也不齊全，小圓本就有意留他們過節，此刻聽得婆母也允許，忙命人多備幾樣粽子。

話說甘十二，雖執意要還錢，卻是真領了情，收拾利索就去玩具店上工了，盡職盡責當自家的店看待。他如此講情誼，小圓也很感動，少不得助他一臂之力，幫著程三娘尋人牙子買下人，打掃房屋收拾箱籠。

忙活了兩日，待甘十二的新宅初具模樣，已是五月初四，端午就在近前。宋人愛管端午叫重五，又曰浴蘭令節，此節雖不如上個月的寒食那般看重，卻勝在熱鬧，但在管家婆小圓眼裡，這份熱鬧稱作繁瑣更為合適－初一至初五，以桃、柳、葵、榴、蒲葉，伏道；以粽、五色水團、時果、五色瘟紙，當門供養；以艾與百草縛成天師，懸於門額上，或懸虎頭白澤……

管事娘子的一大串讓小圓聽得頭昏腦脹，還道這只是重五的眾多習俗之一。程三娘捧了個小匣兒來尋嫂子，笑道：「往年都是管事娘子們操辦，今兒嫂子怎麼親力親為起來？」小圓朝第二進院子的方向看了一眼，道：「妳也遲早要到婆母身邊去的，莫要忙著挖苦我。」說完又望著她笑，「到底是當家主母了，講話行事與先前大不相同。」

程三娘把匣子遞給她，笑道：「我就是來幫嫂嫂的，瞧瞧我做的長命縷可還看得？」采蓮接了匣子，掀開蓋兒，取出裡頭的幾樣長命縷放到小圓面前，一樣日月、一樣星辰，還有一樣是鳥獸之狀。小圓和丫頭們都道手藝精湛，花樣奇巧，唯有孫氏眼中含淚，原來這長命縷，又稱「百索」、「避兵繒」，乃是繫在手臂上，寄望於逃避兵禍的。

小圓嘆道：「我只知戴這個能使人長壽，倒不知還有這層意思。孫大娘也別太難過，聽說仗打得差不多了，孫大郎年底許就能回來。」孫氏撫著長命縷，求道：「少夫人，過完重五節，能否許我一日的假，我想去廟裡拜拜。」

小圓點頭道：「這有何難，過完節我們都陪妳去。」孫氏謝過她，想起幾個節都未能與兒子同過，還是忍不住潸然淚下，小圓忙叫阿雲扶她下去好生安慰著。

采蓮將長命縷重新裝進匣子，問道：「少夫人，娘子做的這三樣長命縷共九個，給家裡眾位主子一人送一個去？」小圓忙搖頭道：「哪裡有那麼些功夫？我和少爺、午哥各留一根，剩下的都送去夫人那裡，隨她怎樣分發。」采蓮領命自去錢夫人那裡送長命縷。

程三娘從袖裡另掏了一根出來給小圓繫上，抿著嘴笑，「這是我格外費了心思打的，只給嫂嫂。」小圓抬腕一看，果然比先前那幾根還精緻，笑道：「妳的好意我心領，但讓繼母瞧見，怕是又有話說。」

程三娘愕然，「繼母還會留意這樣的小物件？怪不得妳要將長命縷送去給繼母自己分發。」小圓撥弄著手上的長命縷，道：「那是我挑的她不喜歡，或她不願給丁姨娘而我又給了，豈不是與自個兒找麻煩嗎？」

程三娘低頭輕聲道：「方才我還笑話妳親力親為，原來裡頭有這麼多門道，我要向妳多學學才是。」小圓笑道：「妳至少還能快活三年，再說又是個心思玲瓏的。」

管事娘子又來回事，程三娘忙辭了去。

小圓抬頭看，原來是採辦媳婦捧了個大盤子來給她瞧，「少夫人，這是應節氣的百索、艾花、銀樣鼓兒花、花巧畫扇、香糖、果子、粽子、白團……」小圓直覺著又被念叨得暈起來，忙命她把盤子裡頭的物件都擺出來再說。

採辦婦不好意思笑了笑，先取了一樣出來，「這是百索。」小圓抬眼看了看，原來是長命縷，便微微點頭，「外頭戰火不斷，下人們都發上一個保平安。」採辦媳婦把剩下的幾樣都擺到桌子上。小圓看了看，艾花共兩樣，一樣是綢子剪的，一樣是紙剪的，吩咐道：「綢子的送一匣子到夫人房裡，紙的留幾個花樣到針線房，想簪的丫頭婆子自己照著樣子剪去。」

採辦媳婦點頭應了。小圓接著往下看，銀樣鼓兒花、畫扇、香糖、果子倒還罷了，只問粽子是什麼餡。採辦媳婦回道：「這是分發給下人們的白粽，主子們吃的廚房另做著。」小圓細看了看，果然端午果子和白團都只是一般成色，便道：「過節呢，加些糖水。」採辦媳婦笑道：「還是少夫人體恤下人。」一見小圓無其他吩咐，便端了盤子退下，另去做糖水粽。

採辦娘子才走，阿繡就領著幾個丫頭抬了個張天師像來。以艾為頭，以蒜為拳，瞧得小圓捂著嘴笑。阿繡嗔怪她對天師不敬，又拿出好些五色桃印，掛到幔帳屏風之上，稱能辟惡祛邪。

小圓正被端午的眾多習俗鬧得暈頭暈腦，見來了個懂行的，心中竊喜，便袖手躲到一旁，把一攤子全交給了她。

阿繡果然能替主分憂，忙完初四，初五一早又來，不待小圓吩咐，就帶著采蓮幾個翻出一抽屜舊藥材，堆到院中焚燒，稱這般可辟疫氣。

小圓被一院子的藥味煙味熏了個夠，忙抱著午哥躲進屋裡。程慕天掏出個赤白兩色的綢布小口袋，遞給她道：「這是『道理袋』，掛上吧，能避口舌是非之災。」午哥搶先抓了過來，卻不曉得如何打開，急得咿咿呀呀亂叫了一氣，喊出一聲「娘」來。小圓又驚又喜，忙把道理袋從他小手裡掏出來，哄他再叫一聲娘，但午哥極其狡猾，不開袋子就是不叫。

她拿這個小人兒無法，只得先研究道理袋，原來袋子口邊上用彩色絲線貫穿，可以抽拉絲線使袋口或放或縮。她拉開袋子，裡頭裝著幾顆稻穀和兩個李子。午哥見了圓溜溜的李子，流著口水又響亮地喚了一聲娘，樂得小圓忙把李子遞過去，卻被程慕天半路攔劫，「光叫娘可不成，喚聲爹才給。」

他一手舉李子，手抱兒子，哄了好半天，可惜午哥就是不給面子，衝著爹爹直叫「娘」。小圓哈哈大笑，他只能垂頭喪氣。

過了一時，程三娘夫妻過來，甘十二送了個用蒲根刻的小葫蘆給午哥避邪，逗得他又管這個新姑父叫娘，惹得眾人都樂。

兩房人聚全，齊上第二進院子去請安過端午。程老爺早就在盼孫子過來，自己走到門口將午哥一把抱進懷裡，眼裡再沒了旁人。他的丫頭槐花正將一塊寫了「赤口」兩字的木板貼在牆壁上，再拿繡釘插在「口」字中央。錢夫人見小圓前來，指著那塊木板不悅道：「這是做什麼？」小圓答道：「此乃『釘赤口』，可以避免口舌是非之災。」

錢夫人面無表情不作聲，唬得四人面面相覷，不知該站該坐。小銅錢有幾分偏小圓，忙解釋道：「咱們泉州不興這樣『釘赤口』的，是把『官符上天』和『口舌入地』兩句，顛倒了貼在牆壁之間。」

甘十二誇張地擦了擦額上的汗，道：「我還道犯了什麼禁忌，原來是這個，我乃道地的泉州人都未想起來。」錢夫人笑臉對他，道：「你是男人，不曉得家務事實屬正常。」

這話的後面就是，兒媳是女人，不曉得此等習俗就該打。小圓心中委屈，臉上卻不敢露出來，只道自己疏忽，請婆母責罰，又忙喚跟來的丫頭們幫槐花把赤口牌子換掉。

程慕天不經意地皺了皺眉，自程老爺手裡抱過午哥，道：「還請爹過去看看，我娘子不懂得泉州習俗，免得又釘錯了。」

程老爺這才留意到廳上的波濤暗湧，他急著把孫子抱過來，便不耐煩地責怪錢夫人多事，道：「妳既進了程家門，就該當入鄉隨俗，怎麼還心心念念娘家的習俗？」

幾個丫頭剛把「赤口」牌子換下來，要貼「官符上天」、「口舌入地」，忽聽得程老爺如此說，就愣在了原地，舉著牌子不知釘哪一個好，只好都拿眼瞧小圓。

程老爺本是好意，卻不曉得兒媳夾在他和錢夫人之間更加為難。小圓看了看錢夫人越來越冷的臉色，除了金蟬脫殼，想不出第二招。她悄悄遞了個眼色給采蓮，采蓮就走出去晃了幾步又進來，回道：「少夫人，廚房的粽子和白團都熟了，請妳去瞧瞧。」

小圓作恍然大悟狀，「虧得妳提醒，端午的果子都還未備得。」說完，不等錢夫人出聲，忙提了裙子躲出門去。

程慕天曉得她心裡不好受，便把午哥遞給程老爺，跟了出去，果然見她正躲在間空屋子裡抹眼淚。小圓見他跟進來，連忙掏出帕子往臉上擦，「我無事，你快些進去，免得他們誤會。」采蓮在外頭守著門，程慕天就放心大膽握了她的手，把她攬進懷裡，重重嘆了口氣。

媳婦賢慧，婆母卻處處刁難，他為娘子抱屈，卻無奈身為繼子，使不出什麼妙招，便覺得委屈了娘子。小圓想的卻是，婆媳矛盾，家家戶戶都有，她的官人卻曉得偏著她，就是受些委屈又如何。

另一方面，銅錢看錢夫人為難小圓，很是不解，她命中註定無子，安插妾室又以失敗告終，若還不趁早把兒媳哄著些，不怕老來無依？她心中疑惑，便趁著伺候錢夫人更衣，將心中所想問了出來。

錢夫人已是一臉的悔意，道：「我見二郎平日裡對媳婦不是吼，就是給臉子瞧，還道他們夫妻不和，哪裡曉得他如此偏疼娘子？我此番本想敲打媳婦，卻把二郎傷著了，這可怎生是好？」

小銅錢成了親，有正常小家庭的人，便覺得錢夫人所想簡直匪夷所思。難道她不懂得夫妻是一體的道理？就是程老爺一個廢人，在丁姨娘那裡得了樂趣，還時不時偏一偏她呢！

錢夫人見陪嫁丫頭都不作聲，更悔自己方才行事魯莽，再出來時就換了笑臉，叫人去請兒媳回屋過節。婆母低頭示好，小圓不好糾纏不放，便先把程慕天趕進去，再親自領著丫頭們端上大盤的粽子、白團和端午果子來。

午哥見了滿桌子的吃食，拍著小手又喚娘。錢夫人就坐在程老爺旁邊，便揀了個五彩線纏的角粽遞給他，小圓忙道：「午哥還小，吃不得那個，爹把釀梅餵他一點子。」粽子是江米做的，才幾個月的娃娃如何吃得？程老爺瞪了錢夫人一眼，親自取了糖蜜漬的梅皮，撕碎了餵午哥。

向來低眉順眼的兒媳開始反擊，錢夫人有些不習慣，悶坐了一會子，訕訕地問坐在她另一邊的程三娘那白瓷碟兒裡盛的是什麼。程三娘看了小圓一眼，搖頭說不知。甘十二卻怕岳母跟為難兒媳一樣為難他娘子，忙道：「那是百草頭，以蒲、生薑、杏、梅、李和紫蘇切成絲，入鹽曝乾製得的。」

錢夫人哪裡是不曉得百草頭，不過是見眾人都不理睬她，尋了個話頭來而已。她的尷尬被甘十二無意解除，就把他當作了知心人，拉著他從桌上果子談到泉州的風俗，恨不得同程三娘換個位置。甘十二暗暗叫苦，可誰叫他也是個泉州人，岳母講起故鄉還不能推諉不知，他忙著應付錢夫人，連桌上擺了哪些吃食都不清楚，更別提填飽肚子。好不容易熬到宴罷，一路奔回第三進院子，癱倒在椅子上大呼：「我只吃了幾杯蒲酒，腹中空空直叫。」

程慕天笑話他道：「你這是岳母跟前盡孝，餓著些是該的。」甘十二換了個挨著程三娘的位子，駁道：「我是怕岳母挑我娘子的錯兒。」

程慕天的兩排牙被他酸倒，高聲叫丫頭們上湯送客。小圓笑著拍了他一下，下人端上幾個色澤金黃的粽子來，向甘十二道：「這是艾灰煮的汁水淋過的，裡頭包了松栗和胡桃，你嘗嘗。」

程三娘不待丫頭們動手，親自剝了粽葉，把粽子裝到小碟子裡。第一碟先奉給程慕天，第二碟給小圓，第三碟是甘十二，她還要剝第四個，甘十二攔住她，自剝了一個餵到她嘴邊。程三娘還沒來得及羞紅臉，程慕天已暴起，親自端了送客的湯來，朝甘十二面前重重一頓，毫不客氣將他兩口子趕了出去。

小圓笑到腹痛，端起小兒也餵到他嘴邊，程慕天毫不客氣瞪了她一眼，掀了簾子進屋去，還丟下一句：「休要學甘十二不知羞。」小圓深知他脾性，也不同他理論，笑著喚來丫頭們，把艾灰粽子與甘十二送到住處去。

端午過後沒幾日，任家擔了聘禮來，向小圓求娶采蓮。他們一家是簽了賣身契的，小圓反倒不好明著還采蓮自由身，便照著阿繡的先例，將賣身契悄悄還給她，對外還稱是程家的丫頭。

孫氏來告假，去廟中上香。小圓本是打算帶她去的，但采蓮是她身前最得意的一個人兒，她要親自準備嫁妝，便喚來阿雲，叫她陪著一同去。

轉眼半月去，采蓮按部就班地出嫁，除了改作婦人打扮，一切悉如往常。錢夫人得知她嫁人，親自來送賀禮，關心小圓道：「媳婦，妳少了個丫頭服侍，定是不方便，不如我送妳一個。」小圓笑道：「她嫁的任青松也是咱們程家人呢，所以還在我身邊伺候，並不曾少人。」

錢夫人如今沒了與兒媳作對的本錢，聽她這般說，雖不甘心，也只得作罷。

甘十二的新居收拾妥當，來請哥嫂去做客。程慕天不願去瞧他奉承娘子的酸模樣，推辭說有事，甘十二就笑嘻嘻地摟了他的肩，請他去外頭吃酒。小圓笑著搖頭，備齊賀禮，獨自去看程三娘。

程三娘出來接著，見她身邊還是那三個丫頭，笑道：「采蓮嫁得好，嫂嫂並不曾少了臂膀。」

小圓忙道：「也是他合適，剩下的兩個小的，若她們看中的是外頭人，我就不便了。」

程三娘攜著她的手看新宅，小小的三進院子，除了沒有後園，倒和陳姨娘現住著的那座差不多。小圓隨著她從第一進院子直走到最後一進，實在忍不住，笑道：「到底有什麼話，趕緊說來，好讓我進屋去歇一歇。」

程三娘不好意思起來，忙請她進房看茶，遣退了下人方道：「嫂嫂，我那個大丫頭翠繡，妳可記得？」

小圓笑道：「別忘了我是管家婆，家裡哪個丫頭我不記得？妳原先房裡的幾個小丫頭，我都與妳送了來的。」程三娘扭了一會兒裙帶子，輕聲道：「嫂嫂，我去泉州成親的時候，甘家親戚們都說，大戶人家的娘子成親，要帶幾個通房丫頭過去才體面呢。我看我這幾個丫頭，就翠繡模樣強些，又與我貼心，我想替她開了臉放到房裡。」

小圓問她道：「我的蛋糕鋪子門前站著兩個蛋糕西施，妳可曾見過？」程三娘點了點頭，「雖不曾親見，但也聽人說過，臨安城的一景呢。」小圓道：「那是我生母替我挑的通房丫頭，在我還未嫁時就偷偷託人給妳哥哥傳香囊，被我曉得了詳細，打發到鋪子門口站著去了。」

程三娘笑了起來，拉著她的手道：「就曉得嫂嫂是明白人，且替我出出主意。」原來她想做做納通房的樣子，堵住泉州甘家親戚的嘴，又怕假戲真作，倒給自己添堵，便問小圓可有兩全其美的法子。

小圓拍了拍胸，道：「還以為妳犯糊塗要收個通房來，既然不是，我就放心了。只是甘家親戚都遠在泉州，妳做樣子能給誰看？」程三娘道：「雖見不到人，家書月月有，說擔心我年幼不會服侍人，要我替官人收兩個年紀大些的通房。」

小圓拍了拍她的手，樂道：「傻妹子，妳就扯個慌，稱已給甘十二收了房裡人，橫豎他們也見不著。」

程三娘扭捏道：「家書都是別人回的，我不願給他收通房已是不賢，哪裡還好意思叫他扯謊？」甘十二膽子大似天，娶的娘子卻這般膽小，小圓一通好笑，問道：「那妳打算如何行事？」程三娘低頭道：「我看繼母要給你們房裡塞妾，都是哥哥百般不願意，我就想把翠繡送到官人面前去，只要他自己開口說不要，甘家親戚們就不好說得我了。」

她說是要嫂替她出主意，其實心裡早有了譜，看來這位小姑子只是膽子小些，暗地裡把自家官人琢磨得十分透徹呢。小圓笑著起身看她桌上的像生花，問道：「這是妳自己做的？真是一雙巧手。」程三娘向來很信服嫂子，見她未出言反對，便知此計能成，心下大定，將花兒取出來給她細瞧，道：「這是我將通草染了色編的牡丹花和茉莉花，若嫂嫂喜歡，我改日編了新的送去給妳。」

小圓笑道：「我如今有了孩子，房裡只有小老虎小兔子，竟尋不出一朵花兒來。」程三娘也笑了，丟了像生花道：「那我另染了色編老虎，送與侄子玩。」

二人閒話一陣便到午時，程三娘留小圓吃中飯，小圓本欲辭去，但見她一人在家，就打發了人回去報信，說她要陪小姑子吃飯，叫管事娘子們午後再來回事。

程三娘將一野雞熬的錦絲頭羹放到她面前，道：「泉州人只愛吃海鮮，我在那裡住了個把月，日日受煎熬。」小圓嘗了一口羹，火候正好，笑道：「個把月妳都受不了，待過完三年回泉州怎生是好？」程三娘替她佈了一筷子菜，道：「官人已是舉人，中不中進士都能做官，給他買個不臨海的差遣便是。」

聽她這口，竟是不曉得甘十二的打算，小圓裝作無意問了一句：「甘十二這些日子忙什麼呢？」程三娘淺淺一笑，「成日裡邀約同年，尋幽靜的園子苦讀呢。」小圓的一口菜險些笑噴出來，她雖不曉得甘十二為何瞞著程三娘，但卻明白這樣的實情還是留給他本人講比較合適，便用帕子捂了嘴來掩飾。

程三娘見嫂子面帶笑意，還以為她也為甘十二勤奮讀書感到欣慰，忙又夾了幾筷子菜給她。小圓生怕自己不小心吐露了真言，不敢久坐，吃罷飯便辭了出來。

肆之章　丫頭收房把心探

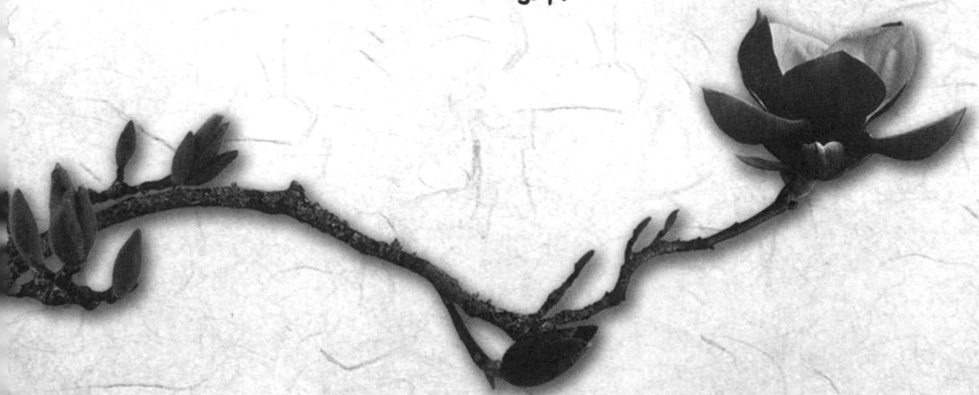

三娘送走嫂子，喚來翠繡細細打量，十七八歲的女孩，未施粉黛越發顯得膚白唇紅，嫩得似朵鮮花。主意是她自己定的，臨到頭心中卻猶豫，生怕甘十二真看上了翠繡，便小心眼兒地挑了一件半舊不新的背子、一條綠色的裙子，再取了一頂插滿像生花兒的花冠，把翠繡打扮得似個村姑。

翠繡早已到了知曉男女之事的年齡，見程三娘如此行事，猜她是怕自己勾引甘十二，便忙忙地表心跡，不料程三娘卻道：「把妳送與少爺作屋裡人可好？」

翠繡嚇了一跳，忙道自己沒那麼大的心，只想配個小廝就好，說完還怕程三娘不信，趴下就磕頭。

程三娘見她態度如此堅決，心裡是高興的，嘴上卻故意道：「少爺是舉人，待得高中進士，同我嫂子的娘家三哥一般也買個差遣，妳就是官戶家的通房，多麼榮耀的事。」

翠繡把她的話當了真，心下一急，這才吐露心思，原來她早已同程家一小廝私定了終身，只待尋時機稟明主子求婚配。

程三娘仔細瞧了瞧她的神色不似作偽，心裡徹底歡喜起來，將自己的打算講與她聽，又道：「妳不過到少爺面前做個樣子，事畢後我親自去和嫂嫂說，把妳許配給她家小廝。」

原來不是真去做通房，翠繡鬆了口氣，又聽得她說要成全自己的婚事，便又磕了個頭謝過她，照著她的吩咐去照臺前塗粉抹脂。

程三娘喚來梳的小丫頭，把翠繡的丫髻換作婦人髮式，又命廚房備酒席，要給少爺收通房。

晚飯時分，甘十二才醉醺醺回來，嘴裡猶自嘀咕，說大舅子不許他在旁人面前討好娘子是不對的。他腳下已然打晃，哪裡還吃得下酒，好在程三娘也不是真心要他吃，只端了杯薄薄的米酒在他嘴邊挨了挨，問道：「官人，你收個屋裡人好不好？」

甘十二摟過她來，噴著酒氣往她臉上香了一口，反問：「娘子不生氣？」他遇事先問娘子，與她料想的一模一樣，她便放心大膽地笑道：「既是我做的主，自然不生氣。」

甘十二聞言，十分乾脆地答道：「為博娘子一笑，那我就勉為其難地收下吧。」

三娘以為他是開玩笑，真個兒把穿紅戴綠的翠繡送到他們夫妻自己的臥房去，不料甘十二腳跟著腳也進去了，還反手把門哐噹一聲帶上。程三娘愣在了門外，不知如何是好，丫頭們都道：「少夫人，這是少爺與妳開玩笑呢。」

她暫且聽信了丫頭們的話，揣著一顆忐忑不安的心往小廳裡去，拿著幾根通草，有一下沒一下地編午哥的小老虎。

通老虎收尾的時候，臥房的門還是緊閉著，程三娘緊緊攥著未完工的活計，跌跌蹌蹌奔到小圓房中，抱住她，哇的哭出聲來。

小圓忙問她出了何事，哄了半日她也只是哭，還是跟來的小丫頭回道：「我們少爺和新收的通房丫頭占著少夫人的臥房，到現在還未出來。」

假戲真做了？小圓也震驚得講不出話，好一時才回神，安慰程三娘道：「甘十二不是那樣的人，怎捨得妳難過？妳趕緊回去看看，說不定就是他哄妳玩的。」

程三娘也是放心不下，才一時著急跑了出來，聞言忙抹了淚，扶著小丫頭的手重回家裡去。她一路上都在期許，官人是在逗她玩，事實讓她再一次失望了。她與甘十二的臥房門還是緊閉著，一個不知情的小丫頭問她道：「少夫人，去書房將就一夜？」程三娘的眼淚又止不住流下來，哭著穿過巷子，走過程家的夾道，撲倒在小圓懷裡，「嫂嫂，我搬起石頭砸自己的腳了。」

小圓也慌了神，拍著她的背道：「都怪我，聽了妳的主意不該不作聲，當提醒妳一番的。」程三娘的哭聲愈發大了起來，程慕天從裡屋走出來，斥她道：「妳自己出的主意，怎能怪妳嫂嫂？再說，男人三妻四妾實屬正常，妳替甘十二收通房，是妳的賢慧，哭個什麼？趕緊回去，該做什麼做什麼，莫要煩著妳嫂子。」

程三娘不敢與哥哥頂嘴，只拉著小圓的袖子抽泣道：「嫂嫂，我的臥房他們占著，我到哪裡去睡？」小圓與她相處兩年多，見她難過，自己心裡也不好受，便命小丫頭收拾客房，留她住下，又央程慕天去打探詳細。

程慕天直道她多管閒事，小圓自責道：「我也是太相信了甘十二，所以三娘子問我那主意如何時，我沒有答話。她定是以為我十分的贊成，才真把翠繡推到了甘十二跟前。」程慕天道：「她與咱們已是兩家人，哪怕妳明著說，甘家的少爺納妾能怪到程家少夫人頭上來？這是哪門子的規矩？」

小圓知他講得有理，但還是悶悶不樂，幫著奶娘給午哥洗過澡，當日的帳也不算，爬上床就睡。程慕天挨著她躺下，道：「這樣的事，我去打聽還得拐彎抹角，妳叫三娘子自己去問一聲豈不更便宜？」

小圓翻過身來，「你那個妹子同你一樣面皮薄，她但凡膽子大一些，在家書上做些手腳，也不會落到如今這般尷尬的田地。」

程慕天也被娘子定位成面皮薄的一類人，他很不服氣，第二日一大早，生意都不做就去尋甘十二，問他是不是真收了人。

甘十二見大舅子上門，十分高興，不答他的問題，先帶他去尋酒家，找了個門首掛著草葫蘆的小店，道：「就是這裡，咱們吃兩杯。」程慕天雖不大愛酒，卻是應酬上常喝的，打量了一番店內髒兮兮的桌椅，皺眉道：「上回說吃酒，請我去腳店，今兒更是不如，只尋個『打碗頭』，我可是有正經話要問你，不是跟窮漢一般吃三二碗就走。」

甘十二抓了抓腦袋，道：「這裡不是很好嗎？隔壁還有豆腐羹和熬螺可供下酒，我欠了你們好幾千貫，總要節省些才能早日還清。」說完，搶先一步入內，叫了兩碗酒、兩碟熬螺螄，用根竹籤挑出螺螄肉，送到程慕天面前。程慕天嫌棄地擺了擺手，吃了口酒，也覺得難以入喉，便擱了酒碗再一次問他收通房的事是真是假。

甘十二一口氣喝下一大碗，偷偷看了他一眼，「若是真的，你不會就在這裡朝我揮拳吧？」程慕天暗道，你這般行事，我家娘子再不會拿你作我的榜樣，我歡喜還來不及，哪裡會打你？他開開心心地也喝了一口酒，竟覺得原本苦澀的味變甜起來，拍著甘十二的肩膀道：「男人收個把屋裡人算得了什麼，只切莫偏寵太過，別忘了三娘子才是你的正妻。」說完又笑道：「你不是總不知羞，人前人後奉承娘子的嗎，怎麼這回捨得惹她難過了？」

甘十二正色道：「這個通房可是我娘子給我的，若她當時皺了眉頭，我絕不會收的。」

程慕天打聽到通房丫頭真假，只想著趕緊回去交差，哪裡管他這許多？除了小圓，別人的喜怒哀樂都不在他眼裡，就是方才最後問的那句話，也不過是講來嘲諷甘十二的。

他將酒碗一放，站起身來，丟了句「下回哥哥請你去正店吃好酒」就朝家裡趕，到得娘子跟前，先把甘十二奚落了一番，擺足世間男子只有我表裡如一的架勢，最後才輕飄飄講出一句：「甘十二是真把那丫頭收房了，還道是不想駁三娘子的面子才收下的。」

三娘顫巍巍地扶著門框，一雙眼睛腫得似紅桃，抖著嘴唇問道：「哥哥，你講的可是真的？」程慕天看不慣她這副樣子，皺眉道：「就是收了又如何，越不過妳去的，再說那個通房不是妳的貼身丫頭嗎？自己人，怕什麼！」

小勸她道：「世上夫妻不和多由誤會生起，妳也不過是聽妳哥哥講了一番而已，並不曾親口問過甘十二，更不曾問過翠繡。事情還未弄清楚就傷心，不嫌早了點？」

程三娘覺得嫂子講得在理，就將臉上淚痕擦去，又借了她的妝盒，細細撲了一層粉掩蓋紅腫的眼睛，這才回家去問詳情。

甘十二同程天吃過酒後，直接去了玩具店，並不在家，屋裡只有一個翠繡，正坐在照臺前梳頭髮，左一盤又一盤，梳的是時下最流行的婦人髮式，她從鏡子裡瞧見程三娘靜靜站在門口，忙丟了梳子來磕頭，埋怨道：「少夫人害我。」

程三娘這才想起，這個丫頭是情有所屬的，甘十二這番假戲真做，卻是斷了人家的姻緣，她心中悔恨翻江倒海，道：「主子賞屋裡人給下人，是榮耀哩，我替妳多多備嫁妝，還把妳嫁他。」

翠繡看了她一眼，「少夫人哪裡來的錢與我備嫁妝？妳自己的陪嫁還是東拼西湊來的呢。」嫁妝是程三娘心中的痛，她被這話噎得喘不過氣來，胸口一悶，腳下一軟，挨著門邊就朝地下滑去。

把正房夫人氣出病來可是大罪過，翠繡慌了神，忙招呼們來扶人。程三娘拚著力氣抓住她的胳膊，問道：「妳不是信誓旦旦要嫁那個小廝的嗎？」翠繡低頭瞧了瞧身上的新衣裳，答非所問：「少爺體貼人哩，說只要我生個一男半女，就把我抬作妾。」

程三娘的身子又開始朝下溜，一個名喚翠花的小丫頭看不慣翠繡那副囂張樣兒，啐道：「妳同少爺睡過，床上卻一絲落紅也無，定是早就讓那個小廝受用過了，殘花敗柳一個，還抬作妾哩。」

翠繡臉色一變，急急忙忙辯道：「誰說我沒得落紅，不過是早早把那塊白布收起了，難道非要讓妳瞧見？」

程三娘不習慣與人鬥嘴，看著她們吵了幾句，翠繡與翠花愈鬥愈勇，她的頭反倒疼起來，正要回房細細想對策，忽然聽見甘十二的高呼聲從前頭傳來：「了不得，了不得，娘子，快些來幫我搬書。」

程三娘愣了愣，扶著小丫頭走到二門一看，門口擺了滿滿四籮筐的書，甘禮正在掏錢與挑夫結工錢，掏來掏去卻湊不齊數目，埋怨甘十二道：「少爺忒懼內，身上連十個錢都無。」甘十二摸了摸腦袋，道：「瞎說，是這些書太貴，將錢都花光了。」摸完一抬頭，看見程三娘，連忙走去向她借錢，又道：「娘子，快叫人把這些書擺到我的書房去，爹從泉州來了，正同岳丈敘舊呢，想必不多時就要往咱們這裡來。」

程三娘聽說公爹來了，忙指揮小丫頭們打水擦洗那間爬了蜘蛛網的書房。甘十二走到正房拎起茶壺灌了，感嘆道：「平日裡不買書不覺得，原來紙張這樣貴，一頁書要四文錢呢。」

程三娘不解，「官人，這些書怎的還要現買？平日裡和同年在一起時，沒得書看的嗎？」

甘十二被茶水噎了一口，咳了半日方道：「等爹走後，我還要去同年那裡讀書的哩，搬來搬去的實在麻煩，不如另買一套。」他見程三娘不大信的樣子，忙藉著要去接父親，帶著甘禮溜了出去。

程三娘心裡裝著翠繡，呆呆地把他的背影望了好一會兒，才想起吩咐廚房備醒酒湯。不多時程府來人，請甘家少夫人去赴宴，往常這種場合，她都是帶著翠繡去的，如今貼身的丫頭成了貼身的仇人，再無人可作臂膀，忍不住又落了幾點淚，抬舉了方才同翠繡拌嘴的翠花作大丫頭，帶著她上轎往娘家去。

她的小宅離府總共也沒幾步路，進門時晚宴還未開場，便到長輩們面前打了個照面，還是到第三進院子去尋嫂子。小圓一眼就瞧出她身邊的大丫頭換了人，心中替她酸澀了一陣，輕聲問道：「問過甘十二了？」程三娘垂淚搖頭，「只問了翠繡，她說官人要她生兒育女，還要抬舉她做妾呢。」

小圓直為她發急，道：「就官老爺審案也得雙方的口供對得上，妳為何只問翠繡不問甘十二？」

程三娘往前頭的院子望了一眼，道：「公爹是主張給官人收通房的，不如先用翠繡把他混過去再作打算。」

小圓暗道了一聲糊塗，問道：「甘十二是真收了她，妳作何打算？」程三娘將手帕用力絞成了麻花，嘴上卻道：「還能怎辦？連哥哥都說男人三妻四妾是正常的，我也只能睜隻眼閉隻眼了。」

小圓一面心疼那方做工精良的帕子，一面暗嘆。姑嫂兩年多，她還是不願在自己面前講全話，什麼都是露一半藏一半。她未嫁時已在娘家委屈了這些年，好不容易當家作主，還會讓自己接著委屈下去嗎？

她正不知如何將這對話繼續下去，采蓮來報，稱酒宴上的菜已齊備，請少夫人去查看。她暗謝了一聲，忙讓阿彩送程三娘到前頭坐席，自帶了人往廚房去。甘老爺既是親家又是故交，因此廚房裡熱火朝天，備了好些菜。

阿雲遞過一顆丸子請小圓嘗味道，噘嘴道：「三娘子太軟弱，該叫繡姊姊教她使棒槌。」小圓咬了一口丸子，嘆道：「我這個小姑子心裡比誰都明白，就是吃了面皮薄和不善言辭的虧。兩口子過日子，總猜來猜去怎麼得了？」

阿雲笑道：「叫大姊來教她什麼叫爽利。」一句話引得廚娘們都笑。采蓮忙瞪了她一眼，按著小圓的吩咐往席上流水似的上菜。

說是請程三娘來赴宴，其實男人們都在前頭吃酒，裡頭只有錢夫人和小圓陪她。她前後好幾回哭著往娘家跑，程家上下都曉得她家新收了個通房，錢夫人朝背後伺候著地丁姨娘努了努嘴，安慰她道：「家裡有個妾，方能顯妳的賢慧，妳嫂子就是吃了這個虧。」

如今不論誰提這個事，程三娘都是要落淚的，但錢夫人的話裡夾帶了小圓，她就不知如何回話，連哭都忘了，愣愣地看看繼母，又看看嫂子。

小圓根本不接錢夫人的話碴，轉頭問程三娘：「妳公爹住的屋子可收拾好了？」

程三娘正不曉得如何應付，忙點頭道：「三進院子我們只住了一進呢，多的是空屋子，我出來時已叫他們收拾著了。」

小圓又道：「你們才成家，想必家什不齊全，差什麼只管來拿。」

程三娘偷偷看了一眼錢夫人，見她臉上神色無甚大變化，才起身謝過，又親手各斟一杯酒給她們。

她們吃罷飯，前頭的酒還未吃完，小圓陪著程三娘候了一會子不見甘老爺出來，便拉她還回第三進院子小坐。程三娘撫著胸口道：「嫂嫂，妳如今膽子見長，繼母在跟前就敢明著說要貼補我。」

小圓笑她道：「我看是妳出了嫁膽子變小了，當初妳可是哭著求我莫要把帳本交給繼母的，我聽了妳的話管了家，能做主貼補妳，妳怎反倒畏首畏尾起來？」

程三娘在閨中上頭有嫂子頂著，她只需跟在後頭幫著些就萬事大吉，如今出了嫁才發現，家裡家外處處是要自己出頭的。她過慣了幕後的生活，乍一上臺自然不習慣。她今兒見識了小圓的處事手段，想起家裡的翠繡，恨不得把嫂子原樣搬回去，替她處理完了家事再送還回來，但她這樣的話不好意思講出口，便低了頭不作聲。

不多時前頭丫頭來報，說甘老爺吃醉了酒，叫兒媳派人去伺候，她忙帶了翠花趕往前院。小圓也跟了去，借了她兩個小廝，把甘老爺扶上了轎子。

甘老爺本是吃得大醉，在子上顛了幾下，路上全吐了出來，反倒清醒了，進了門就奔兒子的書房，見過架子上滿滿當當的書，滿意點頭，道：「十二，書要讀，身子也不能垮，我信中說要你收個屋裡人，可曾照辦？」

程三娘忙喚繡來磕頭，叫她給老爺敬茶，甘老爺卻不吃通房丫頭敬的茶，另喚了個進來，向甘十二道：「與你個妾。」甘十二站到程三娘身旁，搖頭笑道：「你媳婦如此賢慧，已然給我收了通房，這個還是爹留著自用吧。」

甘老爺臉上一紅，竟不堅持，胡亂吃了兩口茶就稱困，扶了方才那個丫頭走到給他準備好的院子裡歇下。甘十二在他背後偷偷地笑，摟了程三娘進房，道：「我爹怕我娘怕得緊，泉州不好偷腥，特特跑到臨安來，還要虛情假意讓一讓我，回頭好在我娘跟前說：這個丫頭是兒子孝敬我的哩。」

甘老爺畏妻如虎，程三娘亦曉得，但公爹竟能為了偷腥千里迢迢跑到臨安來，她真是無話可說。她抿著嘴也偷笑了一回，抬頭見甘十二已在解腰帶，故意道：「官人不去翠繡房裡？」

甘十二斂了笑意，仔細朝她臉上看了看，問道：「妳想我去？」程三娘想起他剛在公爹面前讚了自己賢慧，那一聲不願意就跟魚骨頭似的卡在了喉嚨裡，硬是吐不出來。

甘十二聽不到她的回答，竟把腰帶繫好，走去拉房門，回頭又問：「真想我去？」程三娘眼裡有了淚，偏不轉身，默默點了點頭，待得聽到關門聲回過頭來時，甘十二已是頭也不回地朝翠繡那邊去了。

她自躺在床上哪裡睡得著，眼淚浸濕了半邊枕頭，想連夜去和嫂子討主意，又礙著公爹在家。輾轉反側，竟是一夜未眠，第二日她早早兒地起床，撲了厚厚的粉蓋住紅眼圈，想去公爹面前繼續博那聲賢慧，不料昨夜伺候甘老爺的丫頭卻道：「老爺一大早就帶著少爺出去了，說是要少爺帶他去見識京都的酒樓。」

她慢慢地朝自己房裡走，卻遠遠看見翠繡要去正房請安的樣子。她不知如何面對這個與自家官人共度了一夜的通房丫頭，慌忙搭了翠花的手朝外頭去，攔下一頂轎子，坐了來尋小圓。

自家第三進院子正房中，小圓、陳姨娘、李五娘相談甚歡，阿雲掀起珠子簾兒，報了聲三娘子來了，小圓忙命人加椅子看茶，向程三娘介紹道：「這是我娘家三嫂，撲賣會上見過的。這是我生母，怕是頭一回見吧。」

程三娘見有客在，不好向嫂子講心事，上前默默行過禮，挨著小圓坐下。陳姨娘是長輩，又是頭一回見程三娘，便取了塊自己繡的好帕子送她作見面禮，又拿過午哥手邊的一隻通草老虎，笑道：「這是三娘子做的？真是一雙巧手，我只會給外孫繡衣裳，這些個玩意卻是做不來。」

程三娘一笑，正要謙虛兩句，突然發現老虎的尾巴是散著的，這才想起昨兒她失魂落魄跑了來，還沒給這玩意收尾呢，臉上頓時一紅，忙接過老虎，接著編那條尾巴。

她將老虎完工遞給午哥，還是不好意思，便喚翠花回去取染了色的通草，要多編幾個玩意讓陳姨娘和李五娘帶回去給孩子玩。她家離得近，眨眼功夫就將東西取了來，她手指如飛編了個鳥雀，接著又編小兔子。陳姨娘和李五娘都覺得新奇，圍上來瞧，陳姨娘指了李五娘道：「她家是兩個小子，多編些與她，我討一個回去給雨娘掛床頭就成。」李五娘道：「又不是我親生的，懶怠捎回去，全給雨娘吧。」

程三娘手下緩了緩，道：「李三嫂家也有妾嗎？」李五娘扯了扯唇角，「誰家沒得幾個，也就妳嫂子命好。」陳姨娘笑道：「富貴人家的煩惱，像我們小門小戶養不起妾，就不需操這個心。」

陳姨娘自己就是個妾，卻如此大大方方談論李五娘家裡也有妾，還生了兒子。程三娘心道，原來大家都一樣，膽子就壯了些，將自己主動送通房試探官人真心的事講了出來，請她們「見多識廣」的人替自己拿個主意。

三妻四妾的煩心事家家有，果然無一人笑話她，個個都暢所欲言。

李五娘先是解釋道：「我家有妾那是無可奈何，妳有好福氣，官人不納妾，怎反要自己和自己過不去？」

程三娘道：「我也是無可奈何，夫家親戚都勸我，公爹又親來了臨安，總要為自個兒名聲著想。」

李不以為然，「名聲值幾個錢？就是頂個妒婦的名頭也不能往官人跟前送人。」

陳姨娘卻道：「難為女人，哪兒能不看重名聲，我倒覺著三娘子送通房給官人無甚大錯。只是男人都是愛新鮮的，妳虛試一番也就罷了，怎能由著他們去？」

程三娘見她們都道自己處事不當，心頭隱約浮上些悔意，憂道：「木已成舟，竟是無計可施？」

李五娘安慰她道：「這有什麼好犯愁的，喚個人牙子賣掉。」程三娘猶豫道：「若官人是真喜歡她呢，賣掉豈不是叫他傷心？」李五娘想起自身是因著這般思量，才容忍了何老三的妾接連二三生兒子，便閉了嘴再不作聲。

程三娘又問陳姨娘，陳姨娘笑道：「妳既然不曉得官人地心思，何不問明了再行事？若他不在意，就賣掉。若在意，就忍著。」

程三娘就是不敢問，聽了這話垂首不語。

李五娘瞧不上猶猶豫豫的人，不由得問道：「程大姊怎的還不來，每回撲賣會她都是最後一個。」

程三娘這才曉得她們是要玩撲賣，正好她也不想歸家，便又編出幾個玩意，笑道：「一個大子博一回，我也湊個熱鬧。」

她們四個又坐了好一會子，直到程三娘的通草玩意編成上十個，程大姊才現身，後頭還跟著抱了大包袱的季六娘。她一進門就道：「四娘，與我收拾個院落，我把季六娘放娘家養養胎。」

在座幾個都曉得，程大姊生養過兩個，全都不幸夭折，此番定是見「自己人」有了孕，想保她平安產下兒子，當作自己的養。

陳姨娘凡事都先為閨女打算，悄聲向小圓道：「沒見過妾室回大婦娘家安胎的，妳要擔責的哩。」小圓低聲笑道：「這位季六娘是我們夫人的表侄女，她有表姑照料，與我不相干的。」說完，就叫人去喚小銅錢，讓她拎著包袱，把季六娘帶到第二進院子去。

程大姊對撲賣會一直不怎麼有興趣，不過是愛熱鬧才湊了來，她見程三娘獨坐一旁悶悶不樂編玩意，忙過去問她出了何事。程三娘與她親厚，也不瞞她，把給官人送通房的事又講了一遍。

程大姊許久未回娘家，卻是頭一回聽到這消息，拉著她就去尋小圓，頗為不滿道：「三娘還小，不會處事實屬正常，妳這個做嫂子的怎麼也不攔著些，就由得她做傻事？」

陳姨娘是生母，不好替閨女辯解，李五娘卻毫不客氣地道：「妹子要送屋裡人給妹夫，娘家嫂子怎麼攔？這是你們金家的歪理？」

小圓眼看她們要吵架，忙道：「這事兒我也有過錯，亦是太信了甘十二，改日定要腆著臉皮問一問他，為何捨得叫娘子難過？」

她這一打岔，程大姊忘了反擊李五娘，轉頭問程三娘：「妳可曾問過甘十二，才成親就敢收通房？」

程三娘低著頭搖了搖，道：「我不好意思當著面兒問他，但哥哥幫我問過的，官人說他收下通房是不願駁我的面子。」

程大姊急了，「這等事體妳還要二郎去幫妳問？妳自己沒長嘴？」

程三娘把個玩意編了拆，拆了編，囁嚅道：「我怕……萬一官人說他喜歡翠繡，我、我……」

程大姊直跺腳，恨不得揮兩掌扇醒她，「就算愛她又如何，趁他不在時，該打就打，該賣就賣，難不成他能為個通房休了妳？」

程三娘心裡是看重甘十二的，就不願聽她的話，只扭著裙帶子不作聲。

還是李五娘明白她的思，道：「妳既木已成舟，也同我一般是個苦命人，且慢慢熬吧。」

程三娘叫她說得愈發黯然，程大姊忙道：「休聽她的，她是外頭跋扈，內裡一團棉。妳只管把那個通房賣了去，甘十二不敢把妳怎樣。」

程三娘問道：「姊，妳給姊夫納了那麼些妾室，也不曾見妳賣呀？」程大姊道：「不管賣與不賣的，總要讓自己快活才是，妳既不快活，為何不賣？」

她們講得有道理，但程三娘覺得一個都不適用。忍著，她心不甘；不忍，又在意甘十二的感受。她心裡想著事，手裡編著玩意，編著編著，忽然聽得小圓一聲：「三娘，妳編的這是什麼，通草都亂做一團了。」她恍然似從夢中醒來，抬頭一看，房中只剩了她與小圓兩個，奇道：「她們人呢？」

小圓嘆氣搖頭，「都是有妾的人，看妳難過，她們也不好受，早就散了。妳編得太入神，大姊喚妳好幾遍都未聽見，還是我攔了她，才叫她去了。」

程三娘丟了手裡的活計，靠著她的肩頭哭道：「嫂嫂，事情已經這樣了，我該怎麼辦才好？妳就看在我自小沒娘親教導的分上，教教我吧。」

小圓拍著她的背，道：「我已是想錯了一回了，還怎麼教妳？各家情形都不同，在我這裡行得通的法子，不等於到妳家就好使。」

她見程三娘是聽進去的樣子，又道：「不論如何，妳總得親口問一問甘十二，探明了他的心思再行事。妳這樣遮遮掩掩，不是夫妻相處之道呀。」

程三娘眨了眨淚眼，「那我現在就問官人去，不等到公爹走了？」

小圓拍了拍她，「他是要和妳過一輩子的人呀，有什麼不能敞開了說的？」

程三娘也是後悔昨夜礙著面子不開口，生生把官人推到了通房那裡去，就擦乾了眼淚起身告辭，回家等甘十二。

她以為要晚間才能見到他的人，不料到家時，甘十二已陪著甘老爺在堂上坐著了，她忙上前行禮，問道：「爹不是去酒樓的嗎，怎的這一會子就回轉？」甘老爺道：「原來那些酒樓要晚上才開張，咱們卻是去早了，且等天黑了再去。」

程三娘還在奇怪什麼酒樓要晚上才開門做生意，就聽得甘老爺又道：「媳婦哪，昨兒妳娘家的『兩熟魚』甚是美味，妳且去做來我吃吃。」

她雖是不受待見的庶女，但畢竟生在大戶人家，一樣是從未下過廚房，連鍋是圓的扁的都不知，哪裡曉得如何做這樣的名菜，就是她新請的廚娘也只會幾樣家常的，她正想著是不是要去娘家借個廚子，甘十二已然出聲：「爹，我娘子乃是大家閨秀，怎能去廚房做菜？您老且耐心等一等，待得晚上去酒樓，我點來與你吃。」

程三娘見官人敢在公爹面前明著維護自己，比哥哥都強些，心裡的彆扭立時去了幾分，但她是沒有好陪嫁和撐腰的人，官人敢說，她卻不敢依，忙忙地洗手下廚房，又命人去娘家借廚娘。

不多時，程家的廚娘到，程三娘挽起袖子就進廚房，問需要些什麼材料。廚娘笑道：「我們少夫人吩咐在前，我自帶了來。」說著拿出個籃兒來，取了二斤山藥煮熟，又加乳團一個，細細研爛。她一邊招呼打下手的甘家廚娘剁碎三斤陳皮、二兩生薑，一邊勸程三娘出去歇著，莫要嗆了油煙。

程三娘搖頭道：「不礙事，萬一老爺考究起來，我也好有個說法。」廚娘見她小心翼翼，很有幾分憐她，便道：「甘老爺頂多問兩句罷了，難不成還要親自瞧著妳做？我把烹飪法子講與妳聽便是——方才備的山藥、陳皮和生薑末，加進調了糊的豆粉半斤一起拌，再加乾豆粉調稠做餡。麵粉皮一個，粉絲抹濕，入餡折掩，捏成魚樣，先用油炸熟，再入豉汁內煮。」

程三娘聽得稀裡糊塗，勉強記住了幾樣主料配料，待得兩熟魚做好裝盤，她親自端了上去，果然聽得甘老爺發問：「媳婦，這魚皮是何物做成？」程三娘答道：「山藥。」甘老爺皺眉想了想，「山藥也能做成如此薄皮？」

程三娘臉一紅，絞盡腦汁想那幾樣料，甘十二夾了一條兩熟魚到甘老爺碗裡，道：「她能下廚房已屬不易，娘還不知廚房門朝哪邊開呢。」

甘老爺在家受盡了壓迫，好不容易到兒媳面前抖抖做家長的威風，卻叫這個膽大到目中無父的兒子攪了局，氣得將筷子一摔，棄了滿桌子的菜出了門。

甘十二忙摟過程三娘香了一口，安慰她道：「我爹就這模樣，妳莫要往心裡去。」說完匆匆趕出去，在巷子口尋到甘老爺，怪他道：「爹，你有氣衝我來，作什麼給我娘子沒臉。」

甘老爺腳下不停，一口氣走上大街，唬著臉道：「你讀書這麼些年，就只學會了怕娘子？」甘十二大為那些他從未讀過的書叫屈：「全都是跟爹你學的。」

甘老爺面子下不來，瞧見前頭有個酒樓，腿就朝那邊走。甘十二跟在後頭一看，那樣裝潢豪華的酒家，沒個一吊錢，進去了就別想出來，慌忙攔住老父，問道：「爹，你可有帶錢？」

甘老爺身上有錢，但心裡有氣，便道：「你來臨安時我也沒少給你錢，我好不容易來一趟，你連個酒都不請我吃？」

甘十二怎好說他的錢要留著還債，只道那個酒樓不好，不是那晚上才開張的店。

甘老爺駐足看去，只見酒樓門首彩畫歡門，當街一排紅綠杈子著貼金紅紗子燈，再朝裡看，緋綠的簾幕，裝飾廳院廊，透過大開的後門可隱約窺見後園花木森茂，酒座瀟灑。他老人家越看越愛，不顧甘十二勸阻就往裡走，發現這個酒樓內裡還有洞天，行一二十步，又分作南北兩廊皆是濟楚閣兒，供人坐席。

店小二見他身上袍服料子不錯，忙上招呼：「客官，別瞧現在無甚看頭，向晚便是燈燭螢煌，上下相照，美不勝收。」到底是天子腳下，一個小二講話都是文，看來把兒子留在臨安讀書是對的，甘老爺面露微笑，東瞅瞅西瞧瞧。甘十二從後趕上來拉他道：「爹，這裡還未開張哩，我帶你去打碗頭。」

店小二聽他那腳夫苦力愛去的打碗頭，心中不屑，但一看他身上的衣料，卻也不差，就怕錯失了財主，忙對甘老爺道：「這位客官莫要急，且先坐下吃兩盅酒，待到晚間你再來看咱們這主廊，別有風景哩。」

甘老爺在泉州慣常只去酒樓，不知打碗頭是何物，正在猶豫要不要隨兒子去見識見識，此刻聽到店小二地這句話，他立時就不猶豫了，挑了間濟楚閣兒穩穩坐下，再不肯挪動半步。

店小二滿面諂笑地捧酒盤子來，那酒竟是盛在小銀角中。甘老爺取了一個，嘖嘖稱奇，向甘十二道：「咱們泉州雖也富庶，但哪有這般講究。」

甘十二坐立難安，老父是匆忙出門，或許是真沒帶錢，他自己買個書還是問娘子借的錢哩，哪裡來的那許多結酒錢？他探頭朝外望了望，甘禮並未跟著進來，只得拉住店小二，道：「前頭鳳凰山下的程家你可曉得？替我去請了他家的少爺來吃酒，賞錢回頭給你。」

「能在鳳凰山下住的，咱哪有不曉得的？客官且稍坐，立時就來。」他們請的客竟是程家少爺，果然是有錢人，我並不曾走了眼。店小二心中慶幸，腳下跑得飛快，從飯桌子上把程慕天請了來。

程慕天到得酒樓，見請他吃酒的是甘十二，臉上立時爬滿了霜，道：「我正吃飯呢，還以為是哪個生意人喚我談事，這才忙趕了來。你一個讀書人，怎的上這種酒樓來？」

甘十二悄悄把濟楚閣兒裡的甘老爺指了指，道：「我請你在這裡吃豈不便宜，咱們不點花牌就是。」說完又指了指旁邊眼巴巴的店小二，「哥哥先替我把賞錢給了。」

程慕天這才明白過來，敢情是他沒帶錢，喊他來做冤大頭？他哭笑不得，喚程福來打發賞錢，道：「你沒錢還帶你父翁來這裡吃酒，我可沒錢借你。」甘十二大呼冤枉：「我是被他硬拉來的。」

這世間哪有老子帶兒子吃花酒的事體，程慕天不信，但甘老爺到底是長輩，他既來了，不好不替他出錢，便瞪了甘十二一眼道：「這錢一併記在你帳上，記得要還我。」

甘十二見他點頭，連叫了幾聲好哥哥，帶他進去見甘老爺。甘老爺雖不大瞭解程慕天，卻曉得他的老子程老爺是個古板人，寧願往家一個接一個的買人，也不肯招伎。他估摸著老古板教出來的兒子定也是個小古板，就不大願意與他同桌，只道：「你們小輩同我坐一起，沒得受拘束，不如到旁邊另包個閣兒快活。」

程慕天本就不久待，聽了這話很歡喜，出來叫程福數了幾張會子遞給甘十二，道：「這些夠你結酒錢了，你且陪著你父翁，我還回家吃飯。」

甘十二卻不肯放他走，央道：「哥哥，你且陪我坐會子，不然叫我娘子曉得我來吃花酒可怎麼辦？」

程慕天被拉住了胳膊走不動，只得同他在甘老爺隔壁的濟楚閣兒裡坐下，喚了店小二來上酒。甘十二見他板著臉，自己連個說話的人也無，就招呼旁邊站著的程福道：「吃酒還要什麼尊卑上下，你也來坐。」

程福是愛煞此等酒樓的人，聞言忙應了一聲，再朝程慕天那邊瞧了瞧，見他無甚異議，就自搬了個凳兒在八仙桌邊坐下。

甘十二喚店小二多拿了個小銀角來斟滿酒，遞到程福面前，「若遇見我家娘子，還勞煩你遮掩一二。」程福笑道：「甘少爺，你才成親就敢收通房的人，還怕我家三娘子怪你吃花酒？」甘十二將手裡的小銀角轉了一會子，悶聲道：「你說的是，她哪裡會怪我，只會悶在心裡什麼都不說。」

程三娘是嫁出去的主子，程福不敢論她的是非，側頭瞧見程慕天對著窗外凝眸深思，問道：「少爺有事？」

程慕天收回目光，甚是苦惱，「午哥還只會叫娘，不會叫爹，怎生是好？」

甘十二一口酒噴到程福身上，程福藉著替他撫背，偷笑不止。二人笑來笑去樂作一團，俱道：「似你這般吃酒還想著兒子的人，委實少見。」

程慕天看了他倆一眼，道：「我不過想想兒子，有什麼好笑？我還沒笑話你們怕娘子呢。」程福不敢說自己不怕阿繡的棒槌，馬上縮了頭只吃酒。

甘十二不以為然，「我那不是怕娘子，是疼娘子。」

程慕天道：「既然疼她，就莫讓她成日裡去哭著煩擾她嫂子，以為她嫂子同她一般無事呢。」

甘十二怔了怔，道：「她去你家哭了？是為那個通房？我這娘子什麼都好，就是膽子太小，什麼心裡話都不向我講。我怎會不曉得她不願我收屋裡人，日夜苦盼著她開口與我明說呢，可她就是不吱聲。」

程慕天不耐煩道：「你們的私事與我什麼相干，莫要煩著我娘子便是。」程福怕甘十二面子下不來，忙開口圓場：「甘少爺，娘子們都是這般面皮兒薄呢，她們的心思你得猜呀。我家娘子性子太直沒猜頭，我還嫌不好呢。」

甘十二吞下滿口的酒，嘆道：「男人在外已是辛苦，回家還要猜來猜去，累是不累？」程慕天對此話深有同感地道：「可不是，我和你嫂子才成親時，她也是時不時就問我一句要不要收屋裡人，自家官人願不願意納妾她心裡不清楚嗎，非要故意問上一問，反讓我去猜她的心思，好不叫人煩惱。」

甘十二問道：「我看你們如今很好，是何事叫嫂子想開了，不再試探你？」

程慕天笑道：「管她試探不試探，我只記得女人嘴上抹的都是蜜，心底兒裡一罈子醋。」程福也笑起來，「少爺，這是我常說的話，怎叫你學了去。」

甘十二若有所悟，起身道：「我不等她了，我要回去與她說。」程慕天莫名其妙，正待細問，卻聽得隔壁一陣吵鬧，中間夾著甘老爺的聲音，他與甘十二對視一眼，齊齊奔了出去。

甘老爺所在的濟楚閣兒裡，足足坐了三、四位濃妝豔抹的妓女，個個穿著紅通通的裙子晃人眼，程慕天還以為是為她們惹的事，就站在門口不動，只把甘十二推了進去。

甘十二上前一問，卻跟妓女沒得干係，店小二道：「這位客官將咱們店所有的菜全點了一遍，廚房費了好大的功夫做齊，他卻不要了，這不是耍人嗎？」

甘老爺分辯道：「我明明只吃了你們端上來的幾碟子，哪個曉得你們又做了一遍？」甘十二也鬧不清，忙把程慕天拉進來，「哥哥，這些個我卻不會，你來。」

程慕天朝桌上一看，動了筷子的都是些小碟子，大盤的菜才端上來，還在熱騰騰地冒氣，心下立時明白了原委，忙先背著甘老爺朝店小二打眼色，再斥他道：「多大點子事，點再多菜自有我結帳，怕我給不起錢？」

能在這樣的酒做店小二，都是熟讀客人眼色的人，當即換了面孔朝甘老爺鞠躬作揖，口稱自己行事莽撞，得罪了貴人。甘老爺在泉州也是常去大樓的人，隱約猜到是自己行事沒合規矩，便不再吵鬧，自懷裡摸了錢出來打賞店小二，叫他再叫幾個妓女來點花牌。

甘十二沒瞧出所以然，好奇難耐，出得閣門來，悄悄問程慕天：「我爹哪裡錯了？」程慕天先教訓他：「你身為兒子，怎能講父翁一個錯字？」再才解釋道：「先端上來的小碟子乃是看菜，客人看中哪個，就告訴店小二叫廚房做去，若全留下視作全要了。」

甘十二笑道：「果然與泉州行事不同，我爹定是以為看菜即是正菜。哥哥，你行事不爽利，此等事體你不當面解釋給我爹聽卻來告訴我，到時我爹問起，不得叫我去做那叫他尷尬的惡人嗎？」程慕天抖了抖袍子，「又不是我叫你問我的。」

甘十二記掛家中娘子，也不同他分辨，問他借了一張一貫的會子，出了店門一路跑著回家，卻發現程三娘正在房中交握著雙手走來走去，瞧上去極為不安。他上前將她摟了個滿懷，問道：「出什麼事了？」程三娘見只有他一人回來，更是驚慌失措，「爹還在怪我？」

甘十二笑道：「爹在酒樓快活著呢，早把中午的事忘到九霄雲外了。」程三娘懸了多時的心總算放了下來，又記起嫂教她的話，便垂著頭磕磕絆絆問道：「官、官人，你可、可是愛……那翠繡？」

甘十二捧著她的臉道：「不必問了，不讓妳為難了。原來是我不會做官人，還不如那成日裡黑了面吼妳嫂子的哥哥。」說完將那張借來的會子掏出，喚了翠繡來與她，道：「不必再演了，定下的錢給妳，妳自備了嫁妝嫁人去吧。」

程三娘隱隱約約猜到真相，心中快活按捺不住，正要浮出笑來，忽見翠繡倚著門大哭起來：「少爺，你好狠的心兒，還哄我說要抬我作妾，今兒為了討好正房娘子就要趕我出門。」

程三娘剛浮上來的一顆心又撲通一聲沉了下去，想起那天緊閉了多時的臥房門，就沒有底氣去斥她胡說，緊攥著手帕子跌坐在椅子上。甘十二如今曉得女人心底都是有罈醋的，再不去苦等娘子發問，搶先解釋道：「娘子，妳這個丫頭教得不好，我叫她同我演個戲，她非要我先付錢，我在咱們房裡翻翻找找好一會兒，也只尋出幾個銅板來，還是她指點我開了妳藏錢的箱子，這才湊足了兩百貫，給她作了定錢。」說完又罵翠繡：「說好演完戲妳就拿錢走人，為何還要糾纏不休？」

翠繡抹了把臉站起來，冷笑道：「什麼戲？我看少爺現在才是在演戲。你休想捨幾個錢就把自個兒撇乾淨。」

甘十二急得直跳腳，「我本來就同妳沒什麼事，何來撇乾淨一說？」

翠繡走到程三娘腳邊跪下，哭道：「少夫人，我曉得妳是假意試探少爺，卻沒想到成了真，換作誰也不好受，可也要替我想想呀，難道我又是情願的？我本有樁好姻緣，都是為了少夫人才落得如今這般田地。你們要打發我，明說就是，哪有吃乾抹淨不認帳的，叫我出去如何做人。」

程三娘看看她，又看看一臉憤慨的甘十二，還是選擇了相信自家官人，輕聲道：「少爺說他並未碰妳。」

翠繡道：「這少夫人也信？沒碰那他關房門作什麼？」甘十二急道：「我已講得清清楚楚，那是在尋錢給妳。」翠繡嘴裡問他，眼睛卻看著程三娘：「尋個錢能尋上半天？」

甘十二氣極，「不是妳說少夫人性子軟了才會講心裡話，所以要將門多關一會子的嗎？」又對程三娘道：「娘子，我當著妳的面關門妳都不說我，難道是真的心甘情願不想說？我不要過那猜來猜去的日子，才拉她一起演戲給妳看。我聽過哥哥和程福的話，已曉得自己做錯了，往後再不行此等荒唐事，但我與這個丫頭真真切切無首尾，妳信我不信？」

程三娘的一個「信」字到了嘴邊剛要吐出，卻聽得翠繡道：「有沒有首尾，我說了也不算，少夫人請個懂事的婆子來驗一驗我的身便知。」

此話猶如晴天霹靂，在程三娘頭頂炸響。驗身可是做不得假，她曉得自己該無條件選擇相信自家官人，但那一聲「相信」在嘴邊滾來滾去，就是落不下地。

為何不聽嫂子的話直接在家書中做手腳？為何要拿通房去試探官人？為何不在他們剛進房時就將門敲開……她手裡絞著帕子，心中怎一個悔字了得。

她還未想好如何面對這一切，翠繡的催促聲又一次響起，便只得猶猶豫豫地站起身來，強忍著哭意問甘十二：「官人，如何是好？」

甘十二此刻也心亂如麻，跺了跺腳，「驗就驗，咱們一道去妳娘家問妳嫂嫂借有經驗的婆子。」

他二人帶了翠繡，穿過巷子隔壁尋小圓，將情形同她講了一遍，開口要借個會驗身的婆子。

小圓看面前這雙對處理家事毫無經驗的年輕夫妻倆，竟有些講不出話來。

采蓮如今成了親，很能理解他們，又可憐程三娘，便悄悄勸小圓：「三娘子小，甘少爺又是個大大咧咧無甚心計的，少夫人何不藉機教教他們，不然他們家成日裡雞飛狗跳，少不得還要來煩擾少夫人。」

親戚家再不生，也與小圓無相干，她曉得采蓮是憐了程三娘，替她說話兒，便輕輕點了點頭，笑著招呼甘十二兩口子坐下，又喚人去端新近琢磨出來的水果茶。阿彩捧上小爐小壺，將水煮沸，倒入裝了小塊頻婆果、梨子和橙子的杯中，蓋上杯子蓋兒，道：「燜一會子再來加蜂蜜，主子們且等一等。」

小圓微微頷首，向程三娘道：「這個水果茶比花茶還好喝，你們回去也可試一試，只那蜂蜜莫要擱早了，待水溫下來再調。」

程三娘雖急，但她小意慣了，不敢露出來，甘十二卻是待不得，推開水果茶問小圓：「嫂子，婆子妳借是不借，給個話兒呀？咱們還等著給那滿口胡謅的丫頭驗身呢。」

小圓看了翠繡一眼，道：「這有什麼好驗的，主子收用過就登天了？要賣不是一樣的賣？」

甘十二站起來急道：「要驗，不能讓她訛了我去。」

小圓細瞧他神色，倒是十成的真，心下暗自為程三娘歡喜，便叫了守角門的婆子來，帶翠繡去下人房裡脫衣裳驗身子。

婆子很快就來回話，卻道翠繡不是女孩兒身。一時間屋內眾人神色各異，程三娘傷心，翠繡得意，甘十二驚呆。小圓哪裡好去問翠繡的身是不是甘十二破的，只當自己又瞧錯了一回男人，悄聲喚來采蓮，叫她上湯送客。

甘十二見到送客的湯水，忙道：「嫂子，我對我娘子是真無二心，這個丫頭與我毫無干係。我錯就錯在不該去演什麼戲逼迫娘子講心裡話，我是不曉得女人的心都是一樣的，無須猜忌的呀。」

小圓來了興致，問道：「怎麼個一樣法？」

甘十二答道：「哥哥講的，說女人嘴上抹的都是蜜，心底兒裡一罈子醋。」

小圓心中暗暗笑罵程慕天，道：「你講的是真是假輪不到我這個嫂子過問，且等三娘子回家考究你去。」說完又悄悄朝程三娘打眼色。

程三娘就是吃了悶葫蘆的虧，再不敢默不作聲，忙道：「既然官人與翠繡無事，還請嫂嫂幫忙喚個人牙子來，就地賣了她。」

小姑子終於有了點當家主母的樣子，小圓很是欣喜，忙命人去尋人牙子。不料翠繡卻道：「我簽的可不是死契，我賣身的期限早就過了，如今是良人哩，你們賣不得我。」

待得翠繡取來賣身契，眾人上前一看，果然過期了，且恰巧是過期了一天，原來這丫頭是故意的，怪不得如此囂張。小圓嘆了一口氣，小姑子治家果真沒經驗，雇來的人該提前續約，怎能容許出現家有過期奴僕的烏龍事件。

程三娘見嫂子嘆氣，還道這事兒難辦，挨過去抱著她的胳膊央道：「嫂子，我沒處理過家事，妳就幫我一回，我跟妳學著。」

這世上無師自通的能有幾人，就是自己，那也是苦中打磨來的，小圓心一軟，道：「既然甘十二說他清白，妳也相信，那我提幾個主意，你們自個兒選，如何？」

程三娘與甘十二雙雙點頭，「嫂嫂快講。」

小圓端起水果茶喝了一口，不慌不忙地道：「最簡單的法子就是把她轟出去，身強力壯的婆子，我這裡不缺，可借你們好幾個。」

甘十二連聲道好，程三娘卻搖頭，「官人以後還要做官呢，若她出去胡言亂語，被有心人利用了去，如何是好？」

小圓笑看甘十二一眼，原來小姑子還心心念念著要官人做官，這個事她可幫不了忙。甘十二乾咳了兩聲，慌忙端起水果茶，好似突然品出了滋味似的，抱著杯子不放。

小圓暗笑，繼續道：「不趕出去也成，且隨了她的願，收個房裡人吧。」

沉默了多時的翠繡喜出望外，一雙眼滴溜溜地盯著程三娘，看她肯不肯點頭。程三娘眼圈紅紅，看了看甘十二，問道：「嫂嫂，無他法了嗎？」甘十二卻悟出了門道，笑道：「就依嫂子的，只不知這收房裡人可有什麼講究？」

小圓把翠繡過期的賣身契取來抖了抖，道：「她如今是良人，逼良為妾可是大罪，若是她自願寫個賣身契來倒還罷了。」

甘十二忙問翠繡願不願意，翠繡沉默了一會子，道：「我是清白人家出身，得寫個正經的納妾文書來。」

小圓笑道：「是我糊塗，是清白人家出身的清白女孩兒，自然是要簽正經的文書。」翠繡叫她這兩個「清白」說得臉上一紅，挪到邊上站，再不敢出聲。小圓問甘十二兩口子的意見，二人都悄聲道：「只等著跟嫂子學兩手。」

小圓笑了笑，招手喚來跑腿的小丫頭，叫她去喚個媒婆來做中人。

雙方都願意的事，做個見證人便可得錢，這樣的好事可不是天天有，媒婆得了信兒，放下手裡的生意就朝程府跑，喘著氣問小圓：「程少夫人要買屋裡人？銀主是哪個？」小圓笑道：「我是名聲在外的，買這個作什麼？是我這小姑子賢慧，要給姑爺收個妾。」說罷，把翠繡一指，「她是才做了丫頭的人，也無個家人，銀主就是她自己。」

媒婆建議道：「自賣自身哩，寫個賣身契便罷了，立個文書還得去官府蓋印，多些麻煩。」這話讓翠繡臉上又紅了幾分，卻仍是不改初衷。

小圓輕輕嘆息了一聲，請媒婆拿出現成的納妾文書，又取了個五百錢作彩禮，再叫他們買賣雙方都簽字，最後由媒婆按了個手印。

待得簽好的文書送去官府蓋了印備過案，翠繡自認為做了正經二房，腰板挺直起來朝程三娘福了一福，道：「給姊姊見禮，不知姊姊挑哪個日子吃我的茶。」

小圓笑得十分歡快，「吃什麼茶，趕緊收拾鋪蓋是正經。」翠繡道：「我可未賣身為奴，你們賣不得我。」小圓還是笑，「逼急了，正頭娘子都賣得，何況妳一個妾？不過咱們不是沒錢的人家，賣妳傳出去不好聽哩，不如按著妳家少爺的法子，行個風雅的事。」

翠繡不知何為風雅的事，甘十二明瞭一笑，「果然好法子，只不知哪個願意要？」

程三娘也是不解其意，小圓抿嘴笑道：「妳家官人曾送了個妾給程福，害他挨棒槌，還道贈人與妾是風雅的事。」

翠繡眼中現出慌亂，嘴上卻道：「我們少夫人捨不得把我送出去的，她還要靠我裝點門面呢，不然屋裡沒個人，老爺要送妾來都不好推辭的。」

這丫頭果真厲害，句句說中程三娘的心思，叫她猶豫起來，拉著小圓商量，「嫂嫂，不如等我們老爺回了泉州再作打算。」

甘十二正琢磨把翠繡送誰呢，突然叫她打了岔，忙道：「娘子，爹那裡我去說，不論出什麼事我擔著。」

這一攤子事皆因程三娘想要官人自己開口說不納妾而起，如今聽他這般講，終於達成了心願，心中欣喜異常，笑道：「那就送吧，裝點門面的事我再想法子。」說完又問翠繡：「我也不是那狠心的人，妳相好的小廝是哪個，我叫少爺把妳送他，也不算苛待了妳。」

翠繡這才明白過來，賣身契也好，納妾文書也好，都是人家砧板上的魚肉，只不過一個價賤些，一個價高些罷了。她一時悔恨莫及，生怕答慢了，就送給陌生人，忙道：「就是程家守二門婆子的二兒子。」

原來小圓未進程家門時，程三娘無人照管，時常缺衣少食，只得做些針線活，叫翠繡託二門上的婆子拿出去換錢使，一來二去不知怎的就同她家的兒子搭上了。

小圓犯了愁，「自我當家，守二門的婆子早換人了，這可到哪裡尋去？」翠繡見什麼都瞞不過她，垂首落了幾點淚，還是去求程三娘，自願與她作門面，發誓賭咒說自己絕不勾引甘十二。

程三娘有官人的保證在前，哪裡肯聽她的話，問甘十二道：「官人不是說書貴嗎，我拿她去與你換幾本書回來，可使得？」甘十二連聲稱妙，連小圓都讚這法子奇妙又風雅，三人一合計，都道城南的一家文籍書店的生意好，便喚來甘禮上納妾文書，帶了翠繡去問價。

那個文籍書店就在御街上，沒過會子甘禮便捧了兩本書回來，笑道：「那個妾不哭不鬧，書店老闆見了很是歡喜，本來只能換一本書的，倒多給了一本。」

他幾人都不解翠繡為何不哭鬧，甘禮笑道：「她不就是想做妾嗎？哪裡不是做，指不定這會兒內心正歡喜呢。」

他們面面相覷，倒不知這懲罰了她，還是成全了她。甘十二突然一拍大腿，叫道：「哎呀，我被她誆去的錢還未要回來。」程三娘笑著安慰他道：「彩禮錢還未給她，這兩本書也挺厚，咱們沒虧多少。」

小圓喚人湯水，笑道：「當是拿錢買個教訓吧，你們趕緊吃了湯回去整頓家務去，下人們的賣身契可得派個穩妥人看管。」

甘十二與程三娘雙雙起身謝過她幫忙，卻不吃湯，你一句官人我一句娘子的相互道起歉賠起不是來，小圓終於明白為何程慕天一見他們兩口子就倒牙，忙插話道：「你們屋裡沒了通房，甘老爺怕是要送妾。」

甘二扭頭笑道：「我可不像哥哥怕父翁。」

程慕天自門外衝進來，狠狠瞪了他一眼，將酒樓的結帳單子摔到他面前，咬牙切齒道：「甘十二，你又欠我十貫零五百。」

甘十二為了「兜裹」借錢在前，因此程慕天用了一個「又」字，但「兜裹」一事程三娘不曉得，小圓生怕被她聽出了詳細，忙悄悄拉了程慕天一把，向程三娘道：「甘十二雖膽子大，可與父翁硬碰硬，到時外頭的人不會講他的不是，只會說妳太跋扈，嚇唬得官人不敢納妾。」

程三娘細想了想，確是這個理，忙問她如何行事才便宜。

小圓揀了本甘禮拿回來的書道：「送幾個收幾個，待得你公爹回泉州，甘十二又多了幾本書。」

程三娘低頭笑了好一會子，直道還是嫂嫂主意多。連甘十二都服氣，二人再次謝過嫂子指點，夾著書和酒樓單子，夫妻雙雙把家還。

待他二人出了院門，小圓朝程慕天身上聞了聞，問道：「你身上並無什麼酒氣，怎的花了那許多錢？」程慕天把甘老爺出糗，點遍了酒樓菜肴的事講與她聽，又道：「甘老爺真是不同常人，同兒子一起吃花酒也就罷了，臨走還給他捎帶了一個妓女，說要送給兒子作姬妾。」

小圓不信，道：「莫要欺我不懂世道，十貫多只夠吃花酒，贖個妓女卻是不夠。」

程慕天笑道：「以為我跟甘十二一般傻嗎？我要是替甘老爺出錢，那姬妾就算是我送的，日後他兩口子若吵架，豈不是讓我落埋怨，因此我只說身上錢沒帶夠，搶先一步結了酒錢就溜了。」

小圓吐了口氣，給他也沖了杯水果茶，道：「還以為真買下了，原來未成行。」程慕天不愛喝甜的，將水果茶推到一旁，笑道：「怎麼沒買？留下扶他的程福說，甘老爺身上多的是錢，拿了整整四百貫，買了酒樓的頭牌妓女。」

小圓撫了撫胸口，「幸虧方才我教了他們法子，不然三娘子又要每日到我這裡哭了。」說著把甘十二兩口子相互試探，卻被個丫頭鑽了空子的事講與他聽，又揪了他的耳朵問：「二郎，什麼叫做嘴上抹的是蜜，心底兒裡一罈子醋？」

程慕天在娘子面前比甘十二硬氣許多，見周圍丫頭婆子在，猶豫地拉下小圓的手，熟練地瞪了她一眼，自去隔壁教午哥叫爹爹。官人的古板性子居然愈演愈烈，不懂風情也就罷了，現在連玩笑都開不得，小圓雖深知他品行，還是忍不住生氣。

沒過會子，程慕天卻又回轉，悄悄與她講：「莫要學三娘子拿通房丫頭試我，小心我請家法。」小圓叫他這句話逗得哭笑不得，一點子悶氣煙消雲散，不顧他的強烈反對，借他寬大袍袖的遮掩，緊緊抓住他的手，一同去教小午哥。

甘十二那邊使了嫂子教的緩兵之計，收下酒樓頭牌作姬妾，安住了甘老爺的心，哄得他在臨安開開心心玩了半個多月，吃遍了大酒樓的花酒，逛遍了有名號的勾欄院，直叫一個樂不思蜀。

他本還想再快活半個月，卻接到甘夫人的一封家信，上書：「臨安行首甚美，不若年後再歸？」甘老爺讀了此信，哪裡還敢久留，忙去向程老爺辭行。程老爺見老友要走，苦留不成，便命人在後花園擺上一天的酒，要為他餞別。

程三娘聽說娘家要設餞別宴，特特趕來給嫂子打下手，順便學習此類經驗。小圓曉得她來的目的，不待她開口，先笑道：「來得正好，一起瞧瞧菜單子，看看有無你們老爺忌諱的菜色。」她有心考一考程三娘，故意將詳細功能表瞞起，只給了個大略菜目與她。

程三娘接過菜單子一看，上頭只寫著繡高飣、乾果子、縷金香藥、雕花蜜煎、脯臘和下酒八盞這幾樣總類別，便問小圓道：「嫂嫂，這單子不詳盡呢，且請廚房管事娘子來說說？」

小圓讚許頷首道：「三娘子聰敏，將來比我強些。」說完把詳細菜單拿出來給她瞧，又招手喚來廊下候著的牛嫂，叫她與程三娘細細解說。

牛嫂道：「這幾樣是依次上席，頭盤繡高飣共備了三樣，乾果子五樣，縷金香藥五盒子，雕花蜜煎六品，脯臘十味，最後邊兒是正菜下酒八盞，每盞兩道菜，共十六道。」

小圓向程三娘笑道：「妳看看，這四司六局是正經操辦宴席出身，就是脫不了虛華的框子。」言罷，指著菜單子吩咐牛嫂道：「咱們是家宴，沒得那麼些規矩，繡高飣是僅供把玩的果子不能吃，不如擱到涼亭欄杆、閣子窗沿上去，莫要當做頭盤端上。」

牛嫂點頭，用心記下，小圓接著道：「園子裡花兒正開得豔呢，不需縷金香藥來熏香，熏得人一個個頭暈腦脹。」

牛嫂道：「少夫人，去了兩樣怕是不好看。」小圓想了想，道：「那就在下酒八盞後頭再加幾味瓏纏果子後上幾盤子時興果子。迎客的茶備兩樣，花茶和水果茶；兩位老爺年紀都大了，送客的湯就備薑桔皮湯，再做一個香蘇湯。」

牛嫂應了，又道：「瓏纏果子備五味胡桃、瓏纏桃條、纏松子、荔枝花、纏棗圈；時興果子上三盤，番葡萄、陳公梨、切香瓜。少夫人意下如何？」

小圓問過程三娘，確認並無甘老爺的忌諱，且大都是他老人家喜愛的吃食，這才朝牛嫂點了點頭，命她下去準備。沒過會子，又有管事娘來問酒擺在何處。程三娘笑道：「往常請客都是把酒擺在湖邊，好隔著水看亭子上的歌舞，我們老爺也愛看這個呢，不如還擺在原處。」既是為甘老爺設的宴，自然要先依他的喜好，小圓忙命管事娘子記下，又問程三娘想在何處吃酒。

程三娘道：「不知嫂嫂請了哪些男客？若有生人，我們還是在屋裡吃好。」

小圓笑道：「都是至親，避諱倒是不用，只是他們男人吃起酒來，必要嫌我們女人在旁煩擾，不如把花圃旁的小閣樓收拾出來，咱們上二樓吃著，一樣能瞧見亭上的景色。」程三娘直道甚好，忙忙地起身，想要親自帶了幾個丫頭婆子去收拾。采蓮攔住她笑道：「三娘子莫急，有人管著桌椅板凳的事兒呢，妳且同少夫人商議商議請哪個戲班子。」

程三娘到底年少，平日裡雖沉靜，其實愛熱鬧，聽說還要請戲班子，馬上又坐下，眼巴巴看著小圓。小圓抽了幾張戲單子遞給她，笑道：「我是最怕聽南戲，依依呀呀的，一個字恨不得拖上半個時辰，不知妳如何？」

程三娘倒是愛戲，但她小意兒慣了的人，聽得嫂子說不愛，也就道不愛，只問嫂子的喜好，又問她繼母愛哪一樣。

錢夫人聽說程二嬸也在宴請名單之列，恨不得報個頭疼腦熱躲著不出來，哪裡還管看什麼戲。小圓不好講這實情，便道：「說咱們好不容易逮個空子樂一樂，要依我們晚輩呢。妳家老爺除了歌舞，可還愛別的？」

程三娘心道，我家老爺只要有幾個妓女陪酒，不看歌舞都是行的。但這話她不好意思講出來，便道：「我家老爺也說要依晚輩呢。」

小圓大樂，忙問愛聽「說話」，還是愛看「踢弄」，程三娘臉紅一笑，道：「這兩樣我都未曾見識過。」小圓把手一揮，「那咱們都請來，在水邊搭個戲臺，亭中唱罷歌舞就演踢弄，再把閣樓用屏風隔斷，叫說話人單講給咱們女人聽。」

阿雲在旁眼睛發亮多時，不待她吩咐，拔腿兒奔出去喚人，叫門上的小廝去喚一班踢弄人，再去北瓦子最大的勾棚請那最有名的說話人喬萬卷。

下午時分，諸般事宜齊備，各親戚也陸續登門入座。水邊的席上，主人程老爺、客人甘老爺，陪客本是程二叔，但他前些日子為個妓女爭風吃醋被人打傷了腿，在家養傷未能來，此番便只有程慕天、甘十二與金九少三個晚輩作陪。

金九少見岳丈古板他風流，平日裡是能少來就少來，但這回他聽說甘老爺是他同道中人，接到帖子二話不說就趕了來，還特意挑了甘老爺旁邊的席位坐了，同他好生攀談了兩句。果然是志同道合，相見恨晚，這兩人你一句泉州花酒我一句臨安勾欄，聊得興起忘神，把程老爺、程慕天和甘十二三人撂在了一旁面面相覷。

程老爺不好說老友，便朝金九少吹鬍子瞪眼睛，可他這大女婿太遲鈍，他眼快瞠裂也不見反應，還是程慕天察言觀色，悄悄命人去知會小圓，趕緊上歌舞。

小丫頭一路跑，捧來曲目單子，程慕天問甘老爺愛看什麼舞聽什麼曲，甘老爺與金九少二人聽得有舞女，很有默契地同時住口抬頭，問道：「有什麼舞？」程慕天照著單子念道：「舞鮑老、舞刀、舞劍。」

舞鮑老是滑稽舞，一眾人長袖，舉止動作仿照傀儡舞，將身軀扭得村村勢勢惹人發笑。甘老爺哪裡是看這種舞的人，那舞刀舞劍更是入不了他的眼，但他不好說自己只愛看嬌豔舞女跳的旋舞，便望了望水中甚遠的亭子，道：「離得那樣遠，舞了也瞧不清，不如請幾個樂女來佐酒呀。」

程老爺的鬍子抖了一下，心道你明知我嫌惡此道還開口，何況在座的還有晚輩，傳出去可不怎麼好聽。他想是這樣想，但有錢人吃酒以妓女相陪極為普遍，甘老爺的提議並不為過分，便不好駁他的面子，只能喚來下人吩咐。

他想著，叫當家的兒媳去請，好走公帳，便道：「去知會少夫人，叫她使人去勾欄院請幾位名頭響亮的妓女回來。」這話唬得程慕天差點失手丟了酒杯，慌道：「隨便叫個小廝跑一趟便得，何苦多走幾步路上閣樓。」

女人們都坐在一處，知會小圓便等於告訴了程三娘，於是甘十二趕忙幫腔：「哥哥講得有理，我去門上說一聲。」說完生怕程老爺還有話，起身一溜煙地去了。

金九少笑得十分得意，「什麼怕多走幾步路，你二人不過是怕娘子。」言罷與甘老爺碰了個杯兒，笑道：「還是我與甘老爺瀟灑，不懼內人。」

甘老爺想起甘夫人的信，不敢接這話碴，向程老爺道：「你家大姊賢慧。」這話程老爺愛聽，摸著鬍子呵呵笑了兩聲，取來自家釀的果子酒，親自與他把杯子斟滿，述些臨別的話兒。

樓上，錢夫人為首，程二嬸、程大姊、小圓、程三娘互敬了一輪酒，等著亭中的歌舞開場。她們候了半日，沒等來歌聲舞步，卻見得一眾花枝招展的妓女自花圃旁簪花而出，逕直行至男客桌上，十分自覺地一個男人旁邊坐了一個。

小圓驚得站起身來，倒不是擔心程慕天把持不住，而是怕桌上的女人們怒目，忙忙地解釋：「這不是我叫來的，我這就使人去問。」錢夫人在娘家見慣了錢老太爺招妓佐酒的事體，攔住她道：「男人們樂一樂，算個什麼，妳莫要把二郎拘得太緊。」

程二嬸幫腔道：「極是，二郎連個屋裡人都沒得，喚個把妓女來陪酒，再平常不過的事。」她們話裡話外都是責備小圓不與官人納妾，小圓本人心志堅定倒不覺得有什麼，程三娘卻暗自心驚，嫂嫂講過的果然不錯，就算不納妾是男人自己的主意，到頭來還是要算成女人的罪過。錢夫人和程二嬸的這層意思，心思粗放的程大姊未能聽出來，只曉得她們聯手擠兌小圓，便哼了一聲，向程二嬸道：「怪不得二叔要為個妓女與人打架，原來是嫌光陪酒太過平常。」

她只是想為小圓出氣，但這話錢夫人聽了也歡喜，笑道：「還是我們大姊最能耐，管得住官人。」這話是誇程大姊，豈料她半點也不領情，指了下頭程老爺身旁的妓女道：「既然我賢慧，繼母何不同我學學？我看那個白花衣紫的就很好，不如贖了來放在屋裡。」

錢夫人修養功很不錯，面上神色紋絲不動，甚至還微微帶笑，「妳爹的脾氣可不同妳官人，良家女子納一個還罷了，這樣的妓女他才不要，嫌丟人哩。」

程大姊直笑她蠢，「如今時興就是姬妾，家裡來客沒得幾個家養的妓女出來招待，那才丟人哩。」

此話一出，小圓哭笑不得，這大姊維護她的心思不假，可惜言語不夠縝密，反叫人鑽空子，果然，錢夫人十分得意地笑起來，「二郎屋裡也沒得姬妾，媳婦不嫌丟人，我就不嫌丟人。」

程大姊一心要替小圓說話，不想功夫不如人，反倒讓她又受了一回擠兌。她一時氣急敗壞，想也不想就一杯子酒朝錢夫人潑去，還好被程三娘擋了一下，只灑在了裙子上。

小圓實在沒想到程大姊脾氣火爆到如此地步，竟敢當著眾人的面和繼母動手，她忙使了個眼神給程三娘，叫她按住程大姊，又向錢夫人笑道：「大姊吃多了酒，手滑呢。」

錢夫人也曉得鬧大了不好看，強壓怒氣「嗯」了一聲，扶著小銅錢起身，欲去換衣裳。如此討好她的良機，程二嬸怎會放過，忙推開小銅錢的手，親自扶了她朝樓下去。

程大姊甩開程三娘的手，道：「攔著我作什麼，我說不過她，潑她兩下也是好的。」程三娘唬了一跳，忙去捂她的嘴，又喚小圓道：「嫂嫂，妳快勸勸大姊。」

程大姊雖魯莽，但此事皆因她要維護小圓而起，乃是一番好心。小圓看了看她，責怪的話全都講不出口，只得笑道：「咱們到窗邊細瞧瞧，看看他們男人在怎麼樂呵。」

此話正中程三娘下懷，連程大姊也暫時忘了與錢夫人的紛爭，第一個衝到窗子前看了一看，奇道：「二郎旁邊怎的沒了人？」再一看，咬牙道：「原來我家那個旁邊坐了兩個。」她家金九少向來如此，倒也很快就釋懷，轉向程三娘笑道：「妳家甘十二旁邊也沒人呢，倒是妳公爹一邊摟了一個。」

程三娘朝下一看，果真如此。她面露愁容，喚來翠花吩咐：「去叫一個妓女陪少爺吃酒。」小圓被她嚇了一跳，摸她的額頭道：「妳瘋了？甘十二的心思妳不是已然明瞭了嗎？」程大姊亦道：「莫要聽我方才那番言論，那是說繼母呢，和妳不相干。甘十二自己不願妓女陪酒，妳裝哪門子賢慧？」

程三娘摸著窗上的雕花落淚，「我原以為官人自己開口不願納妾，就能落個賢慧的名聲，可妳們看嫂嫂，方才繼母和二嬸是怎般說她的？」在這樣的年代，做女人確是極難，小圓只能安慰她：「說就說，我只不聽，她們也拿我沒辦法。」

程大姊掏了帕子丟給她道：「把淚給我擦了，動不動就哭，妳在家時極有主意的一個人，怎的出了門子一塌糊塗起來？」

程三娘愈發傷心起來，「我家老爺就坐在下頭呢，若是官人旁邊沒得妓女陪，回家又要將我好一通責罵。我沒好陪嫁，爹爹和哥哥又不喜我，就算我再有主意也無法呀。」

小圓和程大姊都是有好陪嫁又有娘家人撐腰的，聞言感傷之餘又各自反省，難道勸導程三娘的話全是錯了？難道她們竟是站著講話不腰疼之輩？

翠花聽娘的話，送了個妓女到甘十二跟前。甘十二回首衝樓上笑，命人在旁多設了個凳兒，叫那妓女坐了。

三人無語重新落座，竟是都提不起興致來吃酒。小圓身為主人，少不得寬慰程三娘一番：「也就這一回，明兒妳家老爺就回泉州了，妳再把家裡的那個換成書，萬事清靜。」

程三娘終於露出笑臉，道：「那個做過頭牌的姬妾真真難伺候，穿要穿好的，吃要吃好的，我和官人都是見了她就躲。」

看來她的日子還是好過的，程大姊將杯中的酒一飲而盡，大聲地喚丫頭：「繼母同二嬸怎的還不來，沒得耽擱我們看踢弄。」小丫頭忙一路小跑去探消息，不多時來回報：「二叔把害他斷腿的妓女贖回家去了，二嬸接到信兒便趕回去了。夫人說她頭暈，歇著不來了。」

程大姊聽說她們二人都不來，更添歡喜，連聲叫踢弄快開場，小圓忙命人把桌上的菜每樣夾一碟子，送到房裡去與錢夫人，又叫人抱午哥和小四娘來看熱鬧。

開場鑼響時，余嫂和孫氏抱了午哥來，小四娘那裡卻只有奶娘來回話，說錢夫人不來，也不許小四娘來。程大姊心一急又要起身，小圓忙按住她悄聲道：「四娘子還要跟著繼母過活呢，還是依著繼母的好。」

程大姊怒氣難平，卻也曉得小圓講的不錯，只得忿忿拿酒出氣，吃了一杯又一杯。

程三娘見她吃得多了要醉，小圓卻攔住她，悄悄朝樓下努了努嘴，程三娘立時明白過來，程大姊說是灑脫看得開，但世上女人見了官人當面摟妓女的，有幾個真能不生氣？不過是有的露在面兒上，有的忍成內傷罷了。

鏗鏘一聲，開場鑼響，雜耍人登場先踢了兩個瓶兒，又要來踢缸，小圓忙道：「沒人要他現腿腳功夫，不是說他們會教走獸教飛禽的嗎，且演一個來給咱們午哥瞧瞧。」

話傳去，臺上馬上擺了桌子，先使蠟嘴鳥演了個銜旗跳舞，又演烏龜疊塔。只見馴獸人將蓄養的七隻烏龜，按大小個兒分為七等，放置在几案上，擊著鼓教牠們會意。一聲鼓響，最大個兒的烏龜搶先爬至案中間趴下，一動不動；二聲鼓響，第二大的登上牠背部。如此這般，直到第七隻最小的一個，登上第六大的背部，便齊齊豎起身子，把尾巴撅起朝上立直，活像個小鐵塔。

這樣的馴獸表演，平日只有在瓦子才能看到，但像她們這般的大家娘子怎到得了外頭去，因此個個看得聚精會神。

午哥才瞧見臺上的烏龜就開始哭鬧，想抓一個來，小圓哄他道：「人家那烏龜是訓好了，要靠牠們賺錢的，你若是抓上一個，他們又得訓上好些日子才能再登臺呢。」

她話音剛落，就見剛在臺上訓烏龜的馴獸人走上樓來，隔著屏風磕頭。帶他上來的阿雲稟道：「少爺買下了他的烏龜，送給午哥玩。」小圓才跟兒子講了大道理，就被自家官人駁面子，她抓住午哥的小手朝樓下瞪了一眼，道：「咱們不要，退了去。」

阿雲早已取了個最小的烏龜遞到午哥手裡，又抓起最大的那個給他摸，笑道：「少爺才給了馴烏龜的好些錢，足夠他半年不用再做活，他這會兒正樂呢。少夫人要退，可是教別個失望了。」

小圓正要從午哥手裡搶烏龜，聽得並未虧待馴獸人，便住了手笑道：「我看是妳想玩吧。」她突然想到阿雲也不過是個孩子，心一軟，將午哥遞給她道：「抱他一道耍烏龜去罷。」

程大姊覷了這一幕，若有所思，道：「待得季六娘生了兒子，怕也是要耍，不如我趁這機會也買幾個回去。」程三娘聽了這話，指著臺上笑出聲來。小圓一看，原來正在演的是那蛤蟆說法，大蛤蟆叫一聲，眾蛤蟆也跟著叫一聲，她同程三娘笑作一團，都道：「大姊，妳真個兒要買？」

程大姊也笑起來，道：「我方才光顧著看午哥，倒忘了瞧臺上。」小圓知她是想待季六娘生了兒子收歸自個兒膝下的，便道：「待會兒咱們聽說話，把妳家季姨娘也請來聽聽吧。」

程大姊想了想，道：「也罷，看在她要替我生兒子的分上，給她這個臉面。」小圓見她點頭，便命人在她們的桌子後頭另設一小几，去請季六娘來聽說話。

程家請的說話人乃是臨安最有名的喬萬卷，不像野呵的人那般自開場子，飄移不定，而是長年在臨安最大的瓦子「北瓦」獨占了一座勾欄說話，其受歡迎的程度可見一斑。

待得他在屏風後坐定，孫氏先代小圓客氣道：「耽誤你掙錢，且先吃盞茶潤喉，再與夫人們說說典故。」喬萬卷忙又起身施禮，笑道：「夫人們客氣，什麼掙錢不掙錢，不過討碗飯吃。」

季六娘隔著屏風瞧不見說話人的樣貌，很不開心，道：「聽說有名氣的說話人一場下來能討得不少錢呢，比我們這些見不得天日的人很是強些。」

喬萬卷出來討生活的人，一聽這口氣就曉得不是位正經夫人，便不正面接她的話，只一笑，「熙寧年間的張山人何其有名，他所到之處，達官貴人爭相饋以酒食錢帛，以免遭譏，可到老來連家鄉都未回得，只倒在了半道上，還是路過的老相識買了一葉葦蓆，將他葬在了道邊小店旁邊——此是山人墳，過者盡惆悵。兩片蘆席包：敕葬！」

季六娘聽出了他言語裡的駁斥，桃花眼一眨又要開口，卻被程大姊丟來的一根筷子砸著了手，忙將嘴緊緊地閉起。喬萬卷接著道：「話有『四大家教』，銀字兒、談經、講史書、商謎，小人善銀字兒，但其他三樣也略曉一二，不知夫人們要聽哪一樣？」

「銀字兒」即是講小說，分靈怪、傳奇、公案、武俠四類，靈異怪誕、神祕虛玄；談經則是演說佛經故事；講史書是歷史故事；商謎是猜謎語。

小圓問程大和程三娘愛聽哪一種，程三娘未曾聽過說話，只搖了搖頭。程大姊卻是沾金九少的光常聽這個的，笑道：「這個說話人請得好，銀字兒最有趣呢，要是個談經的，我就得打瞌睡了。咱們先聽銀字兒，叫他打鼓兒猜謎，如何？」

小圓與程三娘都道：「依妳。」

季六娘見她們商議得火熱，卻無人問自己愛聽哪種，不滿道：「我要聽談經。」這不是和程大姊對著幹嗎？她小小一妾室，哪裡來的膽量？小圓與程三娘還在疑惑，程大姊已習慣性地挽袖子準備動手。季六娘撫了撫已顯形的肚子，慢悠悠地開口：「前兒郎中才診過。說是個兒子呢。」

這話隱含炫耀與威脅，但程大姊的手一刻也未停頓，只聽得「啪」的一聲，季六娘的臉上頓時現出個清晰的五指印。

「是兒又如何，他的娘是我是妳？」程大姊還欲打第二下，小圓忙拉她道：「她是有身子的人，教訓一下也就罷了，打壞了如何是好？」

程大姊依言收回手，笑道：「與妳個面子吧。其實打的是臉又不是肚子，哪裡打得壞？」

小圓喚人取冷水巾子來與季六娘敷臉，季六娘卻等不得，推開小几就朝樓下跑。程大姊厲聲命人攔住她，訓道：「在繼母這裡住了幾日，脾氣見長了嗎？妳這是要去尋她告狀？」小圓生怕她們鬧出「人命」，忙叫小丫頭們去拉季六娘坐下，又勸程大姊看在未出世兒子的分上，莫要同她計較。

程大姊狠狠瞪了季六娘一眼，又開始拿酒出氣。程三娘見她餘怒未消，忙問了個問題來打岔：「大姊，咱們聽哪一齣？」程大姊看了季六娘一眼，道：「銀字兒大抵我都聽過，不如叫他講個《錯斬崔寧》。」

小圓聽得這話，朝孫氏微微點頭，孫氏便走到屏風前，讓候了半晌的喬萬卷講那《錯斬崔寧》。伴樂的銀字管響，喬萬卷開腔：「且說高宗年間，臨安有個官人喚作劉貴，這劉貴由於時乖運乖，讀書不濟，乃改行做起買賣，但半路出家，技巧不夠，又把本錢消耗掉了。娶妻王氏，因沒有子嗣，又娶了二房，人稱陳二姊。」

小圓與程三娘對視一眼，金九少可不就是藉著程大姊膝下無子，才一個接一個地納妾，她怎的點了這樣一齣？再一瞧季六娘，方才還癟著嘴，現在嘴角翹得老高。

不待她們細想，屏風後間奏一時，喬萬卷聲兒又響：「一日，劉貴攜王氏去丈人家拜壽，留二姊在家看守。丈人見劉貴落魄，就拿出十五貫錢資助他開個柴米店。劉官人謝了又謝，允妻子在娘家多盤桓幾日，自己馱了錢歸家。歸家途中又飲了兩盞酒，醉醺醺到家。見了二姊，藉酒力開了個玩笑，道是：『我一時無奈，沒計可施，只得把妳典予一個客人，又因捨不得妳，只典得十五貫錢。若是我有些好處，加利贖妳回來；若是還照這般不順溜，就只能罷了。』」

間奏又響，季六娘開始胡思亂想是程大姊說動了金九少，要等她生完孩子就將她賣掉，不禁往正席上瞟了一眼，正好瞧見程大姊在得意微笑，她一顆心猛跳起來，別看金九少左擁右抱看似瀟灑，在家卻是程大姊說了算，她要打哪個妾賣哪個妾，金九少勸阻的話都不敢講一句。

「二姊聽了，本來不信，但見十五貫錢堆在面前，難免狐疑，便趁劉貴睡去，先到鄰居家借住了一宿，次日便回爹娘家欲討個分曉。二姊走了不到一二里，腳已疼得走不動，正巧遇見一個後生，背上馱了個裝著銅錢的布袋，兩人結伴同行。兩人走了不到兩三里田地，被後面人趕上，方知劉貴被殺。二姊和偶然同行的那位後生都被挽著帶到官府。此時劉貴早已被人用斧劈死，床上十五貫錢也沒了影蹤。那位偶然與二姊同行的後生名叫崔寧，布袋中的錢正巧十五貫。」

喬萬卷不愧為北瓦子名頭最響的說話人，講起銀字兒來極是有經驗，一到緊要關頭，反倒不慌不忙起來，抬手叫伴奏起樂，自端了杯茶啜了起來。

天下竟有這般巧的事，那崔寧怕是有難臨頭，閣內眾主子和丫頭婆子都聽住了，哪裡等得了他吃茶，連聲催他朝下講。

喬萬卷見眾人興致被勾起，滿意一笑，接著說道：「那崔寧遂與二姊被控『因獨自在家，勾搭上了人；又見家中好生不濟，無心相守；又見了十五貫錢，一時見財起意，殺死丈夫，劫了錢；又使心計往鄰舍家借宿一夜，卻與漢子通同計較，一處逃走。』府尹升堂，動刑逼供，屈打成招，疊成文案，奏過朝廷，判決『崔寧奸騙人妻，謀財害命，依律處斬；陳氏通同姦夫殺死親夫，大逆不道，凌遲示眾。』二姊、崔寧百口莫辯，被押赴市朝，一斬一剮，行刑示眾。」

這崔寧，布袋裡的錢是個什麼數目不好，偏要同劉貴的一樣，眾人都在嗟嘆崔寧時運不濟，季六娘卻叫道：「啊呀，原來二姊是被冤枉的，她與崔寧不過結伴同行而已，哪裡來的姦情？可嘆！可嘆！」

程大姊斜了她一眼，道：「哪來的冤枉，我看那府尹公道得很，她要不是不守婦道與個陌生男子結伴，又豈會被人誤解，反還連累了無辜的崔寧。」

季六娘因名聲不好，到了金家沒少被別的妾室嘲笑，今次見程大姊當著這樣多人的面，借了銀字兒來含沙射影，那臉上就紅一塊白一塊起來。

程三娘很是贊同程大姊的說法，道：「還是大姊有見識，點的這齣極出彩。」

二姊有錯，難道崔寧就無錯？二姊要與他結伴同行，如此不合規矩之事，也沒見他推辭呀，為何出了事，就要將過錯全推到女人頭上？小圓對程大姊與程三娘的見解很不以為然，但季六娘在這裡，她怎麼也要幫襯程大姊些，便扭頭命人來打賞。

程大姊笑容滿面，也取兩百錢來添上。

她們聽過了銀字兒，正要接著猜謎，樓下卻使了人上來，說老爺少爺們也想聽說話，問少夫人肯不肯借。小圓忙問了程大姊與程三娘一聲，命人送了喬萬卷下去。

程三娘方才聽說話時，一半的心就在樓下，此時見再無節目，便藉口要吹風，走到窗前，透過未糊窗紗的鏤空窗子朝水邊的席面張望。

程大姊展示了一回計謀，用一齣銀字兒降服了季六娘，心中得意非凡，喚過她來扶著自己，也走到窗邊看風景，笑道：「三娘，妳作什麼用窗子掩著，且大大方方地瞧，若是看哪個妓女不順眼，叫人去打她幾下都成。」

程三娘要裝賢慧，其實心裡似針扎，想和著笑一下兒，卻怎麼也扯不動嘴角。小圓見狀忙道：「甘十二與那個妓女各坐各位呢，想必也是礙著甘老爺的面子，逢場作戲罷了。」話音還未落，就見那個穿鵝黃衫子簪紫花的妓女端了杯酒送到甘十二嘴邊，甘十二銜她笑了一笑，就著她的手喝了。程三娘再看不下去，奔回座位，伏在桌上泣不成聲。

小圓待要安慰她，程大姊卻擺了擺手，「散了罷，都是這般過來的，見多了也就不怪了。」客席面散場，季六娘還回錢夫人處安胎，小圓將程三娘送上轎子，又命大廚房煮醒酒湯。男客那邊興致頗高，直吃到向晚方散場。程慕天飲了幾杯酒，回到房中倒在榻上不願起來。

小圓俯下身聞了聞，除了酒氣並無脂粉味，笑問：「你只厭惡妾室，又不曾怕妓女，他們旁邊都有人陪，只有你孑然一身，不嫌尷尬？」

女人嘴上抹的都是蜜，心底兒裡一罈子醋，程慕天雖不勝酒力，腦子卻很清醒，將這句話默念了一遍，開口道：「我尷尬什麼，倒是甘十二，他身旁的妓女敬了三輪酒，前兩回他沒喝，甘老爺就將他一頓好說，稱他畏懼娘子，連父翁的臉面也不給，只差給他安個不孝的罪名，直到第三杯他換了笑臉吃了，甘老爺才放過他。」

原來有這樣一個緣故，看來程三娘是冤枉了甘十二，小圓立時想使人去告訴她，轉念一想，依甘十二的性子，怕是早就講出來哄娘子寬心了，何須自己去畫蛇添足。

第二日甘老爺登船起錨，甘十二兩口子去送他，回家就將頭牌姬妾換了三本書。程三娘取了一本，親自送來給小圓，笑稱：「到底是頭牌，比翠繡多換得一本，送給嫂嫂也翻一翻。」她見李五娘在此處作客，忙命人回家再取書來，也送了一本與她。

李五娘上回見她為個通房哭泣，還道她要同自己一般苦熬，如今卻見她比自己過得還好些，心裡很不是滋味。她從程三娘將妾換書中得了靈感，回家就把那兩個生了兒子的妾提腳賣掉，曰為何耀弘下回買差遣籌款。

小圓得知此消息，著實唬了一跳，「三嫂不是最在意三哥的感受，這回怎的如此行事？叫三哥曉得，定要怪罪於她。」程慕天不以為然，「不過兩個妾室，賣就賣了，有甚好說。」

程老爺以前的兩個妾，程大姊與程三娘的生母，就是有了孩子還被賣掉的，因而他有此見解很正常，小圓卻是放心不下，成日替李五娘發愁。程慕天為了勸解她，道：「反正妳三哥那個差遣今年就要任滿，不如我與妳打個賭，待他歸家，若是不怪罪妳三嫂我贏，反之妳贏。」

小圓見篤定，便問：「彩頭是什麼？」程慕天湊到她耳邊悄聲道：「若妳輸了，給我再生個兒子；若妳贏了，我讓妳再生個兒子。」

小圓愣了會子才悟過來兩樣說法是一個意思，她羞紅了臉，舉手欲打，偏他又是副再正經不過的表情，當著眾下人的面就不好下手，只得先將羞惱壓下，待得晚間進房再作懲罰。

伍之章　閑官裝窮惹麻煩

轉眼七月七，宋人謂之七夕節，相傳牛郎織女便是在這天鵲橋相會，是日，時人慣以竹或木或麻秸編而為棚，剪五色彩紙為層樓，又名仙樓，再刻牛女像及仙從等置於其上以乞巧。

到了這天，女子們紛紛趁牛郎織女鵲橋相會這一千載難逢的機會，向織女討教，以使自己變得心靈手巧。這日，程三娘帶了針線包兒來尋小圓，問她打算如何乞巧：「嫂嫂，妳若想穿針乞巧，我這裡有雙孔針、七孔針。」

程慕天在旁偷笑，他娘子這輩子也只繡過一方「春江水暖」的帕子，怕是連什麼是雙孔針，什麼是七孔針都不曉得。他笑歸笑，卻容不得別個讓他娘子丟醜，遂板了臉向程三娘道：「妳嫂子又要管家，又要照看午哥，哪裡來那麼些閒功夫，我看抓幾個蜘蛛來乞個巧倒還罷了。」

小圓抬頭朝他感激一笑，反讓他紅了臉，藉著去給她抓蜘蛛，掀了簾兒就出去了。程三娘見嫂子無意穿針乞巧，便也起身告辭。

七夕節又名「小兒節」，李五娘早早兒地送了新衣來給午哥讓他過節穿。程老爺更是在院中紮了華麗的乞巧樓，到得天黑，又鋪陳了筆墨紙硯在牽牛神位前，書了一筆：「午哥乞聰明」。

晚上小圓抱了午哥去園子裡過節，錢夫人正與季六娘坐在一處聽談經，那說話人極是機靈，在屏風後聽得外頭有小兒聲音，便送了個泥捏的小佛人「磨喝樂」出來。又講了一段佛經典故——原來這「磨喝樂」又稱「摩侯羅」，乃是天龍八部神之一。據說他當年曾為一國國君，後因罪墜入地獄，經過六萬年修練才得以脫身成胎，再經六萬年方出世，後又出家成佛，名曰磨喝樂。世人愛戴這位佛，便仿照他的模樣遍捏泥人，期望也能生個像他那樣的孩兒。

得了禮物，又聽了典故，小圓忙命人打賞，笑道：「我只曉得過七夕節要買『磨喝樂』，卻不知還有這樣的故事。今兒借了娘的光，長了見識。」

好話兒誰都愛聽，又是節下，錢夫人沒給兒媳臉子瞧，還另取了個飾了金珠的「磨喝樂」給午哥玩。季六娘快要做娘親的人，見了小兒便喜愛，揀了個裹芝麻的巧果遞過來給午哥吃。小圓替兒子接果子，方才留意到，她穿的竟是件大紅羅衫，不免就多看了她幾眼。

丁姨娘將她的神色收歸眼底，道：「我跟季姨娘說，她穿的衣裳不合規她偏不信，少夫人來評評理，到底誰對誰錯。」她話是對著小圓說的，眼睛卻看著錢夫人。

錢夫人道：「我亦勸她無數次，她只不聽，我也無法。」說完便催季六娘回房去：「妳如今是別個家的姨娘，我管不了妳，且回房去吧，免得傳到大姊耳裡，又要尋我鬧。」季六娘見她不偏幫自己，只得癟了癟嘴，委委屈屈地朝院子裡去。

小圓旁觀了這一齣，心裡跟明鏡兒似的，季六娘仗著懷了兒子，家世又不比程大姊差，便想奪那正房之位，可惜她做金九少的正頭娘子與錢夫人半分好處也無，因此不肯助她。

聽完談經，錢夫人便道要乞巧，小圓忙命人在院中鋪陳磨喝樂、花果、酒炙、筆硯、針線，焚香列拜。

待得她陪錢夫人過完節回房，只見程慕天已將抓來的小蜘蛛關放到了錦盒中，正欲擱到她枕邊，她忙道：「放桌子上吧，夜裡爬出來了怎辦？」

程慕天瞧了瞧盒子，蓋得挺嚴實，蜘蛛決計爬不出來，但為了教她放心，還是依言挪到了桌子上。

第二日起床，小圓怕蟲蟻不敢開盒子，程慕天幫她掀了蓋兒一看，竟一絲蛛網也不曾結。蛛網密才示意手巧呢，小圓嗔道：「必是你抓的品種不對。」程慕天卻大笑道：「胡說，哪有蜘蛛不結網的，定是牠們也曉得妳不會針線，因此不肯來作弊。」

二人房中笑鬧一陣，程慕天去碼頭，小圓喚了管事娘子來佈置當日事務，待得諸事妥當，管園子的秦嫂留了下來，附耳稟道：「少夫人，昨兒晚上丫頭們都在月下乞巧，我卻瞧見金家的季姨娘與個戴冠的男子偷偷躲在一棵樹後……」

小圓心驚，忙先遣了旁人下去，才示意她繼續說。秦嫂接著道：「我心想，那季姨娘未嫁人時住在咱們家，就是個不安分勾引過咱們少爺的，便悄悄地躲到一旁細看了看，這一看可不得了，那個男人正朝季姨娘身上摸呢，摸了頭又摸胳膊，直把她摸了遍。」

小圓敲了敲桌子，問道：「此事還有何人知曉？」秦嫂道：「我怕傳出去有礙咱們家名聲，昨兒特意瞧過，並無第二人看見。」說完又道：「我還道是自己看守園子不力，混了賊人進來，便待他們分開，悄悄兒在那男人後頭跟了一路。少夫人，妳道是誰？原來是夫人請來的說話人，他定是在園子裡講完了談經，就同偷偷折返的季六娘勾搭上了，又或他們本就相識，此番不過是來續舊情。」

小圓還是一下一下地敲桌子，秦嫂慌忙跪下，「是我看守不力，叫說話人亂走。」小圓這才停了手，道：「昨兒看園子的人，只要在場的，月錢全扣一半，至於妳，看在妳來報信兒的分上，暫不撤妳的職，但後頭三個月只能領副管事的月錢。」副管事的月錢雖也不少，但降了一級卻是極丟臉面的事，秦嫂深悔自家昨夜大意，叩頭認罰不提。

采蓮端了茶來，道：「咱們家一向家風正，都是叫季六娘攪的。」

小圓揉了揉額角，深感頭疼，若只是她偷人，倒還罷了，那與她私會的男人可是錢夫人請來的說話人，這裡頭可有深意，可有隱情？

她腦中一時湧上許多個念頭，季六娘與說話人不大可能是初識，哪有挺著肚子去勾引人的，也不嫌寒磣；若是舊情人，錢夫人請他來，怕是無意巧合得多些，畢竟這樣的事既傷風敗俗，又與她無甚好處。

「既是巧合，我憂心什麼，沒得替別個的妾操心的。」小圓想通了關節，自嘲一笑。采蓮猶豫了一時，卻道：「少夫人，這事兒還是知會大姊一聲的好，我聽說，那說話人可不曾去過泉州，他是如何與季姨娘認得的？她肚裡的孩兒，莫非不是姓金？」

季六娘肚裡的孩子不姓金？小圓細想了想，依季六娘的性子，可能性還真不是沒有。無論大家還是小戶，子嗣血統都是天大的事，若真出了差池，不知金家怎般埋怨自己知情不報呢。她想到此處，驚出些冷汗，忙命人去請程大姊，又拉著采蓮好生感激，慶幸自己身邊有個聰敏人。

待得程大姊到，聽了季六娘私會說話人的事，立時火冒三丈，即刻便要將她拖來打死，免得有辱門風。小圓死命拉住她道：「查清楚再說呀，萬一她懷的是金九少的骨肉，妳豈不是要後悔？」

程大姊聽了勸，不再提打死的話，卻不肯回家再詢問，只道：「就在妳這裡弄清楚，若她懷的是野種，便還給繼母去。」

小圓不願摻和親戚的家務事，何況還是見不得人的醜事，卻又拿程大姊無法，只得命人去錢夫人處將季六娘請了來。季六娘上回讓程大姊借銀字兒彈壓了一番，又得不到錢夫人相助，便不敢再「恃兒而驕」，就算大著肚子行禮艱難，也不敢叫丫頭扶一下。

程大姊神情複雜地盯著她的肚子看了好一會兒，方咬牙切齒地問她七夕夜勾搭的男人是哪個。

季六娘大呼冤枉，「那是我表姑請來的說話人，我並不曾與他有關聯。」

「無關聯？都把妳渾身摸遍還叫沒關聯？」程大姊氣不打一處來，掙脫小圓拉她的手，朝季六娘臉上扇了一掌，方才覺得心氣平些。

季六娘捂著臉不敢哭，解釋道：「他說自己懂得摸骨術，我便請他摸一摸骨頭，並無其他。」

宋人極興占卜算命，摸骨確是時下所創的新種類，程大姊不願輕易失了兒子，便暫且信了她一回。小圓去尋七夕夜的說話人來對質，那說話人是錢夫人所請，她聽說了消息，生怕被季六娘連累，便主動遣小銅錢將那人姓名、住在何處報了來，原來那說話人花名「賽山人」，亦是北瓦的說話名人，常占固定勾棚的。

既有名號，不是打野呵的，想必一尋就著。程大姊與季六娘雖心思各不相同，卻都鬆了口氣。

小圓心眼兒多些，命去尋人的小廝只說程家聽了他的談經愛極，請他來講。

錢夫人七夕節請賽山人來，給的賞錢極厚，因此他一聽說程府又來請，丟下滿棚聽客就跟小廝走。到得小圓房中，隔著屏風先遞了個紙條兒出去，道：「這是府上的季姨娘叫我替她卜的卦，請先過目。」

小圓接了紙條一看，上頭龍飛鳳舞寫幾句話，大抵意思是：我煮過雞卵，也殺雞取過骨，皆占得一副好卦，乃是上吉。她認得字，卻不解其意，忙遞給程大姊看詳細。

程大姊接去掃了一眼，笑道：「這是卜，使雞卵、雞骨等物求官吉、財遂、孕生男、婚成等事體。看來她所言不虛，只是卜向來是瞎子的行當，不想如今叫說話人搶起飯碗來。」

賽山人陪笑道：「不過混碗飯吃，夫人們莫同小人計較。不過小人的卦一向是準的，夫人們可要試一試？」

程大姊將紙條子又看了一眼，問道：「還是上吉呢。你替她占的是什麼卦，且講來一聽，若是準，咱們都與你個面子。」

賽山人聽得有額外的生意做，喜上眉梢，正要開口應答，突然想起季六娘再三囑咐他不可洩密，忙把已到舌尖的話又嚥了回去，另換了副說辭：「季姨娘要測得是生男生女，小人恭賀夫人，府上又要添丁。」

郎中都斷定季六娘懷的是兒子，她有什麼必要去卜，再說想要曉得懷的是男是女，該請產婆來摸肚子，而不是請卜人來摸骨。賽山人的話糊弄不了程大姊，她將寫了上吉的紙條子丟到季六娘臉上，逼問她到底占的是什麼卦。季六娘卻寧願捂著肚子任她打臉也不肯說。程大姊又去問賽山人，賽山人聽得屏風後的巴掌聲甚是嚇人，生怕講了實情，這位姨娘更是要被打死，便只咬定他占的是生男生女的卦。

程大姊見用紙條子問不出所以然，便道：「摸骨可能辨得生男還是生女？」這是路人皆知的常識，賽山人不敢扯謊，老實答道：「不能。」待程大姊再問他替季六娘摸骨卜的是什麼卦，他卻又閉口不言。

程大姊怒極反笑，戴了嚴實的蓋頭，親手把季六娘扯到屏風後，向賽山人道：「既然辨不出你還摸，可見就不是卜，而是有私情了。我也不是那狠毒之人，願意成全你們，你且帶了她去吧。」

賽山人待要分辯，卻見季六娘悄悄朝他使眼色。她給的錢不少，又有些憐她，便改口稱謝，與程大姊磕了頭，帶季六娘出門去了。

程大姊一臉的震驚，好一會子才回過神來，捶胸頓足道：「好不容易盼來個孩兒，卻是個野種，真是既倒楣又敗壞門風。」

小圓本也以為她是故意激將，實在沒料到季六娘竟真將私情認了下來，還隨了賽山人去。她無法猜透季六娘的心思，只能拍著程大姊的背，安慰她道：「妳家那許多妾，隨便誰生一個都是妳的兒子，再說妳自個兒又不是不能生，且等緣分到了自己生一個，倒還親些。」

程大姊傷心氣惱了一時，突然想到金九少還盼著得長子呢，如今卻沒了人回去，怕是不好向他交代，忙遣了人快馬回去報信，告訴他季六娘懷的是野種，已自願跟了情人去。

且說季六娘，乃是裹成三寸的一雙小腳，在程大姊跟前挺著大肚子站了多時，又挨了好幾個巴掌，待到出程府，已是累得走不動，一手扶腰，一手扶牆，只有喘氣的份。賽山人問道：「我為妳背了黑鍋，妳可有主意？」

季六娘倚到他身上，習慣性地拋了個媚眼過去，道：「我卜的乃是正房位子，方才要是讓那條母大蟲曉得，我還能有命出來？你且扶我回家尋我官人，他早就許過我，若我這胎生個兒子，正房夫人就給我做。」

賽山人教她沉甸地壓著半邊身子，那點子憐憫早就跑得無影無蹤，將她一把推開，又問她要了一張會子作精神補償，丟下她揚長而去。

季六娘叫不住他，只得艱難地挪了小腳走到巷子口，雇了頂小轎兒坐回家，尋到金九少，抱著他哭道：「官人，我想曉得自己是不是有做你正房娘子的命，便求了個卜人替我占個卦，豈料程大姊非要誣陷我與他私通，我不敢講卜為了正房之位，才認下了罪名。」

金九少看在肚子的分上，沒有推開她，臉上卻掩不住厭惡，「妳沒事卜這樣的卦作什麼？自己招打。幸虧我猜到有隱情沒有信大姊，不然此時妳連門都進不了。」

季六娘愣道：「官人，你不是許我生兒子就休掉大姊，把正房給我做的？」金九少是講過這樣的話不假，但那是他哄女人的戲言，哪裡想到季六娘就當了真。他支支吾吾了一會兒，扭頭喚人收拾別院，要將她送出去住。季六娘拖住他不放，叫道：「官人，你不是信我的嗎？我肚子裡懷的可是你唯一的兒子。」

金九少心道，要不是拿得定妳懷的是我的骨血，怕是連別院都沒得妳住的。他一面掰季六娘的手，一面哄她道：「許多人都以為妳與那說話人有首尾呢，我雖曉得妳懷的是我的兒，可難保別個不背後笑話我，我要臉面的呀。」

季六娘撲到他身上，放聲大哭，「我就似那《錯斬崔寧》裡的二姊，冤哪！」金九少與程大姊不愧是兩口子，講的話如出一轍，「妳自己不檢點，怨哪個？」說完喚進幾個力大的婆子，將哭鬧不休的季六娘抱胳膊抱腿，抬去了別院牢牢看起。

消息傳到程家時，程大姊還未走，小圓以為她要暴跳如雷，奔回家尋金九少算帳，不料她卻笑得十分得意，「我正煩惱，不知季六娘生了兒子，該將她如何處置，官人卻要替我解決這難題。」

小圓暗自心驚，不敢問她那難題會如何解決，待得晚間向程慕天感嘆：「都道我心硬，不肯替官人納妾，我看那些納了妾的才是真心腸硬呢。」

程慕天面有疲憊，卻仍換了笑臉出來，「正是，我們要做善人，因此不納妾。」言罷，又與她講外頭的見聞，說今日應酬上有個大官人，因屋裡有些熱，又生得胖，便不停地擦汗，不料用力過猛了些，竟將頂上的頭髮連著帽子扯掉了。眾人一看，原來他是個和尚，頭上還燙著幾個點，再一瞧那頭髮，卻是假的，因為做得太真才沒讓人看出來。

「這和尚怕是想吃肉抱女人，才裝了俗人吧，也虧得有做得逼真的假髮。」小圓回應了一句，輕輕撫上他微皺的眉頭，「二郎，可是有什麼煩心事？」

程慕天握住她的手放到嘴邊親了下，道：「也無什麼大事，不過是朝廷又在強令大戶買官，咱們有錢的名聲在外，怕是逃不脫。」何老大無人叫他買官，他還要花錢買個來呢，這的確算不了什麼要緊事，小圓不解道：「朝廷下的令，咱們也無辦法，當花錢消災罷了，你愁眉苦臉作甚？」

程慕天苦笑道：「爹本來就買過進納官，此番還要買，聽聞咱們這樣的人家，他須得買個右宣郎，六萬貫；我也得買個右修武郎，二萬三千貫。」

小圓瞪大了眼，驚訝道：「總共得花費八萬三千貫？這是賣官還是搶錢？」程慕天道：「可不就是尋個由頭斂財。」

小圓見他眉頭又深鎖，玩笑道：「虧得你是幾個姊妹，若有兄弟，開銷更大。」程慕天得了提醒，道：「這是才得來的消息，外頭還未傳開，妳得空知會親戚們一聲，叫他們早做準備。」

小圓應了一聲，卻暗道，這有什麼好知會的，知會他們早些把錢準備好嗎？

等到第二日程老爺召齊全家人於書房議事，她才明白了這話的深意。程老爺道：「八萬三千貫可不是小數目，咱們辛苦掙的錢我不願白拿出去，不如問問親戚們，可願一起裝一回窮。」

臨安的這幾家親戚，生意俱有牽連，是一榮皆榮，沒得一損而不皆損的道理，因此要裝窮，須得大家一起裝，這個道理小圓懂得，便道：「親戚們大多是早已買過一回官的，想來也不願再花冤枉錢，只是這窮要怎麼個裝法？」

程老爺捋了捋鬍子，道：「法子我已想好，咱們暫且搬到樓房裡去住，待得強令大戶買官的策令過去再搬回來。」

錢夫人是大家閨秀，不懂樓房和平房有何差別，問道：「咱們園子裡不就有閣樓，那上頭住著便不會讓我們買官了？」

程老爺大笑，「我指的是窮人租賃而居的樓房。」臨安地貴，有錢米可以買屋者萬家不過一二，許多貧民只能賃房而居，數十人局促於一隅，擁擠不堪。小圓當年被逐出府時，就在那樣的木製樓房裡住過幾日，因此曉得詳細，便在程老爺說完之後，向錢夫人又細細解釋了一番。

錢夫人聽得那樣的樓房幾人擠在一間，連堂、寢、階、戶都不分，便道：「那般的屋子我一天也住不下去，裝窮並不是非要如此，咱們可以趕了車，到媳婦山上的莊子去住。」

程老爺是講規矩的人，再怎麼愛錢，也不願搬到兒媳的陪嫁莊子去惹人笑話，不禁怒道：「這事容不得妳指手畫腳，去也得去，不去也得去。」錢夫人氣道：「我受不了那個苦，不如讓我回娘家去。」她一句氣話反倒提醒了程老爺，他忙換了笑臉撫慰她道：「咱們又不是真窮，等尋到樓房，叫妳一人住一層可好？」

錢夫人正在盤算這一層與一間的差別，程老爺又道：「妳娘家有錢也是名聲在外，不如與咱們一同搬去樓房，免得被朝廷盯上。」

錢夫人這才明白過來他打的是什麼主意，想要駁他，偏他是要替岳家省錢，尚屬好心，只得支吾道：「我得先去問一問雙親的意思。」程老爺是勢在必得，哪裡由得她去問，當即使人以她的名義送信去錢家，邀錢家二老一同來裝窮。

閨女相邀，他們豈有不願意的，無奈錢老太爺年事已高，實在挪不動。程老爺接到信兒，亦怕他老人家突然變了環境出個意外，只得為程家將來的進帳捶胸頓足一番，再道一聲罷了。錢家二老雖不一同裝窮，卻也不肯讓閨女回娘家，說是夫家落魄便走，傳出去名聲不好聽。錢夫人覺得他們講得有理，便不再吵鬧，回房收拾細軟行李。

其實程慕天也不大願意住進貧民區，但他不敢同父翁爭執，便木著一張臉，從頭到尾不吭聲。他不出聲是對的，高堂在，豈有兒女插嘴的份？

程老爺根本就沒想過詢問兒子兒媳的意思，喚了他們來，不過是有話要吩咐：「二郎，這幾日把鋪子、田莊、海上生意都換個名目，再去尋幾棟合適的樓房。媳婦，妳使人知會親戚們，問問他們地意思。」

二人點頭應下回房，小圓使人去問過親戚們，除去何家算不得大戶不必憂心，程二叔、金家都願一同來裝窮，但程二叔家兒子多，不願只搬到莊上去住，而金家只有金九少一個獨子，自然是程大姊說了算，便讓小圓租樓房時，也捎帶上他們家。

住樓房已成定局，程慕天成日裡板著臉，「不知樓房比妳莊上的茅草屋強不強些？」小圓一面翻器皿冊子，一面笑話他是大家少爺受不得苦。程慕天受不得別個說他嬌氣，抱過午哥道：「兒子還小，木樓恐怕又潮又窄，還有樓梯，把他摔了怎辦？」

小圓瞧了瞧屋裡，奶娘丫頭婆子大群，哪裡摔得了他？她心中暗笑，命人去請陳姨娘，程慕天攔她道：「妳姨娘雖有些小錢，薛家卻是不富裕，買官哪裡輪得到他們。」

小圓笑而不語，執意請了陳姨娘來，問她道：「姨娘，我出閣時留給妳的三棟樓，樓上可是住著人？」陳姨娘答道：「是，租給些窮人在住呢，妳怎的問起這個來？」小圓將程老爺為避買官要裝窮一事講與她聽，又道：「姨娘，我不願住別家的樓，妳幫我呀。」

她還同小兒時一般撒嬌，陳姨娘很是受用，一手摟午哥一手摟她，笑道：「這有何難，我免了他們這個月的租金，把三棟樓全給你們騰出來。」小圓望了一眼漸露笑容的程慕天，道：「姨娘，免租金妳受了損失，叫二郎補給妳。」

程慕天忙道：「該補，同我們住著時的租金一併抬去。」

那幾棟樓本就小圓未出閣時蓋的，陳姨娘哪裡肯要他們的錢，但轉念一想，閨女上頭還有公爹婆母在，不能教他們以為兒媳的便宜好占，便點頭笑道：「使得，我可是要收雙倍租金的。」

雖然還是要住樓房，但住姨娘家的和住別人家的，感覺很是不同，程慕天來了些興致，便同小圓商量，他們小倆口帶著午哥，要獨住那樓下有蛋糕鋪子的一整棟。小圓笑道：「勞您惦記，不過那個蛋糕鋪子早就移到御街上去了，開在窮人住的地方哪裡有錢賺。」

程慕天待要她把蛋糕鋪子暫移回去，突然想起采蓮是會做這個的，並不會耽誤午哥吃蛋糕，便將此事丟下不提，自去將鋪子、田莊、房產，乃至海上生意改頭換面，對外宣稱程家生意失敗，產業易主。好在生意場上換主不換夥計的事很多，他只需更換招牌，再將房契做些手腳，即可騙過眾人目光。

比起程慕天，小圓則要忙碌許多，家中金銀向來深埋地下，自不用操心，但家什細軟甚眾，藏的藏，歸置的歸置，賣的賣，送人的送人，全家上下齊動手，好幾日還未完全收拾清楚。

她看著仍舊密密麻麻的器皿冊子，愁道：「樓房窄小，哪裡放得下這許多物件，不如全賣掉或送人。」前來幫忙的三娘替她解憂道：「你們還要回來住的，賣掉送人都不合適，嫂嫂若是放心我們，不如擱到我們那裡去，反正我們家三進院子，空的倒有兩進。」

小圓連稱好計，取來謝禮鄭重謝過，又問道：「甘家也是有錢的，不知甘老爺需不需買官？」程三娘道：「泉州路途遠，消息還未傳來，不過我想多半是要買的。」說完又笑道：「你們為了不買官要裝窮，我沒錢反倒想替官人買一個。」

甘十二居然還未把實情告訴她，小圓無語半晌，還是替他講話：「甘十二還要考進士，妳急什麼？」程三娘卻道遲早是要買的，堅持己見。小圓事務繁忙，無暇深勸，只得暫且按下，喚人來將家中帶不走的值錢物件，悉數搬去甘十二宅中，又留了數十個年輕力壯的護院看守。

物件問題解決，她又為帶不走的奴僕犯起了愁，這套改良過的四司六局班子，可是拿著錢都買不到，何況還對自己忠心耿耿。采蓮笑著出主意，「夫人還說要去少夫人的莊上住，我看四司六局的人倒是可以去住住。」

小圓撫掌而笑，「我身邊諸葛甚多。」

是日，一匹快馬奔赴山中，令田大將那棟新別院的下人房收拾出來，再套了幾輛大牛車，把家中帶不走的奴僕全運了去。

程大姊那裡同樣在為這些事犯難，聽說小圓解決了問題，忙上門來討教，問她將人安排在了何處。小圓奇道：「妳只問人，妳家的什物已藏好了嗎？」

程大姊笑道：「這有什麼好藏的，全搬去當鋪當掉，正好叫外頭的人都曉得，咱們落魄了，待得搬回來時，再去贖來便是。」

小圓佩服之餘又後悔，「原來搬家也可以這般簡單，虧得愁了這些天，白賣白送了好些什物。」程大姊安慰她道：「來得及，妳把搬到廿十二家的事物也送到當鋪去，還可省下幾個護院。」小圓卻搖頭道：「三娘子心細，要是這般動作，她該怕我不信她了。」

程大姊也曉得程三娘是個敏感人，便不再提，還拿如何安頓下人的問題來問她。小圓奇道：「妳家除了吃齋念佛的婆母，就只有你們兩口子，能有多少下人？」

程大姊道：「除了季六娘，有名分的妾還有七個，姬妾也有一群，大概不是十二個就是十五個。」

小圓好似聽天書，不解問道：「妳是當家主母，又是正房夫人，卻不知官人姬妾數目？」程大姊笑道：「一幫子家伎而已，來了客喚出來佐酒的，我哪有閒工夫去理她們。」

她講得瀟灑，小圓卻暗暗打定主意，要與金家分開住那一首一尾的樓，中間隔開一棟，免得叫金九少帶壞了程慕天。她將樓房已租定的事告訴程大姊，道：「你們家可獨佔一棟，那七個妾想來是住得下的，但姬妾還是送到莊子上去吧，咱們『窮』了後，也沒得什麼客來要佐酒。」

程大姊直道這主意好，卻是將它改頭換面，變作了將姬妾送到莊上去種地，她一想到那些嬌滴滴，曾倚在她官人懷裡摟脖子香嘴的妖精們，穿著粗布衣裳手做農活的模樣，便是止不住的笑。

小圓想起她家第八個妾，問道：「季六娘已近臨盆，不好同我們一起搬去吧？」程大姊道：

「她肚子大了，去莊上不能坐車，只能搬去樓房。」小圓好心建議：「還叫她住別院呀，就說是妳的陪嫁院子，朝廷強要大戶買官，總不會連女人陪嫁屋業都算上。」

程大姊冷笑道：「哪有正房夫人住樓房，妾室卻住大宅的？再說她與賽山人勾搭，無論真假都已壞了名聲，官人叫我只弄間下人房給她住呢。」

季六娘是咎由自取，小圓過是看在孩子的分上替她講兩句好話，見程大姊執意不准，也便不再勸。過了兩三日，兩家的事務都準備停當，只待擇日搬家。

程慕天作先遣部隊，瞧了瞧那三棟樓房，回來同小圓商量：「娘子，那樓房是前後排分開的，臨街的一棟光亮些，給爹娘住，我們住中間一棟，把最後一棟留給金家，如何？」

他們要與金九少挨著？圓滿心不願意，但程慕天的話很有道理，不好反駁，只能退而求其次，讓金九少離程老爺近些，好教他看在岳丈的分上收斂幾分，不要帶壞自家官人。她想至此，便道：「金家也有老人家，怎能讓他們住最後一棟，還是我們去住。」

程慕天不曉得她的小心思，直誇她老吾老以及人之老，是個孝順的好媳婦，便道：「我看臨街那棟最底下的一層還開著小店鋪，不如我們出錢，叫他們另擇地段。」

他這是擔心家中女眷被人瞧見呢。真正的窮人都是出門掙錢頂半邊天地，哪裡來這些講究，還如何能「裝」窮？自己早該想到，有了程老爺和程慕天這一大一小兩個古板，即便住了樓房也不得出入自由。小圓將午哥玩的琉璃珠子彈出老遠，派人去知會陳姨娘，請她照著程慕天的意思安排。

到了搬家這天他們才發現，錢夫人的東西實在太多，一棟樓根本放不下，小圓勸她道：「娘，不如把暫時用不著的物件送到當鋪去，等咱們回來時再去贖。」

錢夫人滿臉的不開心，「都是平日裡要用的，送到當鋪我使什麼？」

小圓看了看她院子裡還未搬完的箱籠，一箱子上寫著金銀頭面，一箱子上寫著四季衣裳。看樣子她是去度假，不是去裝窮人。

小銅錢指揮著小廝又搬出去幾個箱子，苦著臉道：「夫人，外頭人來報，說咱們住的那棟樓實在裝不下了。」錢夫人掀起眼皮瞧了小圓一眼，道：「媳婦那棟人少，擱她那邊去。」

小圓不敢不應，忙響亮地答了一聲，出去吩咐她那棟的下人，騰幾個屋子出來給錢夫人。阿雲本就在抱怨樓房狹小，只能放得那麼些東西，忽聽說還要勻給錢夫人幾個，跳起來叫道：「她們是兩位大主子帶著位小主子，難道咱們不是？少夫人怎的也不推辭一下？」

小圓無奈道：「為這點子事叫她說我不孝，虧得慌。」采蓮嘆道：「夫人的話不簡單呢。她說咱們人少，八成是暗責少夫人沒給少爺納妾，屋裡人少。」

小圓聞言笑了，她也是聽出了這層意思，才乾脆地應下了婆母的要求，總不能讓人家兩頭都落空。

小圓能忍，程慕天卻是怒不可遏。緣由無他，只因錢夫人害得午哥十幾箱的玩意兒沒處擺。小圓笑他道：「我看你同繼母倒是一類人，咱們是裝窮去的，不是享福去的。」

程慕天氣呼呼地踢凳子踢桌子，道：「住樓房已是裝了，難不成朝廷還要來瞧瞧咱們吃的什麼穿的什麼。」小圓見他穿的是絲鞋，生怕他踢疼了腳，上前抱住他道：「午哥有你這個好父翁疼愛，還要什麼玩意兒。」

程慕天想起她是打小就沒了父翁處處受苦的，到了夫家還要受婆母的氣，心中一疼，回身抱住她道：「我帶兩身換洗的衣裳就成，騰出位子來給妳放首飾。」

小圓指了指頭上的釵頭燕，笑道：「多謝你好意，但我只戴這個去。」那許多金珠銀飾娘子都不戴，獨戴他所贈的釵頭燕，程慕天大喜，低頭就朝她嘴上香去，不料還未挨著她的唇，又聽得一句：「若你真疼我，不如許我扮個丫頭，坐了滑竿去樓房，好一路上瞧些風景。」

程慕天的臉霎時間離了足有半尺遠，斬釘截鐵道：「想也別想。」好不容易有出門的機會，小圓不甘心就此放過，抱著他的胳膊央道：「轎子仍叫他們抬著，我裝作丫頭扶轎子走，旁人認不出我來的。」

丫頭！丫頭！丫頭！當年程慕天少年心思萌動，又害羞不敢走大門，好不容易鼓起勇氣翻牆來看她，卻一眼瞧見姜夫人正拿著根荊條抽她的背，他便以為這是個丫頭，雖替她向姜夫人求了個饒，卻再不肯去看第二回。程福不解問他，為個丫頭翻牆豈不是更便宜？他卻道，我是不納妾的人，她的身分又註定成不了我的正妻，何苦去招惹人家？

話是這樣說，可心頭哪裡放得下，做事想著她，吃飯想著她，夢裡也全是她，還要強壓衝動不去看她，如此這般，足足讓他悶悶不樂了小半年。

程慕天思緒紛飛，不禁拉緊了小圓的手，喃喃自語：「幸虧程福機靈，替我探得妳不是丫頭。」

小圓不知他這段心事，聽得莫名其妙，只道他古板不知變通，抽出手背過身去不理他。

不料臨出門時，阿繡卻送了一套管事娘子的服飾來，笑個不停，「少爺自作了程福的打扮，叫我把這個與少夫人送來。」小圓驚喜非常，自己動手換上衣裳，再看了看阿繡，笑問：「少爺是要讓我扮作妳？」

阿繡笑道：「少爺謹慎不下少夫人，不知尋了個什麼緣由，竟讓老爺和夫人先行了一步，還叫程福和我扮作你們的模樣去乘轎子。」

小圓朝她福了一福，道聲多謝，又命余大嫂和孫氏帶著午哥先朝樓房去，免得半道上午哥喚娘，露了底細。

待得諸事佈置妥當，「程家少爺」、「程家少夫人」起轎，後頭寥寥數人，除了幾個防賊的家丁，就只有「程福兩口子」、三個大丫頭。隨從雖少，但他們是裝窮去的，如此陣容倒也說得過去。

小圓看著身旁的程慕天，為了將程福裝得像些，特意穿了一隻厚底的鞋，免得讓人瞧出他腿瘸。她心頭一暖眼底一酸，悄悄勾住他手指，輕聲道：「人這樣少，也是你特意安排的吧？多謝你為我費心思。」

如此動情時刻，程慕天忙甩開她的手，與她保持了一個安全距離，這才開口低聲相斥：「雖是裝的奴僕，也要守規矩，不然妳還上轎去。」

小圓相信她這位官人做得出這般事體，忙把感激放到心底，學他斂了笑意，目不斜視。宋風雖不如唐，但也尚屬開放，做買賣、逛集市乃至遊園的女子，著實不少，小圓好多年未再上過大街，初時還有些拘謹，過了一時，見街上女子甚多，根本無人留意於她，這才放開了膽子，微微側頭看街邊的風景。竹花兒、珠翠頭面、生色銷金帽子……道旁賣的事物家裡都有，除了人多些，別無他樣。

程慕天見她面露失望之色，輕輕笑道：「這裡是御街，窮人看花眼，富人還覺無甚可逛。」突然前頭現出座華麗花酒樓，無數豔妝女子聚集二樓欄杆處，揮著薄紗做的帕子俏笑顧盼，小圓指了那樓道：「那裡瞧上去不錯，正巧我走累了腳，不如咱們去歇歇？」

程慕天順著她的手看了一看，忙不迭用身子去擋她道：「我們要去的樓房就是妳未嫁時住過的老宅地，離得並不很遠，且等到了再歇吧。」

小圓卻不依不饒，「我看那樓上有個美貌的好似綠娘，咱們去尋他喝一杯呀。」

程慕天唬了一跳，忙再回首去瞧，只見那樓上碩大一副金字招牌，險些晃花了他的眼，上書三個大字：花月樓。他這才明白過來娘子是故意逗他，瞬間紅了臉，生怕她又生出什麼花招，忙指著遠處的瞭望塔，充當起了臨時導遊，「可還記得燒毀了妳家老宅的火災？那就是救火的望火樓，哪裡有煙火升騰，樓上的哨兵便舉旗示警，夜間則懸燈為號。」

小圓見他不再自顧自趕路，終於心花怒放，指東指西地來問他，覺得眼前景物全變得生動有趣起來。御街上，彩樓歡門、花竹扶疏的正店，列花架、安頓奇鬆的茶肆，四時賣奇茶異湯，暑天添賣雪泡梅花酒……漸行至街尾，景致又有不同，麵食店、米鋪、肉鋪、出售魚和醃臘食品的鋪子，讓人目不暇接。

程慕天初時還有些不好意思，待到指點娘子看了一時，見她笑容滿面，自己也興致高漲起來，細細講解道：「自高宗南渡，士農工商諸行百戶，衣巾裝扮皆有等差，頂帽披背子的是香鋪人，質庫掌事則裹巾著皂衫角帶；街市買賣人各有服色頭巾，可依他所著衣帽辨認他是做什麼生意的。」

轉過一條小巷，無大間店鋪，只有販售百貨、賣飲食的小商小販，以及賣油賣銅鐵器、賣家什、賣文具物件、賣各色麻線的，又有沿街叫賣小兒戲耍諸般食件的，不過一條貧民所居的小街巷，買賣品物之多，出乎夫妻二人意料之外。

程慕天駐足賣小兒諸般件的擔子前，同小圓商量要捎帶個小麻糖回去與午哥吃。小圓見那擔兒雖小，裡頭的盤盒器皿卻新潔精巧，遂將小麻糖、鐵麻糖各秤了兩斤，又抓了幾樣豆子，笑道：「多秤些，眾人都嘗嘗。」

買過吃食，又走了一刻來鐘，方到得新住處，小圓捶了捶腿，笑道：「虧得我是大腳，不然沒這官人陪著看風景的福氣。」

突然一首一尾兩棟樓都有吵鬧聲傳來，小圓與程慕天對望一眼，忙忙地一同奔上樓換衣裳，再忙忙地一同下樓，分別往首尾兩樓去。

小圓由個小丫頭帶著到錢夫人房門口，小銅錢已是得了消息，迎出來道：「夫人嫌屋子小，要丁姨娘到下人房住。」原來是公爹的妻妾之爭，小圓轉身欲溜，卻被眼尖的錢夫人叫住：「媳婦，我這裡沒得多的屋與丁姨娘住，妳且把她帶去吧。」

這話是婆母能對兒媳說的嗎？小銅錢面上一驚，小圓則是心生淒涼，當初那個裝也要裝出和藹模樣來的錢夫人一去不復返了，守活寡，膝下無望，把她折磨得頗有些失衡，言語間也不經思量起來。

錢夫人見她二人神色都不正常，方才醒悟自己講錯了話，忙藉著教訓丁姨娘來掩飾尷尬，「與小銅錢擠一間房不算委屈妳，妳瞧大姊家的妾，三人住一房呢。」小圓笑道：「怪不得大姊那棟樓吵得慌，原來是這麼個緣由。我且瞧瞧去，免得讓親戚家說咱們分房分得不公。」

錢夫人正尷尬，自然無異議。小圓一見她點頭，連忙撤了出來，撫胸嘆氣朝第二棟樓走。阿雲問道：「少夫人不去瞧大姊？」小圓笑道：「金家還有大姊應付不了的事嗎？何須我去看。有二郎去打個照面應個景，足夠了。」

不料這回她沒猜準，還未踏上樓梯，就有金家的丫頭來請，說是程大姊出了事。

小圓驚訝道：「金家還有不聽話的妾室？」那丫頭卻連連搖頭，原來這樓房一共三層，每層只得三間屋。最底下一層作了下人房，程大姊憐惜季六娘肚裡的兒，雖揚言要她住下人房，終究還是不忍心，把她同另外七個妾全送到了第三層，每三人住一間。第二層一間分給金夫人住，一間程大姊自住，還剩的一間堆了雜物。

小圓一聽這番描述便明白過來，八個妾住三間屋，三人一間，剩下的一間也有兩人，這讓金九少如何去尋她們過夜？程大姊真真是打的好主意，把唯一空著的屋子作了他用，這不是逼著金九少每晚都去她房裡嗎？

她忍住笑，問那丫頭：「可是你們少爺要把堆雜物的那間騰出來，你們少夫人卻不許？」

丫頭點頭道：「豈止不許，我們少夫人向來性子急，就打了少爺幾下，這本也沒什麼，在家時哪日不動手呢，可沒想到樓房不比大宅，板壁是不隔音的，夫人在隔壁聽見少爺呼痛，又生氣又心疼，便說要休了少夫人……」

一個「休」字出口，便不再是金家的家務事，小圓不待她說完，忙命人去知會程老爺，又叫她帶路，朝金家住處去。

第三棟樓房的二樓房間裡，金夫人正摟著金九少哭罵程大姊：「我們九兒父翁早逝，我好不容易把他拉扯大，是叫妳來打罵的？」她正哭得傷心，忽聽得下人報了一聲程家少夫人到，便抬頭先奚落程慕天：「怪不得你通共沒一句話，原來程家都是女人主事，大姊乃家傳。」又扭頭向小圓，

「我才聽說，在家時你們大姊就常打罵我的兒，只瞞著我一個，可憐我的九兒，長這麼大我都捨不得彈一指甲的呀。」

她前頭譏諷程慕天的話，小圓在門口聽了個一清二楚，心頭怒火騰升，又止不住地同情程大姊，不怪她脾氣衝，這金夫人還不如錢夫人，脾氣不衝，怕是被啃得連骨頭渣子都不剩。

她很想說，休了大姊，金家的生意程家可就再不照管了，可一瞧見程慕天朝她微微搖頭，便明白過來，這樣的話得留著程老爺去講，他們再怎麼受氣也是小輩，不可與尊長辯駁。她正欲學程慕天眼觀鼻鼻觀心，忽見金九少直朝他們打眼色，便拉了程慕天一把，悄悄退了出去。

不一會兒果見金九少跟了出來，連連作揖陪笑，「驚擾了大舅子大舅娘，都是我的罪過，我娘不過一時氣惱，哭累了便好了，你們且回去歇息吧。」小圓本就不待見他，此時更是氣不打一處來，怒道：「一時氣惱？令堂可是口口聲聲要休了大姊呢。」

金九少道：「氣話，氣話，作不得數。我那一屋子的妾還須得大姊管教，怎捨得休了她。」

程慕天雖不喜程大姊，但若她被休，卻是整個程家蒙羞，便問道：「既然如此，方才為何不當面道明？」金九少又是一揖到底，道：「我娘那脾氣，越勸越糟，沒得又叫她說我偏袒媳婦。大舅子放心，大姊正房夫人坐得穩穩的，無人動得了她。」

程慕天得了大姊不會被休的准信，再不問其他，抬腿便走。在樓下遇見程老爺，將金九少的話轉述，叫他也放下心來，回房繼續調解錢夫人與丁姨娘的矛盾。

小圓卻是心氣難平，偏大姊還在房裡聽金夫人訓斥脫不了身，便回去將路上買的麻糖和豆子裝盤，命人去請她來吃茶。

許金夫人想轉過來她金家離不得程家，不多時便放了程大姊過來，還送來一盒子湯糰。程大姊在官人和妾面前霸道，卻不敢講婆母的不是，不待小圓問她，便笑道：「我打了她的兒，落她幾句埋怨是該的。打人是疼的，罵我卻不疼，說起來還是我賺了。」

這話逗人樂，小圓正要笑出聲來，忽見她眼角紅紅，似是哭過，忙收起笑意，揀了個鹽水豆子給她，道：「妳也是太不小心，下回打他記得將房門關起，再不成就把他的嘴塞起，莫要讓妳婆母聽見。」

程大姊反被她逗笑起來，臉上又現出幾分得意，道：「那間堆雜物的屋子還是沒騰出來。」小圓剛拈起一粒圓豆，骨碌碌滾到了地下，待要笑，一想起那屋子堆雜物的目的，又不好意思，只得藉著低頭尋豆子，把頭藏在桌下方笑了個夠。

她剛從桌子下直起腰，小丫頭來報小道消息，說錢夫人不與丁姨娘分屋子，丁姨娘一氣之下將鋪蓋搬到了程老爺房裡。程老爺嘴上說著不合規，卻並不使人趕她，把錢夫人氣了個倒仰。

程大姊見繼母落難，十分開心，將麻糖豆子包了一包，起身告辭，說要回去撫慰金九少。采蓮送她到門口，回轉笑道：「咱們來了這些時候，盡為別個忙東忙西，自個兒的屋子倒沒來得及分配。」

小圓無奈一笑，「誰叫我是管家婆？」說完，叫上程慕天，一同去看樓上樓下那九間房。這棟樓房亦是每層三間，第一層兩間作下人房，還做飯；第三層有兩間被錢夫人堆了箱籠，只剩了一間房，小圓便想讓余大嫂帶著午哥與他們同住第二層，程慕天想起金家糾紛的起由，舉手叩了叩不大厚實的板壁，搖頭道：「不隔音哩，還是讓午哥住樓上。」

小圓一時未明白過來，還道：「午哥雖調皮，但並不愛鬧，吵不著你睡覺。」程慕天左看右看，見下人們不在，栓了門，一把抱住她，壓倒在榻上，「是怕我們吵著了他。」

此刻正值黃昏，天未盡黑，小圓提溜著一顆心同他如此這般、這般如此一番，笑道：「怪不得你空著二樓兩間房，非把采蓮她們趕到一樓去，把兒子趕到三樓去。」

程慕天指了指窗外那條小河，亦笑道：「這樓妳也選得好，除了前頭有金家，後頭再無人煙。」

同沉沉睡去。

「我可沒你那般猴急，關了房門想的盡是那事兒。」小圓朝他身下輕輕捏了一把，緊抱著他一

四更天，各寺院晨鐘敲響之時，程慕天被一嗓子「天色晴明」吵醒，他側耳聽了聽自街上傳來的木魚兒聲，輕輕搖小圓，「娘子，這是作甚？」

小圓揉了揉惺忪的眼，恍惚間竟覺著官人才是穿越來的，「這是外地來的頭陀報曉呢，今兒外頭想必是天氣好，因此報的是『天色晴明』。」

程慕天覺得新奇，側耳聽了一時，笑道：「我說那些游方僧人為何每月望朔、逢年過節都要到我們鋪子求乞齋糧，原來是他們替掌櫃夥計早起出了力，可惜我從來住在深宅裡，這才頭一遭親耳聽見。」

他言罷起身披衣，在小圓驚愕的目光中到外頭晃了一圈，又急匆匆奔回來，「娘子，茅廁在哪裡？」小圓這才收起驚訝表情，撫著胸口道：「我還道你怎的醒了還夢游，原來是去尋登東之所。」說完把隔壁指了指，「窮人是沒得坑廁的，我怕味兒大，叫她們把馬桶擱在旁邊那屋了。」

程慕天衝到隔壁，使完那底藍花的帶蓋兒瓷馬桶，捏著鼻子跑回來，急道：「娘子，叫人倒馬桶去呀，臭。」小圓笑著把他拉上床，「那專收五穀輪迴之物的『傾腳頭』怕是還未來，你且忍一忍，待會兒粗使丫頭會上來取的。」

程慕天恨不得一腳將那馬桶踢下樓去，疑道：「還未來？莫非錯過了咱們家？不如叫小丫頭子們去另喚一個來。」小圓笑道：「那些傾腳頭各有主顧，不敢侵奪的，你另喚人來，是要害別個打架。」

為這些個臭烘之物打架？程慕天不信，小圓解釋道：「傾腳頭收了糞，送到鄉間給農戶作田間肥料，可以換錢，自然不許他人來搶了生意。」

這是程慕天聞所未聞的另一種生活，他坐起慢慢穿衣，「咱們還有空屋子放馬桶，爹那邊一間

空房都無，怎麼受得了？」小圓下床，從地上那堆凌亂的衣裳中翻到他的腰帶遞過去道：「這也好辦，旁邊還有空地，亦屬老宅地，同我姨娘講一聲，修個簡便的茅廁吧。」

在程慕天眼裡，這樣不用院子圍起來的茅廁，同露天的差不多，還不如使馬桶呢，於是搖頭道：「罷了，又不長住，將就將就吧。修了茅廁，妳和繼母也不好去得。」

小圓自然明白他的心思，笑道：「我早想過了，先喚匠人來將咱們住的三棟樓房用院牆圍起，這樣女眷們還能下去走兩步，不然天天待在樓上，怕是要生黴。」

程天歡喜道：「甚好，早先竟未想到。」說著，穿上鞋就要出去尋匠人，小圓忙拉住他道：「急什麼，交給程福去辦就得，咱們且吃早飯。」程慕天還是要起身，道：「那我去叫采蓮端上來，她們住在一樓，妳坐在房裡喚一聲可是聽不見的。」

小圓拖著他的手笑道：「二郎，我還是兒時趕過早市。」程慕天以為她要去，眉頭就皺了起來，小圓忙道：「聽聞早上有大食店派出來的拉車挑擔賣二陳湯的，燥濕化痰最好不過，咱們買些來與爹吃呀。」

程慕天了然笑了，捏捏的地鼻子，「跟我還拐彎抹角，是同三娘子學的壞毛病嗎？」

小圓跪坐在床上抱住他的腰，不好意思道：「怕你不肯吃小攤上賣的吃食。」

程慕天俯身親了親她微微泛紅的臉，轉身下樓尋早點。只見路邊的小擔兒上僅賣有煎二陳湯、小蒸糕，他嫌品種太少，又怕娘子餓著，便各樣買了點子衝上樓去，叫她先點補點補。旋即又衝下樓奔向早市，將煎白腸、羊鵝、血髒羹、豆燒餅、蒸餅、雪糕等點心買了一堆回家。

小圓見他買的早點不少，忙喚來丫頭們，給前頭的程老爺、錢夫人和後頭的金家各送一份去。

程慕天端了碗親自餵午哥吃豆子粥，午哥卻伸著小手要抓雪糕。小圓掰了一小塊遞給他道：「江米做的，不可多吃。」

程慕天看了看屋內，只剩了個余大嫂在，道：「帶來的下人太少，人手怕是不夠。」

小圓道：「人倒是有，無處可住，奈何？那些看家護院的下人，都是叫他們在四鄰另賃的房屋住著。」程慕天取了碗煎白腸看了看，丟開道：「豬大腸做的，誰吃這個？」又取過羊鵝瞧了瞧，一樣地丟開，「東西倒是好東西，卻是雜碎，哪個能吃？」

小圓敲了敲筷子，道：「還說我拐彎抹角，你有什麼事照實說來。」午哥見娘親教訓爹爹，歡歡喜喜地拍手道：「說，說。」

程慕天臉一紅，忙抓了塊雪糕塞進他手裡，喚余大嫂抱他出去玩，才向小圓開口：「繼母那裡怕是少人服侍，我曉得妳在她跟前不自在，但出門在外，咱們做子女的還須得盡心。」

小圓替他掰開一塊燒餅，泡進豆子粥裡，笑道：「我還道是什麼為難的事，原來是這個。父母面前盡孝自然是該當的，用過早飯我就去繼母跟前伺候著。」

程慕天將泡了燒餅的豆子粥攪了攪，低聲道：「我不是為難妳，只不想落了人口實。我今兒不出門，就在家候著，若繼母打罵妳，記得悄悄使人來知會我，我去救妳。」

小圓嘆了口氣，「這樣說，繼母也是可憐人，咱們比她享福多了，能忍則忍吧。」

早飯吃完，她剛洗過手還出門，程大姊先尋了來，一進門就抱怨馬桶臭，早點不中吃。小圓捂嘴笑問：「官人可好？」程大姊少見的紅了臉，羞道：「只這一樣還過得。」

二人低聲竊語了幾句，又爆笑出聲，把門前抬著馬桶路過的小丫頭嚇了一跳。

程大姊聽說小圓要去繼母跟前服侍，便同她一道去請安，同情她道：「還是我家婆母好，雖偏著她兒子，但整日只吃齋念佛，不要我伺候，說是我脾氣暴躁，怕衝撞了菩薩。」

小圓靈機一動，道：「四娘子也大了，又有奶娘帶著，繼母成日裡也是無事可做呢，不如叫她同妳婆母一道信菩薩呀。」程大姊點頭笑道：「使得，我來幫妳勸說。」

宋人信佛者眾，錢夫人正愁枯坐無事，又很想同金夫人一起探討如何管教兒媳，於是對繼女的提議欣然接受，叫小銅錢翻了個小金佛作見面禮，由程大姊的貼身丫頭領著，去尋金夫人討教佛法。

她一走，小圓雙手合十謝程大姊，「今兒竟不必在婆母面前立規矩，多謝多謝。」

程大姊走到窗邊藉著繡簾遮著看街景，不以為意道：「妳這算什麼，好歹是大腳，我才進金家門時，挪著一雙小腳，就似在刀尖子上行走，還不是婆母面前一站就是半天，後來我們家搭上了二郎的生意，才算好了些。」

原來兒媳都是難做的，小圓暗嘆了一口氣，走到她旁邊，指給她看下頭剛剛開始砌的院牆，道：「咱們高高砌個牆，坐累了便可下去走走，再在院子裡修三個茅廁，一棟樓一個，可好？」

程大姊露了笑容，道：「妙極。」說完想了想，又愁道：「樓旁的空地大，只能搭個小的，再說我們住在二樓，起夜可是不方便，還得使馬桶。」

小圓看了她一眼，「妳屋子旁邊不是有間空的，不堆雜物擱馬桶可使得？」

程大姊大笑出聲，「使得，使得，很有異曲同工之妙。」她拍著手一路笑下樓，去喚人挪雜物。金九少正在吃早點，見她將隔壁的雜物間騰了出來，大喜過望，丟下才吃了一半的蒸餅跑出來謝她，不料一個揖才作了一半，就見兩個妾抬著個大馬桶過來，在程大姊的指揮下，端端正正擱到了空屋中央。他臉上登時紅一塊白一塊，卻無奈那作了一半的揖不好收回，只能扎扎實實躬下去。

程大姊好奇問道：「官人為何向我行禮？」金九少答曰：「謝娘子替我解了後顧之憂。」

程大姊佈置完馬桶間，丫頭婆子來回事，她卻一樣也忙去問小圓：「水還要買來吃？早就立秋了，怎的還有蚊子？」小圓奇道：「臨安多鹹水井，咱們吃的水都是買來的，妳竟不知？這裡樓房密集，人口多，有蚊子再正常不過的，妳拿香熏熏便是。」

程大姊道：「屋不夠住，我並沒有帶管家來，買水這樣的小事我哪裡曉得？再說早已立秋了，我沒料到這裡還有蚊子，就未帶篆香沉腦來。」

小圓取了把粗紙纏的香給她，道：「這是蚊香，裡頭裹的是浮萍乾末和雄黃粉，窮人專拿這個熏蚊子，很有效。吃的水街上有挑夫擔著桶叫賣，後頭河上也有賣水的船，作他用的水，使人去河裡打來便是。」

程大姊不願使窮人的蚊香，苦著臉正要抱怨，突然想起在這裡過窮日子，才有得機會夜夜同官人相伴，就又換了笑臉出來，歡歡喜喜回房熏蚊子。

午時將近，程家採辦肉食菜蔬的廚娘卻空手而歸，連滾帶爬奔上樓來向小圓哭訴：「少夫人，我一早去買羊肉鵝鴨，卻被個官差攔住，問我是不是程府的廚娘，旁的還有幾個官差嘀咕：程家不是落魄，怎的還有錢買羊肉吃？我被嚇得不輕，哪裡敢說實話，只胡謅了幾句，偏那些官差不肯信，一路尾隨，害得我連菜也不敢買就回來報信兒。」

小圓忙問：「可有甩掉他們？」廚娘哭喪著臉搖頭。

采蓮到側窗邊望了望，「真有官差模樣的人在街上拉著人詢問呢。」

阿雲罵廚娘道：「真是個笨的，也不曉得把人甩掉再回來。」

消息傳到錢夫人耳裡，也是責怪廚娘太蠢，小圓辯解了一句：「她不過是個燒火做飯的，所以沒有心眼子。」她的意思是，廚娘管著進嘴的大事呢，還是老實些才教人放心。

錢夫人卻見不得她替人辯護，執意要賣掉廚娘。小圓無法，只得假意去喚人牙子，暗地裡命人把廚娘送到她山裡的莊上，同先前去的四局六司一同安置。

賣掉跟兒媳一路的廚娘，錢夫人心滿意足，小圓只有苦笑，「沒了廚娘，中午誰人來做飯？」錢夫人看了看後頭的那棟樓，眼裡掩不住羨慕之色，道：「我聽金夫人講，他們家這回根本就未帶廚娘來，一切廚下之事都是她兒子的幾個妾在操持呢。」

小圓見慣她這副樣子，神色都懶得動一下，拉過丁姨娘道：「咱們家也有妾呢，叫她做去。」又蹲下身子問小四娘：「四娘子想吃什麼，告訴嫂嫂，讓姨娘給妳做。」

丁姨娘原本還一臉不情願，見了她問四娘子喜好才會過意來，向錢夫人笑道：「我在家也學過幾手，爺嘗了都說好呢。」說完，不待錢夫人應聲便福身退下，自去除釵環換衣裳，挽了袖子下廚房，欲將小四娘愛吃的幾樣菜好生整治整治，不料掀了竹筐子一看，卻只有幾棵青菜，連塊肉也無，忙又跑上樓去詢問。

程老爺走到臨街的窗前瞧了瞧，道：「我們家被官差盯上了，怕是有些日子不好去買羊肉、鵝、鴨、雞吃，就是魚也儘量少買吧。」丁姨娘愣道：「那咱們吃什麼？」

錢夫人把金夫人送她的小佛珠撚了撚，笑道：「就吃菜蔬，很好。」

她這幾日要跟著金夫人吃，自然無所謂有沒有肉，可小四娘正是長身體的時候，只吃菜蔬怎麼成？丁姨娘恨恨地看了她一眼，道：「到底不是親生，就是不疼。」

錢夫人還是顧惜小四娘的，方才是沒有想到，不禁臉上一紅，辯道：「我哪裡待她不好？在家時，她吃的穿的可都是尖尖上的，現下是媳婦買不來菜，能怨我？」

程老爺才不管小四娘吃什麼，卻想起了他的寶貝孫子，忙問小圓道：「媳婦，可有法子買來肉？」

小圓還未吃午飯，已是吃飽了一肚子的氣，恨不得就由著她們天天吃素，但程老爺是真關心午哥，不能駁他的面子，只得打起精神回話：「吃豬肉吧，旁邊有個柳嫂子燒得一手好豬肉，咱們請她來給丁姨娘打下手。還有，後頭河上常有小船賣魚蝦，買些來炸一炸，孩子們吃了也極好的。再叫莊子上送些雞子兒來，那東西不容易擱壞，每日蒸幾個補身子。」

程老爺猶豫道：「魚蝦和雞子兒倒是不錯，可豬肉不是下人才吃的嗎？」錢夫人亦質問：「書上說豬肉都是有毒的，且以南邊的肉為盛。」

丁姨娘不輕不重頂了一句：「夫人吃齋呢，有毒也是咱們中。」

程老爺是不允許妾室當著人面跟正室頂嘴的，瞪了她一眼，向小圓道：「媳婦，咱們不吃豬肉，那個什麼柳嫂子請來給下人做飯。」

錢夫人恨著丁姨娘，將佛珠子甩到桌上，不滿道：「通共沒幾人，哪裡還需專人做飯？」

小圓心中另有計較，忙拉了丁姨娘一把，二人悄悄退出來，把錢夫人留給程老爺去應付。

丁姨娘以為小圓也是偏她，福了一福，謝她給自己請幫手，又問：「午哥愛吃什麼，我給他做去。」小圓笑道：「巧婦難為無米之炊，且等我叫人買菜去。」

她喚來程福，命他去買豬肉，又使人去莊上取雞子兒，去河邊買魚蝦。

可惜山莊離城裡路途遠，趕不到飯時，河上賣菜的小船則只在清早出沒，魚蝦也未買得，因此午飯時除了丁姨娘做的幾樣小菜，就只有柳嫂子燒的兩盤豬肉。

程慕天一手抱午哥，一手捏筷子，指了指那幾碟子小菜，問小圓道：「妳放心叫丁姨娘做飯？」小圓喚了柳嫂子近前，笑道：「這是柳嫂子，前幾年我和姨娘在樓房住著時，就是她替我們燒菜的。」

原來這是個舊識，放到廚房防著丁姨娘的，程慕天心下了然，指了個盤子問道：「這是豬肉？」柳嫂子笑道：「這是焙豬腰子，拿粗鹽抹在鍋底上煎成的。」程慕天又指了盤紅通通的肉道：「這定是豬肉了。」柳嫂子點頭道：「這是蒸豬肉，用蕉葉裹著蒸，熟後再用杏漿澆透，好吃著呢，少爺請嘗嘗。」

程慕天終於認清了菜，歡喜嘗了一口，果真香軟非常，味美不下羊肉。他見午哥眼巴巴盯著自己，忙夾了點兒蒸散的肉末餵進他嘴裡，道了聲「賞」。小圓叫阿彩拿了錢來與柳嫂子，叮囑她莫要將他們吃豬肉的事講與旁人，這才放她去了。

程慕天笑道：「妳這窮裝得似模似樣，不過價賤的豬肉而已，也怕傳到官差耳裡去？」小圓把蒸豬肉連夾了幾筷子吃了，方道：「我在行不孝的事哩，爹不許咱們吃豬肉，這幾盤子是叫柳嫂子背著人悄悄端上來的。」

程慕天見她吃得急，哭笑不得地道：「慢些，妳在家要吃豬血，還不是偷偷弄來與妳吃了的，這會子倒曉得是不孝了。」

小圓塞了塊腰子到他嘴裡，道：「還是瞞著些，免得爹怪我們給午哥吃上不得檯面的豬肉。」其實對於豬肉是賤民才吃的食物，程慕天深以為然，但他朝桌上看了看，除了豬肉就只有小菜，總不能讓午哥吃素，便點頭道：「偶吃幾頓無妨，等有了別的菜，還是換掉。」

他們正在這裡大快朵頤，程大姊又上門訴苦，還在掀簾子就道：「全是小菜，不曉得的還以為我做了姑子……」一句話未完，忽地聞見肉香，朝飯桌上一看，卻是兩盤子不認得的肉食，驚訝道：「你們竟躲在房裡吃獨食？」

程天重重敲了敲筷子，冷臉道：「妳是金家人，這裡是程家，什麼叫吃獨食？」

小圓生怕程大姊把他們吃豬肉的事講與程老爺，忙在桌下輕輕踢了踢程慕天的腳，命人添一副碗筷，又親自招呼程大姊坐下，笑道：「這是豬肉，因爹不許我們吃，這才瞞著掩著。」

程慕天在這裡沉著一張臉，程大姊不敢吃，推了碗筷，悄聲向小圓道：「吃豬肉是不合身分，可咱們正裝窮呢，哪裡顧得了這個？妳且與我送些過去，只瞞著爹和繼母便是。」

小圓暗笑，囑咐她道：「妳那裡還須得瞞著妳婆母，免得她與繼母念經時講漏了嘴。」

程大姊低聲應下，又抱了抱午哥，這才轉身下樓，回房等著吃肉。小圓叫阿彩去知會柳嫂子，另做幾樣豬肉，裝進嚴密的食盒子，送去給金九少和程大姊。

隨後幾日，莊上的雞子兒送到，河邊的魚蝦也買得，桌上的菜色日漸豐富起來，但小圓和程大姊的飯桌上還是有一兩盤豬肉菜，程慕天雖總愛抱怨兩句這不合規矩，但也沒見他少吃。

程老爺被眾人瞞在鼓裡，天天只吃清淡菜色，雖然艱苦，卻因粗茶淡飯，消渴症大有減輕，也算是意外收穫。丁姨娘是吃過豬肉的人，沒得那些禁忌，常背著錢夫人，偷偷拿些豬肉與小四娘同吃。只有錢夫人，同金夫人吃了幾天齋飯，到底不是慣常吃素的人，漸漸面有菜色，時不時地還暈上一陣子，嚇得眾人都為她捏一把汗。

繞著三棟樓房的院牆很快就修好，三間小小的茅廁也竣工，程老爺那棟和程慕天這棟人口都少，使用起來很方便，但金家大小妾多，常常為誰先誰後而爭吵。

這天午哥行周歲禮，程三娘攜著甘十二來赴宴，才走到第二棟樓前，就見一大群女子爭先恐後朝樓下衝，湧至一間小屋門口，為誰先進去拌起了嘴，還不時推攘幾下。

采蓮見她兩口子看得目瞪口呆，忙解釋道：「這是臨時搭的茅廁，那是大姊家的幾個妾。」程三娘明白過來，前後看了看，還有兩間一模一樣的屋子，便問：「那兩間空著呢，怎的不用？」采蓮笑道：「她們哪裡是急，不過是非要爭個輸贏，以顯出哪個更得寵罷了。」甘十二趁機開導程三娘：「娘子，叫我說，什麼門面，無須裝點，弄幾個妾回家，鬧得慌呢。」

程三娘心中另有事在，不置可否，拉了他隨采蓮進房，與爹娘、兄嫂、姊姊、姊夫見禮。采蓮將他們帶來的賀禮放下，又拿了幾樣小玩意和幾本書出來，笑道：「這是三娘子特特拿來抓週的。」程三娘羞澀笑道：「不是什麼好東西，玩意是官人自做的，書是上回公爹來時，官人現買的。」

看來甘十二棄考改行做手藝人的事她已知曉，且聽這口氣並無什麼不願意，小圓笑看她一眼，開口謝她兩口子與午哥抓週添物件。

堂上已燃了香燭，錦席四周陳列著果品吃食、金銀七寶玩具、文房四寶、圖書與釋老經卷、秤尺刀剪、彩緞花朵、官錢陌、女工針線及日常應用之物。孫氏將程三娘帶來的書和玩意添上去，輕聲問小圓抓週是否即刻開始，小圓便起身去請示程老爺，程老爺嘆道：「光記掛著裝窮，卻沒想到午哥周歲就在近前，如此大禮，竟只能在這樣的地方舉行，不能大宴賓朋。」

裝窮的主意就他老人家出的，小圓不知如何安慰，只得指了錦席轉移他注意力，笑道：「午哥是男孩子，又不是女兒家，怎的還擱了花朵針線上去？」眾人都笑起來，孫氏要去揀出來，甘十二卻孩子心性，搶先一步把午哥抱了上去，故意哄著他去抓那針線盒兒，使得程老爺和程慕天連抓週也不看，只拿眼瞪他。

還好午哥夠爭氣，伸手先了本書，又抓了個玉雕的小船，引得程老爺大笑，直讚孫子將來有出息。小圓一眼瞧出那玉船的來歷，想上去搶下來，當著眾多人的面又不好意思，暗地掐了程慕天一把，道：「自那年你用這玉船送過我姨娘的賣身契，我就當個寶貝藏著，怎的翻出來給孩子玩？」

程慕天眼中隱含淚光，啞聲道：「那是我娘留給我的。」

小圓一聽，忙上前抱過午哥，陪著他去給先婆母上了幾炷香，才回轉教午哥與錢夫人等磕頭。錢夫人見他們把她晾在一旁，先去給親娘的牌位叩頭，面上很有幾分不好看，無奈繼室大不過原配，有怨也只得壓著。

連孩子，一共也只有十人都是至親，便只開了一席，小圓懷著歉意道：「官府不知從哪裡得了消息，說咱們家是裝窮，因此日日派人在菜市守著，害咱們不敢買好肉，只能想了個折中法子，在有些名氣的市肆買了些現成貨來。」

說完便吩咐丁姨娘和柳嫂子上菜。官巷口的光家羹、錢塘門外的宋五嫂魚羹、中瓦前的羊飯和皀兒水仁坊口的水晶紅白燒酒，再加上丁姨娘炒的幾樣小菜，以及長壽麵。雖不豐盛，但與他們這幾日的伙食來比，倒也過得去。

桌子中間還有阿繡偷偷拎回來的一盒大蛋糕，上頭用紅奶油寫著：午哥生辰愉悅。小圓本還想插一根紅蠟燭上去，卻被程慕天質疑「又不是成親，作什麼燃紅燭」，只得作罷。

吃罷這寒磣的酒宴，甘十二與程三娘唏噓，程老爺與金九少等人卻是大呼滿足，都道：「原來還可以買現成的來吃，想必那些官差也無那許多功夫一個攤子盯一個，往後日日都去買。」

小圓暗自感嘆，在家時他們哪個不是挑精揀肥之輩，過了幾天苦日子，連這些路邊小吃食都覺得甘美起來。

程老爺自認為虧待了孫子，便抱著他出門去逛集市。錢夫人見桌上有羊肉有魚，就不顧還在齋戒，就著肉魚多吃了一碗飯，然後帶著小四娘下樓散步消食去了。程大姊幾個都與小圓親厚，自然捨不得就走，全聚到她房裡喝茶吃點心。

小圓命人端出幾碟子肉脯，笑道：「這是貓兒橋魏大刀熟肉，極有名的，可惜是豬肉做的，方才怕爹責備，不好端出來，你們不嫌棄就嘗嘗。」話音未落，程大姊與金九少已是吃起來。甘十二瞧了會子口水，也忍不住揀了一條肉，遞到程三娘嘴邊：「娘子，豬肉我在打碗頭裡吃過的，鮮嫩著呢，妳且嘗一口。」

程慕天重重咳了兩聲，甘十二卻不怕他，依舊把肉餵進程三娘口中，轉過頭嬉皮笑臉道：「哥哥，你也給嫂子餵一口呀。」程慕天的臉與程三娘一般紅，不由得搶過他手裡的碟子，道：「我看你席上吃得不少，別再糟蹋我家吃食。」

小圓見他兩個好似小兒一般鬧將，也不勸解，笑著搖了搖頭，拉程三娘走到過道中去，悄聲問道：「還想給甘十二買官做？」程三娘垂下眼簾，道：「我曉得了，原來每日裡官人說去尋同年讀書，其實是去嫂嫂的玩具店做活。」

小圓拉了她的手，抱歉道：「早想告訴妳的，又覺得這事兒他親自與妳講更好。」說完又勸道：「所謂三百六十五行，行行出狀元，他做玩意未必就不如讀書，說不定哪日就做出了名堂，自個兒開個大店鋪。」

程三娘點頭道：「這道理我懂得，咱們家和大姊家都是經商，也未見哪裡不好，只是怕公爹那裡不好交代。」小圓望了一眼屋裡，道：「還有兩年多呢，急什麼，再說凡事有甘十二替妳擋著，妳何苦操心太多。」

程三娘絞了半日裙帶子，又摳了半晌窗櫺子，終於還是忍不住將心中主意講了出來。原來她為了他日不讓甘十二為難，還是想給他買個官做，卻苦於錢湊不夠，「嫂嫂，照官人這樣子，三年後定是考不上，若教公爹曉得他不但不讀書，還跑去做玩意，必要責罵他，不如我給他買個官來，這樣他好歹是個有官職的舉人，就算背地裡做幾個玩意，別個也只會說他以物怡情。」

小圓本還以為她是一心撲在官道上，原來是替甘十二著想，便笑道：「世道如此，妳講的也不無道理，我大哥在家萬事不做，還買過兩回官呢。有個官戶的名頭，行事方便不說，還可免苦役，只是此事不用妳操心的，甘家又不是無錢的人家，等到甘十二連著幾年考不中進士，他父翁自然會著急給他買個官，不消妳花一文錢。」

程三娘黯然道：「官人兄弟幾個，前頭四個哥哥都是娘子拿的嫁妝錢出來買的官，公婆倒是有心貼補我們些，又怕給了我們錢，四個大的也鬧著要。」

不拿家裡錢，自個兒憑本事買官倒也無可厚非，只是怎麼都盯著媳婦的嫁妝錢呢？小圓嘆了口氣，問道：「甘十二怎麼說？」程三娘臉上露出些笑容，「官人說錢他來掙，可我不願他太累，也想出點力。」

小圓慰道：「妳不曉得，我一直提著一顆心，生怕妳曉得舉子變成了我店裡的手藝人要生氣，如今見妳能體諒他，我這就放心了。」程三娘的嫁妝錢是她兩口子借給甘十二的，因此曉得她有多少家底，便替她出主意道：「甘家在泉州是大戶，你們不用買高官來撐門戶，不如就買個從九品迪功郎，六千貫便能拿下。」

程三娘算了算手頭的錢，果然笑開了懷，「還是嫂嫂有主意，就是迪功郎吧。」

小圓心道，雖然這六千貫多半也是自嫁妝錢裡拿出來，但那本就是甘十二「兜裹」幫襯她的，兩口子相互扶持，便算不得計較娘子的陪嫁，而是件好事了。

程三娘解了心事，歡喜起來，指了院牆外幾個捧盒子叫賣的小販問道：「嫂嫂，那是作甚？」程大姊自屋裡走出來笑道：「妳同我才來時一樣蠢，那是賣糖賣蚊煙的。」程三娘「哦」了一聲，道：「原來是小買賣人。」程大姊還是笑，「他們算什麼買賣人，不過是一大早去作坊取貨，到晚上再把掙到的錢送回去，從中提些傭金罷了。」

程三娘又指了兩個擔帶蓋兒木桶的腳夫發問，這個程大姊卻也是不知，便側頭問小圓。小圓瞧了一眼，笑道：「那是擔熱水去浴堂門口賣的，這倒是提醒我了。」她走進去把程慕天拉到一旁道：「二郎，你不是抱怨洗不好澡的，去浴堂洗吧，那裡寬敞。」

程慕天在家裡的雕花青磚地上使大澡盆洗慣了，小澡盆洗第一回就把水潑得滿地都是，那洗澡水沿著木板縫，滴滴答答往一樓漏，害得下頭住的下人們直犯嘀咕：頭陀早上報的是晴明，怎的下起雨來？

此刻他聽小圓提浴堂，愣了一愣，問道：「可是那門口掛瓢勺懸銅壺的所在？那是窮人才去的地方呢，聽說數十數百人擠在一個大池子裡泡著，哪裡能洗乾淨，倒是越洗越髒。」

金九少在旁聽見他兩口子的話，笑道：「什麼浴堂，太俗，那叫『香水行』。你若嫌人多，咱們一同去，挑個人少的小池子洗著，如何？」程慕天道：「你怎的曉得此間門道？」金九少見小圓在旁，不敢講實情，只道：「生意場上認得幾家香水行掌櫃，邀我去洗過幾回，這才熟些。」

程慕天正愁不曉得香水行大門朝哪邊開，聽得他去過，大喜，忙叫小圓去替他備乾淨衣物鞋襪，要勞煩金九少帶他去洗澡。甘十二是個愛熱鬧的，且也沒去過香水行，見他們都要去，心裡直癢，溜出去尋程三娘道：「娘子，我跟著哥哥、姊夫去見識見識香水行，如何？」這又不是什麼大事，程三娘怎會不允，當即命甘禮回去將他的乾淨衣裳使個包袱皮包好送了過來，又塞給他百來個銅錢作資費。

因他們抱著衣物，金九少又執意不帶小廝，便在道邊雇了個小車，齊齊爬上去坐了。甘十二裝模作樣聞了聞程慕天和金九少的衣領子，笑道：「果然有股子汗臭氣，你們幾日未洗？」

金九少對他的嘲諷不甚在意，扯了領子一笑，「這算什麼『蜀人生時一浴，死時一浴』，可曾聽說過？他們在盛暑也不過拿濕布擦拭，比起他們來，我們這算洗得勤了。」

程慕天幫嘴道：「我曾隨父泊舟嚴州城下，那裡的茶肆婦人，鮮衣靚裝，銀釵簪花，門戶亦金漆雅潔，卻取寢衣鋪在小几上住的捕蝨子投口中，幾不輟手，一面捕還一面與旁人說笑，不以為羞，旁視的人也是見怪不怪。」

金九少拍著甘十二的肩大笑，「可見不喜沐浴者甚眾，笑我們不洗澡沒得依據。」

三人說說笑笑，行至一人稱浴堂巷的巷子口，車卻是進不去，只得各自拖了衣裳下地走路。一下車，就見前頭路邊有個瘦得不成樣的老頭，身後支了個卦字布招牌，身前擱了個破碗。甘十二心善，忙自袖子裡掏錢，道：「乞丐呢，且與他兩個。」

程慕天同金九少向來不拿正眼瞧這些人，便欲走到路邊等他，忽然巷子裡湧出一大幫子衣衫襤褸的半大小子，直直朝他們衝來，三個人避之不及，甘十二剛掏出的錢撒了一地，程慕天與金九少懷裡的包袱亦被撞散。

程幕皺著眉頭撿衣裳，卻不會重新打包裹，只得胡亂包了一包，悔道：「賤民就是不懂規矩，早知道不來了。」金九少也是不會打包裹，正大呼倒楣，聽了這話卻笑道：「莫將話講早，等到了香水行你就曉味了。」

甘十二見金九少賣關子，銅板也不撿，全給了那老乞丐，忙忙地催金九少帶路，要早些去見識有趣味的香水行。

金九少一馬當先，領著他到得巷子裡，紮堆兒的全是香水行，他指著最大的一間道：「這裡我是熟客，他家生意最好。」程慕天和甘十二抬頭看去，只見門首懸著銅壺，掛著「張小娘」的招牌，牆邊還有賣安養元氣丸劑和四時鮮花的小販。

金九少拉了他們一把，繼續朝前走，指點道：「左手邊是男浴池，右手邊是女浴池，中間是給洗不慣冷水浴的外國人備的熱水池。待會兒咱們去了衣裳，自有小二來存，在內花費的錢先記帳，洗完再給。」

程慕天疑惑，入內不就是洗澡，怎的還有花費？

甘十二心道，想必是洗澡錢，便問金九少：「姊夫，這裡洗一回幾個錢？太貴我可花銷不起。」迎出來的小二聽他說花不起錢，正要翻臉趕人，卻突然認出金九少是常客，忙介面笑道：「便宜，便宜，洗一回只需二十文。」

金九少自袖子裡摸出裝風雅的扇子敲了敲他的頭，道：「這是我連襟，休要眼長在額上。」小二賠笑道：「豈敢，豈敢，小人乃是玩笑，怎能讓幾位少爺去那人多噪雜的大浴池。且隨小人到這邊小浴池來，茶水點心一應俱全，還有專人服侍，洗一回五十個錢。」

五十個錢還不抵程慕天衣裳上的一根絲，就是甘十二打工掙錢的人，也覺得不太貴，便歡歡喜喜跟著小二朝裡面走。

他們來得早，池邊還未有人在，程慕天忙道：「這池子我們包下了，勿放他人進來。」不知為何，小二卻不大願意，磨蹭了半日，方看在金九少的面子上答道：「包場須得一貫錢。」程慕天毫不猶豫點頭，小二便拿出本粗紙訂的小冊子，畫了個圈，中間再加上一豎記上帳，再喚人來服侍他們把衣裳脫了，抱出去存好。

程慕天搶先滑下冷水池，笑道：「我到底未曾來過，竟不曉得還能包場，如此一來倒真有些趣味。在池子裡游一游，好過澡盆裡泡著。」

金九少神神祕祕一笑，「香水行的趣味可不在這裡。」

甘十二跳下水，拍了幾個水花，道：「水這樣淺，怎麼游得？不如在家有娘子服侍。」程慕天嫌他講得不中聽，一捧水打到他臉上。金九少卻笑讚道：「還是十二曉得享福，只是娘子服侍有甚趣味，且等姊夫喚人來與你搓背。」

原來是這麼個味法，等我回家，也哄娘子來搓背，只不曉得她肯不肯。程慕天正暗自忖度，忽見門口走進兩名村婦打扮的女子，各捧著個盒子朝這邊來，嚇得他縮進水裡，只露出個頭來，大叫：「九郎，快與她們講，走錯地兒了，女人浴池在對面。」

甘十二也學他躲到水裡，並不害怕，仔細瞧了瞧那兩個女子，道：「倒像是門口賣花兒的。」

金九少奇道：「你倒是留意得緊，這的確是來兜賣鮮花澡豆的。」甘十二笑道：「我如今也是憑手藝吃飯，見她們在外討生活，難免多瞧兩眼。」

說話間，那兩名女子已到近前，金九少也藏進水裡只露出頭來，問甘十二與程慕天可要買些什麼，程慕天本還猜這是他喚來搓背的，此時見他並不像輕薄的樣子，便放下心來，只道是時風如此，但那層淺淺的水哪裡遮得住他光溜溜的身子，他一心只想朝池底更貼近一些，莫要洩了風光，就顧不上挑事物。

還是甘十二膽子大些，在池邊同金九少一人挑了一盒子澡豆和香草混煮的肥皂水，又見程慕天躲在後頭不敢近前，便替他也挑了一盒子。待他們買完，方才引他們進來的小二再次出現，照常摸出那粗紙小冊子，把肥皂水的價錢記了一筆。

甘十二恍然道：「原來她們是這香水行的人。」小二卻搖頭：「鄉下饑荒，她們餓得受不住了，進城來謀生路，咱們掌櫃的心軟，許她們在門口和浴池邊賣些小物件。」金九少笑他道：「什麼心軟，她們賣十個錢，你們倒要抽去五個，再把成本除開，賺的錢怕是不能果腹。」小二訕笑道：「咱們也要謀生活。」

甘十二再將那兩名女子細細打量，瞧見她們腳下是雙草履，心一軟，把她們又招到近前，買了幾捧鮮花瓣和一碟子水晶皂兒。

程慕天見她們出去，才從水裡鑽出來，坐到池邊的臺階上，長長出了一口氣，問金九少道：「可再沒得女人進來了吧？」金九少笑而不答，揀了塊水晶皂兒遞過去，道：「這是拿皂莢子仁煮過做成的涼糕，此時節吃雖有些不合時宜，且當嘗個鮮吧。」說著把一碟兒糖水擱到池沿子邊，示意他沾著吃。

甘十二取了肥皂水，卻不知如何往身上塗，請教金九少道：「我在家都是使的肥皂團子，這水樣的事物卻是如何使用？」金九少笑道：「莫急，替你抹肥皂水的人兒即刻就到。」

話音未落，門口又現三名女子，程慕天又是一驚，丟掉手裡的半塊水晶皂兒，熟門熟路沉進水裡，緊緊貼住池底。甘十二蹲在水裡一瞧，她們身上服色雖比先前捧盒兒的那兩個整齊些，但顯見也是良家女子，便回首安慰程慕天道：「哥哥，怕還是賣小事物的，她們生活不易，我再買些，你且忍忍。」

他也是粗枝大葉，那三名女子手裡連個盒子也不曾捧，哪裡來的事物賣？只見她們走到池邊福了一福，逕直取了花瓣朝水裡撒。甘十二不留神，叫一把花瓣兒撒了滿頭滿臉，一顆心怦然直跳，忙問金九少這是作甚，金九少卻要賣關子，翹著腿，穩坐在池邊就是不答。

程幕天心道，這恐怕就是金九少所說的搓背人了，著實可惱。他冷眼瞧了一瞧，卻見那三名女子衣著整齊，面上並無妖豔之色，甚至連粉也不曾撲，全是素著的一張臉，怎麼看也不像是給男人搓背的那等人。

金九少十分好心，不待他開口相問，主動解惑道：「她們是好人家的女孩兒，並非妓女粉頭，同方才捧盒子的兩個一樣，也是從鄉下逃荒進城來的，你且當可憐她們填不飽肚子，叫她們替你搓搓背，活活筋骨，好送幾個錢與她們。」

程慕天素來無憐憫之心的，哪裡肯聽，仍舊趴在水裡一動也不動，倒是甘十二聽說她們窮苦，將已踏上池邊的一條腿又收了回去。金九少很是中意此間樂趣，端端正正坐在水中臺階上，任由一個名喚春花的替他抹肥皂水，又同她閒話，問她家中人口幾何，父母可還在。

甘十二見他極正經的模樣，並不曾藉機動手動腳，身後替他搓背的女子也是面容沉靜，規規矩矩，便小聲同程慕天商議：「哥哥，真只是搓背哩，咱們也上去？」

程慕天正在琢磨如何脫身，將頭連連直搖。

甘十二卻想著，她們是逃難來的，不替人搓背就賺不到錢，我只當可憐窮人了。他如此想著，就丟下程慕天，爬上水邊臺階，學著金九少坐好，喚了那個叫夏菊的來幫他抹肥皂水。

剩下的一個叫秋葉，見她兩個姊姊都有了活兒做，只她垂著手，就發急起來，軟語求水中的程慕天道：「這位小官人，可憐我們些兒，替你搓了這個背，飯才有著落。」

程慕天聽了這話，計上心頭，問她道：「妳搓一回得幾個錢？」秋葉答道：「客人給一百五十錢，掌櫃的抽去一百三，我可得二十文。」

程慕天向金九少與甘十二道：「怪不得方才小二不大願意我包場，原來賺錢的門路在這裡。」說完又轉與秋葉商量：「我給妳兩百文，妳且去叫小二替我把衣裳送進來如何？」

這位客人不讓我替他搓背，省下的時間可再趕下一場，還能白落七十文，此好事哪裡去尋？秋葉暗自盤算一番，覺著很划得來，笑道：「小二面前還要勞煩小官人遮掩一二，說我已替你搓過背了。」程慕天答道：「那是自然。」秋葉便去喚小二拿衣裳、記帳。

甘十二笑道：「哥哥，這是正經搓背，又不是暗門子，你怎的還怕？」他背上的那隻小手突然頓了一頓，可惜他並未覺察，仍舊只顧著笑話程慕天。

金九少那邊，春花搓背的手搓呀搓，竟搓到了身下去。甘十二只瞧見了他們面兒上的一本正經，下面的細節卻是讓趴在池子裡的程慕天看得一清二楚，不禁羞了個面紅耳赤。待得小二取過衣裳來，便命春花和夏菊背過身，使浴巾擦乾身子，飛速穿上衣裳，向外逃去。

小二見金九少和甘十二還在池子裡泡著，就未問他要錢，放他去了。

程慕天出了香水行的門，一路狂奔回家，正欲進房好好平復下心境，突然聽得一陣撕心裂肺的慘叫自金九少那棟樓傳來，嚇得他跌坐在門口的椅子上。

小圓自外頭進來，解釋道：「季六娘正生孩子呢，我方才叫大姊使人喚金九少去，她卻不許，還好你們回來了。」程慕天還記得金九少身下那雙春花的手，卻不願在娘子面前講別的男人洗澡的事體，便含混道：「只我一人回來了，他們還在洗呢。」

小圓見他滿面潮紅，大汗淋漓，忙扶他躺到榻上，絞熱巾子來與他擦臉，問道：「你不是才洗了澡，怎的又是一身汗？」程慕天喘著氣答道：「跑回來的。」小圓奇道：「你沒帶錢嗎，為何不雇個轎子？」

「著急忘了。」程慕天順手朝身上一摸，「哎呀」一聲，「換下來的衣裳忘記拿了，錢袋子想必也在那裡頭。」小圓安慰他道：「無妨，金九少和甘十二不是還在那裡嗎？定會帶回來給你的。」又問：「只是你急個什麼？這才洗的澡，白洗了。」

程慕天的臉色愈發紅起來，捏了捏她的手，道：「娘子，我還沒洗呢。叫丫頭們放一盆水，妳給我搓背可好？」小圓驚訝道：「你去了這半天，為何沒洗？」程慕天老實答道：「她們要給我搓背，我不願意。」

因他一向不愛讓陌生人近身。小圓就沒往別處想，還以為這個「她們」是「他們」，便只講了些太害羞等話語來笑話他，轉身去喚丫頭們燒水。

待得水熱，采蓮領著兩個粗使婆子將水提上來，倒進銅做的浴桶中。小圓伸手試過水溫，便遣她們下樓，親自搬了個乾淨的小長凳放進桶中，服侍程慕天洗澡。

程慕天除了衣衫，坐到小長凳上，由得小圓替自己解頭巾，洗頭髮搓背，笑道：「咱們都是冷水浴，只有妳與眾不同，非要把水燒熱了再洗，跟外國人似的。」

小圓細細替他梳著頭，問道：「那什麼香水行，也有外國人洗的熱水池子嗎？」程慕天道：「豈止有外國人洗的，還有女人浴池呢。」小圓笑道：「那我也要去洗，過久了舒服日子，這小盆子我亦是用不慣了。」

程慕天也不管背著身子她瞧不見，把臉一沉，道：「這不合規矩，那些池子只有窮人家拋頭露面的女人才去洗。」小圓在他光溜溜的背上拍了一把，嗔道：「我就活該窩在這裡洗小盆？不如改日你也這樣幫我搓搓背。」

程慕天聽了後頭這句，不怒反喜，正要答個「好」字，突然外頭又一聲慘叫傳進來，他忙捂住耳朵，問道：「怎的叫成這樣？」小圓嘆了口氣，道：「季六娘肚子大了，不好下三層樓去上茅廁，便在屋裡擱了個馬桶，同住的第七個妾嫌熏著了她，嘴裡就不乾不淨起來。季六娘豈是個肯由著人罵的，兩人爭鬧一氣，也不知是誰先推的誰，反正最後季六娘倒了地，動了胎氣，立時就發動起來。她這胎還未足月份，不知是凶是吉，大姊急得直跳腳，又不肯去尋金九少回家來。」

程慕天不以為然道：「他來家也幫不上忙，再說不過一個妾，生了兒子也是庶出。」他這樣的觀念根深蒂固，小圓也不同他分辨，幫他搓完背洗完澡，又取過乾淨衣裳服侍他換上。

噔噔噔一陣樓梯響，阿雲在外隔著門稟道：「少夫人，有個『張小娘』香水行來人，說金少爺和甘少爺洗了澡搓了背卻不給錢，被他們扣下了，要咱們拿兩千五百文錢去贖人。」

程慕天一愣，忙推門出來問：「他們沒帶錢？我的錢袋子不是落在那裡了，他們怎的不先取來用？」阿雲搖頭說不知，小圓跟出來道：「兩千五百文，又不是兩千五百貫，想必是他們真沒錢給，不是香水行敲詐，且先拿錢去把人贖回來再說。」

阿雲應了一聲，回身下樓去向程大姊要錢。因她家並未帶小廝來，便使了程福帶著錢去接人。

小圓未去過香水行，不曉行情，程慕天卻是直犯嘀咕：兩千五百文雖然不算多，但包場一吊錢，市值七百五十文，加上肥皂水、鮮花瓣、水晶皂兒和搓背的錢，總共也不過一千三百文，為何多出了一千二百文？

且說程福去香水行贖了人，拿回程慕天的衣裳，捏了一捏，怒問小二：「我們少爺說他錢袋子落在了這衣裳裡，怎的卻沒得？」小二把金九少和甘十二指了指，笑道：「你們這三位少爺，想是在路上遇見了『覓貼兒』，身上的錢袋子被人剪了呢。」

程福翻開衣裳，果見腰帶上繫著底子破了洞的錢袋子，正是程慕天之物，再看金九少和甘十二的神情，便曉得這是真的了，忙安慰他們道：「這覓貼兒乃是專在街巷人群中剪人衣囊環佩的，少爺們平日出門都有家僕前呼後擁，哪裡曉得這個。」

金九少家中有錢，倒甚在意，甘十二的幾個錢卻是一雙手做玩意辛苦掙來的，心疼道：「好不容易攢的一張會子，被偷了竟未發覺，定是那巷中撞我們的幾個小子剪去了。」他嘆了一番，還要去尋那些覓貼兒算帳，程福和小二都勸，說那些人居無定所，官府都找不到的，他這才罷了，只向程福借了幾個錢，雇了個轎子回去見程三娘，把香水行奉送的幾個果子與她吃。

金九少回到家，也是被季六娘的慘叫唬得不輕，抖著腿，扶著牆到程大姊房裡，問道：「不是說還有個把月才生的，怎的就發動起來？」程大姊捶著桌子恨道：「還不是你那第七個妾搗的鬼，作什麼不好，要去推她，這才提前見了紅。」

金九少前兩個兒子都早夭，極是稀罕季六娘肚裡的這個，聞言也恨起來，先去使人喚了人牙子，把闖禍的第七個妾提腳賣掉，再回到房中與程大姊坐等消息。

季六娘那裡還未見詳細，院門口卻又來了香水行的人，說少爺替個名喚春花的搓背女下了定金，他們送人來取全款。小丫頭子報完信兒，程大姊眉頭一豎，罵金九少道：「都什麼時候了，還有心思買妾回家？」

金九少也是被季六娘高一聲低一聲的哭喊叫得心煩意亂，就揮了揮手，命小丫頭去把春花退掉。香水行的人滿懷希望來收錢，卻聽說他不要了，就不肯退定金。春花做姨娘的心願落了空，也不甘休，一群人堵在院門口叫嚷起來。

錢夫人的房間就在樓上，被他們吵到頭疼，不滿問道：「少夫人呢，怎的不管管？」

親戚家的事少夫人怎好管，小銅錢沒敢講出口，只道：「聽說少夫人娘家三哥任滿歸鄉，她與少爺帶著午哥去吃酒了。」錢夫人來了興致，自榻上撐起半邊身子，問道：「可是市舶司的那個？」她聽得小銅錢作了肯定回答，心情突然就好起來，想要管一管家理一理事，便指了窗口問下頭是何人吵鬧。

小銅錢哪會不曉得她打的是什麼主意，暗替小圓捏了把汗，答道：「那是金少爺在一個香水行定了個搓背女子，不知怎的又不要了，香水行不肯退定金，所以吵起來。」

錢夫人心中一動，又問：「我記得二郎是同金九少一起去的香水行，他可有喚人來搓背，妳且去問問。」小銅錢得了吩咐，下樓去將這話問香水行的人。送人來的正是那時接待金九少一行的小二，一聽她這口氣，就曉得另有生意做，便喜笑顏開答道：「怎麼沒得，替程少爺搓背的叫秋葉，因她服侍得好，少爺還多賞了她五十文呢。」

小銅錢轉身上樓回話，錢夫人驚喜到有些不敢置信，又問道：「真多給了五十文？」她不用人服侍，自個兒從榻上爬起來，精神奕奕地開箱子，取嫁妝錢，將了幾張會子出來，讓小銅錢下去問秋葉的價。

小銅錢帶著錢下樓，那機靈的小二已是命隨來的人把春花送了回去，自己則專在門口候著，一見她來就笑道：「這位姊姊，我已是派人去接秋葉了，即刻就到。」小銅錢愣了愣，暗自佩服，迎來送往的小二就是會瞧人心思。她滿心替小圓著急，卻無奈錢夫人才是她正頭主子，只得照她的吩咐問價錢。

小二看了看她身上的打扮，雖是丫頭，又住在貧民區，衣裳的料子卻是好的，頭上也插的是玉釵，不是琉璃簪，看來外頭風傳的程金兩家乃裝窮是真的了。他估摸著此番能多賺幾個錢，便把原先的臺詞稍稍改了改，作了發愁的模樣道：「既是程少爺喜歡，我們掌櫃最好成人之美的，只不過秋葉乃是良人，且還是清白身，貴府若要買去，恐怕得多費些錢。」

小銅錢急著知會阿彩去何府報信，不願同他多嚼舌，正好秋葉也被人送到了，就問得他價錢是三千文，連還也不還一下，隨手丟去幾張三貫的會子，讓他先等在那裡。小二為沒把價再開高些而後悔，自己則去最後一棟樓轉了轉，才帶了秋葉上第一棟樓見錢夫人。

錢夫人將秋葉細細打量，已是入秋，上頭只穿了件夏日的衫子，凍得有些發抖。下邊僅一條補丁的褲子，並未繫裙，就是錢夫人未見過鄉下來的人，不曉得這是村姑打扮，也能看出她過得不好，便親切問她道：「在香水行可吃得飽飯？」

這裡是樓房，陳設器皿卻處處顯著富貴，秋葉不敢抬頭，把手指頭扭在身前低聲道：「每日倒是能掙百來文，只是家裡兄弟多，三天裡只能吃一頓飽飯。」

錢夫人笑了，「我與妳尋個能吃飽飯的地方，可好？」秋葉卻十分機警，道：「我要是只想吃飽飯，早就同我兩個姊姊一樣了。」錢夫人不知她姊姊那樣是怎樣，但想起小銅錢說這個女孩兒是清白的，就明白了一二，道：「那是見不得人的事體，怎比得正經做人妾室？」

秋葉抿了抿嘴，挪了挪腳，卻未作聲。錢夫人見她這般模樣，繼續循循善誘道：「我以往也替我家兒子尋過妾室，可一個也入不了他的眼，我這做娘的心裡急呀，好不容易聽說他有個中意的，這才急急忙忙把妳尋了來。」

秋葉來前是被人叮囑過的，曉得講的是程慕天，也曉得那所謂的「中意」是個誤會，但她沒見識過妾室的生活，只知道兩個姊姊成日在耳邊嘮叨，說要是哪天被個老爺少爺收了房，便是撞大運了。她沒想到這份運氣姊姊們還未遇到，倒讓她先撞見了，不免就有幾分得意，但她卻是個有些主意的，便輕聲道：「我在香水行遇見的有錢少爺不少，哪個不是嘴上說得熱鬧，哄過了就算的，作不得數。」

終於尋到個聰明人，季六娘就是太蠢才壞了她的事，錢夫人將歡喜藏在心裡，面兒上作出自信神色，篤定道：「就是娶正妻，也要聽父母的，妳有我為妳撐腰，怕什麼。」

秋葉見她給了準話，就再不講那什麼矜持言語，趴下磕了幾個頭，求道：「夫人既要用我，還給我個正經名分呀。」

錢夫人正有此意，欣然點頭，她這回吸取了教訓，生怕夜長夢多，不等小圓回來，立時叫小銅錢到錢家借了個小廝，命他上官府換了個正經納妾文書，又花錢請媒婆作了中人，把秋葉的名分定了下來。

小銅錢帶著秋葉去鋪床時，小圓還未回來，整棟樓只有幾個婆子看著，她暢通無阻地上了二樓，心裡直發急，但納妾文書都已按過了手印，她也沒法子，只能將最裡面的屋子收拾出來，現買了個木床給秋葉睡。

秋葉很是有眼力的，見小銅錢要動手展鋪蓋，忙上前搶了過來，笑道：「哪兒能讓姊姊動手，我自個兒來。」她手腳麻利鋪完床，又自懷裡摸出幾個鐵錢來謝她，道：「姊姊替我張羅，我卻連個熱茶都捧不出來，真是過意不去。」

小銅錢見了她掌心裡的幾塊老繭，擠兌她的話就有些講不出口，也不接她的錢，嘆了口氣道：「妳好自為之吧。」

她安頓好秋葉，慢慢從樓上來朝前頭走，路過中間那棟樓，只見金家的幾個妾合力抬著老大一桶血水朝茅廁走，她心裡咯噔一下，忙跑回去向錢夫人道：「夫人，怎的這會子沒聽見季姨娘叫喊了？」錢夫人亦是一驚，想遣她去問，又有些忌諱，便把下頭的粗使婆子喚了一個來，叫她去金家探詳細。

過了會子，那婆子慌慌張張跑回來道：「夫人，季姨娘生了個兒子，但卻產後血崩，這會兒怕是已經不行了。」錢夫人猛地站起身來，覺得一陣頭暈目眩。季六娘乃是被辛夫人一紙書信召到臨安來的，季家還賠了大筆嫁妝，如今沒了女兒，不知會不會上錢家刁難。

小銅錢見她臉色發白，忙安慰她道：「夫人，季姨娘已是別人家的妾，死活不與妳相干的。」錢夫人把心口按了按，到底還是不放心，便扶了她的手，走到金家去，稱要看看才生的外孫子。

才爬到二樓，就聽見一歡聲笑語，原來金夫人、金九少和程大姊，還有六個妾全聚在房裡看小少爺。金夫人見錢夫人親自前來，忙迎到門口笑道：「親家母，快來瞧瞧我這大胖孫子，雖只九個月就生出來，卻比許多足月的小兒都結實呢。」

錢夫人叫小銅錢把臨時備的幾樣禮拿出來，做足了場面功夫，方問：「我表侄女呢？」金夫人面上一僵，這才想起季六娘乃是她親戚，不免埋怨起程大姊做事不穩當，道：「都是大姊在料理，且叫她領妳瞧去。」

當初季六娘勾搭賽山人敗壞門風時，叫她去死的聲音哪個的最大，這會兒卻忙著把自個兒撇乾淨。程大姊暗恨，卻不敢忤逆婆母，站起來向錢夫人道：「她是早產，動了元氣，正養著呢，再說產房有血光，繼母還是等她滿月了再去瞧。」

她講得條條是理，錢夫人駁不回去，只得又扶了小銅錢回去，開箱子翻櫃子，把千年的老參尋了幾株出來送去給後頭。

且說小圓在娘家接到阿繡的信兒，立時就想趕回去，卻被李五娘死命拖住，稱，她兩口子不勸轉，何耀弘便不許他們走。

原來何耀弘還想繼續買市舶司的差遣，管著泉州海運好為妹子撐腰，李五娘卻想把他留在家裡，好尋機會生個嫡子。二人本還是和氣商議的，但因李五娘無意講了一句「不把嫁妝錢給你，看你拿什麼買差遣」，何耀弘就發起脾氣來，說他在任上也斂了不少錢，並不是只靠娘子的軟骨頭。

李五娘惹他生氣並不是本意，連連向他賠禮，但一來何耀弘在氣頭上聽不進去，二來她堅持要他留在臨安不退步，於是二人戰爭升級，由口角變作了爭吵，害得小圓兩口子脫不開身。

小圓可憐娘家三嫂，便苦勸何耀弘要麼留在臨安等生了孩子再走，要麼就帶著李五娘一同去。程慕天的目標更明確，何耀弘必須還去市舶司，為程家生意行便利倒是其次，主要是能替他娘子撐腰。何耀弘泉州留有溫柔鄉，自然不願攜妻帶兒。李五娘則是咬定，不帶她去泉州就不出買市舶司差遣的錢。

這兩口子爭執不休，小圓兩口子也跟著傷腦筋，忽然聽得錢家來報信，說錢老太爺過世，程老爺同錢夫人已是趕過去了。如今錢家也算得是至親，他們顧不得繼續勸解三哥三嫂，連忙回家換了素淨衣裳往錢家去。

陸之章　驚聞喜訊直感嘆

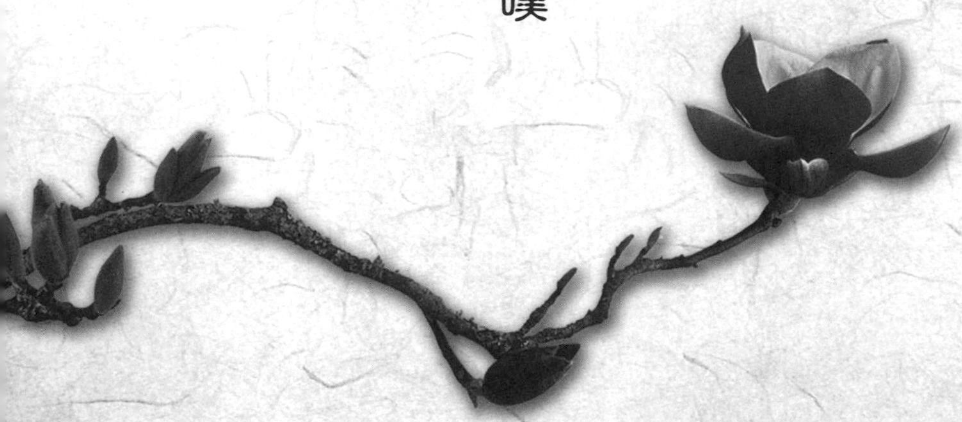

宋葬之風甚為奇特，轎子還未到門首，就聽得鼓樂喧天，吹吹打打，進了門，先見的是蹭飯吃的和尚，再才是靈堂上嚎喪的錢氏族人。小圓疑惑道：「樂聲怎的這般喜慶？水陸道場還未開始，和尚怎麼就來化齋了？」程慕天解釋道：「時風如此，奏樂是讓逝者聽的，招待大師們是為了減輕生前罪孽。」

他們到靈前上過香，程慕天自去尋程老爺。小圓轉進內室，見辛夫人與錢夫人正在商議隨葬的明器，便朝準備通報的小丫頭擺了擺手，靜靜在門口候著。辛夫人選了十一件金銀器、六件瓷器、七件玉器和六件銅器，錢夫人猶嫌薄，辛夫人冷笑道：「你爹最愛的就是妾，不如與他陪兩個下去。」

此話一出，嚇得周圍幾個假抹淚的妾真哭起來，爭先恐後往外跑，生怕慢了就要被辛夫人抓著去陪葬。有個妾跑得急了，一腳踩在小圓腳背上，疼得她不禁「哎喲」了一聲。

錢夫人這才瞧她，招她近前，指著身旁的秋葉道：「聽說二郎喜愛她她搓背，格外多賞了五十文，因此我替你們買了來放在屋裡，也好顯妳賢慧的名聲。」

動作竟這樣快？小圓還在暗惱，辛夫人已接話道：「妳真是好福氣，婆母生怕別個說妳善妒特，買個妾來送妳。」她們一個說是既定事實，一個暗示若不爽快應下就是善妒，小圓還能說什麼，只得福身道謝，還好這是錢老爺的喪禮，不需扮出笑臉來。

秋葉由錢夫人示意，上前與她行禮，小圓實在是沒料到回了趟娘家，家裡就多了個妾，還是在親戚家的喪禮上見頭一回面，不禁生出些啼笑皆非之感。采蓮不知從哪裡尋了只成色上好的鐲子來，當著辛夫人和錢夫人的面遞給秋葉，口稱這是少夫人賞的見面禮。

小圓明白，心裡再怎麼不悅，場面功夫要做足，不能辜負了繼母為自己賢慧名聲著想的一番「美意」，便對著采蓮講了些禮太薄，往後要一同盡心盡力侍奉夫君，讓程家開枝散葉等語，然後在錢夫人滿意的目光中領了秋葉出去。

廳上遠道而來的錢姓親友正在開席吃飯，一個二個喝得紅光滿面，十三娘的嫡母錢大嫂是認得小圓的，端著杯子招呼她也來吃酒，口稱她為「外甥媳婦」。

旁邊一個不知什麼的親戚，見小圓不明所以，笑道：「老太爺死了，他們該過繼兒子了，我看這回就要把這事兒定下來，到時大嫂可不就是妳婆母的娘家親嫂子，叫妳聲外甥媳婦不為過。」

這話小圓可不敢接，為八竿子打不著的親戚得罪辛夫人，怎麼也划不來，於是笑了笑轉身要走，錢十三娘卻叫住她，指著秋葉問：「妹妹，這是妳家納的妾？」

小圓回過身，笑意盈盈點頭，喚了秋葉上前行禮，道：「天冷了，買個人與官人暖床。」桌上的客人都不曉得這個妾是錢夫人背著她買來的，就把這話當了真，皆稱讚她賢慧，連錢大嫂都道：「我妹子還說她這個媳婦把官人約束緊了，我看卻很好。」

小圓收了稱讚，又謙虛了幾句，才領著秋葉朝外走去。錢十三娘踮著小腳追過來，氣憤道：「當初我要給妳家做妾，妳死活不肯，這個女人長得還不如我，妳怎麼卻肯了？」

小圓實在是不能理解她的想法，盯著她看了多時，耐心解釋道：「妳現下是我二嫂，何家二少爺的正房夫人，難道不比我家的妾強萬倍？」

她不提「正房夫人」還好，錢十三娘一聽就哭了起來，「什麼正房夫人，還不如個妾。」她且哭且訴。原來何老二過了那幾天的新鮮勁兒，又到勾欄院花光了她的嫁妝錢，就開始不把她當回事起來。姜夫人本就不滿這樁婚事，便拿了她沒有換定帖沒得婚書作理由，全然不把她當個人看，只等另物色了更好的人選，就把她換下來。

她的事小圓只當八卦聽，望著苗圃裡的花花草草道：「這花兒倒是好的，可惜開敗了。」秋葉察言觀色，覺出她的不安，上前小心翼翼扶了她的手，詢問道：「少夫人可是累了，再去靈前拜一拜，稟了夫人回家去吧。」

繼母這回挑的竟是個玲瓏人兒，小圓微微詫異，伸手揉了揉太陽穴，道：「今兒一天都在外頭，還真是有些疲憊了。」說完，丟下猶自哭泣的錢十三娘，去尋錢夫人。

錢夫人也是才到外頭走了一圈回來，想必是聽到了有關錢大嫂的風言風語，正在那裡發脾氣，「哪個規定父翁去了就一定得過繼的，欺負我家沒人嗎？偏不叫他們如意。」罵完一抬頭，瞧見小圓進來，道：「自頭七到七七都要辦水陸大會，我就住在這裡，看他們哪個敢為難我娘親。」

小圓忙道：「那我回去給娘把衣物什麼的收拾了送來。」錢夫人剩餘的一點子火氣全撒到她身上，怒道：「難道妳不在婆母跟前伺候的？午哥自有奶娘照看，又不消妳操心，只叫秋葉回去服侍二郎，管起家事。」

小圓恭敬地欠著身，細細咀嚼她後頭這句話的意思，差點忍不住冷笑起來。她正要答話，不料錢夫人根本沒有等她應聲的意思，自喚了人來送秋葉回去。小圓心知拗不過她，忙叫采蓮和阿雲跟回去，只留了阿彩在這裡服侍。

辛夫人年紀大，還沒到晚上就撐不住，倒在了床上，請了郎中把過脈，說要服藥靜養，於是操辦水陸大會的重任就落在了錢夫人身上。錢夫人豪言壯語講得順溜，可她根本不曉得門道，請和尚、佈置道場全是小圓一人在操持，到頭來她這正主落了清閒，卻把小圓累了個夠嗆。

第一場水陸大會的時候，程慕天作為錢夫人的繼子，整天在外幫著程老爺招呼做法事的大師，應付搗亂的錢家族親，小圓的心還是定定的，待到這場法事辦完，程慕天歸家，她開始胡思亂想，擔心秋葉去勾引他。再待到第二場法事開始，就更加心煩意亂起來，連他晚上回去會不會叫秋葉過來捶背捏腿都考慮到，更讓人憂心的是，她還沒弄清那多打賞的五十文是怎麼回事，不知他是不是真有那麼一絲的動心。

她好幾回想叫進來問一問清楚，偏錢夫人盯得緊，事務又繁多，想撕破了臉皮與錢夫人大鬧一場，或者硬闖回家去，偏身上又被這該死的大宋鑄著無數道枷鎖，叫她掙不脫。

好不容易熬過了七七四十九天，幫辛夫人打發走了難纏的錢大嫂，扶著錢夫人上了轎，她已是渾身脫力，半閉著眼由著阿彩扶上車，迷糊間正想問怎的不是轎子，突然發現程慕天就坐在面前，微微皺著眉看她，眼中滿是關切詢問之色。

阿彩不愛說話，不代表沒眼色，車子才開動，她就在外替他們把厚簾子扯了下來。程慕天換到小圓身旁，一把將她緊摟進懷裡，心疼道：「怎的累成這樣？」

小圓輕撫著他的眉，突然就想問那在腦中盤旋了整整四十九天的五十文錢，轉而笑道：「錢大哥也難纏吧？」程慕天瞪道：「臉都白了，還操心別個。」說完見她嘴角還是淺笑，自個兒也笑了，「難纏，差不多是叫人捆了上船的。」

不知怎的，二人都刻意避秋葉不提，只在那小小的車廂裡擁緊些，再擁緊些。

這天就是煩惱多，不然怎的叫多事之秋，先是何家傳來消息，由於何耀弘堅持不帶李五娘去泉州，她堅持不出錢，因此市舶司的差遣泡湯，小圓娘家再無牽制夫家的力量，後是金家傳來噩耗，季六娘拖了一個多月，終於油燈耗盡，死在了她生過兒子的床上。再後來是泉州季家來人，索人不成索嫁妝，鬧到要同金家打官司。

但這些都比不上小圓身上發生的事，她還沒來得及思考如何處置秋葉，就發現身下瀝血不止，初時還以為是月事，不料過了七八天還不乾淨，腹中也疼痛起來，這才匆忙請了郎中來瞧，不料卻得了震驚眾人的消息：「少夫人這是小產之兆。」

程慕天先驚後痛，進而暴怒，立時就想去尋罪魁禍首算帳，回頭看到小圓發白的臉和因腹痛咬起的唇，這才想起還有更重要的事，忙把郎中請到外頭過道，壓低聲音問：「可保得？」

郎中是自家藥鋪的，實話實說道：「我給少夫人開幾副藥，臥床養幾天吧。已見紅小半個月，能不能保住，只能看天意了。」天意？程慕天的心一沉，想著是不是要去求一求菩薩拜一拜佛，開口問的卻是：「那我娘子不是還得疼幾天？」

這郎中也是個心疼娘子的人，很能理解他的心情，馬上就著過道裡的小几提筆寫方子，安慰他道：「這藥裡有安神止疼的幾味，服過會有好轉。」

待他寫完，程慕天等不得墨跡乾透，交給阿雲，叫她送去給樓下的程福，趕緊去藥鋪抓藥。送走郎中，他在外頭站了會兒，努力換出輕鬆的表情來，這才走進去握住小圓的手，「郎中說不礙事，在床上躺幾日就好。」

認識這麼些年，又做了幾年的夫妻，小圓一眼就看出他強裝的神情，反過去安慰他道：「莫心急，好歹我們還有午哥。」

程慕天幫她掖被角，拿帕子擦了擦她額角的冷汗，道：「妳且再忍忍，等會子吃了藥就不疼了。」說完，起身朝門口走，「我出去一趟，等藥熬好就回來。」

他既是要出去，怎會曉得什麼時候熬好？小圓愣了愣，明白過來，忙出聲欲叫住他，可惜他已衝下樓去聽不見了。程慕天腳下不停氣衝至錢夫人門口，聽得裡頭還有程老爺的聲音，似在議論什麼固元壯陽的藥材，這要擱在平時，他定是要羞紅了臉迴避的，但今兒他顧不得這許多，毫不猶豫推了門進去，對程老爺道：「爹，郎中診過了，說懷的是男胎。」

這胎只有月餘，不然小圓也不會把小產誤認為是月事，哪裡瞧得出男女，偏盼孫心切的程老爺就信了，臉上的幾道皺紋綻成了花兒。程慕天不待他笑完，眼睛望向錢夫人，補上了一句：「郎中還說娘子因操勞過度，動了胎氣，孩子怕是凶多吉少。」

程老爺臉上的笑容凍住，過了幾秒鐘，徹底化為冰霜，向錢夫人咬牙切齒道：「妳做的好事，偏要——」一句話未完又打住，差點咬著了舌頭。能責怪錢夫人什麼？怪錢老爺為何死得不合時宜，還是怪她不該讓兒媳在跟前伺候？他與程慕天還在錢家忙活了好些天呢，錢夫人叫小圓留下來幫忙，這事兒挑不出錯來。

錢夫人心中亂了一時，馬上又鎮定下來，堆出滿臉的悔恨，道：「我要是曉得媳婦有了孕，怎麼也不會留她，說起來都是我的過錯，我自己盡孝也就罷了，何苦拖上她。」

她這話乍聽是自責，細聽卻是在提醒程老爺和程慕天，百事孝為先，她占了情，不知者不罪；她占了理，就是鬧開了，也不好說得她。

嘴上罵不得，行動總可以表示，程老爺拘起桌上她買的一包壯陽藥，轉身去便宜了丁姨娘。

程慕天有樣學樣，哼了一聲，連禮都不曾行就轉身離去。他回到房裡，見才熬好的藥正擱在桌上涼著，便端過猛吹一氣。小圓見了他這副模樣，心知肚明，道：「該再大點聲叫住你的，這回繼母雖是為了私心才不放我回來，但明面兒上卻是要盡孝道，人手不夠，這才留了我幫忙，且我在她身旁伺候，也是身為兒媳應盡的孝道，誰人說得起她？」

這世間最讓人恨的，不是受了害尋不到仇人，而是尋到了還得裝出副若無其事的樣子來。程慕天捧著藥碗，一滴淚未能控制住，掉落到湯藥中。小圓裝作未看見，一手悄悄去拭自己的眼淚，一手接過碗，默默將藥服下。

屋中一片沉寂，外頭的三個丫頭抹著淚，不敢進去收碗。突然樓梯口傳來一聲斥責：「少夫人是在保胎，又沒小產，妳們就哭成這樣，咒她呢？」

丫頭們驚愕抬頭，錢夫人已是走到了近前，把她們挨個瞪了一眼，又斥：「我來看媳婦，妳們就讓我站在外頭？」

阿雲脖子一梗就要出聲，采蓮死命掐了她一把，推阿彩去打簾子。

錢夫人進了屋，卻是滿臉的歉意，吩咐小銅錢把幾個錦面大盒子擱到小圓床頭，道：「媳婦，我不曉得妳有了孕，才留妳幫忙，害妳動了胎氣，都是我的不是，妳怪我也是該的。」

程慕天的拳頭捏得啪啪響，小圓忙使眼色止住他，深吸一口氣，在枕頭上欠身道：「是哪個亂嚼舌頭，媳婦何時怪過娘？倒是我這幾日要臥床，不能去娘身旁伺候，實在過意不去。」

錢夫人拍了拍那幾個盒子，道：「這裡頭是人參和阿膠，拿來給妳補身子，早些養好，替咱們程家再添個孫子。」

小圓很配合地道謝，命丫頭們把禮品收好。錢夫人離了這裡，回到臨街的那棟樓卻未朝自己房裡去，而是在丁姨娘處尋到程老爺，道：「我才去瞧過媳婦，她需臥床養胎，實在不宜再為家事操勞。」

程老爺見到錢夫人，心裡的氣不比程慕天少，但也曉得子嗣為大，兒媳的確需要靜養，就把她的話聽了進去，道：「話是不錯，可我們家人丁單薄，哪裡另尋得出管家的人？」

正在收拾壯陽藥材的丁姨娘一聽，忙丟下手走過來道：「老爺夫人講話，本沒有我插嘴的份，但我好歹也是管過幾天家的人，願為少夫人分憂。」

錢夫人暗悔方才怎麼沒先把她趕出去，忙遞了個眼色給小銅錢，小銅錢便出言斥道：「正房夫人在這裡，有妳管家的道理？」

程老爺卻不去責怪丁姨娘，反罵錢夫人：「我看妳擔心程家子嗣是假，想藉機管家是真，也不瞧瞧妳那幾個陪嫁鋪子現何在，叫妳管家，不是生生把我們家的錢往外送？」

他一想起他那未問世的孫兒凶吉難卜都是拜錢夫人所賜，一腔怒氣無處發洩，將屋裡能砸的物件全砸了個遍，轉頭向錢夫人道：「岳丈新逝，岳母想必悲痛難忍，又是一人在家，不如妳回娘家陪陪她。」

這是要趕我回娘家？錢夫人一驚，不過她本也沒奢望程老爺會把管家權交到她手上，迅速穩住神道：「我是沒能耐管家，老爺叫我回娘家，我也無二話，只是媳婦臥床，把管家權交到丁姨娘手上，不是傷她的心嗎？我看不如叫秋葉管起，那是媳婦自個兒屋裡的妾，就在她眼皮子底下，犯了錯也好管教。」

秋葉這個妾，程老爺本也是要責備夫人多管閒事的，但轉念一想，何耀弘已不在市舶司，兒媳沒了依仗來著惱，兒子房裡多個人替他多生幾個孫子也沒什麼不好，於是就睜隻眼閉隻眼，只當沒看見了。

他沒有當面答錢夫人的話，在她回娘家後採納了她的提議，以小圓需要靜養為由，讓她把家中事務暫交給秋葉打理。

小圓一心只想保住胎，確實不想操心，便爽快將幾個帳本子取了出來，讓阿彩送到秋葉房裡去。阿雲急得跳跺腳，「還不賣，還不賣，還要把帳給她管。」采蓮卻道：「管家權重要，還是少夫人肚子裡的孩子重要？爭來鬥去的不需耗費精神的？待得少夫人身子好起來，要什麼拿不回來。」

小圓微笑點頭，程慕天卻鎖著眉頭若有所思，暗地囑咐采蓮幾個：「一概事務都莫拿到少夫人跟前去，隔壁那個妾有不懂的，叫她自去問丁姨娘，或使人去錢家問夫人。」

且說阿彩送帳本子給秋葉，卻不願進屋，站在門口一看，她那屋子除了一張床，連個桌子凳子也無，只得將帳本子遠遠地拋到了床上，丟下句「老爺叫妳管家」，轉身就走。

秋葉望著門愣了一會兒，低頭打量那扔得東一本西一本的帳本子。是的，打量，不是翻看，她在鄉下只會種地，進了城也僅學會了搓背，這些本子上的字，它不認識她，她也不認得它。

她把幾個本子收攏理齊，欲去還給小圓，忽然想起辛夫人教導過她的話，要她哄好少爺，生個兒子，再伺機取得家裡的帳，交給錢夫人管。現下小圓那裡突生變故，她還沒將少爺哄進房，倒先得了帳本子，不知算不算意外之喜。

她把帳本子攥得緊緊的，照說做了別個妾的人，婆母是其次，正房夫人須得擺在前頭，把帳偷偷給了錢夫人，惹惱了少夫人，豈不是得不償失？但她卻有她的苦衷，她的不得已，那已拿起的帳本子，又慢慢放了下來。

錢夫人已回了娘家，小銅錢也被帶走，這兩棟樓裡全是小圓的人，秋葉尋不出人去錢家報信，於是才下定了決心又開始苦惱，這幾日的家該如何當？她想拿了帳本子去請教小圓，又怕被人發覺自己不識字；想下樓尋個賣雜貨的捎信兒去錢家，可守門的家丁看得嚴。她思來想去不得法，只好起身往小圓房裡去，但並未帶帳本，只是想藉著去服侍她，從她口中套些管家的門路。

小圓房門口乃是阿雲在守門，見了秋葉往這邊走，舉步攔住她道：「可是要問管家的事？我們少夫人在養胎，妳且去問夫人。」秋葉陪笑道：「這位姊姊，我哪裡敢拿瑣事來煩勞少夫人，只是來替替姊姊們的班，到少夫人床前服侍。」

阿雲微低了頭，把她的兩隻手打量一番，笑道：「妳能服侍什麼？給少夫人搓背嗎？那可沒妳用武的地方。」

秋葉在香水行向來只和男人打交道，還從未被個女子這般奚落，一張臉頓時臊得通紅。余大嫂抱著午哥來看娘，見了此情景，不忍道：「不是家裡過不下去，誰願去香水行那種地方做活，阿雲，妳饒她些。」

阿雲接過午哥放到地上，掀起半邊簾子教他自己走進去，回頭道：「我哪裡是瞧不起香水行的搓背人，我只是瞧不起妾。」

只要是做正妻的女人，哪個又看得起妾？余大嫂聞言再不替秋葉講話，向阿雲道：「妳是少夫人跟前的得意人兒，莫跟她吵嚷，沒得掉了身分。若是她還來打擾少夫人靜養，妳就回稟了少爺，叫她搬到一樓去住。」

采蓮在簾子後聽了個清楚，走出來笑著點了點阿雲的額頭，「現下曉得只有妳是個笨的了？」說完又向秋葉道：「管理家事上頭有什麼疑惑，只管問夫人去。」

秋葉愣住了，她方才在房裡為不能聯繫錢夫人煩惱了大半天，怎的少夫人如此大方，竟指明了許她去？她這一愣神，見采蓮已掀了簾兒又要進屋，忙問：「姊姊，夫人在娘家呢，如何去？」

不知采蓮是真沒聽明白還是假沒聽明白，回答道：「如何去？走去。咱們家如今窮了，沒得錢給妳雇轎子。」

秋葉問話的本意是想央采蓮使個小廝去錢家說一聲，或是請示老爺，把錢夫人接回來，但采蓮卻答了這樣一句出乎她意料的話，就又愣了一愣，待得回過神來，門口已是空無一人。好在她是大腳，又常年做活，身體壯實，走一走路倒也難不倒她，便回房把帳本子揣到懷裡，下樓去打聽錢家的住處。

樓下一個粗使婆子正在太陽，秋葉走過去問道：「大娘曉得去夫人的娘家要走哪條道？」那婆子見她還算客氣，懶洋洋抬頭道：「我一個做粗活的下人，哪裡曉得夫人的娘家住哪裡？」一個小丫頭端著盆水路過，奇道：「妳不是跟夫人去過錢家的，怎的不曉得路？」

秋葉笑道：「那是坐轎子去的，夫人不許我掀簾兒，哪裡看得見路。」

丫頭將滿盆子不知洗過什麼的水潑到她腳下，也笑道：「那妳還坐轎子去呀。」婆子嗔道：「雇轎子不要錢的？」丫頭笑她道：「妳太小看這位姨娘，雖不入少爺的眼，卻受老爺器重，把家給了她在當哩，手裡豈會沒得錢？」

秋葉臉一紅，阿彩只拿本子來給她，卻沒有給錢，又不曉得尋哪個去要，現在身上只有不到十個鐵錢，哪裡雇得起轎子？她低著頭匆匆忙忙離去，走到門口才想起來「不入少爺的眼，卻受老爺器重」，這話聽起來怎的有些不對味兒？

看守的家丁想必是得了指示，不但不攔她的路，還好心指了道。秋葉走到秋風蕭瑟的路上，深悔，早曉得有人指路，何必去問那婆子丫頭自取其辱？錢家與貧民區隔得甚遠，她走了足足一個時辰方到，守門的小廝在錢老爺喪事時見過她，倒也不刁難，接了五個鐵錢就進去通報，旋即小銅錢就親自出來把她接了進去。

錢夫人看過帳，向辛夫人笑道：「我就說我這回挑的這個妾不差，比季六娘強多了。」

季家同金家還打著官司呢，連帶著把辛夫人也恨上了，因此辛夫人有些埋怨錢夫人做事不老道，但無奈這是自個兒親生的閨女，再怎麼樣還得幫著她，便接過帳本來翻看，越看眉頭皺得越緊，「妳要這內院的流水帳來有何用？錢在何處？」

這樣明顯的漏洞，錢夫人方才居然沒瞧出來，饒是她這些年不斷錘煉自個兒的修養功夫，也止不住地臉紅，罵秋葉道：「妳得了帳本也不先瞧瞧，帳上無錢，不曉得問他們去？」

秋葉低著頭想了想，未把自己不識字的事體講出來，只道：「要過的，幾個丫頭說少夫人正在養胎，不許我去打擾。」

錢夫人聽了這話，不但不惱，反而笑道：「天賜良機呀。少夫人確是要養胎，妳莫要去煩她，凡事只拿著去問少爺。」秋葉含羞點了點頭，道：「回去我就尋少爺去，不知現下能不能讓我先見見爹娘？」辛夫人點頭，命人帶了她往下人房去。

秋葉見著了爹娘，摟著一通好哭，「我才賣了自個兒，你們怎的也把自己賣了？」她爹不耐煩地推開她，指著她身上的衫子道：「妳做了妾，不捎帶我們享享福就罷了，可妳看看妳身上的衣裳，還是原先的那件，穿的還不如我們。」

秋葉正想說要不是我聽話，辛夫人就要把你們賣到番國去，突然瞥見送她來的丫頭就在旁邊站著，忙把話又嚥了回去。她娘還是有些心疼閨女，回房取了身錢府的下人衣裳來給她，道：「辛夫人對咱們好著呢，比沒賣身時強多了。這套衣裳妳拿去穿，馬上就入冬了，受了涼，鼻涕一把淚一把的，程家少爺可不會喜歡。」

秋葉雖想過要藉著錢夫人撐腰，早日把程慕天拉到她房裡好生個兒子，可從未想過要和正房夫人作對，偏撐腰的人反成了逼迫她的人，這把正房夫人得罪了，往後的日子怎麼過？她滿腹的話不好講出來，只能接了衣裳，摟著她娘又大哭起來。

她在這裡哭得悲切，錢夫人那裡卻是笑聲一片，「還是娘有辦法，我們老爺死活不讓我管家，可帳本子還是落到了我手裡，現下只盼著秋葉早日生個兒子，我無兒子養，養個孫子總行，反正也不怕秋葉不聽話。」說著，剝了個果子遞給辛夫人。

辛夫人不接果子，定定地望著她，頗有些恨鐵不成鋼，「閨女，妳能這樣早就拿到帳本子，全憑的是運氣，若不是妳媳婦要養胎，哪裡輪得到秋葉？我可是聽說，她到現在還沒和程二郎圓房呢。我叫秋葉早些生個兒子，那是哄她的話，她生了兒子也是妳媳婦名下的，與妳何干？」

錢夫人徹底愣住了，怔道：「我還以為娘要我在二郎屋裡插個妾，是要養作自己人呢。」

辛夫人道：「我叮囑妳要安插個勾得住程二郎的，好哄著他把帳交給妳管，誰曉得這個秋葉也是個沒用的？幸而她運氣好，歪打誤撞也得了帳本子來交給妳，但她爹娘老子總有死的一天，要脅得了她一陣，要脅不了一世，妳且趁著有帳管，把錢多攢些。」說完又深深嘆氣，「妳的嫁妝都能養活一家人，要不是被妳敗得七零八落，哪裡需要算計他程家的那點子錢？」

錢夫人又愣了，「為了這個？我攢再多的錢有什麼用，等老爺不在了，還不是要跟著二郎兩口子過活，他們可不是誰手裡有錢就看誰臉色的人。」辛夫人把桌子重重敲了兩下，道：「難不成妳老爺去後，妳還想守著？趁早多摟些錢，等他一死就改嫁。」

錢夫人手裡的果子啪的落到地上，驚詫道：「娘，妳是要我備後路？」辛夫人道：「難道妳願意看程二郎兩口子的臉色過一輩子？」

錢夫人的長指甲在新漆的桌面上劃出一道一道的印子，「剛進程家門時，不是沒這樣想過，可生不出兒子又不是我的錯，憑什麼他們人人逍遙快活，我就得在苦水裡浸著？我不甘心。」

辛夫人瞧見秋葉正朝這邊來，快速道：「既是不甘心，就聽娘的話，我看這個秋葉不是個好纏的，且妳家老爺也不會讓她一直管帳，妳等她手裡的權被收回去，就把她打發了吧。」

錢夫人卻道：「打發了作甚，就算與我沒用處，留著給媳婦添添亂也是好的，沒得婆母受苦她享福的理。」

這須末小事，加之秋葉已到了門口，辛夫人便不再接話，轉而吩咐秋葉道：「妳且趕緊回去，一是去要錢，二是勸著你們老爺些，叫他消消氣，把夫人接回去。」

她們光想著自己的大謀劃，無人關心秋葉可有錢坐轎子，於是她只得又邁著兩條腿，花了一個時辰走回去。她到家時衣裳已濕透，黏在身上好不難受，於是先走到廚下去提水，想洗個澡再去尋程慕天。

廚房裡，丁姨娘和柳嫂子正在忙，那個朝她腳下潑過水的小丫頭坐著個小板凳在門口擇菜，抬頭見了她要進廚房，竟跟見了狼虎似的，忙忙地把凳子朝門中間挪了挪，攔住她道：「廚房重地，閒雜人等不得入內。」

秋葉軟語求道：「這位姊姊，我只想來提一桶水上去洗澡。」丫頭指了指屋後頭，道：「河裡有水，想洗自己打去。」丁姨娘自認為同秋葉是一類人，斥那小丫頭道：「她好歹是位姨娘，妳怎能如此待她？」柳嫂子是小圓舊識，自然是幫小圓的，笑道：「我們小戶人家，也曉得沒服侍過官人的，算不得什麼姨娘。」

秋葉進了門將近兩個月，還未籠絡住男人，這一點連丁姨娘也是瞧不起的，恨不得說她是丟了妾們的臉面，就轉了身去炒菜。小丫頭和柳嫂子見秋葉沒了幫手，越發冷嘲熱諷起來，秋葉卻絲毫不惱，半垂著頭羞答答地道：「不曉得少爺腰上的那道傷好了沒？」小丫頭一時沒反應過來，順嘴問了句：「什麼傷？」秋葉拿了她娘送的那套衣裳半遮住臉，輕聲道：「就是後腰胎記旁的。」

她聲兒小卻吐詞清晰，這話一字不落地傳進廚房三人的耳裡，俱是驚了個面面相覷，秋葉「哎呀」一聲，「怎的將這樣羞人的話都講出來了，該打。」說完把門邊靠著的水桶拎起一個，飛快走去河邊打水，上樓洗澡去了。

柳嫂子看了丁姨娘一聲，向小丫頭道：「定是她胡謅來哄人的。」小丫頭會意，忙連連點頭。丁姨娘好似沒聽見，一聲不吭做完飯，端了托盤，說要去餵小四娘，上了樓，卻跑到程老爺房裡，連聲恭喜他道：「少爺已是將秋葉收房了，老爺添孫指日可待。」程老爺咧嘴笑道：「二郎是男人，哪有不愛美妾的？以前那幾個，定是沒入他的眼而已。」

且說秋葉提了水到房裡洗過澡，換上新衣裳，趁著丫頭們都到樓下去吃飯，爬上三樓，在午哥房裡尋到程慕天。她略曉得些他的脾性，也不進去，先站在門口把門敲了敲。

午哥見秋葉站在他的積木旁邊，一隻腳踩著了他的一塊七巧板，便在程慕天懷裡扭起來，道：「壞，打。」秋葉忙朝後退了一步，把手裡的帳本子晃了一晃，笑道：「午哥，我來尋你爹問帳。」程慕天抬眼看了看，她與自己離得尚遠，這才冷冷地開口：「午哥不是你叫的，叫小少爺。」

秋葉十分聽話，立即改口喚了聲「小少爺」，又道：「少爺，我來問一聲，家裡開銷的錢自哪裡來？」

程慕天這才曉得小圓只交了空帳出去，不禁暗喜，到底是夫妻，想的都是一樣的，心中竊笑，臉上卻冷若冰霜，道：「妳當著家呢，怎的來問我？」

秋葉明白了是婆媳爭權，一個拿自己當槍使，一個拿自己作筏子，怕是不管她們哪一方得勝，自己都只能落個淒慘下場。她心裡仔細思量一番，決定還是投誠眼前這一派，撲通一聲跪下來道：「少爺，你看我身上的衣裳可眼熟。」

程慕天這幾日還要用她，耐著性子抬眼看了看，道：「錢家下人穿的衣裳，夫人賞妳的？」秋葉哭道：「我一心只想侍奉好少夫人的，打死也未曾想過要管家，都是辛夫人強買了我爹娘為奴，以他們的性命相迫，逼著我與你們作對。她是夫人的親娘，我一個小小的妾，能有什麼辦法？」

程慕天反倒笑了，「哪個叫妳來做妾？我們家的妾就只有這樣的下場。妳還侍奉少夫人，也不瞧瞧我許不許妳侍奉，妳哪裡有那個資格。」

秋葉徹底呆住了，敢情這不是婆媳鬥法，而是繼母與繼子鬥法？她突然想起方才在廚房門口講的那些話，雖然是為了不再被下人們羞辱才說的，但若面前的少爺只是為了利用自己，那樣的話傳到他耳裡去，自己還能有命在？

她越想越怕，正冷汗淋漓之際，余大嫂和孫氏吃完了飯上來，見她在這裡，大驚失色，一個把她拉起來拽出去，道：「莫要跪壞了午哥的玩意，賣了妳都賠不起。」另一個自責道：「忘了少夫人不在跟前了，不該都下去吃飯，讓她嚇著了少爺。」

她們固然是做給秋葉看，但程慕天心裡卻不是滋味，「嚇著了少爺」？難道我就是個一遇到這種事就朝娘子身後藏的人？不知是不是他的臉色洩露了心中所想，只見余大嫂與孫氏都是一臉的深以為然，叫他不知不覺紅了臉，口稱要帶兒子去見娘，抱了午哥匆匆下樓。

小圓吃過幾副藥已好了些，斜靠著個大枕頭，張了胳膊要抱午哥。程慕天生怕累著了她，只肯把兒子放在床頭坐著。小圓見他臉色發紅，就問他是不是吃了酒。

方才不是一起吃飯的，吃沒吃酒她會不曉得？分明就是故意問的。程慕天臉上的顏色更深了幾分，「娘子，這回的事我來辦，不要妳操心。」

小圓奇道：「我在這裡躺著，想辦也是有心無力，怎的突然講這個話？」

程慕天把午哥的小手掏出來，另塞了根手指形狀的餅乾給他，暗自嘀咕有個這樣心細的娘。

小圓見他藉著兒子打馬虎眼，便把肚子一捂，口稱腹痛。程慕天見她嘴角含笑，曉得她是使詐，哄自己講實情，但他確是不想讓她操半點心，便隱去了方才見秋葉的一節，只道：「自這回起，再有什麼妾呀通房的找上門，都由我來打發，妳只加緊給我生兒子。」想了想，還是忍不住問：「娘子，妳是不是也覺得我一遇見這種事，就只曉得拿妳擋在前頭？」

小圓笑道：「非也，是你替我擋在前頭。要不是你在人前表明了態度不納妾，我就是有千般心思萬般手段也使不出來。你可曉得我最愛你那一點？就是你見了女人就逃呀，要是哪天你敢大大方方同她們講話了，看我怎麼收拾你。」

她無心的一句話，把程慕天的紅臉嚇成了白臉，忙細細回憶方才在樓上，那算不算大大方方地講話。突然外頭傳來丁姨娘的聲音，他眉頭一皺，起身出去罵丫頭：「樓下沒得人看門嗎，這般吵叫少夫人怎麼安胎？」

丁姨娘把最盡頭的那間屋子指了指，道：「我不是來打攪少夫人的，我是去看看秋葉，恭喜她終與少爺你修成了正果。」

程慕天斥道：「休要胡說。」丁姨娘見他發火，忙把「傷口與胎記」一事講與他聽，道：「那可是她親口講的，柳嫂子和打雜的丫頭可以作證，不是我胡說。」

程慕天回頭望了望那道簾子，壓低聲音問：「這事兒還有哪個曉得？」

丁姨娘覺得秋葉爬上了少爺的床，又管了家，是替做妾的人爭了口氣，此乃高興的事兒，到處講一講有什麼要緊，偏這個少爺還一副假惺惺的樣子，便不滿道：「少爺，這是喜事，你不擺兩桌子酒也就罷了，還不許人說？」

程慕天氣得想揮拳打人，又怕驚動了小圓，一口牙咬得咯吱響，親手把丁姨娘拽到樓梯口，一腳把她踹了下去。采蓮何等機靈的人，緊跟著跑過去，疾呼道：「哎呀，丁姨娘怎的腳滑了？阿雲、阿彩，快些去扶人。」

程慕天還嫌拽髒了手，去浴室洗了洗，這才回房陪小圓。

外頭丁姨娘呼痛，那樣大動靜，小圓哪有沒聽見的？自然問他出了什麼事。程慕天只怕這事兒被旁人曉得，卻沒想過要瞞她，因此臉上雖又紅了起來，還是老老實實把事情講給她聽，又替自己申辯道：「定是在香水行，我趴在池子裡時，被她把胎記瞧了去。」

小圓悔道：「都我的不是，金九少什麼樣的人，竟讓他帶你去，只怕是甘十二都被他帶壞了。」她腦海中不由自主浮現出自家最害羞的官人光溜溜趴在池子底，供搓背女觀賞的畫面，又樂不可支起來，「胎記是被她偷看去的，傷又是怎麼回事？」

程慕天摸了摸她的肚子，「妳抓的，不記得了？大概就是懷上老二的那回。」

午哥眨著大眼睛，也伸手去摸小圓的肚子，口中清晰喊道：「懷，老二。」小圓驚得忘了去糾正午哥，先把程慕天狠掐了一把，「越來越不正經，把兒子都帶壞了。」

程慕天也怕小孩子無心的模仿傳到外頭去，慌忙抓了一把餅乾哄午哥道：「乖兒子，這樣的話講不得。」午哥哪裡聽得懂，見他拿餅乾給自己吃，還以為是鼓勵，把「懷老二」前頭加了個稱呼，變作「爹，懷老二」，啃著餅乾一扭頭，看見了小圓，又加上一個字：「爹，娘，懷老二」。

程慕天兩口子被這個兒子嚇得不輕，什麼事都先拋到了一邊，連哄帶騙加威脅，忙活了小半個時辰，總算是讓午哥暫時忘了這句話。

程慕天再不敢把兒子留在這裡，把他交給門口的丫頭們，這才走回來向小圓道：「娘子，這個妾太毒，居然敢污蔑我，待我絕了繼母的想頭，非要把她賣給金狗去。」

官人，我看你這想法也挺毒的。小圓暗自腹誹，卻又忍不住笑了，「二郎，你要真這樣賣一個，怕是強拉別個來我們家做妾，都無人敢的。」她笑得歡快，卻未曾漏過細節，問道：「二郎，你想怎樣絕繼母的想頭？」

程慕天指了她的肚子，「好好養胎，莫要東想西想。」

小圓朝他一笑，「面兒上的情還是要顧著，不然落了下乘。」

程慕天也忍不住笑了，「我向來都比妳孝順，自然懂得這個道理。」

小圓兩口子這裡輕鬆說笑，秋葉那邊卻是如坐針氈。拿不出錢來買菜，會惹人恥笑，翻來覆去竟是一夜未睡著，第二日就起了個大早，穿戴整齊去向程老爺請安，勸他把錢夫人接回來。

程老爺心道，兒媳的胎已無大礙，錢夫人手裡又還有幾個錢，不能得罪太狠，不如就接下這個臺階來，便道：「如今勞妳當著家，就給妳幾分臉面吧。」

秋葉歡喜謝過，下樓轉了轉，見只有程福一個小廝，便使他去錢家接人。程福倒不推脫差事，只道：「既是要接夫人回家，總要抬個轎子去，難不成讓錢家派轎子，太不像樣子。若是叫我走著去接夫人，我丟不起人，妳還是尋別個吧。」

這話講得極在理，但秋葉哪裡拿得出錢，不得已，只好委屈自個兒跑一趟。好在錢夫人早就想歸家，不但不怪她沒抬轎子來，還邀她同坐一頂轎兒。

秋葉有點兒受寵若驚，縮手縮腳挨在角落裡，離錢夫人遠遠兒的。錢夫人卻是有些話怕回了家講被旁人聽去，便招她坐近了些，問她家中情形如何。秋葉把帳本子都帶了來，捧給她道：「夫人，我沒那個能耐，少爺不待見我呢，這個家我還給妳當。」

錢夫人受過辛夫人的教導，存心讓秋葉當家，自己只在幕後操作，那樣就算帳上出了問題，也有人在前頭背黑鍋，因此她聽了這話，忙道：「不過些許難處，怎就打退堂鼓？可是二郎不把掙家用的鋪子交給妳？且等我回去替妳討公道。」

秋葉想起錢夫人最初的承諾，便道：「少爺連我的房門都不進，就算管家又有什麼意思？夫人，妳還不如把我轉手賣到別家去。」

錢夫人昨日開了竅，曉得秋葉得不得程慕天歡心，生不生得出兒子，自己是沾不到什麼光的，便暗道，就算要賣妳，也得等我摟夠了錢。她心裡想著利用秋葉的事，臉上卻是一派關切的神情，「少夫人的胎不穩，少爺晚間無人服侍，妳多的是機會，急個什麼？」

秋葉卻道：「少爺肯去三樓和午哥擠，不到我屋裡來呢。」

錢夫人沒想到她如此難纏，深恨不該找個比自己聰明的人來當槍使，可惜大事未成，少不得還要忍耐，只得拿出話來哄她道：「我先助妳把家管好，再尋些好藥來給妳。」

秋葉在香水行裡沒少聽姊姊們私下議論那些吃了能讓男人把持不住的藥，臉上就浮出些笑來，對錢夫人道：「拿到錢也不敢擅自作主，必定事事請教夫人。」

兩個口是心非的人湊到一起，面兒上倒也其樂融融，回到家下了轎子，夫人拉著秋葉尋到程老爺，參了程慕天一筆，「老爺們都是一心想讓媳婦保住胎，才叫秋葉代管家事，二郎連聲謝都不說也就罷了，怎的還刁難人，不把掙家用的鋪子交出來？莫非他們兩口子想拿著公中的鋪子攢私房？」

程家公中的帳共有兩種，分外帳與內帳，外帳記的是海上生意同些大鋪子大田莊的收支，由程慕天管著，年底向程老爺彙報；內帳則只有幾個小鋪子，賺的錢供內院日常開銷。秋葉手裡拿到的帳本子只是內帳支出的一部分，記收入的那幾本卻是讓小圓瞞下了，因此才有錢夫人這一問。

程老爺最恨有人挑戰家主權威，聽說程慕天膽敢將公中的鋪子變作私產，勃然大怒，立時使了人去喚他來問話。

程幕聽得小丫頭傳報，不敢怠慢，忙忙揣上幾個帳本，趕到程老爺房中，解釋道：「前幾日娘子動胎氣，屋裡的人都亂做一團，竟忘了還有幾本帳未交出來。」

程老爺自然也是以兒媳腹中的孫子為大，就收了怒氣緩了神色，先問過小圓病情，再罵錢夫人性急。錢夫人忍了氣，接過帳本子翻看幾頁，道：「這記的倒是有幾項收益，但怎的不見有鋪子？」

程慕天笑道：「娘有所不知，我娘子心向著程家，你們的吃穿用度俱是她的嫁妝錢呢。」程老爺動容道：「媳婦竟如此賢慧？」程慕天自呆愣住的錢夫人手中接過一個帳本子，捧到程老爺面前翻給他看。上頭一頁一頁，果真記的是小圓幾個陪嫁鋪子的收益。

程老爺感動加激動，抖著鬍子講不出話來。程慕天趁機道：「爹，我娘子倒是有心還把嫁妝錢拿出來使，只是她陪嫁鋪子的帳，怎能叫一個妾管著？」

程老爺點頭，心裡有了主意，轉向錢夫人笑道：「沒得婆母在堂，卻叫兒子的妾管家的道理，何況她也沒得嫁妝錢拿出來使，不如把帳給妳管呀。」

錢夫人不相信小圓真有那般大度，質疑道：「以前既是媳婦自拿錢出來的，那公中的鋪子何在？」程老爺叫這話提了醒，也道：「二郎，把家給妳娘當，她自有嫁妝錢拿出來用，你且把那幾個小鋪子歸到公中來。」

程慕天跪下，惶恐道：「爹，那日午哥周歲，兒子大膽，將鋪子歸到他名下了，請爹責罰。」

他言語裡只有「請爹責罰」，卻不說把鋪子歸還公中，錢夫人恨得牙根癢，正要再發難，程老爺卻頗為大度地揮手，「這個家遲早都是午哥的，不過幾個小鋪子，全當我這個做祖父的送他添周歲禮了。」

錢夫人有些想不通，為何他不許兒子攢私房，卻對孫子這般大方？她哪裡曉得，程老爺不許兒子攢私房不是捨不得錢，而是怕財產過早轉移，兒子就會不聽話，至於孫子，那是隔了一輩的，自然另當別論。程慕天正是深知老父的心思，才有了這番舉動。

秋葉在旁觀戰一時，覺得錢夫人定然鬥不過程慕天，心裡就打起了小九九，暗道：我為何要聽命於夫人，不就是因為爹娘受制，但若攀住了少爺，叫他去向錢家討人，辛夫人未必就不給這個面子。不如面兒上哄著夫人，暗地裡向著少爺，雖他現下還看不上自己，但人心都是肉長的，總有一天他會曉得我的好。

她打定了主意，就把帳本子朝錢夫人手裡一遞，笑道：「老爺說要請夫人管家呢，恭喜夫人。」

接了這帳本子是要倒貼的，錢夫人還沒摟到程家的錢，怎肯吃這樣的虧？看那帳本子就好似燒得紅燙的炭火，連忙把手一縮，堅定地回答：「我不管家。」

秋葉要的就是這效果，偷偷衝程慕天微笑，欲要表個功。程慕天卻拿她當空氣，眼角都不曾瞟一下，只望著程老爺道：「爹，郎中說我娘子還得臥床好幾天呢，子嗣為大，非是要躲懶，這帳本子我就不拿回去了，誰人管家，全憑爹做主。」

程二叔那家兒子一大群，程老爺卻只得程慕天這一個兒，這麼些年都覺得矮了程二叔一頭，便一心要在孫子的數量上搬回一局，忙道：「你娘自會把家管起，告訴媳婦，休要再為家事煩惱，安心養胎。」

程慕天躬身一禮謝過，轉身辭去，走到門口又回頭，向錢夫人道：「我娘子養胎這幾日，須得天天喝雞湯哩。」說著把秋葉一指，「這個不得力的妾，今兒中午就沒把雞買回來，晚上的那頓還要勞煩娘多費心。」

錢人眼睜睜看著他甩袖子離去，一口氣憋在胸口出不來，怒問程老爺道：「我並未說要管家。」程老爺樂呵呵地回答：「妳不是一直說要管的，如今成全了妳的心願，怎反倒怪起我來？」

錢夫人還要發飆，程老爺先一步摔了茶杯子，教訓她道：「嫁妝錢媳婦拿得，妳為何就拿不得？再說家中正房夫人，除了她就只有妳，如今她要安心替我添孫子，這個家自然就該妳管起。」他訓完錢夫人，又想起他賢慧的兒媳動了胎氣正是拜錢夫人所賜，不免更加動怒，將能摔的器皿盡數賞了地板，一扭頭看到錢夫人還在忿忿不平地瞪眼，吼道：「杵在那裡作什麼，還不去使人買肥嫩的烏雞燉了來給媳婦喝？」

錢夫人雖然存了心思要改嫁，但那得等到程老爺歸西，現下他還健在，少不得就要聽他的話。她忍著委屈回房開箱子，取了嫁妝錢交給小銅錢，叫她使人去買雞。

小銅錢捏著一百文錢到廚房尋柳嫂子，吩咐她去買烏雞和晚上要吃的菜。柳嫂子看著她手裡的錢卻不敢接，道：「這錢買了烏雞，就只夠再添些小菜，家中主子和下人共有十來人，哪裡夠吃？」

小銅錢嘆了口氣，道：「好嫂子，橫豎咱們是在裝窮，今兒晚上就吃素吧。那隻烏雞燉了分三份，給少夫人、午哥和四娘子端去。」

柳嫂子接了錢，去菜市買回拳頭大一隻小烏雞、三個蘿蔔、兩把青菜，丟給小丫頭去收拾完畢，挽了袖子開始燉雞湯。丁姨娘趕到廚房來炒青菜時，見她已將所有的活兒都做完了，驚訝道：「我還早來了半刻鐘呢，怎的這樣快？」柳嫂子端了兩盤子蘿蔔和青菜給她看，道：「晚上就吃這個，能不快？」

程家有錢，小圓待下人向來又是寬厚的，就是那些粗使婆子、看門護院的家丁，也從未吃過只有一樣蘿蔔和一樣青菜的晚飯，一時間，院內的丫頭婆子四處嘀嘀咕咕，說錢夫人苛待下人，院門口的家丁則直喊未吃飽飯，沒力氣守門。

丁姨娘托了個盤兒，先到四娘子房裡餵她喝完雞湯，才去服侍程老爺和錢夫人吃飯。程老爺正望著那盤蘿蔔發呆，見了她來，忙問：「這就是妳做的菜？如何下口？」

丁姨娘把錢夫人望了一眼，沒有作聲，錢夫人扒拉著碗裡的青菜，道：「我是吃齋的，這樣就很好。老爺，你身患消渴症，也當粗茶淡飯。」

程老爺一雙眼瞪得老大，就算消渴症不當大魚大肉，也不見得一點肉星子都能不沾吧？丁姨娘上前替他夾了塊蘿蔔，道：「老爺，將就些吧，夫人能把嫁妝錢拿出來貼補家用已是不易了。」她言語裡暗示程老爺是某人太小氣，不想這話卻提醒了錢夫人，道：「我和媳婦比不得，她的嫁妝鋪子是月月都生錢的，我的鋪子田莊早就賣掉了，現下只有些死錢，花一個少一個呢，若是大手大腳把錢花光，還得公中出錢來養活這一大家子人，老爺願意這樣？」

程老爺想了想，夾起碗裡的蘿蔔啃了一口，「味道清淡，也還不錯。」此話一出，丁姨娘就曉得往後頓頓都得啃蘿蔔了，一張臉立時蔫得似霜打的茄子，錢夫人卻是得意非凡，心道，只要撐過這幾個月，待得兒媳生養完，還是把家交給她當，花她的嫁妝錢去。

他們吃飯，程慕天兩口子也吃飯，桌上一碗燉得爛爛的豬肉盤、蒸得嫩的魚，還有一大碗雞絲，雖只是些家常菜，但對比起其他人的餐桌，已是好了不止一兩分。

小圓已曉得了錢夫人當家，大家都啃蘿蔔的情形，道：「早知道有烏雞湯，就不買雞絲了，重樣兒了。」程慕天滿不在意地道：「在家時哪頓飯沒有幾隻雞佐著，還真是把自己當窮人了。」

小圓喝了口湯，歪了頭看著他，笑咪咪地道：「二郎，原來我竟如此賢慧，拿嫁妝錢出來貼補家用，那幾個帳本子呢，能否拿來給我瞧瞧？」程慕天臉一紅，頭埋進飯碗裡。阿雲嘴快，帶著幾分得意道：「咱們連夜編出來的，拿去時最後幾頁的墨跡怕是都未乾透，老爺夫人卻沒瞧出破綻來。」

程慕天看了眼關著的房門，還是提醒她道：「莫要亂講話，隔牆有耳。」

阿雲吐了吐舌頭，道：「少爺，旁邊多了雙耳朵與眼睛，叫人渾身不自在，我尋個由頭叫她搬到一樓去呀。」

小圓拿筷子敲了敲，嗔道：「你們幾個串通好了要瞞著我，是也不是？」

程慕天事情已做完，不怕她曉得，道：「往後繼母若還要往咱們屋裡塞妾，妳就叫她管家，看她還敢不敢動手。」

小圓沉吟道：「聽你這意思，這家遲早還是我當，可賺家用的鋪子，叫你寫了兒子的名頭，咱們是仗著他年小花他的錢，還是真要我拿出嫁妝錢來？用不用兒子的錢隨你，但我可是要做小氣惡婦的，養你和兒子倒也罷了，難不成還要去養害我差點滑胎的繼母和多嘴多舌的丁姨娘？」

程慕天聽了這話，生起氣來，「什麼叫『我和兒子倒也罷了』，我堂堂大男人，要妳養？」他最是忌諱別個說他吃軟飯，碗筷一丟，晚飯也不吃，翻箱倒櫃尋了幾個帳本子出來，遞給小圓道：「妳的錢、兒子的錢都不消動用，我自有能耐養家。」

小圓接過來一看，原來是幾家鋪子的帳，還夾著幾艘海船的收益。她滿腹疑惑，絞盡腦汁想了半晌，方明白過來，這是當年程慕天自程老爺那裡偷來的，契紙雖存在陳姨娘處，帳卻是他偷偷在管。

程慕天見她為著帳本子上為數不小的收入傻了眼，得意洋洋道：「怎樣，比先前賺家用的那幾個鋪子好過許多吧？往後莫要在我面前提妳那幾個不入流的陪嫁鋪子，妳官人我有的是錢，養得起妳。」

小圓聽著他一副暴發戶的口吻，便答非所問地道：「就為這幾個鋪子，害你挨了爹好一通打呢，現在想來我還心疼。」

這樣直白關切的話，當著丫頭的面講出來，讓程慕天的臉又紅了，坐在凳子上渾身不自在。

采蓮忙走過來接起帳本子收好，笑道：「待到少夫人重新管帳，養家的錢從這上頭出沒錯，但拿出去的帳還得是少夫人的嫁妝錢，咱們可要有始有終才好。」

阿雲和阿彩兩個都道：「咱們做帳已是拿手，不在話下。」

小圓還在躺著靜養，不好下地行禮，便在床上欠身謝道：「多謝妳們替我解決這樣大的難題。」阿雲躲到一旁，笑道：「少夫人謝少爺便是，我們不過是打下手的。」阿彩點頭附和道：「少爺心思巧妙，往後夫人再不敢為難少夫人了。」

小圓聽著她們誇讚程慕天的話，想到從今往後再無奪權煩惱，亦無妾室，那嘴角就不知不覺翹了起來。心情好，胃口就好，一直害喜沒吃什麼東西，今天卻順順當當吃了兩大碗飯。

吃罷晚飯，秋葉過來請安，站在門口講了好些要投誠的話。程慕天兩口子如今不怕得罪錢夫人，哪裡肯理她，便喚來阿雲把她趕了回去。秋葉正道走不通，只好走歪道，尋到錢夫人，問她要春藥。錢夫人瞇著眼睛看她，這個太滑手的妾對自己來說已毫無用處，到底是賣掉她把本錢收回來，還是留著給兒媳添堵？她將手裡的佛珠串子捏了又捏，最終選擇了後者。

秋葉拿到了藥卻不肯走，求道：「夫人，幫人幫到底，我沒能耐把少爺引到房裡去呢。」錢夫人為難道：「這個卻是沒法子助妳，我總不能把他綁了送到妳屋裡去吧？」秋葉想了想，她乃繼母，比不得親母可強令兒子圓房，只得罷了，回去自個兒想辦法。

還沒等到她想出勾引程慕天的法子，錢夫人卻突然倒戈，帶了大群的人到她房裡，稱她私藏春藥，欲勾引少爺。她是有名分的妾室，勾引自家男人本不為過，但春藥比不得壯陽藥，吃了是會傷身的，因此大戶人家都甚為忌諱。

秋葉還欲分辯，錢夫人已是手一揮，命人搜房，房裡只有一張床，別無其他家什，小銅錢親自上陣，極輕鬆就在枕頭底下翻出了那個藥包來。錢夫人攥了春藥包，先到程老爺面前稟明情況，又使人喚了程慕天來邀功，「二郎，我可是一門心思替你們著想，生怕你被人算計了去，惹得媳婦生氣。」

程慕天見到藥，眼中閃過一絲詫異，接過來聞了聞是春藥的味道，便誠心誠意謝過她，又問：「這東西是上好的，價格不菲，她哪裡來錢買的？」說完，馬上使人去帶秋葉來問。

錢夫人心一驚，要出聲相攔，阿雲卻是腿腳快，一溜煙跑出去了，轉眼就把人帶了來。秋葉自己是個牆頭草，擔心這是錢夫人在試探她，於是任程慕天如何發問，只咬定這春藥是她自己攢錢買的。

程慕天從她嘴裡問不出詳細，只得丟開手，問錢夫人道：「娘，這個妾是妳買的，如今出了問題，還請妳親自責罰。」錢夫人早已有了打發秋葉的法子，笑道：「放心，定讓你們滿意。聽說媳婦胎已穩了，不如還叫她管家？」

怪不得特特把我叫來，原來在這裡等著我。程慕天心裡直好笑，道：「我娘子倒不怕辛苦，只是爹不許她勞心勞神，我也沒法子。」他懶得與錢夫人費口舌，也不問她打算如何處置秋葉，轉身逕直下樓去了。

秋葉見屋裡只剩了錢夫人與小銅錢，鬆了口氣，前後想了想，自己此番表現，錢夫人當是滿意的，便笑道：「夫人，我只向著妳。」

錢夫人盯了她半晌，突然開口問道：「二郎給了妳什麼好處，讓妳肯與他串通一氣來害我。」秋葉聽得糊裡糊塗，道：「我並不曾謀害夫人。」錢夫人看了小銅錢一眼，待得她走上前去扇了秋葉一巴掌，才繼續道：「這三棟樓裡上上下下都在風傳，說我這回不得不拿嫁妝錢出來倒貼全是妳搗的鬼，妳敢說妳不曉得？」

秋葉大驚，那她是暗中幫了程慕天一把不假，但其中詳細謀劃她絲毫不知情，這到底是哪個要與她過不去，紅口白牙地咒人？她飛速轉著腦子，回想當日情景，錢夫人卻是等不得，指使小銅錢又將她扇了幾掌，她兩邊的臉火辣辣一片，急道：「夫人，冤枉，這事兒不是我做的。」

錢夫人恨道：「所謂無風不起浪，就算不是妳全權謀劃，也與妳脫不了干係。」她還有句話不敢講出來：打死她也不信兒媳肯把嫁妝錢拿出來補貼家用，此事定是程慕天設的局。但她曉得又能怎樣，程家內帳外帳他兩口子一手遮天，就是對帳都對不出詳細來，她這啞巴虧是吃定了的。

對付不了程慕天兩口子，對付這個吃裡扒外的妾總歸是有辦法的，她怨毒的眼神瞟過秋葉被打腫的臉，一字一句吩咐小銅錢：「拿最好的藥膏來給她消腫，再賣到勾欄院裡去。」

小銅錢拿藥膏替秋葉敷完臉，左右看看並無甚不妥，就亮了衣裳出來逼著她換上，再請了人牙子來家。

不料人牙子圍著秋葉轉了一圈，連連搖頭，「如今勾欄院的妓女都是打小兒栽培，歌技、琴技、舞技樣樣得精，更要緊的是，得有一雙三寸的小腳。」

小銅錢看了看秋葉裙下的那雙大腳，同人牙子打商量，「她搓得一手好背，我們也不收你高價，便宜賣給妳可好？」人牙子問道：「會搓背？可是香水行出身？」小銅錢笑道：「可不是，咱們夫人花了足足三千文從『張小娘』香水行買來的呢。」

三千文？你們夫人不是錢太多就是腦子不靈光。人牙子腹誹一番，豎起三個指頭，道：「你們夫人吃大虧了，這樣的搓背女頂多值三十文，我看她身上這身衣裳還像個樣子，與你們三十三文吧。若賣呢，我現在就領走，若不賣……」

小銅錢曉得錢夫人想儘快趕走秋葉，就是倒貼錢都是願意的，便打斷人牙子的話，道：「三十三文就三十三文，趕緊帶了她去，賣到遠些的勾欄院。」

人牙子一聽這話，就曉得秋葉是得罪了主人家的，才叫她撿了這樣一個大便宜，她生怕小銅錢反悔，趕緊數出錢來，笑眯了眼，推攘著秋葉朝外走。

一出院子門，原本老實讓她拉扯的秋葉開始不聽話起來，仗著自己力氣大，推倒了人牙子就想趁機逃走。人牙子卻不慌不忙，連帶來的打手都不喚，爬起來拍了拍身上的灰，衝已跑開幾步的秋葉道：「妳的賣身契在我身上，妳跑到天邊也是個奴，再說妳這副上不了檯面的模樣，我就是把妳拉到勾欄院也沒得媽媽願意要妳。」

秋葉聽出了點門道，停了步子，扭頭問她：「妳不打算把我賣去勾欄院嗎？」人牙子朝她勾了勾手道：「妳先前就是香水行的人，我還送妳去那裡，可好？」

就秋葉目前的處境，這樣的結局真是上上籤，她大喜過望，自動自覺跑回人牙子身邊，不需人推拉就爬上了她帶來的車。

車子漸行漸遠，上下顛簸起來，秋葉困惑道：「城裡的路都是大石鋪的，怎會有不平的路？」人牙子掀起簾兒來讓她瞧仔細道：「這是城外，路自然不平些。妳也莫要著急，還有幾步路就到了。」

秋葉心一驚，第一反應就是跳車，可車裡還坐著個兇神惡煞的打手，唬得她不敢輕舉妄動，想了一想，擠出笑臉來問人牙子：「事已至此，我也只有聽天由命，還望妳告訴一聲，這是要把我送到何處去？」

人牙子冷笑道：「方才不還敢推我的，現下曉得怕了？實話告訴妳，是要送妳去『私窠子』。識相就給我老實點，不然我告訴甄嬤嬤妳不聽話，叫妳才進門就領鞭子。」

說話間車已停下，被稱作「甄嬤嬤」的五旬婦人迎了上來，笑道：「莫要嚇著了孩子，鞭子作什麼，打出了傷痕，客人不喜呢。我們如今換作針扎，能叫她們老實，又看不出痕跡。」

甄嬤嬤笑盈盈，秋葉卻是被嚇出了一身冷汗。原來私窠子是和勾欄院差不多的地方，只不過一個是明，一個是暗。她心急之下，顧不得思慮周全，撲到甄嬤嬤的身前跪下，求道：「我是我們少爺跟前最受寵的一個，因得罪了夫人，這才被賣出來。媽媽妳將我送回去，我們少爺定將重謝。」

她想拿春藥是錢夫人所贈一事，同程慕天換個好些的結果，因此才編了這樣一篇話出來，可惜甄嬤嬤壓根不信，叫她站起來走了兩步，捂著嘴向人牙子笑道：「妳看她，還是個女孩兒身，就敢說爬過那個少爺的床，也不怕人笑掉大牙。」

秋葉的臉刷的變紅，又刷的變白，兀自作最後掙扎，道：「我是立過納妾文書的正經妾室，要是我們少爺被人曉得他的妾在作接客生意，必要被人笑話，因此他定會把我重新買回去的。你們不費什麼力氣就多賺一道錢，為何不願意？」

人牙子教這話說動了心，同甄嬤嬤商量道：「她男人是做海上生意的程少爺，最講究門風的一個人，不如就照她說的走一趟，把價抬得高高的，勝過留她在妳這裡接客。」

甄嬤嬤猶豫道：「聽聞程家落魄了呀？」

人牙子聽這話，就曉得她同意了，不由得笑道：「瘦死的駱駝比馬大，妳可知這不起眼的妾是他們夫人花多少錢買來的——足足三千文，那可是四貫錢呢。」

甄嬤嬤被這樣的大手筆打消了疑慮，歡喜道：「咱們也不賺他多的，照樣要個四貫就成。」

秋葉隨著人牙子重新上車，心思飛轉。這一回去，結局有三，一是謊稱春藥一事乃錢夫人所逼，程慕天看在她告密有功的分上，給她安排個好些的去處；二是程慕天為了面子，直接買回她，再轉手賣給別家作妾；三是……未等想好，求財心切的人牙子已是催著車趕到了程家樓房，央了個守門的家丁進去報信。

不多時，那家丁就帶著阿雲到門口來，接了她們進去。秋葉見程慕天肯見她，心中激動難耐，待得到了房中，不等人來問她，忙忙地主動把春藥一事講了出來。

她也太小看程慕天了，他用腳後跟都能想出那藥究竟是誰人所有，哪裡還需要她來告密？肯讓她進來，不過是為了自己的名聲著想——他雖不介意把秋葉賣掉，卻不願賣到勾欄院去丟人。

究竟賣給誰好呢？他大局佈得巧妙，卻在這樣的小事上犯了難，讓人牙子等了半日也拿不出主意來，最後還是采蓮看不下去，偷偷到隔壁請教過小圓，回來向他道：「少爺，要不是金少爺招來搓背女，哪兒來的這麼多事？所謂禮尚往來，少爺無須再麻煩人牙子，買下秋葉來，直接送到中間那棟樓去。金少爺連去了兩個妾，房中正空著呢。」

程慕天暗暗稱妙，就依了這法子，叫人牙子開價。人牙子張口說要三千文，他也不還價，直接帶著她去尋錢夫人，道：「娘把秋葉賣到了勾欄院，此舉敗壞了程家門風，叫爹曉得，定是不會善罷甘休。幸虧我手腳快，半路上攔住了人牙子。」

錢夫人不曉得事兒怎麼就洩了密，驚出些冷汗，掏錢將秋葉又買回來，好聲央求程慕天莫要告訴程老爺。程慕天只輕輕一笑說好，自帶了秋葉下樓，叫阿雲送她去金九少處。

秋葉雖沒和程大姊打過照面，但卻久聞她的大名，哪裡肯挪步子，只低聲求道：「少爺把我送別個吧，去了金家是性命不保哩。」程慕天一聽話，愈發想要把她送過去交給程大姊管教，就叫阿雲快些帶她走。秋葉見他對自己竟是一絲憐憫也無，絕望道：「少爺身上的胎記……」

程慕天一腳踹過去，生生截斷了她的話。他還要再踢，阿雲卻怕踢傷了她，金九少不收，忙拉住他道：「少爺這是慌什麼，你又不是女子，還怕她說這個？」她不曉得，程慕天不同一般男子，是很在意自己「清白」的，豈能容忍一個妾玷污他的名聲，就甩開她的手還要踢。

采蓮讓小圓催著下樓來，正好瞧見這一幕，忙過來問詳細，聽得阿雲講了原委，笑道：「少爺，不消為這個擔心，我才去見了大姊，她說只要聽得這個妾胡說八道，就吊起來一頓打死呢。」

程大姊向來是說得出做得到的主兒，秋葉不敢再作聲，乖乖地跟了阿雲朝金家去。她是極看得開的一個人，還沒到門口，就把程慕天拋在了腦後，暗自琢磨起今後要怎樣籠絡金九少，哄住程大姊，把其他幾個妾都壓下去。

程慕天胸中多日的悶氣一掃而光，歡歡喜喜回房陪娘子，小圓卻抓住他的手一陣害怕，「幸虧繼母關鍵時刻倒戈，不然要真讓秋葉得手，我該怎麼辦？」

程慕天笑道：「就算她拉我到房中下藥又如何？連妳的藥棉包浸了幾味藥材我都聞得出來，怎會被小小春藥騙過？」

小圓驚訝道：「你還聞過那東西？」程慕天說漏了嘴，羞得直想鑽地縫，沒等他羞完，小圓又轉換了問題道：「你還想過她拉你到房中下藥？你的意思是，若她拉你去，你就去了？」

程慕天才解決了繼母，又被娘子氣到，忽地起身道：「妳一有身孕就是這般胡攪蠻纏的德性，我不與妳說。」

「是嗎？」小圓也不生氣，低頭摸了摸還很平坦的小腹，悠悠問道：「繼母既給了秋葉春藥，為何又臨時倒戈？」程慕天的臉還是紅的，眼睛瞟著別處答道：「許是她原本就打算好了，要用春藥設計秋葉。」

小圓鍥而不捨地追問：「秋葉又沒做什麼對不起繼母的事，再說她爹娘還在辛夫人手裡呢，繼母有什麼必要設計她？留著她繼續勾引你，給我添堵，不是更好？」

程慕天敗下陣來，道：「就是妳想的那樣，還有什麼好問的。」他見小圓還要再張嘴，忙自照臺上取了個花鈿，朝背後的「呵膠」吹了口氣，朝她嘴上一貼，趁著她一陣手忙腳亂，偷笑著溜了出去。

那「呵膠」乃是吹口氣就化開，極有黏性的，待得小圓費力把花鈿揿下來，程慕天早就不知上哪兒去了。她還從沒見過自家官人這般小兒舉動，一時間竟是歡喜多過氣惱，望著手裡的花鈿，不知不覺癡了。

一晃又是個把月過去，小圓的胎終於完全穩定下來。另一方面，秋葉一入金家門，滿腦子的小聰明在只崇尚武力的程大姊面前根本派上用場，前後挨了好幾次打，終於老實下來。

錢夫人成日為往外流的嫁妝錢而長吁短嘆，旁的事全顧不上。程老爺每日青菜蘿蔔，消渴症奇跡般好轉，又有大包的壯陽藥捧著，房中之事竟時不時能夠出一回風頭。

這日，程慕天從金家那邊回來，問小圓道：「可想出去走走？」

小圓懷胎三月，正是困頓的時候，摟著午哥躺在榻上，迷迷糊糊回答：「又哄我，你這個古板少爺會許我去街上逛？」程慕天把午哥抱起來，侵占了他的位置，笑道：「去街上確是不能夠，但去園子裡散散步還是行的。」

小圓打了個呵欠，沒什麼興致，「馬上就要過年了，想辦法過年前搬回去，自己家的園子天天可以逛。」程慕天道：「怕是只能在這裡過年了，官府派了人守在咱們家宅子周圍呢，就等我們過年回去自投羅網，聽說連車都準備好了。」

小圓一驚，睜開眼來，「車？咱們裝窮，不至於要坐牢吧？」

程慕天大笑，「那車不是來拉人的，是來裝錢的。」

這些官府的人還真是想錢想瘋了，逼得人要在外頭過年。小圓嘆了口氣，撫了撫小腹，道：「這個孩子不會生在外頭吧？」程慕天笑道：「放心，聽說仗早就打完了，如今正議和呢，賦稅往上漲是必定的了，但逼人買官也就剩過年這一時，等到過完年，過完上元節，咱們就搬回去。」

原來歸家的日子就在眼前了，小圓立時來了精神，起了玩性，問道：「聽說逢年過節，城中有好些富豪家的園子都敞開了供人遊玩，可是真的？」

程慕天點頭道：「在城萬松嶺內貴王氏富覽園、三茅觀東山梅亭、慶壽庵褚家塘東瓊花園，還有楊府的秀芳園，每年正月裡都開了門供人探春踏青，堂屋內有各種戲耍遊戲與小賣件，園中還有唱曲兒的湊趣。」他望著小圓亮晶晶寫滿了期盼的眼神，又加了一句：「那些地方人多，妳怎能去得？這回是金家的八哥『百晬』，因住在樓房裡，無處擺『湯餅會』，因此借了好友的一處園子，邀宴賓朋。」

所謂百晬，即小兒出生一百日所舉行的宴會。據說這日乃是一關口，過此則易成長，故在這一天延請親友鄰里來慶祝。

小圓聽得撲哧一笑，「他家兒子排行第八？咱們送隻『八哥』作賀禮。不過『湯餅會』定是人多，我身子疲倦，懶怠去應酬，反正他們就住在前頭樓裡，我隨時可以上門去恭賀。」

程慕天道：「哪裡有什麼，生意上來往的朋友聽說金家窮了避之不及呢。他家親戚又都在北邊，借的那個園子是李家的是看在妳娘家三嫂的面兒上。」

小圓掰著指頭算了算，大概去的還是平日裡來往的那幾個親戚，便點頭道：「那就依你去散散步，只不知你如此盛情相邀，打的是什麼鬼主意？」

程慕天瞪了她一眼，道：「我能有什麼鬼主意，不過是看一路上轎子去轎子回，累不著妳。有孕的人老待在這樓房裡也不是什麼好事，再說金九少那人雖不正經，玩樂卻是一把好手，聽說此番請的不是戲班子，而是平常見不到的把戲。妳不是總抱怨身為大戶人家的女眷，逛不得瓦子嗎？如此大好機會，還不帶著午哥去看看。」

小圓委屈道：「我只說一句話，卻招得你講了一大篇。」

「少爺是好心，少夫人莫要辜負。」阿雲在外守門，將裡頭的話聽了個仔細。生怕小圓還要說不去的話，忙隔著門簾子道。

小圓透過簾子縫隙，瞧見除了阿雲，還有阿彩和采蓮的衣角，不禁莞爾一笑。這些丫頭們都被這狹小的樓房憋悶壞了，就是采蓮已嫁作人婦，也沒過二十歲，終究還是喜歡玩樂的。

程慕天見她笑了，再不多話，走出門去喚丫頭，叫她們進去幫少夫人打點隨身事物，預備去赴湯餅會。

阿雲拉著阿彩連蹦帶跳進屋來，笑道：「不知金少爺備了些什麼好玩的事物？」

采蓮比兩個小的穩重許多，拍了她們一把道：「就曉得玩，趕緊去準備打賞的鐵錢，還有見面禮。」打賞的錢是給臺上演出的人備的，見面禮則是因為此次是要去李家，少不得有些頭回見面的人。

小圓看著她們開箱子翻錦帛和金錁子，忙道：「別忘了咱們在裝窮，能簡則簡吧。這些東西給少爺也要備些，他在前頭坐席，也該用得著。」采蓮照著她的意思準備妥當，又怕金家未備小事物，便把午哥輕便易攜的玩意也帶上了幾樣。

過了兩日，程大姊來邀小圓，笑道：「今兒備了幾桌薄酒，一台把戲，還望妳賞臉呀。」小圓攜了她的手，朝外頭轎子處走，嘴上卻道：「妳做主人的，怎不先去招呼賓客，倒邀我這個作客的一道走。」

程大姊道：「妳也同二郎一般講起規矩來了，今日橫豎沒得外人，我同哪個一道走就同哪個一道走。」錢夫人的轎子就在旁邊停著，這話聲想來是傳過去了，小圓無奈地看了程大姊一眼，和她先後上了同一頂轎子。

程大姊坐到她身旁，頗有些興高采烈，道：「聽說繼母倒貼著嫁妝錢在管家？還是妳有能耐，我就沒那事。」小圓想起程慕天先前設的局，笑著把謊講圓：「我管著家時，一樣使的是嫁妝錢，這有什麼。」又向她道歉道：「二郎不打招呼就送了個妾給金九少，還望妳勿怪。」

程大姊樂道：「妳這一個月關在房裡養胎不出門，翻的還是老黃曆。那個秋葉，我家九少不喜她，正巧有個朋友客居臨安無人服侍，就借給他使喚去了。」

妾可以租，可以贈，可以換，還能借人使用？小圓朝角落裡縮了縮，覺得自己就似個土包子，心頭冒上許多個問號：那借出去的妾還不還回來？若是還，金九少還接著使用？

她想著想著，臉上直燙，好在李家的園子離得不遠，片刻即到。程大姊忙著下轎，分派人佈置場地，未發現她臉上的紅暈。

此時節正值寒冬，百花凋零，李家卻有一園子的好梅花，印襯著白皚皚的雪，十分好看。小圓有心多賞會子花，丫頭們卻謹遵程慕天的吩咐，不許她在外久留。阿雲和阿彩兩個，一左一右扶著她，進到暖閣裡去。

才進門，午哥已是邁著腿兒，嘴裡喊著娘撲了過來。采蓮不等他抱住小圓的腿，就把他抱了起來，哄他道：「你娘肚裡有小弟弟，不能抱你。」采蓮做事精明，哄孩子卻欠水平，午哥一聽這話，揮著小拳頭大叫：「弟弟壞，打。」

小圓忙把午哥抱過來，親了親他有些冰的小臉，柔聲道：「你不是嫌四姑姑是女孩子，不同你一起玩大刀，娘生個弟弟同你玩，好不好？」午哥抱住她的脖子，似懂非懂地點了點頭，小圓又親了他幾下，朝欲接過午哥的余大嫂搖了搖頭，親自抱著他在椅子上坐了。

果然人「窮」了客少，她吃了半盞子茶，才見李五娘同程三娘一人捧著個梅瓶進來，她忙把午哥放下，教他與舅娘和姑姑行禮。

李五娘把梅瓶遞給她道：「我看梅花開得好，也折了一支給妳。」

小圓正想說不經主人允許就摘取不大好吧，突然記起這園子是她娘家的產業，便欣然收了這雅致的禮，命阿彩先把花送回去再來。

李五娘抱起午哥逗了會兒，問小圓道：「我家大小子在外頭坡上同小廝們打雪仗呢，妳把午哥也送去玩？」小圓還未答話，午哥自己先道了個「好」，逗得眾人大笑。

待得午哥去了坡上，暖閣內就只剩了她們姑嫂三人，李五娘見小圓頻頻向外張望，笑道：「別瞧了，這裡就我們三個坐席，待會兒把這窗子打開，又能望見雪景，又能瞧見戲臺，豈不美哉？」

程三娘才給甘十二買過官職，雖花盡了錢窮了些，其他事上卻是如意，性格就很開朗了些，笑道：「看景倒是其次，主要是這裡沒得長輩，不然要守著規矩，怎能安心來看戲？」

小圓詫異道：「長輩們不在這裡？」李五娘叫小丫頭推開一扇窗讓她瞧，道：「側面還有間暖閣，妳婆母、程大姊婆母和我娘都在那邊坐著呢。」

小圓自家請客，到別家做客的次數也不少，但這樣省心的時候還是頭一回碰上，臉上掩不住笑意，「這樣的好主意誰人想出來的？」程三娘給她丟去一個眼色，悄悄把李五娘指了指。小圓忙走上去行了一禮，道：「多謝三嫂費心，沒叫妳為難吧？」

李五娘擺了擺手，笑道：「李家當家作主的是我親娘，有什麼好為難的？關鍵還是程大姊上道，沒強著非要坐一處。」

不和長輩們坐在一處，但禮節還是要盡到，小圓挽著程三娘，到旁邊的暖閣打過照面，才又重回這邊坐。過了一時，程大姊也溜了過來，笑道：「客少有客少的好處，我竟也能忙裡偷閒。」

開席後，孩子們自有各人奶娘領去吃飯，她們四人占了一桌，相互間又是極熟的，吃酒吃菜好不自在。小圓悄悄問程大姊：「李家幾位少夫人未請？」程大姊道：「請了，見我們家窮了，不肯來。」

怪不得程慕天說李家借出這個園子，乃是看了李五娘的面子呢。小圓暗嘆一聲，將杯中果汁一口飲盡。

酒過三巡，臺上開演之時，金家奶娘抱了八哥過來，程大姊忙起身接過來自己抱著，挨個與她們瞧。眾人都道這孩子長得好，各自拿出見面禮來。小圓取了個金鎖為他戴上，想起才死不久的季六娘，又忍不住暗嘆了一口氣。

待得程大姊將孩子抱去長輩們那裡，李五娘問道：「聽說這孩子的生母還未出月子就被生生拖死了，娘家還來人打了官司，最後誰家贏了？」這可真是哪壺不開提哪壺，程三娘只當沒聽見，低了頭吃酒。席上僅三人，小圓躲不過，答道：「這是誰人謬傳，季六娘是產後血崩去的，季家想要回嫁妝才打的官司。」

李五娘道：「她雖死了，卻留有兒子，哪有把嫁妝退還的道理？這官司想必是金家贏了。」

小圓不願再談，輕輕將頭一點，目光投向窗外戲臺。

高高的戲臺上，有兩名小兒僅著單衣，雙手支地，俯如牛犢般，以頭相觸，頂來頂去，互相較力。

小圓看了一會子，笑問：「這是在作什麼？頗像戴牛角相抵的蚩尤戲。」

程三娘笑道：「這是小兒相撲呀，有一日官人令我扮作個小廝，帶我去瓦子裡瞧過。」

李五娘豔羨不已，「我自小就幫家裡打點生意，雖不至於深藏閨中，卻是沒逛過瓦子。」小圓卻有些擔心這不合規矩，李五娘笑話她是嫁了程二郎，連脾性都改了，小圓反言道：「自妳嫁了我三哥，怎再不見妳出門？」

原來在家再怎麼要強，都是要隨夫的，三人對視一笑，幾許甘願幾許心酸，只有自己知曉。

忽聽得外頭叫好聲一片，卻是男人的聲音。小圓和程三娘俱是嚇了一跳，李五娘忙道：「男人們吃酒的樓在我們後邊，雖隔得近，但我們見不著他們，他們也見不著我們。」

小圓喝了口果汁壓驚，道：「他們的聲音太過突然，這才慌了神，其實大家都是至親，有什麼好避諱的。」

程三娘捂嘴笑道：「可不是，若有外人，哥哥也不會許嫂嫂來。」

小圓見她爽朗許多，很是歡喜，嘴上卻嗔道：「這是什麼話？大姊的兒子過『百晬』，怎麼也是要來的。」

後面又傳來一片喝彩聲，原來是臺上穿紅衣的小童勝了。小圓支起耳朵辨了一時，那裡頭似有程慕天的聲音，她臉上就現出笑來，命阿雲拆了一吊錢撒到臺上去，便聽那禮官高唱：「謝程家少爺少夫人賞！」

那兩名小童見了滿台的鐵錢，哄搶一氣，還為最後一個錢的歸屬打鬧了起來。看客們都曉得這是做戲，但還是笑起來，另送了一捧錢去。

小圓見他們拉著跑台去，問進門來的程大姊道：「還有什麼節目？」

程大姊指著窗外道：「還是相撲，妳看——」

桌上三人齊齊朝臺上看去，程三娘驚呼一聲，捂住了眼。李五娘笑道：「是女人，又不是男人，妳嚇個什麼？」小圓呆望著臺上那兩名光著胳膊，露著腰的健碩女人，半日方才講了一句：「原來大宋也有女人玩相撲，不過看起來並不肥胖。」

程大姊與李五娘都是第一回見女人相撲，並未察覺她的語病，只有程三娘瞟了她一眼。小圓因這一眼回過味來，小小驚嚇了一番，剛才自己的話裡怎帶了個「也」字，要被人問起來，還真不好解釋。

她腦子轉了轉，開口道：「我只聽二郎說過，有外國的女人玩相撲，不曾想咱們大宋也有此等女中豪傑，我還以為她們像二郎口中的外國女相撲一般胖呢。」

程大姊冷哼一聲，道：「妳可曉得這女人相撲又叫什麼？他們稱這個為『婦人裸戲』。咱們是看熱鬧，誰曉得男人們是看什麼？要是太過肥胖，他們會看？」

男人們，她們的男人們可就在後頭樓上坐著呢，他們在看什麼，是那露著的胳膊，還是裸著的蠻腰？轉眼間，桌上幾個女人的心思就從臺上的女相撲，飄到了後頭男人們的身上去。

李五娘突然笑道：「妳們這是作什麼呢，程大姊家的金九少見過的女人多得很，還會在乎這兩個？程三娘家的甘十二肯帶妳去逛瓦子，妳也當許他看幾眼。」

她說完當先一步走到窗前，故意大聲喚人：「可有男人相撲，也請幾個來瞧瞧，儘是女的有什麼意思？」

她仗著這是她娘家，率性肆意，卻把另幾人嚇得不輕，慌忙趕上去把她拉回座位，又使人去隔壁和後頭傳話，稱那是李五娘吃醉了酒的玩笑話。

李五娘不服氣，怪她們太膽小，還要到窗邊去喊話，小圓忙拿了別的話來問她道：「三嫂，妳方才只說金九少和甘十二，怎的不說我家程二郎？」李五娘望著她笑呀笑，眼中止不住流出淚來，開口卻是答非所問：「誰人有妳命好，送妾到官人面前他都不收。」

小圓掏了帕子替她把淚擦乾，勸道：「今兒是我們大姊的喜慶日子，三嫂當笑不當哭。」程大姊卻道：「她想哭就讓她哭吧，妳那個三哥也是不像樣子，還不如我們金九少。」

原來何耀弘近日竟迷上了男寵，在城外養了外宅，夜夜笙歌不歸家。納妾還說是為了傳宗接代，開枝散葉，這迷戀男伎是為哪般？小圓今日第三回嘆氣，道：「三嫂莫要難過，改日我勸勸三哥。」

李五娘勉強笑了笑，出去洗臉。程大姊看著她轉過了窗戶，悄聲向小圓和程三娘道：「方才我還未講完，妳三哥因為偏好男寵，吃了個大虧呢。」她一向大大咧咧慣了，程三娘卻怕懷著身孕的小圓動氣，忙打斷她道：「八哥可缺什麼玩意，我叫官人做了送他。」程大姊也反應過來，收了先前的話題，答道：「還小呢，等大些再麻煩甘十二。」

何耀弘再有不是，也是疼自己的三哥，小圓正不自在，見她們自己把話岔開，也就當沒聽過這回事，抓了幾個乾果子剝著玩，又走到窗邊瞧相撲，只見那兩名女相撲，一個衣紅，一個著綠，配在一起好不奪目。程大姊自認方才講錯了話，拉著程三娘趕到窗前，充當起解說員，道：「那穿紅衣的叫小關索，著綠衣的叫王春春，都是臨安城的相撲名家呢。」

正說著，臺上的小關索抓了個空隙朝王春春撲去，抱著她的腰朝猛地一扯，也不曉得她是怎麼使的力，沒把王春春摔倒，卻把她褲腰帶給拉散了。那條綠瑩瑩的褲子直直滑落至腳背，露出白花花結結實實的兩條大腿來。

四周一片寂靜，片刻，後樓上迸出震耳欲聾的歡呼聲，程大姊臉上十分不好看，咬著牙齒罵道：「一群臭小廝，竟也跟著起哄。」

臺上的王春春還未提起褲子，就有人抬了一籮筐賞錢來，幾個大概才十一、二歲的小廝，一邊把鐵錢朝臺上拋撒，一邊高喊：「金家少爺少夫人賞！」程大姊朝窗外重重啐了一口，「故意扯掉褲子的賤蹄子，誰要賞她。」

不料那小廝的話並未完，接著又喊：「程家少爺少夫人賞！甘家少爺少夫人賞！何家少爺少夫人賞！」小圓毫不客氣拍了程大姊一下，嗔道：「是人就賞，定是妳家金九少搗的鬼。」

程三娘也有不滿，咂舌道：「大姊，這個可不能收房，會相撲的哩。」

程大姊被她們你一句我一句逗笑起來，笑道：「給妳們賠不是，請妳們看男人相撲可好？」

小圓與程三娘還當她說笑，不料臺上的小關索和王春春下去後，再上來的果真是兩個男人，她二人先是一驚，旋即又笑了，那所謂的男相撲，包裹得嚴嚴實實，細胳膊細腿的，瞧年紀不會超過十五歲。

李五娘洗過臉，重抹了胭脂進屋來，向程大姊笑道：「方才那掉褲子的女相撲，我可是瞧見了的，輪到咱們樂，妳就馬虎起來。」

程大姊亦是膽大敢講之輩，笑道：「這有何難？打幾個賞錢，叫他們兩個都掉褲子。」她們兩個也不知是受了什麼刺激，竟真個拿了錢，叫人偷偷去知會臺上，叫他們也掉一回褲子與眾人作樂。

那兩名少年相撲答不答應還未得知，小圓和程三娘先被嚇得失了顏色。

大姊與李五娘不聽勸阻，執意喚了兩個丫頭抬錢去，小圓忙叫過阿雲耳語幾句，讓她跟了去。不一會兒，就見阿雲一臉激動地奔回來，小圓還以為是那兩名少年相撲手收下了錢要掉褲子，把她嚇成這樣，一問卻不是。阿雲結結巴巴道：「少、少夫人，那是孫、孫……」她一向快嘴快舌的人，此番卻講不全話，還是阿彩接過去道：「孫大郎？」

阿雲猛地點了點頭，指著戲台右邊穿紅短衫的那個道：「少夫人，就是他，方才隔得遠看不真切，到了台前，我一眼就認出來了，他從北邊回來了。」

小圓頗有些意外，孫大郎小小年紀，竟有能耐從戰場脫身，但怎的回來了卻不歸家，倒混進了相撲班子？阿雲見她不出聲，急道：「少夫人，不去叫他？」采蓮先笑了，「他還是咱們家的人呢，豈有不喚來問問的道理？」小圓點了點頭，阿雲箭一般奔了出去，轉瞬拉了孫大郎進來。

程大姊與李五娘見這個是小圓家去年上戰場的小兒郎，想到方才她們還想教他掉褲子，那臉就紅了起來，圍在桌邊你一杯我一杯，想藉著酒來掩過臉色。

待得小圓問過孫大郎才知，去年五月，大宋軍隊被困蓟縣，他年歲小，不像兵士，這才尋機會混了出來，一路乞討回到臨安，至今已有月餘，但程家大宅已人去樓空，時不時還有官兵去巡邏一番，他不曉得發生了什麼變故，又身無分文，只好仗著自己習過些武藝，進了相撲班子。

小圓又問與他同去的兩名武師下落何在，孫大郎紅了眼圈，道：「全死在薊縣了，還有田二。」阿雲抹著淚道：「還是你命大，那兩個武師死也就死了，他們拖你去戰場，不是什麼好東西，只是田二怎的也死了呢？」

小圓沉悶半晌，道：「為國捐軀的都是英烈，怎可講這樣的不敬之語？」她家裝窮人手少，借了李五娘幾個小廝，命他們分別去田二及兩名武師家報信，並送去錢糧和過冬物資。

阿雲得了教訓，不敢再說，跑出去欲喚孫氏來見兒子。采蓮想著這是程大姊的喜慶日子，怎好演母子相認淚流哽咽的場面，便攔住她，叫她領了孫大郎出去見孫氏。

阿雲去了一時也不見回來，采蓮和阿彩兩個偷笑不已。程大姊看了戲台上的耍花槍，突然想起往事，問道：「叫阿雲的那丫頭是對孫大郎有意的吧？當初還以這個為由，不肯與我家金九少為妾呢。」

小圓道：「管她有意無意，隨他們去，只要孫大郎來求親，我就給。」說著又吩咐阿彩：「去相撲班子講一聲，免得別個說咱們拐帶了他們的相撲手。」

阿彩應聲而去，回來時卻帶著相撲班子的班主，那班主在門外磕頭，道：「程少夫人，小人並不曉得孫大郎是奴籍，這才叫他簽了賣身契。」

小圓一笑，采蓮取了錢給他，為孫大郎贖身。班主見她不但不怪罪，反拿了錢出來，喜出望外，磕頭謝了又謝，方才去了。

天色漸暗，戲台演起了「走線」和「流星」。「走線」是以火藥筒橫掛在兩端扯緊的銅絲點火後，小筒便噴著彩色光焰自銅絲一頭飛快衝至另一頭。各色火花四濺，甚是悅目。「流星」大概是後世「沖天炮」的前身，紙筒內裝火藥鐵粉，口封一層泥，尾端留一噴口。用藥線點燃火藥，紙筒遂一飛沖天，光色耀眼，好似流星。

眾人都讚小兒「百晬」演這個再適合不過，程大姊頗為自得，又喚了一群著百衲衣的小童耍拳，撒鐵錢令他們哄搶做戲。

宴罷各人辭去，小圓來時與程大姊同坐一轎，程慕天已是擔心了一路，回去時就仗著酒性，把她拉進了自己的轎子。今日的「湯餅會」雖有些小插曲，小圓卻是十分開心，靠著程慕天，將席上見聞一一講來，如婆媳分開坐、孫大郎歸來……

程慕天笑道：「我說今日怎的不見爹，原來是妳三嫂和大姊搗的鬼，讓長輩們另坐了一席。只是那邊席怕只有爹與李家翁兩人，好不冷清。」小圓拎住他耳朵道：「你們都巴不得分開坐吧，不然怎好意思瞧那王春春的白腿？」

程慕天自知理虧，不好意思躲開她的手，道：「那是慣常的伎倆，我曉得有這一齣，才把妳帶來，不然妳要是道聽塗說，又要尋我鬧。」小圓訕訕地收回手，「我有那般不講理嗎？」程慕天笑呵呵地摸了摸她的肚子，「不講理就不講理吧。」

回到家中，小圓命廚房煎了專治傷酒的烏梅生薑湯端來，親手餵程慕天，把他服侍舒心了，才小心翼翼問起何耀弘愛男寵的事。程慕天極不耐煩地斥她多管閒事，小圓坐在榻尾後悔道：「早知道你是這態度，我就不攔著大姊，讓她講下去了。」

程慕天爬起來抱住她，苦笑道：「不就是他在東門外養了個外宅，不是要瞞著妳，實是覺得無甚好說。反正妳三哥不是寵女人就是寵男人，除了妳三嫂。」

小圓叫他最後那句話惹得哭笑不得，道：「他們兩口子也不知是不是八字不合，怎的這些年過去，還是不對盤？要是我日後有了閨女，必不許她去榜下擇婿，這男人呀，不是他自個兒挑的娘子，就是不曉得心疼。」

程慕天把她的臉捏了一把，責道：「程家的閨女怎會去榜下拋頭露面？」小圓奇道：「聽聞榜下擇婿很是興頭，許多達官貴人家的閨女都這樣呢，為何你卻不許？」

程慕天笑道：「人家那是綁了新科狀元到家裡去，隔著簾子或是屏風，小娘子看得見狀元，狀元卻是看不見小娘子，就算事情不成，也不會失了顏面。」小圓愣了愣，道：「原來是三嫂當初行事有差池。」不料程慕天卻是同情李五娘的多，嘆道：「妳三嫂當年再怎麼魯莽，這些年替妳三哥養妾、買官、帶兒子，也該功過相抵了。」

作為女人，小圓當然可憐李五娘，但她受何耀弘照顧頗多，想討厭他卻討厭不起來，只得無奈嘆了口氣，寬衣睡下。程慕天酒氣未散，又被小圓牽出了話頭，反而睡不著，自顧自講笑道：「妳可知妳三哥怎會突然寵孌童？他倒不是真愛男人，而是心疼那一萬貫錢呢。」小圓翻了個身，帶著一絲驚訝，「不是男伎嗎？怎會是孌童？那不是……小、小孩子？」

程慕天又笑了，把故事講給她聽。原來隆興府有戶人家，夫妻倆十五年前撿了個男娃，本欲收作養子，不料那孩子越長越漂亮，兩口子就起了歪心，請人教他歌舞，把他裝扮成女孩兒。那男扮女裝的孩子極聰慧，不出幾年，詩詞歌賦樣樣精通，竟成了那一帶的名人。許多好事者接踵而至，想要求娶他，最後何耀弘出價最高，以一萬貫的高價買下了他，直到洞房花燭夜時才發現此「女」是男兒身。

小圓咬著被角，覺得不可思議，「三哥為了那一萬貫錢不打水漂，就直變作彎了？」

程慕天好奇問道：「什麼直？什麼彎？」

小圓猛地捂住嘴，自己還真是懷孕就變笨，今日兩回講錯了話，好在她夠機靈，忙忙拉出八百年前的綠娘作幌子，稱那是男伎間的行話。綠娘一事曾害得他們夫妻起隙，程慕天不願再提，也便未深究那直與彎，摟著她沉沉睡去。

第二日一早，余大嫂抱了午哥來向爹娘請安，小圓見兒子腦袋兩側的頭髮長了，便動手給他編成辮子，搭在肩上。這下子，午哥頂前圓髮覆額，兩面小辮垂肩，活似個女娃娃，小圓捂嘴笑道：「兒子，你只當彩衣娛親了。」余大嫂笑道：「少夫人手巧，這是角，城裡男孩兒都興梳這個的。」小圓歡喜道：「妳的嘴也巧。」程慕天見娘子高興，他也高興，丟了一把錢打賞余大嫂，攜妻帶子去前頭請安。

錢夫人屋裡濃濃一股藥味，熏得小圓幾欲乾嘔，程慕天扶著她在外頭站了一時才進屋。進了門，二人又驚訝發現，程老爺竟未同平日一樣在自己房裡待著，而是捧著個藥碗坐在錢夫人身側。

小圓怕一開口就吐出來，行過禮便站在旁邊閉口不語，只打眼色給程慕天。程慕天無法，不情不願開口問道：「娘身子不適？」錢夫人支支吾吾道：「是……不是……」一語未完，竟俯身乾嘔不止，程老爺慌忙擱了碗，替她撫背，又朝程慕天兩口子揮手，趕他們下去。

他們出得門下得樓，兩兩相望，驚疑不定，途經廚房實在忍不住，尋到柳嫂子問了一句，柳嫂子答道：「少爺和少夫人也曉得了？昨日夫人身體不適，請了郎中來瞧過，叫我們廚房又是煎藥又是熬酸湯，直鬧到天發白呢。」

柒之章　老父病危把家還

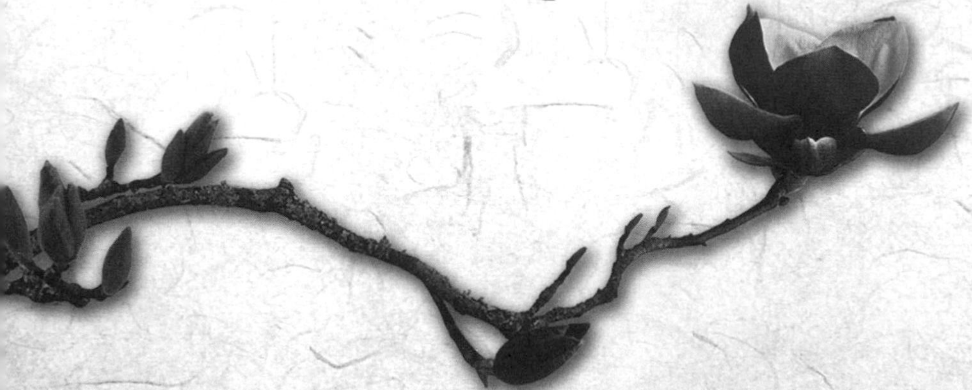

程慕天兩口子回到房中，半晌相對無語，已有過一個，正孕育著第二個孩子的他們，心中十分清楚，這位繼母十之八九是有喜了。他們料想的雖是一樣，擔心的卻各有不同，程慕天想的是他辛苦掙下的家業，小圓想的則是婆母會不會仗著有了身孕，又要來為難她。

二人擔憂了數日，錢夫人那邊卻什麼動靜都無，據阿雲打探到的消息，稱，錢夫人自那晚曉得自己懷了孕，就開始疑神疑鬼，覺得這個會害她，那個也沒安好心，所有的下人不經小銅錢允許，不得踏入二樓半步，連丁姨娘都被趕到了一樓，同下人們擠同一間屋子。

小圓問道：「夫人沒說身子不適，要讓我管家？」阿雲搖頭道：「只聽說她要另闢個小廚房單過呢。」小圓有些驚喜，「若真如此？那倒省事了。」還有更讓人歡喜的事在後頭，小銅錢親自來尋她，稱錢夫人乃是三十好幾才懷了第一胎，養胎為首位要務，因此免了兒子兒媳每日的晨昏定省，叫他們無事莫要去打擾她。

送走小銅錢，小圓若有所思，原來不止是他們怕繼母，繼母也在怕他們。看來程慕天回的那一招，讓她甚為忌憚。

相比小圓的「因禍得福」，程慕天成日愁眉不展，早上天不亮就匆匆朝外跑，天黑透了才歸家。如此好幾日，小圓覺出了些不對勁，拉住他道：「二郎，繼母肚子裡是男是女還未可得知，你莫要做傻事，小心爹又打你。」連程大姊也勸他：「這個繼母與妾不同，她是有嫁妝的，就是要分家，是她的錢和程家的錢放在一起分，你吃不了什麼虧。」

程慕天苦笑一聲，一言不發掙脫袖子，還是照樣日日早出晚歸。

眼看著就要過年，程老爺向來不理事倒也罷了，錢夫人一心安胎，連面都不露，更別提管理家事，日日只有小銅錢下樓，朝小圓這邊的廚房丟去一百文錢，再數出幾張會子，交給他們那邊的廚房買魚肉和補品。程慕天又成天見不著人影，就算晚間回家，也是吃過飯倒頭就睡。

這日，小圓實在忍不住，推開碗道：「一家子人都怪裡怪氣，到底還過不過年？」

程慕天正好無心吃飯，爬上床用被子蒙住頭，聲音有些發悶，道：「訪遍了臨安城的名醫，都說是強弩之末了。」

小圓聽他語氣悲戚，大駭，忙過去摟住他，強壓慌亂，輕言輕語問道：「二郎，你哪裡不爽利，為何不告訴我，我可是你娘子。」程慕天見把她嚇著，後悔不已，掀開被子反摟住她的腰道：「不是我，是爹。」

小圓不相信，「你開玩笑呢，繼母懷了身孕會有事？」程慕天的手在她身後攥成了拳頭，恨道：「一個繼母，一個丁姨娘，定是她們引誘，才把爹害成了這副模樣。妳不曉得，自從搬到樓房，爹竟是拿壯陽藥當飯吃的。」

小圓吃了一驚，「是藥三分毒，她們到底想做什麼？」程慕天未答，她心裡已有了答案，必定是繼母或是丁姨娘，又或二人同謀，想要一個兒子，這才哄著程老爺日日吃那些傷身的藥。「她、她們為了小的，竟是不要老的了……」這手段不可謂不毒辣，小圓有些驚慌，轉念一想又覺得不對，問道：「萬一這胎是個閨女，那她們不是賠了老爺又折兵？」

程慕天苦笑道：「她們哪裡曉得這藥厲害，還以為頂多讓爹再次房中……不舉。」

其實方才小圓也是這個想法，聽了這句話才真唬了一跳，猛抓住程慕天的手，驚呼：「二郎。」

程慕天的眼睛濕了起來，哽咽道：「郎中說……運氣好，三年……運氣不好，大概也就一年半載。」說完，又叮囑小圓：「爹只道是消渴症加重，才叫我尋醫。他並不曉得這實情，妳莫要講漏了嘴。」小圓道：「爹那裡自然是要瞞著，但繼母和丁姨娘呢？難不成始作俑者逍遙自在，反要咱們擔心？」

程慕天已是把錢夫人和丁姨娘恨之入骨，握了握她的手，沉聲道：「妳也懷著身孕，莫要操那麼多心，萬事有我。」那些人一個也不值得小圓擔心，她只提醒程慕天莫要做殘害手足之事，就再不管他如何去動作。

世事難料，還沒等程慕天把這消息散到錢夫人和丁姨娘的耳裡去，程老爺通過自家藥鋪的郎中先得了詳細。命不久矣，任誰人都要傷心難過，何況是惜命的程老爺？但壯陽藥是錢夫人自娘家拿來的，她如今已懷了身孕，如何罰得？他老淚縱橫好幾日，終究還是把未出世的孩子放在了自己前頭，便喚來程慕天細細叮囑：「你繼母雖有過，但為程家誕育子嗣為大，若她能生個兒子，就放過她吧。丁姨娘也莫要跟她做個伴，免得等到我去了她守不住。」

程慕天跪在他身前淚流不止，道：「爹的時日還久著呢，莫要聽郎中胡說。這些事，都留著爹來辦。」程老爺慘然一笑，「我這輩子只對不起你娘，害她冤死，待我下去再與她賠不是吧。你媳婦是個賢慧的，你要好好待她，莫要學了我。」

這話好似交代遺言，程慕天哭得講不出話來，待到回房，摟著小圓還哭，斷斷續續把程老爺的話講與她聽。小圓對程老爺能有幾許感情？只想到「人之將死，其言也善」，但她曉得父翁在自家官人心中的重量，便搜索枯腸，翻了好些程老爺的豐功偉績講來安慰他，直到天快亮時，才把他哄到睡去。

樓房不比大宅院，加之錢夫人不理事，程老爺沒幾年活頭的事不脛而走，沒出幾天，就見程大姊領著好幾個虎背熊腰的婆子，氣勢洶洶地闖進了臨街的樓房，把錢夫人的屋子砸了個稀爛，又伏到程老爺膝下一通好哭。

程老爺見她只砸東西沒碰錢夫人，感激她以大局為重，就沒責怪她，反安慰她道：「等爹不在了，程家還有二郎，他雖不喜妳，也會不管妳，妳又有兒子，金家不會虧待妳的。」

程大姊見老父只為她著想，愈發傷心起來，又嫌每日兩棟樓裡來回不方便，就把錢夫人放置家什的屋子騰了一間出來，搬到這邊來住，日夜熬湯熬藥，親自服侍程老爺。

這日程三娘也瞧過程老爺，走到小圓房中與她閒話，問道：「嫂嫂，我也想騰間屋子去照料爹，不知繼母許不許？」小圓道：「想必是願意的，我和她都累不得，不能在病榻前伺候，這幾日要不是大姊，家中定要鬧個人仰馬翻。」

她們一片好心，程老爺卻百般不願意，他雖病情加重，但壯陽藥的餘效尚在，心想著，反正沒幾日活頭，不如快活一日算一日，因此不但拒絕了程三娘要來照顧他的意願，還以辛勞為由，把程大姊也勸了回去。

程家因著他病，愁雲密佈，連過年也提不起興致來，團圓年飯草草吃過，各自回房想小心思。

正月裡，幾家親戚過門吃年酒，陳姨娘拉著小圓看了又看，欣慰道：「看妳又胖了，想來過得還好。」程大姊笑道：「如今咱們連繼母的面都見不著，人人都過得好。」李五娘捏著筷子尋遍了桌上的盤子碟子，也找不出一樣可以入口的菜，奇怪問道：「你們真窮了？大過年的淨是些小菜。」

小圓紅著臉道：「待會兒我拿錢叫她們買熟食來吃。」程大姊也為錢夫人的小氣臉紅，忙叫人從金家抬了一桌酒席來換過，才把年酒將就了過去。

李五娘和程三娘都是在意嫁妝的，齊齊悄聲問小圓：「妳就打算一直這樣貼補下去？」小圓笑道：「貼補的是自家官人和兒子，這有什麼？」她們聽了這話，程三娘倒罷了，李五娘卻道：「還是自己手裡有錢可靠些，就是官人兒子，也別叫他們把妳的私房錢花盡了。」小圓開銷的錢乃是程慕天貢獻出來的鋪子海船的收益，這實情她不好講與旁人聽，便將話題一笑帶過。

過了會子，她突然覺得不對勁，李五娘為官人花的嫁妝錢可比她多多了，怎反過來勸她？她想去問一問李五娘，又怕其中有隱情，叫她同上回一般落淚，便藉著更衣，拉了程大姊到過道裡去打聽。

程大姊是最看得開的人，見她問李五娘，竟先嘆了口氣，道：「妳三哥如今沒得差事做，花的全是李五娘的嫁妝錢，還拿去給男寵扯衣裳買首飾。」

小圓聽得還給男寵買首飾，渾身先打了個冷顫，半開玩笑道：「大姊，把妳馭夫的本事教教我三嫂，她日子過得太苦。」程大姊道：「還馭什麼夫，都快沒夫了。妳不曉得嗎？聽說她要同妳三哥鬧和離，嫁妝都先搬回娘家去了。」

小圓聽聞李五娘鬧和離，一時竟不知如何介面，宋人離妻、出婦皆是夫家主動，只有和離一般由女家提出，且這女家得有相當的地位與權勢。李家正是有權有勢的大族，且何家如今門庭敗落，若李五娘真鐵了心要和離，何耀弘怕是留不住她，又或許，他根本就不想留？

何耀弘和李五娘在她心中分不出誰親誰疏，她思緒雜亂，竟開口問道：「大姊，妳說他們該不該離？」程大姊中氣十足地答道：「離，當然要離。她有十萬的嫁妝，就算離了何家，也有大把的好男人等著娶。」

小圓明白她講的在理，但被娘子「休」掉的男人，顏面盡失，手中無錢，雖有官職，卻無差遣，還能討到什麼好女人？何耀弘行事再怎麼荒唐，那也是她的親三哥，她終歸是盼著他能過得好的，就抽了空回娘家，好生將他勸了一勸。雖未能使他與李五娘的關係有所改善，但好歹說動他把外宅的男寵賣了去，換回一萬貫錢，還給了李五娘。

元宵節轉瞬即至，宋人最狂歡的日子，程家下卻無人有興致過節，但元宵節過完三四天，終於等到可以回家的消息，連程老爺都歡喜起來，親自催促下人打點行裝，即刻歸家。

小圓和程大姊正在房內逗孩子們玩，聽到動靜出來看時，程老爺和錢夫人已是等不得，坐了轎子回家去了，他們那棟樓的家什物件多半打包裝箱完畢。小圓如今一句話也不肯多說，只當作沒看見，程大姊卻急了，扯住個小丫頭罵道：「妳們家中收拾乾淨了嗎？下人們都歸位了嗎？什麼都不曾打點就匆匆趕回去，老爺可還在病中哩。」

小丫頭嚇得直抖，哆哆嗦嗦答道：「大姊，只聽見小銅錢姊姊下來說了一聲，老爺夫人就坐轎子走了，說等咱們搬完後再知會妳和少夫人，免得一起搬，家人多，堵在院門口。」

這回輪到程大姊發抖，氣到發抖地推開小丫頭，提著裙子衝回樓，對小圓道：「爹如今這樣子，難道不是繼母害的？偏他還把她寵成那樣兒，事事都依著她。」

小圓正抱著午哥問他中午想吃什麼，聞言抬頭笑道：「妳這當家主母不急著回去搬家，倒在這裡和我磨牙。」

程大姊才不想搬回去，回去後金九少又是成日不見人影，夜夜去摟著大小妾室睡，這話她羞於講出口，便道：「家裡宅子不小，我們還在這裡住兩日，等下人們收拾俐落了再回去。」

正說著，程幕天在門口咳了一聲，她忙起身告辭，走到門邊又道：「你們莫要太順著繼母，不為自己打算，也該為孩子們想想。」午哥衝她熱情地揮著小手，高叫：「繼母，繼母。」

程慕天忙叫余大嫂把愛學舌的小傢伙抱出去，走進房向小圓道：「莫要聽大姊的，不孝的名頭傳出去，人人喊打。繼母那裡我已有安排，妳只管養好胎，帶好午哥。」

小圓拿起小几的幾張皮子接縫，道：「我才不管，前面樓那樣大的動靜我也沒吱聲。」程慕天走到她旁邊坐下，道：「爹身邊有槐花服侍，我叫程福和阿繡也跟過去了，想來是累不著他。妳莊裡住著的四局六司，遲些再叫他們回來，咱們也再等等。」

他這話的重點在後半句，小圓豈有不知的，便笑問：「那樣大的宅子沒得人手，你不怕繼母把家理得一團糟？」程慕天喜歡佈局，卻不愛講出來，磨蹭了半日方道：「等她曉得家不好當，自然會把管家權交出來了。」

小圓縫了幾針，覺得針腳歪了，便把針卸下來交給他拿著，自己去拆線，百忙中問道：「先前你可不是這樣打算的，繼母管家，多花些她的嫁妝錢不好嗎？」

程慕天見她笨手笨腳，不由得急得慌，先把皮子搶過來，才道：「妳這人，手笨腦子也笨，我辛辛苦苦做假帳，難道是為了讓她管家？本來是打算等妳生了老二再接過來的，但今日不同往昔，她手裡握著權，難保想要的就更多。我可沒妳那般宅心仁厚，甘願把血汗錢拱手讓出去。」

他說完不等小圓反駁，又指著那幾張奇形怪狀的皮子問道：「這是什麼皮，縫它作什麼？看起來也不像是衣裳。」

小圓舉著那件半成品，得意洋洋地炫耀道：「這是氣球，拿牛皮縫的，做給兒子玩蹴鞠。」

程慕天望著她，面色古怪，小圓還以為是自己的作品太超前，忙道：「咱們大宋不是有氣球的嗎？並不是我杜撰的。」

程慕天嘲笑她的聲音十分響亮，「縫製氣球需得十張或十二張牛皮，縫好後球體渾圓，每一片都要形似橘瓣，妳這才六張皮子，針腳又歪歪斜斜，能縫出麼事物來？」

小圓羞愧低頭，胡亂拆著針線，嘀咕道：「你不是做生意的嗎，怎曉得這麼些？」

程慕天的笑臉忽然間黯然，悶聲道：「我這腿未瘸之時，也愛蹴鞠呢。」

小圓見了他這模樣，深悔自己方才多嘴，忙丟了牛皮去勸慰他。程慕天摟著她頗有橫向發展趨勢的腰，把頭擱到她肩膀，趁機提要求道：「妳有這功夫，不如替我縫個荷包。」

傷心的人最大，小圓只好點了點頭，丟了牛皮去尋絲綢。程慕天撿起那幾塊好的牛皮，到街上一個名叫黃尖嘴的老闆開的蹴鞠茶坊，求他店裡巧手的女夥計給午哥縫了個溜圓的氣球。

小圓的荷包剛把線理順的時候，家裡使了程福來接他們回去，程慕天詫異問道：「家裡不缺人手嗎？夫人沒說叫少夫人把四局六司接回來嗎？」程福回道：「夫人買了一堆亂七八糟的下人，還攔著我們不許給你們報信，阿繡在家急得跳了好幾天的腳了。」

他們等了這些日子不回家，等的就是這一齣。錢夫人如今看誰都是壞人，還是讓她自買人服侍的好，免得來日出了岔子，都是別個的不是。小圓嘆了口氣，把攪成一團的線齊根剪斷，道：「針線我還真是缺能耐，還是回去管家吧。」程福猶猶豫豫道：「夫人並未說叫少夫人管家。」

繼母還是唯恐兒子兒媳要害她，才不顧一切要管家的吧？小圓的手撫著微微凸起的小腹，笑道：「誰要管家，勞心傷神的，我不過管管自個兒的小院子。去，吩咐阿繡，我們的那進院子，閒雜人等一律趕出去，再使人知會田二，四局六司的人原樣兒送回來，月錢到我這裡領。」

程福望著她欲言又止，想想還是將話嚥下，等到出了房門下了樓，站在柱子後等程慕天。不多時，果見程慕天過來，問道：「什麼事神神祕祕，還要瞞著少夫人？」程福笑道：「這要放在平時我就說了，可少夫人懷著身孕，我要是將你們院子住了三、四個俏丫頭的事講出來，不是害她動氣？」

程慕天不答，只朝他身後看。程福一個激靈明白過來，一轉身，小圓正笑吟吟看著他，「那是什麼了不得的事兒，叫阿繡打出去，出了事我兜著。」程福笑道：「這種事她最拿手，我這就回去跟她講。等家裡打點妥當，再來接少爺和少夫人。」

小圓含笑點頭，看著他走了，轉過身來時卻是冷冰冰的一張臉，「繼母到底有完沒完，這般給我添堵，有意思？」程慕天喚過采蓮來扶她上樓，跟在她後邊道：「她肚子裡是男是女還未可得知，妳卻是有兒子的人，怕她作甚？往後分開過吧。」

他的意思小圓明白，以後程家就是一棟宅子兩套人馬班子了。他這般孝順的人，生生被錢夫人逼成了不孝，真真是可悲可嘆。回到房中，小圓接著縫她的小荷包，終於在回家之前完工。疏密不均的針腳，配著中間那顆一邊大一邊小的紅心，倒也別有韻味。

她親手把荷包掛到程慕天腰間，聽著他口是心非的「譏諷」，忍不住輕輕笑起來，她有專情的官人，有可愛的兒子，還有一群忠心耿耿的下人，繼母的那些小動作，在這些幸福面前看起來是那麼的可笑。

這天下著細細春雨，程慕天和小圓帶著午哥坐了轎子回家，先到第二進院子請安。錢夫人忍了這些天，終於還是忍不住小小發難，責問道：「身為晚輩，倒要長輩先回來把院子掃淨了候著你們，像什麼話？」

小圓「哎喲」一聲，未語先倒，把程慕天和程老爺唬得不輕，一個去扶她，一個慌忙喚人請郎中。她靠在程慕天懷裡，有氣無力地答錢夫人的話：「娘，非是媳婦躲懶，實是上回動了胎氣，到現在也未好透，這幾日又犯起毛病來。」

上回動胎氣不就是拜錢夫人所賜的那回？一屋子的人都不敢接話，錢夫人更是沉了臉，重重擱了茶盞子。程老爺一邊是兒媳，一邊是娘子，都懷著他程家的子嗣，一個都偏心不得，急得團團轉。

程慕天到底還是心疼老父，忙扶了小圓朝外走，道：「爹陪著娘吧，叫郎中到我們院子來。」

回到房中，小圓賴在程慕天懷裡蹭來蹭去，不肯躺到榻上，「方才我裝作暈倒，還以為你要守著規矩，不去扶我呢。」程慕天氣得朝她腰上掐了一把，將她強按到榻上躺下，道：「妳還好意思說，招呼都不打就裝暈，嚇死個人。」

小圓理虧，半掩了面求饒道：「奴家也是怕官人背個不孝的名聲。」

程慕天偷笑道：「其實我想的也差不多，只沒想到叫妳裝個暈。」

采蓮在外咳了一聲，掀了簾子帶郎中進來把脈。那郎中是自家鋪子的，自然要聽少東家程慕天的話，將裝暈講作了真暈，將平和的脈象講作了兇險，害得錢夫人遭了程老爺幾句埋怨，又一次免了小圓的晨昏定省不說，連重回家來的四局六司也不敢提出異議。

接下來的幾個月，他們防著錢夫人，錢夫人也在防著他們，如此這般，倒也相安無事，竟比以前更省心。

這日，小圓捧著肚子坐在院中，邊曬太陽邊看著午哥踢氣球。程慕天從鋪子裡回來瞧見這場景，唬得他一把撈起午哥，吼余大嫂和孫氏道：「怎讓他在這裡踢，球跳到少夫人肚子上如何是好？」

小圓趕緊上去抱下哇哇亂叫的午哥，嗔道：「他才多大點子，那球是在地上滾的，他根本踢不起來，怎會傷到我？」她生怕午哥因為這個恨上還未出生的弟弟或妹妹，摟著他哄了好一會子，又命人把球尋回來，親手放到他腳下。

程慕天擋在小圓身前好半天，見午哥確實是在滾球而不是踢球，放心之餘又過意不去，道：「這個球縫大了，改日做個小的，讓他到園子裡踢去。」小圓扯了扯他腰間的雞心荷包，笑問：「這個可還合適？」程慕天在心裡嘀咕：就為這個荷包，我在外頭走一回就被人笑話一回，每日都是鼓足了勇氣才出門，妳還好意思問。下人們都在近前，他還記得要給笨手的娘子留面子，只站在那裡一言不發。

小圓揉了揉腰站起來，扶著采蓮的手朝小廚房走，笑道：「你看著午哥，我去給他做肉末蒸雞蛋，他早上就嚷嚷著要吃。」程慕天的下巴兒差點驚掉下來，「娘子，妳要下廚？」小圓道：「我是懷孕，又不是得病，怎麼不能下廚？多活動活動有好處。」

程慕天心道，娘子，妳會錯意了，我想要講的是自進程家門，通共只拌過一回小苦瓜，還忘了放鹽，這會兒怎的如此賢慧起來？他看了看等著吃蒸雞蛋，笑到流口水的兒子，心裡的醋能溜個小黃瓜，那腳下就不曉得停，不知不覺跟進了廚房，酸溜溜地開口：「娘子呀，晚上我想吃盞蒸鵝。」

「想把我累壞嗎?出去陪兒子玩。」小圓叫阿雲把他推出去，關上了廚房的門，悄悄問廚娘：「盞蒸鵝如何做？」廚娘忍著笑，取了肥鵝肉，教她細細切成長條絲，拌上鹽、酒、蔥和花椒，再擱到白盞中蒸熟。小圓取了個白盞瞧了瞧，原來就是個專蒸食物的淺盆，笑道：「怪道叫『盞』蒸鵝，我看也不難。」

她叫廚娘看著火候，去打雞蛋切肉末，喚阿雲取個大碗來，喊了兩聲，過來的卻是采蓮，她悄聲道：「相撲班班主的閨女又來尋孫大郎了，門上的小廝偏著阿雲呢，瞞著孫大郎，只告訴了她，她忙著出去會人去了。」門上小廝偏著阿雲，小圓何嘗又不是偏著她，不然也不會容許她三番兩次放著正經事不做，去會情敵。

采蓮見小圓不吭聲，接過她手裡的肉，幫她剁成肉末，笑道：「都說男子開竅比女子晚，孫大郎虛歲才十三，就曉得同人家好。」小圓攪著雞蛋，把這話琢磨了一會兒，問道：「妳是說，孫大郎心裡想著的是那班主的閨女，而不是阿雲？」

采蓮點了點頭，道：「聽孫大郎講，他才回臨安時，有一天沒討到飯吃，餓暈在路邊，是那班主的閨女張真奴救了他，還說服班主將他收進了相撲班。我估摸著孫大郎是存了感激之心，這才同她好上了。」

小圓的心偏得厲害，筷子在碗裡猛攪一氣，道：「感激什麼，人家若真有意收他做女婿，也不會逼他簽個賣身契。」

阿彩悶聲不響的，突然開口道：「前兒我碰見采梅了，她公爹婆母一過世，房產家業就被族裡奪了去，把她趕了出來，如今正沿街乞討呢。我怕少夫人見了她鬧心，就塞了幾個饅頭給她，叫她走了。」

采蓮忙道：「采梅是自討的，少夫人又不是沒勸過她。」小圓回過神來，這是在勸自己莫要錯牽了紅線呢。她自嘲一笑，「妳們說的是，這種事情強扭的瓜不甜，只要孫大郎自己不開口求親，我就當不曉得。」

她自懷孕起，反應就慢半拍，待得雞蛋和鵝都蒸好，方才想起來，「阿彩說采梅竟流落街頭了？她看人的眼光雖不濟，做我的丫頭卻還算盡心盡力，且還叫她回來當差吧。」

采蓮和阿彩也是可憐采梅，第二日一早就尋她，不料采梅卻一心想去做姑子，只恨找不到門路，小圓心道，人各有志，便遂了她的心願，使人訪了個乾淨的女貞廟，奉上香油錢，把她送了去。

春日陽光總是明媚，程慕天躲了半日懶，陪著娘子逛園子，放眼望去，除了假山亭子如故，其他地方都是不堪入目。苗圃裡無花，池塘裡無魚，就連那三株梔子花樹也枯得只剩了一棵。他唇角浮上一絲苦笑，「若不是這暖風吹著，我還以為是嚴冬呢。」

如今園子裡不僅有自己人，還有錢夫人新雇的花匠，小圓輕輕扯了扯他的袖子，道：「繼母是拿自己的嫁妝錢在使呢，咱們不可要求過高。」程慕天看了那幾個面生的下人一眼，轉了話題，「那天的蓋燕鵝味道不錯，竟有正店大廚的風範。」

小圓捂嘴笑道：「想再吃就直說，趁著我還挪得動，等到生了老二，又是大的又是小的，你這個當爹的就得靠邊站。」程慕天心裡又開始泛酸，別了頭看那空空的苗圃，問錢夫人請的幾個花匠道：「這裡既無草又無花，夫人雇你們是來作什麼的？」

那幾個花匠低著頭不敢答話，小圓忙把程慕天拉到旁邊的小路上去，道：「他們來做什麼你不曉得，何苦多問一句惹得兩邊都不快活？橫豎園子裡咱們的人多些，吃不了虧。」程慕天暗哼一聲，低聲道：「她不敢害妳。」小圓笑道：「害我？那也得她有那個能耐，她是怕我害她。」

程慕天看了看她的肚子，忽然想起重要事件，問道：「妳這都七個多月了，再過個把月可有人給妳送催生禮？」

小圓的娘家，夫人和大房二房是指望不上的，唯一走得近的三房卻是夫妻不和，李五娘已轉移了嫁妝，搬到了別院去住，何耀弘的表現最是令人不解，獨身在家守著兩個兒子，既沒再買男寵，亦未再納妾室，就是不把李五娘接回來。

小圓苦笑一聲，「三嫂怕是再無心管我了，要不，咱們自個兒備一份，就說是我娘家送來的？」程慕天瞪了她一眼，「惹人笑話呢？」

他捨不得娘子被人道起，尋了個機會邀出何耀弘上正店吃酒。酒過三巡，仗著些醉意，笑問：「三哥，又當爹又當娘的日子，不好過吧？」何耀弘聽了這話，直接將小銀角換作了大瓷盞，一口氣灌下三盞子酒，苦嘆道：「不然還能如何，我又無你這般好命，娶個我妹子那樣賢慧的娘子。」

哪有這樣誇自個兒妹妹的，程慕天被他說得不好意思，心中又不免有些自得，得意了好一會兒才記起此行的目的，忙放下銀角子，故意激他道：「她哪裡賢慧了，遠比不上她三嫂。既沒把嫁妝錢拿出來與我花銷，又沒給我收個妾室，想當年我也是有個名喚綠娘的男寵尋上門來的呀，生生叫她打出去了。」

何耀弘酒喝得猛，已是有八分醉，哪裡想得起去分辨這是真話還是假話，探過桌子就是一記老拳，搗在程慕天的臉上，大罵道：「你人前責罵我妹子，她可曾頂過嘴？你不叫她拋頭露面，她可曾邁出過二門？你家那個糊塗的爹，還有那個專愛挑刺的繼母，哪天給過她好日子過，她可有半句怨言？你放著這樣的好娘子不知珍惜，反倒牢騷滿腹，若真是嫌棄她，不如還回何家，我另替她尋個好的。」

這話越罵越重，幸好他們坐的是包廂，沒得旁人在。程慕天顧不得臉上的紅腫，上去勸他，稱自己方才講的話乃是為了激他。何耀弘正在氣頭上，哪裡聽得進，見他過來，正好再搗幾拳替妹子出氣。

程慕天不願再挨無名的打，雖不還手，卻要招架，二人扭來鬥去，竟打作了一團。等到小二聽見動靜，進來把他們拉開時，桌上已是一團糟，牆角的花瓶、牆上的畫無一倖免，全在打鬥中被何耀弘的拳頭砸了個粉碎。

程慕天扯了扯身上皺巴巴，被撕了個大口子的衣裳，丟給小二幾張會子，喚來程福，將使完了力氣，爛醉如泥的何耀弘塞進轎子，抬回何府。

何府三房小院裡，何耀弘的兩個兒子，大的兩歲，小的一歲，都坐在院子裡玩泥巴，小的那個不懂事，抓了塊泥就往嘴裡塞，程福眼疾手快，一個跨步過去抓住他的小手，從荷包裡掏了塊糖塞進他嘴裡，哄著他把泥塊扔了。大的那個見弟弟有糖吃他沒有，哇的一聲哭得地動山搖，程福在荷包裡翻了翻，回頭衝程慕天苦笑，「出門的時候都被喜哥吃了，只剩得那一塊，少爺荷包裡有沒有？」

程慕天把何耀弘交給他扶進屋裡，自去翻紅心荷包，還真翻出塊糖來，想了想，好像是早上午哥心疼爹沒糖吃，悄悄塞進去的。他眉眼不自覺帶了笑，拿了糖哄住何耀弘的大兒子，問他道：「全哥，你奶娘呢？」全哥只顧含著糖，半日答了一句：「衣裳。」

程福拿著個空茶壺走出來道：「少爺，不用問了，定是洗衣裳去了，屋裡連口熱茶都無。」程慕天朝四周看了看，微微吃驚道：「何家竟窮困至此？連個照看孩子的下人都無？」程福搖頭道：「何家雖不如以前，倒也過得下去，只是姜夫人哪裡會管庶子庶孫的死活，每月能給他們發幾個月錢就算不錯了。」

姜夫人為人向來如此，程慕天倒也不覺得奇怪，只驚訝何耀弘在泉州市舶司當差時，難道就沒趁機摟些錢回來？程福與何耀弘的小廝交好，對他的那檔子事極熟，道：「何三少爺的幾個錢都花在妾和妓女身上了，他本來還攢了些錢，被李家強要了去。」程慕天愈發吃驚，「李家強要女婿的錢？」程福笑道：「也算不得強要，這些年何三少爺買差遣是三少夫人拿的錢，家裡的妾和兩個兒子也是三少夫人出錢在養活，這些錢哪一樣不比他那點子積蓄多？李家不過是為女兒出口氣罷了。」

程慕天隱隱不悅，照這樣子，他們兩夫妻和好無望，自家娘子的催生禮也就無望，這可怎生是好？他走進屋裡看了看依舊沉醉不醒的何耀弘，嘆了口氣，叫程福喚來奶娘，借了姜夫人的兩個小廝，把他和他的兩個兒子都帶回了程家。

小圓正在園子裡看著午哥踢小氣球，聽說自家三哥醉得不省人事，被抬到了自己家，忙帶了午哥回房，命人煮醒酒湯。

她還沒見著房裡睡著的何耀弘，先瞧見了程慕天臉上的傷，大叫一聲，撲了過去，「誰人打的？該死。」程慕天比她更受驚嚇，顧不得旁邊還有下人，忙忙上前幾步抱住她，斥道：「別忘了妳挺著肚子。」

午哥也學著娘親撲過來，抱住程慕天的腿，向小圓道：「三舅舅打爹爹。」程慕天笑著把他抱起來，刮他的小鼻子，「誰告訴你的？」午哥奶聲奶氣朝外一指，「程福。」程慕天摸了摸他的小腦袋，笑道：「多虧你的糖，不然爹爹真哄不住你表兄。」

小圓著取藥來為程慕天擦臉，不願兒子在此添亂，喚余大嫂帶他去園子裡踢球。

程慕天攔住她道：「妳三哥兩個兒子，通共只一個奶娘要做粗活，哪裡照看得過來？我扶妳三哥回去時，兩個都坐在院子裡玩泥巴，糊了一身的泥，因此我把他們帶回來了，免得留在家裡出差池。」說完，喚何家奶娘孟大嫂把全哥和答哥領進來見姑姑。

那兩個孩子因庶出，李五娘極少讓他們出來見親戚，因此不大認得小圓，站在那裡不曉得喊人。程慕天見了他們呆頭呆腦的模樣，很不喜歡，便揮手叫他們下去，大概是他的臉色不好看，嚇得答哥哭起來，聲音之響亮不下他哥哥。小圓不悅地看了程慕天一眼，忙命人抓糖來與他們吃，又叫午哥領著他們去園子裡玩。

程慕天見自家兒子大大方方走上去，一手牽了一個領著朝外走，像極了小大人，臉上就又掛滿了笑。小圓取了盒藥膏，仔細塗到他臉上，問道：「三哥作什麼打你？」

程慕天不甚在意地擺了擺手，稱是一場誤會，不願多談。小圓也不多問，收了藥膏準備去瞧何耀弘，想從他嘴裡打聽詳細。程慕天卻突然叫住她，問道：「娘子，倘若不是誤會，妳偏著我，還是偏著他？」

真是愛吃飛醋的男人，心裡猛翻白眼，響亮地回答：「自然偏我三哥。」

程慕天的臉立時就變了天，起身喚程福：「何三少爺在妹夫家躺著算什麼事，且送他回家去。」小圓朝四周一看，原來下人們已不知何時撤了下去，怪道他突然如此大膽。她生怕他的倔脾氣上來，真要把何耀弘趕回去，忙哄他道：「我要真偏他，為何先為你擦藥？」

程慕天一想，的確是這個理，心裡那一汪莫名其妙的醋就瞬間化作了蜜糖。他笑著起身，正要上前摟住娘子香一口，何耀弘自門外跌跌撞撞奔了進來，拉住小圓急道：「四娘，這樣不知好歹的男人要來何用，趁早離了去。」
小圓聽得一頭霧水，用詢問的眼神看程慕天，程慕天見何耀弘清醒了大半，便將吃酒時激將他的話講了一遍，聽得小圓吃吃地笑，聽得何耀弘面紅耳赤。
小丫頭端了碗酸梅湯進來，小圓命她放到何耀弘面前，道：「三哥，這個也醒酒，且吃一口。」
何耀弘端著碗嘆道：「妳三嫂就不如妳賢慧，我自外頭吃醉了回來，哪回她與我端過醒酒湯？」
小圓忍不住搶白道：「吃醉，是到哪裡吃醉的？若是二郎從那些見不得人的地方吃醉了回來，我拿大棒子把他打出去，哪裡還有醒酒湯給他喝。」
何耀弘被她噎得講不出話，怔了好一時才道：「是她跋扈在先，當年她連妳的鋪子都敢伸手。」小圓繼續搶白：「若不是嫡母奪她嫁妝在前，她又怎會瞧得上我那兩個小鋪子？」
何耀弘道：「她當年榜下擇婿，露頭露面惹人恥笑。」
小圓道：「不知當時二郎翻牆過來與我私會，會不會惹人恥笑？」
何耀弘道：「她出行不戴蓋頭。」
小圓道：「我扮作丫頭逛過街。」
何耀弘道：「她賣了我的妾。」
小圓道：「我把二郎的妾送給金九少了。」
何耀弘道：「她為了那個男寵，日日在家吵鬧。」
小圓道：「我家還有男伎尋上門來呢，叫我一頓板子打出去了。」
……
何耀弘大汗淋漓，半天沒出聲的程慕天湊到他跟前，道：「三哥，你妹子可還賢慧？」

何耀弘沒敢再開口，背了小圓，才悄悄問程慕天道：「我看你竟是甘之飴。」

程慕天笑道：「莫要說我，我與你又有不同，我且問你，既然你娘子如此不賢，為何不依了她和離？」何耀弘頗有些不好意思，「我是做過官的人，休妻都惹人恥笑，何況和離。」

程慕天道：「你與她分宅而居不叫人恥笑？」何耀弘把頭埋在掌心裡，悶聲道：「她那樣的女人，我實在是喜歡不起來。」程慕天笑道：「不喜歡又何妨，正妻是拿來敬的，又不是拿來寵的，只要以禮待她，又不礙著你納妾逛勾欄。」

何耀弘道：「你是站著講話不腰疼，她嫁妝豐厚，我窮困潦倒，連以前的兩個差遣都是她出錢買的，若真個兒對她禮遇，她就要把我從頭管到腳，好不讓人煩惱。」

程慕天笑道：「我給你出個主意如何？你自出錢還買個泉州市舶司的差遣，這樣就在你娘子面前講得起話了。」何耀弘的臉色紅了幾分，低聲道：「我家院子你是看見了的，兒子都快養不起，哪裡來的錢買差遣。」程慕天拍了拍他的肩道：「我借你，泉州市舶司油水頗厚，還怕你還不起。」「這可不是小數目，你父翁不說你？」何耀弘話一出口便曉得這是多餘，程老爺巴不得泉州市舶司裡有個自己人，怎會去說他？程慕天又道：「買差遣的錢不消你操心，只一樣，須得把你娘子帶到任上去，不然你掙的錢全給了妓女和妾，哪裡來的錢還我。」

何耀弘仔細盤算起來，程二郎所言不假，自己在泉州市舶司的收入，不出一年便能把借的錢還上。李家也是做海上生意的，仰仗市舶司的地方頗多，上回那個差遣是李五娘出錢買的，因此李家都不拿他當回事，但這回的差遣是他自己出錢買來的，在李五娘面前講話能硬氣些不說，就是整個李家也須得高看他一眼。

他越想心裡越快活，止不住地道：「妙哉。」

小圓在院子裡候了多時，見他們勾肩搭背地出來，便曉得事兒成了，她心下一鬆，笑容滿面地迎上去，卻得了程慕天一聲斥責：「妳不曉得妳是懷著身孕的人嗎，還在院子裡杵這麼久？」

程慕天罵完她還不盡興，又把幾個丫頭也狠狠訓斥了一番，這才吩咐擺酒，要留三舅子吃飯。

何耀弘見他在自家妹子面前抖官人的威風，臉上很不好看，但卻什麼都沒說，心中暗自琢磨，等我這回去了泉州市舶司，不知能不能也這樣在李五娘面前吼一吼。

小圓早已習慣性地把冷面官人的斥責轉換成關切，若無其事地去吩咐廚房擺酒，果然，待得何耀弘入席，程慕天落後一步，心疼道：「妳的腿本就腫，還在外頭站著，不嫌累得慌？」小圓心裡高興，哪裡曉得累，笑問：「你如何說服了我三哥？」

程慕天抬腿朝廳裡去，邊走邊把方才的情景與她描述了一遍。小圓聽得甚是有滋有味，道：「以禮相待，是要把三嫂當菩薩供到佛龕裡嗎？那日子還有什麼滋味？」

程慕天已走到了門口，停下步子道：「這樣已是最好的結果，妳還想如何？就算她和離得成，以李家的權勢，必不會讓她再嫁給小門小戶，試問稍微有點錢的人家，哪個不納妾，哪個不逛勾欄院？妳能確保她就能比現在過得好些？」

小圓心頭湧上一絲悲哀，又強迫著自己往好處想，何耀弘壓抑了這些年，一心想要蓋過李五娘卻又不得行，只得處處尋花問柳來發洩，也許他自個兒立起來撐了門戶，待李五娘反倒好些。

不容她多想，全哥和答哥已在廳裡敲著碗喊餓，她忙命人上菜，拉著低聲嘟囔「沒規矩」的程慕天進廳去陪客。

何耀弘也是個極講究的人，見兩個兒子都給自己丟臉，虎著臉一個拍了一巴掌，嚇得他們尖聲哭鬧起來，他訕訕地收回手，抱怨道：「看看妳三嫂教出來的孩子，你們還替她講了一籮筐好話。」

小圓沒搭理他，命人來把三個孩子領到午哥房裡去吃肉粥，又把幾盤子專門給小兒做的菜端過去，待得奶娘來報，說全哥和答哥不哭了，在吃飯，才開口道：「這也就是三嫂好性兒，把妾賣了還給你把兒子養著，要是換作我，就連兒子一起賣，大不了拚個魚死網破。」

何耀弘從未聽過妹妹講這樣重的話，不由自主拿眼去瞧程慕天，不料那慣常在人前吼娘子的程二郎，雖皺了皺眉頭，還是只低頭吃菜，竟吭都不吭一聲。他心下駭然，原來自家妹子是外頭充賢妻，進門母大蟲。他不敢再想下去，突然覺得李五娘也並不是一無是處，吃了兩口酒便道：「眼看妳家又要添丁，去叫妳三嫂回來與妳送催生禮。」

程慕天兜兜轉一大圈，費神費力還出錢，就是為了這句話裡的「催生禮」，當即笑開了花，拉著何耀弘吃了個大醉，才使人送他和兒子們回去。

第二日，何耀弘打了借條來，自程家抬了錢去買了個泉州市舶司的差遣，又使人去接李五娘。李五娘本是灰心喪氣不願回，她娘家的父兄卻來勸她：「哪曉得他竟有本事，又買到泉州市舶司的差遣，我們家往後仰仗他的地方多著呢，妳且回去與他好好過。」

李五娘既委屈又不服氣，「我族兄不是也在市舶司，何苦去求他？」

她父兄都笑道：「他們的差遣雖都是買的，官職卻不一樣。妳族兄的官是買的進納官，前頭是個右字。妳官人卻是正經進士出身，聖上親授的官，前頭是個左字。妳婦道人家不曉得詳細，帶個『左』字的比『右』字更有身分呢。」

官人有出息，得了娘家父兄看重，哪個女人會不高興？但李五娘認為他們的這番話有賣女兒之嫌，擰著性子就是不上轎。當年親自送她去榜下擇婿的大哥激她道：「妳自己挑來的『進士及第』的夫君好不容易有了出息，妳捨得拱手讓與他人？」這話講到李五娘心坎上，她牙一咬，暗道，反正已忍了這些年，再忍忍又何妨，權當回娘家時風光些好了。

她坐了轎回家，心裡還是有怨氣的，想同往常一樣摔摔打打，卻記起父兄的叮囑，叫她莫要得罪了何耀弘，免得他不照看李家的海運生意。女人在夫家生活，少不得娘家撐腰，父兄的話她不敢不聽，只好斂了性子，安安靜靜替何耀弘收拾赴任的行裝。

何耀弘盼了這些年，終於盼來些做官人的威嚴，一想到如今李家甚為忌憚他，再不怕彈壓不住李五娘，心下興奮非常，晚上就到她房裡宿了，把要帶她一起赴任的打算告訴她。

李五娘得了這做夢也未想到的消息，激動得一夜沒睡好，第二日起了個大早，備了極厚的催生禮挑來送小圓。小圓有孕的人貪睡，聽得她來時還在床上，匆忙穿衣梳洗了來見她，抱著歉意道：「三嫂來給我送催生禮，倒讓妳好等。」

李五娘更過意不去，道：「是我來早了，擾了妳歇息。」小圓撲哧一笑，「三嫂，妳平日裡要是這般同我三哥講話，他必愛煞妳。」

李五娘垂頭擺弄了一會兒茶盞子，嘆氣道：「我何嘗不曉得他愛哪一種，就是抹不下面子來低頭。不過如今我們李家要依仗他，不低頭也不行了。」

小圓拿了個鴨蛋遞給跟過來的午哥玩，教他喚舅娘，又向李五娘道：「三嫂，莫怪妹子多嘴。這居家過日子的，小事妳不服軟，納妾逛勾欄卻依著他，作何道理？實該反過來，才是馭夫之道。」李五娘吃茶不語，小圓曉得她是傲氣的人，就算聽進去也不會講出來，便岔了話題，問道：「你們幾時啟程？我讓二郎去送程儀。」

李五娘笑道：「瞧我這記性，我就是為這事兒特來謝妳的，定是妳說動了妳三哥，他才肯帶我去泉州。」小圓想了想，搖頭道：「這妳可猜錯了，是三哥自個兒的主意。」

就算是何耀弘的主意，那買差遣的錢也不是天上掉下來的，除了程家，無人有那麼多錢肯借出來，李五娘心知肚明，還是謝她道：「隨妳怎樣說，我只領妳的情。」說完，取了兩張紙出來遞給她，「這是我自娘家抄來的，說是生產前須得準備的事物，聽說妳生午哥時並未備齊這些，這回可不能再馬虎。」

小圓接過來一看，這兩張紙上頭寫的東西都是宋人生產時的必備用品，她頭一回生產時產婆也曾備了，只是她認為那些事物中許多都是出於迷信，並無實用，若是都帶進產房，反而分了產婆和自己的心，因此只選了幾樣有用的帶進去。

她有她的想法，但李五娘的好意不能拂卻，便鄭重謝過她代行嫡母之職，依著收催生禮的規矩，設了大宴請她吃過午飯才送她回去。

晚間無事，小圓又翻了翻那兩張紙，發現有些待產物品是之前未曾見過的，便同程慕天躺到床上一起研究。程慕天頗為瀟灑地彈了彈紙，得意道：「一張是藥，一張是物，妳懷老二的這幾個月，我已是把這些琢磨透了，有什麼不懂的，儘管來問我。」

小圓湊過去仔細瞧了瞧，保生元、催生丹、黑龍丹、理中元、生地黃、羌活、葵子、黃蓮等等，都是些催產保胎相關的藥材，她生午哥時特意向郎中請教過雌雄石燕和海馬，上次怎的沒見著？

程慕天笑道：「郎中是自家的，得知妳的脾氣，這些生產時戴在身上、握在手裡的催生物件沒敢給妳開出來。」說著，又指了物品單子給她瞧，「催生靈符和馬銜鐵也是差不多功效的物件。」

燒個靈符，手裡握著這些東西就能催生？小圓笑著搖頭，把這張物品單子當作睡前一樂，逐行看下去，煎藥爐、濾藥帛等物倒還罷了，燈火等物也能理解，只是那醋炭盆和「小石一二十顆」，小圓怎麼也不得其解，只得再次虛心求教。

這兩樣程慕天卻不想解釋，只道：「妳定然用不上這些事物。」小圓隱約猜到是作什麼用的，但具體操作方法卻想不明白，便開玩笑道：「難不成是肚子裡的孩子不聽話，拿醋來酸他，拿石子兒來打他？」程慕天的臉色很嚴肅，道：「若是產後血暈，便將石子用硬炭燒紅，用盆盛到產床前以醋沃之。」

原來就是拿醋澆燒紅的石子，用那醋氣把暈死過去的產婦熏清醒。小圓不甚明白這其中有什麼醫學道理，只一想到那刺鼻的味道，就忍不住打了個激靈，囑咐程慕天道：「若是我暈過去，拿涼水拍拍就得，莫要拿醋熏我。」

程慕天彎起兩指敲了她腦門一下兒，氣道：「才生完孩子，能使涼水？」說完又忙忙地輕扇自己一掌，「妳引得我也胡說八道起來，妳生產必定是順順當當的，怎會產後血暈？」

那是，產婆一天摸一回胎位，郎中三天一診脈，自己又有一把子力氣，能出差池才怪。小圓招呼他幫自己翻了個身，抱住他問：「二郎，聽說辛夫人給繼母送來的『待產必備』上頭，還有乾馬糞和馬皮？那是作什麼用的？」

程慕天笑道：「那是巫風了，以馬糞鋪產床下，據說也能催產。」

繼母在床上生孩子，地下鋪著馬糞，小圓又是一個激靈，忙道：「我寧願握個馬銜鐵，可千萬別給我鋪一屋子馬糞。」程慕天道：「那是繼母年紀大了，又是頭胎，才那般煞有其事，咱們作什麼跟她學。」說完，摸了摸她已近臨產卻還不怎麼大的肚子，憂慮道：「妳這也太不顯懷，我看繼母的肚子都比妳的大些。」小圓卻道：「她才八個多月，就挺那樣大的肚子，生產時有她受的。」

二人議論一時，相擁睡去，隨後幾日，程慕天親自操勞，照著那兩張「待產必備」，將所有事物準備妥當，又請來接生午哥的那一班子產婆，提前入住西廂房待命。

夏至時節，夜半時分，小圓的肚子發作起來，程慕天還記掛著她生午哥時想吃蛋糕沒吃上的事兒，忙忙地催采蓮去廚下發麵，但小圓這回到底是第二胎，生產的時間縮短了不少，沒等到飯點就生下了個兒子，依著時辰取名辰哥。

程慕天抱著小臉兒還皺巴巴的二兒子，沮喪道：「上回妳娘餓著肚子生妳哥哥，這回又是餓著肚子生妳。」小圓笑著安慰他道：「不妨事，那蛋糕正好當早飯。」

午哥跑進來吵著要抱弟弟，他還不滿兩歲，哪裡抱得動？程慕天哄了他幾句，還是壓不下他頭一回當哥哥的熱情，只好用了折中的法子，尋把椅子坐下，先把午哥抱到腿上，再把小二放到他懷裡，自己拿胳膊圈住他們倆。

程家又添丁，最歡欣的當屬程老爺，可惜他自從回到大宅，身體狀況就急轉直下，待到辰哥滿月，已是臥床不起，連孫子都抱不動了。家裡有病人，洗兒宴都熱鬧不起來，賓客不過略坐坐就辭了去，只幾個至親留了下來幫辰哥洗浴。

陳姨娘看著下人們煎好了豬膽汁湯，親手倒入澡盆中來洗兒，稱此方能使小兒不患瘡癬，保持皮膚滑澤。她見周圍幾人都默然無聲，問道：「程老爺在樓房時，不是說消渴症有好轉的，怎的搬了回來反倒病重了？」

程大姊口無遮攔，咬牙切齒道：「必是繼母和丁姨娘成日纏著爹，害他掏空了身子。」話雖不假，可哪有做閨女的這樣講自個兒父翁的，小圓替她臉一紅，道：「繼母替爹懷著兒，分神照料她是該的，依我看，主要還是因為爹在樓房時受了苦，乍一回家，忘了消渴症要忌口，才加重了病情。」

程大姊不滿地埋怨道：「既然曉得癥結，為何不勸？」

程三娘住得近，曉得詳細，為小圓辯解道：「大姊有所不知，繼母把持得嚴呢，他們進得那個院子。別說哥哥嫂嫂，就是我回來請安都不許我進，咱們連爹的面都見不著，如何勸得？」

程大姊恍然，氣道：「上回我來看爹，繼母跟前的丫頭說他才睡下不好見人，原來是託辭。她這般舉動是怕我們在爹面前搬嘴弄舌，搶了她肚裡孩子的家產嗎？生兒生女還指不定呢，倒先防起人來了。」

程三娘心思多些，忙把她拉到外頭，悄聲道：「給妳家季姨娘瞧過胎的王產婆被繼母請了去，說她懷的也是個男孩兒，這才拚了命的護食。」程大姊冷笑道：「她是個蠢的，生了兒子又如何？長兄弱弟，還不得看著二郎的臉色過日子。妳瞧著，有苦果子給她嘗的。」

正說著，程慕天從程老爺處回來，氣憤道：「我去請爹給辰哥取名字，繼母居然攔著我不許進，只叫人遞了個紙條子出來。」小圓接過紙條給眾人看，只見上頭寫著「程梓昀」三字。陳姨娘寬慰他們道：「辰哥是辰時生的，可不就是『昀』。這名字取得極好，程老爺的身子骨想必也是硬朗的。」

程大姊聽了這話，心下稍鬆，但還是擔心老父得緊，頭一回大著膽子責備起程慕天來：「你不是最孝順的，怎的不強闖進去瞧瞧爹？」程慕天沈著臉道：「爹能取名字就沒得大礙，妳曉得繼母不讓我進去是她的意思，還是爹自己的意思？」

他做兒子的怕老子，故有此慮，程大姊卻是哪個都不怕，急沖沖地到得前頭院子，先將守門的兩個婆子扇了一頓嘴巴子，又覺得打得手疼，就另到粗使婆子住的下人房裡尋了根比胳膊還粗的捶衣棒，拎在手裡重回第二進院子，口稱要見程老爺。

守院門的婆子領教過她的厲害，不敢再攔她，可守程老爺房門的卻是小銅錢，自然攔著門不許她進。程大姊卻不和她多話，一言不發掄了捶衣棒就朝她腿上敲，疼得小銅錢一通亂跳。

她打得盡興，就只盯著面前的腿忘了抬頭，直到聽得錢夫人一聲淒厲的慘叫，這才曉得打錯，她心頭浮上幾分害怕，卻把那捶衣棒愈發握得緊，「叫什麼，打的是妳的腿又不是肚子，傷不了妳兒子。」

錢夫人疼得淚花直冒，腿一軟，人往地上溜去。小銅錢才被程大姊狠打了十幾下，兩條腿腫得似蘿蔔，來扶她時就少了把力氣，沒扶住，眼睜睜看著她跌坐到地上，身下立時流出了血水來。

程大姊見了這情景，真害怕起來，哪裡還敢進去見程老爺，連到小圓那裡告辭都顧不上，丟了捶衣棒，匆忙躲回家。

第三進院子裡，小圓才送走了陳姨娘，正同程慕天和程三娘說笑，「大姊這半天沒回來，定是已見到了爹，還是她有本事。」程三娘記掛著先一步回家的甘十二，不想再等，便起身告辭，沿著夾道朝外頭走。路過第二進院子的角門時，忽然聽得裡頭有錢夫人的慘叫聲，忙向守門的婆子打聽。那婆子是錢夫人雇的，收了她十幾個錢才比劃著開口：「夫人讓大姊用這麼粗的捶衣棒給打了好幾下，立時就動了胎氣，瞧這樣子，怕是要早產。」

程三娘驚得險些站不穩，強撐著替程大姊辯解了幾句：「娘本來就要生了，這也沒早幾天。」她一路扶著丫頭的手，挪著小腳，連跑帶走回到小圓房裡，把這驚人的消息告訴他們。

程慕天臉上表情分毫沒動，程大姊闖的禍與他何干？至於錢夫人早產更是他樂見之事。小圓臉上也無甚表情，程大姊是嫁出去了的女兒，錢夫人為難不到她，就算出了事，程老爺再生氣也不會由著人把自己最心愛的女兒告上官府。

程三娘見他們定力過人，倒不知講什麼好，默默坐了一會子，慢慢地自己也把事情想通透了，起身告辭道：「只怕大姊還在家裡擔驚受怕，我去和她講一聲。」

小圓送她到門口，命人備個轎子與她，折返時走到第三進院子與第二進院子相接的門口站了站，見那邊還是無人來知會她，便還是當作不知情，轉身回房。

程慕天怕她生氣，安慰她道：「繼母不叫人來知會妳是好事，不然出了事，就要惹禍上身。」小圓笑道：「我自己也才生了孩子，身上還累著呢，不用在她跟前伺候，自然是好事。」

小圓不是心狠之輩，嘴上這樣說，還是忍不住頻頻朝那邊張望，可直到掌燈時分，還未傳來消息。阿雲悄悄去打探了一番，回來時忿忿不平，「三娘子哪裡聽來的胡言亂語，大姊不過是打小銅錢時失手敲了夫人一棒子，且打的是腿，根本就沒讓她動胎氣。」

小圓奇道：「那她怎的提前動了？」阿雲臉上帶了笑，道：「虧心事做多了，報應。她腿疼一個沒站住，自己跌倒在地上，這才提前見了紅。」小圓教訓她道：「這話不許亂講，小心走到外頭，別個打妳嘴巴子。」

阿雲吐了吐舌頭，接著講消息：「少夫人可曉得夫人為何生了整整一天，孩子還未落地？產婆說她肚裡的兒太大，不容易下來呢，還說她力氣又小，又不聽話，一點子精神全用在哭喊上了，真要她使勁兒又使不來。」

小圓自己才生過孩子，曉得那苦楚，怔道：「繼母年紀不小，又是頭胎，生養本就不易，照妳這般說，怕是還要疼上些時候了。」

程慕天知她想起了自身，安慰她道：「莫怕，繼母那裡鋪了馬糞和馬皮呢，不會有事。」小圓拍了他一下，嗔道：「你這是安慰我，還是嘲諷她？」

程慕天為著錢夫人慫恿程老爺吃壯陽藥一事，對她恨之入骨，聽了娘子的責備也不分辯，笑著摟過她滾到了床上去。

小圓知他要做壞事，慌忙推他道：「今天不行。」程慕天吮著她的耳垂，聲音低啞地道：「妳昨兒就出月子了，怎的不行？」小圓被他撩撥得渾身無力，推又推不開他，強忍著酥癢與他講道理，「二郎，咱們兩個兒子年歲隔得太近，照這樣子下去，我這身子怕是吃不消。」

程慕天自然是心疼娘子的，何況已有了兩個兒子，聞言停了動作，但還是迷惑不解，「為何是今日不行，而不是明日？」

「猴兒急。」小圓笑罵一聲，卻不知如何跟古色古香的官人解釋何為安全期、何為危險期，便支支吾吾起來。她實在是低估了程慕天，低估了宋人，其實大宋醫界亦有這樣的說法，不過日子有別，他們認為女人經後六天為最佳受孕時機，還認為經絕一日、三日、五日為男，二日、四日、六日皆女。

程慕天管著家裡的藥鋪，也曾讀過幾本醫書，便拿了這些觀點來問小圓：「咱們已有了兩個兒子，妳歇一歇養養身子也好，只是妳選的日子不對呀。」

小圓嘟著嘴捶他，這個官人作什麼要博學，到處看來些胡謅的觀念，叫人更難解釋了。她捶了幾下，突然迸出了靈感，笑嘻嘻地道：「方才我講的不是實話，其實我是想再生呢，咱們就依著你講的，經後六天行人倫。」她暗自腹誹，安全期內能懷上，那就不叫受孕，而叫撞運了。

程慕天卻不依了，聲稱要以她的身體為重，不能叫生兒育女拖垮了她。小圓聽了這話，心裡甜似蜜，卻又暗暗叫苦，萬般無奈，只得祭出殺手鐧——耍賴。雖說這招能制住程慕天，但不好叫他強忍著，便使出丁姨娘對付程老爺的手法，用旁門左道好生替他解決了一番。

事畢，程慕天心滿意足摟著她沉沉睡去，她卻好一會子睡不著，替前院的錢夫人擔著心，直到眼皮打架也未等到什麼消息，只得也閉眼睡了。

天色將明之時，精疲力竭的錢夫人終於產下個男孩兒，據知情人稱，那孩子生下來時臉色發青，被產婆折騰了好一會子才哭出聲來，說是不好養活。

程慕天披衣下床，悶悶坐了好一會子，只差也學著程老爺來洗個兒，阿雲還在一旁煽風點火，「夫人怕老爺不給分家產呢，扯著他不放。」小圓見他們表現得不像話，嗔道：「再有什麼都給我放心裡去，說出來生怕不被詬病？」阿雲得了教訓，縮頭閉嘴躲了出去。

程慕天卻還是沉著臉不說話，又悶了半晌，突然起身遣散下人，關起門，悲戚地向她道：「前幾日郎中與我講了實情，爹怕是撐不到那孩子百日了，我們有些事體該當準備著了。」

小圓握了他的手，「放心，外面的管家我都吩咐過了，只不知爹是想回泉州，還是就留在臨安。」程慕天明白她問的是程老爺欲葬在何處，苦澀一笑，「這個爹倒是講過了，說過逝後想進祖墳，可咱們家的祖墳在東京呢，如何去得？泉州也是客居，就在臨安吧。」國破無歸處，小圓亦是黯然，然而朝廷無用，他們只能乾著急。

他們暗中準備著程老爺的後事，因錢夫人還在坐月子，又大傷了元氣，無心顧及其他，便無什麼人來搗亂，一切辦得順順當當。

錢夫人生的那孩子，大概是在母親的肚子裡折騰得久了，直到滿月時還是病懨懨的。程老爺看著下人們洗兒畢，揮手遣了他們下去，獨留了程慕天在床前，問道：「我給你弟弟取了名字程慕雲，你看可好？」

程慕天無謂地點頭，勉強答了個「好」字。

不知為何，程老爺談性甚濃，又問：「你說小名叫什麼好？」程慕天一愣，高堂俱在，怎輪到我置喙？突然又明白過來，這是程老爺替小兒示好，怕他去後，長兄欺負弱弟呢。他頓覺喉中乾澀，啞聲開口道：「爹，你放心。」

程老爺曉得他是孝的，得了答覆便笑了，「我看就叫仲郎，如何？」

程慕天落下淚來，跪在床前攀住他的手，泣不成聲，「甚好，爹取的名字總是好的，待得我娘子給程家再添丁，還請爹費心取個好名兒。」

程老爺慢慢搖頭，「怕是等不到那一天了。」他強撐著抬起身子，指點程慕天將他的黃銅小匣兒取來，蓋子也不開，整個兒給了程慕天，道：「爹的私帳本子和田產屋業的契紙都在這裡頭，你拿去和你弟弟分了。我那個健身強體館是媳婦送把我賺錢的，等我死了就交還給她。」講到這裡，他停下歇了歇氣，接著道：「我私帳不少，你繼母拿去一半，再加上錢家還有些錢留給她，這些足夠她把你弟弟拉扯大了。你外帳上的錢，還有田莊，分給你弟弟一半，但莫要讓你繼母曉得。待得他長大，你親手交到他手裡。」他想到么兒生來就底子不足，還不曉得長不長得到成年，忍不住老淚橫流，「若是他沒那個福氣，就轉給我的孫子們，莫要便宜了你繼母。」

老父對繼母還是有怨的，竟待她苛刻至此。程慕天這般想，卻未出聲替她求情，只不住地點頭應著。

程老爺把床沿子抓了下，似是下了很大的決心，道：「我看你弟弟這模樣，也是沒能耐打點生意，因此家裡所有的海船和鋪子我都留給你。」

程慕天震驚抬頭，「爹，你不分幾股給他？」

程老爺終於把煩惱了好幾天的決定講了出來，累極闔眼，虛弱道：「那是你一手撐起來的生意，隨你分吧。」

程慕天替他蓋好被子出得門來，還是恍恍惚惚，突然聽見有人喚他，扭頭一看，原來是錢夫人抱著孩子站在廊下，叫他過去看弟弟。他心中冷哼一聲，今日怎的不怕我要害人了，忽地變熱絡起來，怕是別有居心。

他料的分毫不差，錢夫人一開口，問的就是程老爺的遺囑：「二郎，你爹可有給我們仲郎留些活命錢？」程慕天嫌惡地看了她一眼，毫不客氣道：「繼母，妳先把他平安養大再來問這個也不遲。」

錢夫人萬萬沒想到，一向恭敬有禮的孝子也有如此厲害的時候，她不由自主朝後退了幾步，辯駁道：「若不是大姊耍潑，敲了我幾下，也不會害我早產，使你弟弟先天不足。」

程慕天望著正朝這邊過來的小圓和孩子們，笑道：「妳這才早了幾天？我娘子生辰哥時，足足提前了小半個月，還不是一樣平平安安。」

說話間，小圓已到近前，見他連情面也不曉得留了，心下詫異，忙向錢夫人笑道：「娘，生兒子才提前發作呢，推後生的都是閨女。」錢夫人聽了這話，臉上神色才稍稍緩了一緩，向程慕天道：「你是嫡子，我們仲郎亦是嫡子，泉州的大房已是到臨安了，有族中主持公道，你休想獨霸家產。」

她必是提前打聽到了遺囑的隻字片語，卻不曉得程老爺是有錢留給小兒子的，只是瞞著她，這才凌厲了起來，但泉州大房……程慕天勾起嘴角一笑，連話都不接，抱過辰哥，牽起午哥，轉身就走。

小圓在錢夫人面前敷衍了幾句，匆匆行禮辭過，去追程慕天。邁過第三進院子的門，程慕天已是自動自覺放緩了步子等著她，道：「莫要擔心，泉州大房是我請來的。」小圓一愣，「誰擔心這個，我只奇怪，你怎的連臉面也不給繼母留了？不要孝子的名頭了？」程慕天面色沉鬱，「她害了我爹，還要我對她客氣？若這回爹熬不過去，就休要怪我心太狠。」

門那邊都是錢夫人的人，小圓連把他推進房裡去，道：「這話傳到繼母耳裡去，不知怎麼鬧。」程慕天一拳砸到牆上，「爹如今都恨著她，我才不怕她尋碴。」

錢夫人不是生了兒子，程老爺怎的還恨她？小圓很是奇怪，忙問他詳細。程慕天道：「爹怪她不中用，把好好的兒子折騰成了先天不足。」他頓了頓，把程老爺那出人意料的遺囑講給她聽，小圓比他還驚訝，連連發問：「連我也有份？健身強體館歸到我嫁妝裡？繼母什麼好處也沒得？海船和鋪子全分給了我們？」

程慕天伏到她肩上痛哭起來，「原來我才是小人，還特特把大房請到泉州來，爹卻是一心只為咱們著想。」

小圓心道，爹之所以如此偏心，只怕是先天不足的小兒子沒能耐撐起家業，又或想讓大房看在家產的份上善待弱弟罷了。雖然程老爺並不是真的一心只為大兒子著想，但可憐天下父母心，她的眼眶也不由自主濕了起來，輕聲問道：「二郎，海船和鋪子的股份，你打算分給弟弟嗎？」

程慕天擦了擦臉，道：「看他長大後的能耐吧，若真有一二分本事，一起打點生意又何妨。如果只是個庸才，就一股也不分他，免得他糟蹋了我的心血。」

小圓贊同地點頭，又忍不住與他開玩笑，「若是咱們的兒子是庸才，你留不留股份給他？」程慕天瞪了她一眼，「胡扯，我的兒子，自然是個頂聰敏的，怎會有庸才？」

他們議論完父翁的遺囑，自去病榻前盡孝，但郎中預料的沒出偏差，程老爺在離小兒子百日還差七天的時候，油燈耗盡，撒手歸西。

捌之章　繼母狠心謀家產

之前程慕天還自責，說請泉州大房來臨安是小人之舉，不料喪禮剛辦完，錢夫人就大鬧靈堂，迫不及待地把這頂「小人」的帽子奪了過去。

錢夫人一身素衣，抱著兒子端坐堂上，責問道：「同樣是兒子，為何仲郎只得了老爺的私房錢？」

仲郎只要長大成年，即可分得外帳錢財的一半，但程老爺在世時囑咐過，此事不可告訴錢夫人，因此程慕天只冷哼一聲，並不接話。

錢夫人如今拿他半分辦法也無，只得望向泉州來的大房，那大房派來的程東京年紀比她大，輩分卻比她小，見她看自己，不好不答話，只得支吾道：「妳先把仲郎帶大，自有他的好處。」

程慕天這般說，他也這般說，錢夫人生氣起來，怒道：「都說小兒過了百日這道坎，自然就養得大，我們仲郎上個月就滿一百天了，你們還是咒他。」

程東京也是得了程老爺的叮囑，不好與她講實情，只得把他的父翁，現任程氏族長抬了出來，道：「來臨安前，我父翁一再叮嚀，程家海運生意須得懂行的人管著，妳的仲郎才多大，能管得起來？」

錢夫人將椅子狠拍了幾下，氣道：「我這個做娘的替他管著。」

程大姊去送了做法事的人後回來，聽見這話，譏諷道：「妳敗光了自己的陪嫁，還想敗程家的生意？」

這話程東京是頭一回聽說，忙向她問詳細，直稱要把這事兒回稟給族長。

錢夫人見大房不主持公道，心下生計，命小銅錢把內帳子拿來給小圓道：「我這個繼母還在，不得分家，我和仲郎又沒分到錢，這家還是給妳當。」

程老爺留給她私房錢，就叫她拿來養兒子，她收了錢，卻把撫養的職責推給大兒子一家實在不像話。程東京看不過眼，替小圓兩口子出主意道：「你們繼母講的不錯，沒得她還在就分家的理。

只是既然要你們來養弟弟，那就把你爹那一半的私房錢也拿來作教養花費。」

程慕天點頭道：「這也是爹的意思，我無甚話可說。」小圓也跟著點頭，「我聽官人的。那是親弟弟，不得要多費些神。」程大姊是行動派，直接上去問錢夫人，程老爺的私房錢何在。夫人見他們一唱一和，全當她不存在，氣得她把孩子一摟，直接上娘家去了。程慕天幾個倒還罷了，程東京卻急得直跺腳，「你們在臨安也顧著點程家的臉面呀，居著喪守著孝呢，就朝親戚家跑，成何體統？」

程大姊笑道：「這個倒不用怕，她娘家也正居喪，誰也不忌諱誰。」程東京還是拿著腦袋直搖，程老爺不認人，沒討得一房好媳婦，只得叮囑程慕天兩口子：「待得仲郎長大，你們做哥嫂的須得費心替他挑個好的，這是你們繼母一意孤行，我就報到族裡去，我爹自會為你們做主。」

程慕天恨不得當沒有這個弟弟，哪裡肯理這檔子事，只胡亂點了點頭。

且說錢夫人回到娘家，哭得是天昏地暗，辛夫人勸都勸不住，最後只得放狠話：「妳若是想把兒子丟給程二郎去養，就儘管哭死了隨妳父翁去。」

錢夫人勉強止了淚，哽咽道：「老爺臨終前留了話，只給我留了一半的私房錢，說起來那裡頭還有不少就是我的嫁妝錢，我這虧吃大了。」

辛夫人拍著她的背安慰道：「妳還有兒子，來日方長。」

錢夫人瞪大了淚眼，道：「老爺都死了，家裡的產業全在程二郎手裡，仲郎又只這一點子大，我這日子還有什麼盼頭？」辛夫人沉吟片刻，道：「娘替妳出錢，去打官司，可好？」

錢夫人如今只要能拿到家產，管他什麼法子都願意使，當即連連點頭。辛夫人就喚了個妾進來，叫她去請訟師來寫狀紙。錢夫人看著那個妾一搖三擺地出去，疑惑問道：「爹年前就去了，娘為何還不打發了她們？」辛夫人笑道：「男人都沒了，鬥又鬥不起來，留著怕什麼，相互作個伴兒罷了，不然這樣大一間宅子我一人住著，空落落的，怪怕的。」說完又叫進來一個妾，讓她講笑話來聽。

各人心思自有不同，辛夫人年紀大了，不守也得守，但那些妾們都是花樣年華，早就起了旁的心思，只苦於大婦不肯放人，好不苦惱。那個來講笑話的妾，名喚尹大嘴，早就為不得脫身一事把辛夫人恨上了，又見她閨女外孫聚了一堂，愈襯得自己孤苦無依，就起心想刺她一刺。

「源嚴田有個農家娘子叫江四娘，成親好幾年肚子也沒動靜，只好為官人廣納妾室，盼著生個兒子好抱來自己養，好不容易待到妾室初產，卻是個女孩兒，她氣憤難耐，便將其投入了水盆，過了些時候去瞧，發現那孩子還活著，遂狠掐掉了她雙耳。才出生的孩子哪裡受得了那刀割似的痛，不出半個時辰就死了。等到第二年，她自己生了一女，卻是兩耳斷缺，恰似上回那孩子被掐的痕跡，里巷眾人都道這是報應，若再溺殺，必有殃禍，苦勸江四娘存育，這才將那第二個閨女留了下來，那……」尹大嘴的故事還未講完，辛夫人已是暴跳如雷，抓了滿是沸水的茶盞子劈頭蓋臉朝她潑，燙得她張著一張大嘴哇哇直叫。

錢夫人一陣膽寒，不由自主去摸自己的耳朵，待得確認並無缺失，這才問辛夫人道：「娘，這故事雖不好笑，但她講的又不是妳，妳惱什麼？」

辛夫人勉強笑了笑，編了個理由出來搪塞她，「她這是挖苦我沒生出兒子呢。」

錢夫人信了這話，安慰她道：「娘莫動氣，傷了身子划不來，不如喚個人牙子來賣掉。」辛夫人望著尹大嘴冷笑，「我要是把她賣掉，可就是遂了她的願了，我就是不叫她如意。」說完，另喚進兩個與尹大嘴有過節的妾，吩咐她們道：「把她拖去打嘴巴子，打得好，給妳們漲月錢。」那兩個妾脆聲應答，歡歡喜喜地拖著尹大嘴去了廂房。

辛夫人聽著那邊傳來的慘叫聲，臉上才浮上了些笑容，問錢夫人道：「妳家那個生了四娘子的丁姨娘打算如何處置？」

錢夫人的臉色沉了一沉，道：「能把她怎麼樣？老爺臨終時發了話，要留她在家陪著我。」辛夫人哼了一聲，「陪？是怕妳守不住吧。若是依著我，就把她和她閨女都賣了去，不然再過幾年娘子的嫁妝錢誰人來出？」

錢夫人不以為意道：「這個倒是不怕的，誰當家誰出，我就去花銷程二郎兩口子的錢。」辛夫人聽了這話，歡喜道：「妳把帳子送出去了？」

錢夫人真是哭昏了頭，這才想起來，外帳是程慕天把著不假，內帳子方才並未送出去，還在她這裡呢。她急得團團打轉，不住地念叨：「這可怎生是好？」

辛夫人看著閨女急，她也急，誰人能料到當初香餑餑似的帳子，如今成了燙山芋。程慕天的手段她不敢再見識，只能勸慰女兒先告官，等把家產要到再說。

她催人到二門前瞧了好幾回，終於把狀紙盼了回來，打開來同錢夫人一起瞧了瞧，見並無別字或不通順之處，便喚了管家來，叫他以五個月大的仲郎的名義去官衙送狀紙。

錢夫人看著管家在狀紙邊寫上「程幕雲」三個字，不解地問辛夫人道：「為何不以我的名義去告？官衙會收小娃娃的狀紙？」

辛夫人見閨女一點世事也不懂，無語良久，耐心教她道：「若寫妳的名字，到時上堂的就是妳自己，大家女眷到堂上走一遭，如何還能見人呢？」

錢夫人深感還是娘親有見識，忙把狀紙折好交給管家，叫他騎個馬，趕緊去官衙。辛夫人又叫他多帶些錢，把官老爺、師爺和訟師都要打點到。

她們在這裡謀劃，程慕天兩口子卻是毫不知情，直到官府來人傳喚他們七日後上堂，這才曉得錢夫人把他們給告了。

阿雲跑到前面偷偷瞧了一回官差，急道：「小銅錢忘恩負義，這樣大的消息也不來知會一聲兒。」小圓心知小銅錢也不曉得程老爺遺囑的真正內容，只怕和錢夫人一樣，以為是他們大房把著錢不放，便斥阿雲道：「小銅錢那是護主，忠心可嘉，妳莫要胡說。」

程大姊接了消息，忙忙地趕來，站門口道：「我還要去喚三娘，她卻是有了孕，害喜得厲害，出不了門。」

小圓笑著請她坐，道：「不干妳們的事，何苦跑來？」程大姊毫不掩藏心思，道：「怎麼不干我的事？我們家的生意全仗著二郎呢。仲郎才五個月，他能理什麼事？把海船和鋪子分他一半，讓繼母去敗家，可把我們家也害著了。」她也是個不曉得程老爺遺囑底細的人，就猶豫著勸小圓：「你們分得的爹的私房錢裡有繼母的陪嫁呢，既是得了她的錢，何不把外帳上的錢也分他們一些？」

她是個嘴不嚴的，小圓不想把實情告訴她，只笑話她道：「妳何時變得這樣好心？」

程大姊摸了摸臉，不好意思道：「我不是好心，只覺得拿了她的錢，卻不分家產給她，有些占便宜的嫌疑。」

這點性格可是不隨程老爺，小圓無聲一笑，轉頭望向院子門口，程慕天和程東京雙雙帶著怒氣，正往這邊來。

程大姊性子急，先起身迎了上去問詳情。程慕天面色不佳，答道：「還是要上堂，程家的臉面全讓她給丟盡了。」程大姊急道：「官司要輸？」程東京道：「她贏不了，你們父翁留的話與我也講了一遍的，既有族中見證，怕她作甚。」

小圓命人端了清火氣、去煩躁的飲茶來，親自給他們一人倒了一碗，笑道：「既是官司輸不了，你們到堂上走一遭又如何？」程慕天凝著程大姊在旁，沒有作聲，待得她告辭，方才道：「我們並沒有虧待仲郎，卻要背這個黑鍋，自然是不願意。」

小圓明白過來，程老爺明著講出來的遺言太過偏心，若是往堂上一鬧，保不齊那些嚼舌頭的就要說惡兄串通族裡，偽造父翁遺囑，欺壓弱弟，毀了程慕天最最在意的好名聲。

她琢磨了一陣子，替程慕天出主意道：「能不能給官老爺塞些錢，叫他駁了繼母的狀紙？」程慕天苦笑道：「哪有沒去打點的，那個官老爺真真是怪人，口稱要講道義，說他已是收了錢家不少的錢，就不能再收別個的錢來倒打一耙。」

小圓哭笑不得，果真好一個講「道義」的官老爺，照他這般說，是鐵了心要替錢夫人出頭了？

三人悶坐愁了好一時，還是想不出能躲過這場官司的好法子，無奈之餘，程慕天只好使人去提點錢夫人，告訴她程老爺的遺囑有見證人，這場官司她打不贏。不料錢夫人卻是把著他面子的軟肋，放話道：「打不贏也要打，鬧得你名聲掃地也是好的。」

程慕天被她氣得連飯也吃不下，偏又逢上連日陰雨，腿上舊傷發作，又疼又愁，整晚睡不著，心疼得小圓抱著他直哭。

程東京這幾日也是為此事傷腦筋，程家自外國運來的貨物，雖是在泉州港口卸，但大部分銷路卻是在臨安，而臨安的生意全指望著程慕天，若是他壞了名聲，難保那些講究的官商就不再同他打交道，從而影響整個程家的收益。

小圓雖已嫁到程家這些年，但與泉州大房接觸甚少，見他為自己兩口子的事成日發愁，很是過意不去，這日就命人整治了一桌精緻飯菜，請他來吃酒，又叫了甘十二來作陪。

甘十二是個膽子大又嬉皮笑臉的，拍著比他大幾十歲的程東京的肩膀道：「何時回泉州？替我捎個信兒給我父翁，就說恭喜他要當祖父了。」程東京忙向他道喜，又笑他道：「看你這般樂呵，我直接把你捎回去，可好？」

他們無心談笑，卻教小圓生出了嚇唬錢夫人，讓她主動撤狀紙的妙招來。

「只要咱們從泉州捎一個人來臨安，包管繼母不敢再打官司。」小圓執壺斟酒，笑道。程慕天想了想，也笑了，舉杯吃下一大口，讚道：「好酒。」

程東京和甘十二聽得莫名其妙，但真個兒如小圓所說，程慕天編了幾句話去嚇唬了錢夫人一番，那場官司就不了了之，又使人到官衙一問，原來是錢家管家偷偷把狀紙領了回去。

事情圓滿解決，程慕天兩口子再擺酒席，程東京和甘十二都好奇問緣故，小圓笑道：「這事兒卻不是拿住了繼母，而是拿住了辛夫人。錢老太爺去後，她家只剩了她一個，最怕的就是族裡要給她過繼兒子。」程慕天多日陰霾一掃而光，腿也不疼，胃口也好，夾了一筷子羊肉大嚼幾口，道：「我和繼母說了，若是她要告我，我就再把錢大哥從泉州接來，送到錢家去。」

錢大哥一家吵鬧著要過繼的事，甘十二也有耳聞，便向有些不明所以的程東京解釋了一番。程東京撫掌讚道：「好計，錢家連個男人也無，之所以沒有族中來擾，全仗有程家這門親戚，若是咱們也不幫她，她家的錢財怕是全都不保。」

他們除卻了煩心事，個個吃了個大醉，第二日，程東京在程慕天的陪同下巡視過程家的海運生意，告辭回泉州向族長回話。甘十二作了兩回陪客，腆著臉皮求小圓道：「嫂子，我家娘子害喜得厲害，我請兩日假在家陪陪她，可成？」

小圓正要點頭，程慕天卻道：「哪個女人懷孩子不害喜，就你事多。」甘十二不給他留面子，頂嘴道：「哥哥，嫂子懷辰哥時，你可是在家陪了整整一個月，我陪兩天怎的就不行？」程慕天叫他駁得面紅耳赤，小圓護著官人，嚇唬甘十二道：「趕緊向你哥哥賠不是，不然不放你。」甘十二為了娘子，哪有什麼做不出來，當即作揖致歉，只差跪下求饒，使得程慕天笑罵他沒骨頭。

甘十二得了假，連蹦帶跳回家陪娘子。程慕天看得眼紅，便也躲了幾日懶，在家陪小圓和兒子們。這日，他同小圓商量，過完年就請先生來家裡給午哥啟蒙。小圓不願兒子過早受拘束，正在同他理論，突然阿雲來報錢家來人，稱錢夫人要與他們分家。

小圓大喜，「咱們提分家會遭詬病，既然是她自己要分，那便什麼也不怕了。」

阿雲雙手合十，念叨道：「阿彌陀佛，分了家，往後再無人往少爺房裡塞妾了，可喜可賀。」

程慕天卻拍桌子站起身來，急道：「不好，他們哪裡會這樣便宜咱們，我須得出去佈置一番。」說完，又向小圓道：「妳使人把第二進院子裡的家什全搬到咱們家在城東頭的別院裡去，還有繼母雇來的下人也一併送過去，動作要快。」又吩咐還在那裡不倫不類念佛的阿雲：「妳帶人守著門口，若是夫人的人要來搬物件去錢家，或是去她自己的陪嫁宅子，全給我打出去。」

阿雲最是愛這樣的差事，興奮道：「少爺，是夫人要帶人來搶奪咱們家嗎？咱們有會武藝的孫大郎，不怕他們。」程慕天瞧了一眼這個唯恐天下不亂的丫頭，回了個「不是」，又喚來程福，匆匆出門去了。

阿雲奇道：「既是分家，為何不把夫人趕回她的陪嫁宅子？難道少爺是要白送她一間？」小圓仔細想了想錢夫人的為人，大概明白了些緣故，便吩咐她道：「院門妳一人怕是守不住，叫阿繡一起去守，別忘了帶捶衣棒。」

阿雲嘻嘻地笑著，果真尋了兩根捶衣棒出來，跑著去尋阿繡。

采蓮走過來請示道：「少夫人，我叫人去搬家？」小圓搖頭道：「莫要叫咱們的人搬，免得少了物件被夫人尋麻煩。妳叫夫人雇來的人搬，但須得用我們自己的護院押運，莫要讓他們開溜到夫人的陪嫁宅子或錢家去。還有，拉著車過街時，不妨招搖些，若是有人問起，就說是程家夫人自願守節，想搬到別院去清靜清靜。」

采蓮立時會意，「我把丁姨娘和四娘子也送過去。」

小圓點了點頭，待看著她分派完人手，又一起到前頭院子看了一回，這才回房備晚飯。

午哥走到廚房尋娘親，見她正用挽起袖子，一邊剁肉沫一邊哼些調子奇怪的小曲兒。他不明白娘親為何如此開心，抱住她的腿道：「娘，妳喜歡，午哥不喜歡。」

小圓奇道：「兒子，妳愛同祖母住一起？」午哥搖了搖頭，努力伸直了手臂，指案板的肉沫，委屈道：「娘只會做這個，膩。」

小圓拿不出手的廚藝，不知受過程慕天多少嘲諷，她從未感到羞愧過，今兒卻因兒子的一番抱怨羞紅了臉，趕忙問午哥要吃什麼，又喚來廚娘現場現學。現學現做的壞處就是花費時間，采蓮看著第二進院子搬完家，晚飯還未得。程慕天在外佈置完畢歸家，才得了一道菜，他實在是餓極，同午哥兩個抱著蛋糕餅乾一通猛吃，等到小圓得意非凡地端了新作品來，他父子二人已是填飽了肚子，一筷子菜也吃不下去了。

小圓沮喪至極，逼著他們把每樣菜都嘗一口，午哥拍著圓滾滾的肚子，覺得娘親著實可怕，不等奶娘來抱他，自己爬下凳子，一溜煙躲回房去了。程慕天沒兒子那般大膽，老老實實把菜都嘗了嘗，不管有無放鹽，都讚了一聲好吃。

小圓眉開眼笑，又夾了幾筷子給他，問道：「你出門作什麼去了？」

程慕天實在吃不下，擱了筷子道：「妳該問問繼母都做了什麼，我使人去尋街上的潑皮來問時，才曉得她已給潑皮頭子萬三兒許了錢，叫他們去造謠，謊稱她是被繼子一家趕出來。」小圓摔了筷子，氣道：「實在過分，幸虧我猜到了些皮毛，也叫她們作了些門面功夫，對外稱繼母是自願守節，搬到別院去吃齋念佛的。」

程慕天摟過她笑道：「妳到底還是心善，妳猜我同萬三兒是如何講的？我付了他雙倍的價錢，叫他轉而替我做事，去街巷裡傳繼母妄圖侵奪繼子家產不成，羞愧難當，只得搬出大宅。」

小圓笑看他一眼，補一句：「然而，繼子宅心仁厚，不與繼母計較，仍挪了處別院出來，給繼母安置。」程慕天大讚這話妙極，連忙喚了程福來，叫他去和萬三兒說，把這句話也加上。

萬三兒是替李五娘做過幾回事的人，曉得程家是她親戚，不敢怠慢，趕著在一天裡做了三天的事，於是錢夫人在別院裡還未把家什整理清楚，就聽聞外頭在傳她的謠言。她還以為傳的是她自己付錢的那些，就按捺不住內心激動，叫小銅錢喚了個點茶婆婆進來，藉著要買茶，拐彎抹角地問她些街角巷尾的消息。

那點茶婆婆大把年紀，頭卻戴著三朵花，老相偏要扮個俏容顏，她最是擅長吟唱叫賣，正想在這位穿戴富貴的夫人面前賣弄一番，卻被打斷，「妳可曉得鳳凰山下的程家？」

點茶婆婆咂嘴答道：「那裡住的都是外地來臨安的豪富，若是有一家肯開門讓我進去做生意，這一個月的伙食都不用愁，可惜那程家家風極嚴，不肯輕易放人進去哩。」

錢夫人見她有的沒的念了一大串，急道：「程家有位夫人妳可曉得？聽說她家產被占，被狠心的繼子趕了出來，是也不是？」

點茶婆婆敲了敲響蓋，笑道：「夫人到底是在深宅子裡住著，並不曉得實情。那位新寡的夫人不是被趕出來的，是自個兒落了沒臉，躲出來的哩。」她講完這句，見錢夫人和小銅錢都怔住，還道她們是被這新鮮故事聽住了，為了多討幾個賞錢，忙忙地又開口：「聽說那位新寡的夫人為人本就不大厚道，將個表侄女送去做了妾，又把娘家族裡好心來過繼的堂哥打了出去，這回程家老爺過世，臨終是留了遺言的，所謂出嫁從夫，她不遵照官人的吩咐，卻偏要聽信娘家人的胡話，去官衙告狀，如今官衙裡都是青天大老爺，誰肯聽她胡言，當堂就把狀紙撕了個粉碎。這位新寡的夫人做了這檔子事，哪裡還有臉面回去見繼子，只好帶了自己生的小兒子和她那一房，出門躲羞去了……」

錢夫人氣得臉發白，猛喝一聲：「胡說八道。」

點茶婆婆正講到興頭，沒顧瞧她的神色，自顧自道：「可不是胡說八道哩，那位新寡的夫人得罪了繼子，繼子卻大度不與她計較，反送了間自己名下的大宅與她居住，嘖嘖，這樣好的繼子，那位繼母真真是瞎了眼，要與他過不去……」

錢夫人已是哆嗦得講不出話來，還是小銅錢看著不對勁，才把點茶婆婆趕了出去，又轉回來替她撫胸捶背地順氣。錢夫人推開她的手，恨道：「好一個卑鄙的程二郎，妳去把萬三兒叫來，問問他為何拿了我的錢卻不替我做事。」

何謂潑皮？那皆是些不講道理之輩，聽說舊主顧要尋，遠遠兒地躲了。小銅錢使人在街上尋了多日，也沒見著萬三兒的人影子。錢夫人聽得回報，一點轍也沒有，只得備了轎子，回娘家尋辛夫人討主意。

這要是在泉州，辛夫人或許還使得幾分力氣，可現下她身處這人生地不熟的臨安，哪裡鬥得過那些慣會撒潑抖狠的賴皮？無奈之下，除了嘆氣與生氣，別無他法，只能頗為不甘心地勸錢夫人莫要繼續同繼子鬥法，待把兒子帶大再作打算。

錢夫人獨居別院倒也有些好處，不論是回娘家還是辛夫人來探她都方便許多。辛夫人如今也是獨居，且有了年紀的人總愛同閨女和外孫待在一處，一個月三十天，倒有二十天在錢夫人的別院裡探親。

轉眼又是年下，小圓看著廚娘們熬完糖，便去問程慕天：「雖說已分家，但對外不是這樣的說法，還是使人去請繼母和弟弟回來過年吧。」

程慕天點頭，喚來程福，叫他去別院晃一圈。

程福最是知曉程慕天的心思，尋了好幾個面相兇惡的護院，浩浩蕩蕩穿街走巷，故意繞了一大圈路才走到別院門首，只差敲鑼打鼓告訴街坊鄰里他們是去接那躲羞的繼母回來過年的。

辛夫人這天正在錢夫人處逗外孫，自門縫裡瞧見那幾個兇神惡煞的護院，還以為是程慕天請了打手來尋仇的，哪裡敢開門。她們大門不開，正合程福心意，回去時又招搖過街一趟，逢人就說程家繼母心裡有愧，不敢回大宅過年。

程慕天和小圓聽得程福回報，雙雙鬆了口氣，若是繼母真回來一起過年，怕又是一樁堵心的事。程慕天猶自覺得不解恨，拿了塊芝麻糖捏得粉碎，「就衝她害死我爹這件事，我只恨不得剝了她的皮。放在她別院逍遙，真是便宜了她。」

小圓看了看開始癟嘴的辰哥，忙把芝麻糖連盤端走，免得全遭了程慕天的毒手，勸道：「看在仲郎的面兒吧，那也是爹的意思。」

程福的兒子喜哥也在這裡蹭糖吃，就沒急著走，抓了幾塊芝麻糖蹲著吃，道：「我一個下人本不該拿主子的事來說三道四，只是街巷都傳遍了，我再瞞著少爺和少夫人倒是不忠心了。」

程慕天曉得他要講別院錢夫人的事體，敲了他一記，罵他裝模作樣，催他快講。

程福得了允許，幾口把嘴裡的糖嚼完，拍了拍手上的芝麻粒，眉飛色舞地開始八卦：「外頭全在傳，都說程家五少爺在娘親肚裡憋久了，傷了元氣養不大，不曾想卻平平安安過了百日，養到了五個月，原來是因為傷到的不是身子，而是……」他沒把最後那詞講出來，只抬手指了指自己的腦袋。

程慕天再不喜那孩子，也是自己的親弟弟，不禁沉默半晌，道：「此話莫要再提。」程福忙應了一聲，領著幾個孩子去外頭打雪仗。小圓輕聲道：「外頭那起嚼舌頭的，都是五、六成能講成十足十，你莫要聽信。」程慕天聽出話音來，忙向她問詳細。

小圓道：「不過是比一般孩子遲鈍些罷了，聽說長得倒是結結實實的。」又笑他道：「他沒出息，你省幾成股份，為何反倒不高興？」程慕天痛心疾首道：「我程家出個傻子，我能高興得起來？倒不如聰敏些，我寧願分幾成股份與他。」

到底心境跟以前比很不同，小圓看了看他苦著的臉，不願他破壞過年的喜慶氣氛，忙把他推出去陪兒子們玩雪。過年開心的永遠是孩子們，辰哥小倒還罷了，午哥卻是早就吵著要去看「打夜胡」。

程慕天哪裡拗得過兒子，只得留了小圓和辰哥在家，自帶眾奴僕，把午哥架在肩，動身去御街。御街人頭攢動，煞是熱鬧。只見一支隊伍足有千人，皆戴著面具，穿著繡畫雜色的衣裝，手執金槍銀戟，舞木刀劍、五色龍鳳旗幟。自鳳凰山的皇宮內鼓吹而出。

午哥只會瞧熱鬧，程慕天指著那隊裝扮成各路神仙的伎藝人，依次數給他聽：「門神、將軍、判官、鍾馗、小妹、六丁、六甲、五方鬼使、神兵、土地、灶君、神尉……」程福頂著喜哥跟在旁邊，聽了這一大串神仙名字下來，直感頭暈，連忙勸退不會哄孩子的程慕天，自己上陣來講解。

頭戴金盔，身披鎧甲，全身戎裝，手持利劍和寶塔的是天王；兩隻巨眼圓睜，鼻孔碩大朝天，神威凜凜端坐車輿，卻又袖手回眸，悠然自得的是鍾馗；跟在他身後長裙曳地，高髻朝天，詼諧之中亦見端莊的是他小妹……

午哥看得興奮不已，程慕天亦是十分盡興，父子二人遊樂歸來，爭先恐後向小圓描述那「千神」出遊的盛況。小圓摟了午哥感嘆道：「虧了娘把你生成男兒身，不然就只能同我一樣待在家裡，什麼也見不著。」

程慕天聽她講得可憐，過完年正月裡請親戚吃年酒的時候，就請了一班子耍幻術的「藏人」來助興。小圓委實沒料到幻術對宋人的吸引力非同一般，幾家親戚拖家帶口的都來了，連許久沒有走動的程二嬸和正在害喜的程三娘都沒有落下。

看的人多，演的人少，幻術又不適宜在遠處的高臺演，無法將男女客人分得太開，所幸來的都是至親，小圓就把第二進院子收拾出來，東廂坐男客，西廂坐女客，幾個藏人來回趕場子。

程大姊和程三娘隨著小圓去向程老爺的牌位過香，望著這進院子齊齊感嘆道：「物是人非，誰能料到繼母竟先鬧著要分家。」小圓嗔道：「大節下的講這些作什麼？三娘子肚子的月份還小，耐不得久站，還不隨我進屋去。」

程大姊扶著程三娘，跟在她身後走去，笑話她沒了婆母，立時現出主母風範來。程二嬸見她們進來，指著屋裡的另幾個孩子誇讚道：「午哥、辰哥還有八哥看著都是極聰敏的，長大必定有出息。」小圓三人詫異程二嬸何時學會了恭維人？客套話誰都會講，小圓忙把虎頭也誇讚了一番，只有程大姊懶得敷衍，逕直坐到陳姨娘身旁逗她懷裡的雨娘。

程二嬸面色訕訕的，嘴卻沒停，「聽說你們繼母生的兒子只比辰哥小兩個月，卻連笑都還不會，這樣呆頭呆腦如何繼承家業，不如把我么兒過繼給她……」

小圓看了她一眼，二叔家真是兒子太多了，家產不夠分嗎？連錢夫人分得的程老爺的那點子私房錢都要惦記。她正欲開口，程大姊卻拉了拉她的袖子口向程二嬸道：「二嬸，繼母和二郎已分家，我們哪裡管得了繼母的事，妳要過繼自與她說去，咱們管不了。」

程二嬸就是怕她們插手才講了那樣大一篇話來試探，聽了她這話，心下大喜，竟連幻術都等不得看，忙忙地告辭，回家去了。

小圓詫異道：「她這樣著急是為哪般？」程大姊向來消息靈通，笑道：「急著回去向大兒邀功呢。她先前鬧著要過繼，如今也是這般，但其中緣故卻全然不同，以前要過繼，是看中了我們繼母的嫁妝，又偏心么兒；現在要過繼，卻是大兒一房想多霸些家產，逼著她把么兒趕出去。」

小圓奇道：「既是么兒，為何又聽大兒的話？」程大姊道：「二叔偏寵妓女，她男人指望不了，總不能把大兒也得罪狠了，再疼么兒，方才妳也瞧見了，虎頭才那一點子大呢，能享到他的福？」

程三娘揀了粒酸梅子放嘴裡，嘆道：「老來有所依，依的是大兒，這道理二嬸都參悟到了，我們那位繼母卻還糊塗著。」

程大姊卻笑道：「糊塗才好，要不是分了家，咱們都無快活日子過。」

程三娘自然也曉得沒婆母在跟前的好處，聞言就笑了。陳姨娘見她們家務事談完，終於插進話來，笑問：「到底有沒得幻術看，我們雨娘等不及了。再不喚人來，咱們可就回家去了。」

小圓往外一看，東廂那邊已是人聲鼎沸，幻術開場了，她忙命人熱菜燙酒，喚「藏人」來。今次的幻術是程慕天對小圓的一番心意，為了讓她們無須隔著屏風霧裡看花，挑的都是女伎藝人。這頭一個進來的名喚李姑姑，她向眾人行過禮，笑道：「我這幻術，須得眾位移步。」大家都覺得新奇，便依著她走到園子裡去。

李姑東看西看，瞧中了那棵早已枯死的李子樹，道了聲：「諸位瞧好。」說著，自懷中掏出一粒藥丸，埋入樹下，一會兒扒開那土，李樹竟立時開滿了花。

眾人正驚奇不已，那李姑姑又不住地將那藥丸埋進再挖出，隨著她不停動作，李樹轉眼結果實，再轉眼全熟。

小圓這世雖是頭一回見識幻術，但未穿越前，魔術卻是時常看的，她不停暗暗提示自己，這是假象，這是假象……不料未等她心理暗示結束，李姑姑已將一捧青中泛紅的李子奉到了她面前，她將信將疑嘗了一個，竟是又脆又甜，肉厚汁多，再一看眾人，俱是詫異加歡喜，想來自己臉的表情也大抵無二。

程大姊吃著李子，讚嘆不已，拉著李姑姑問那幻術的訣竅所在。這是人家吃飯的本領，如何肯講給她聽，問了幾次都不肯說，也只得罷了。

她們這邊回房接著看幻術吃李子，東廂那頭卻是在大變美女，看得金九少眼睛發直，連聲問程慕天能不能領一個回去。小圓見對面鬧得不像樣子，正想使人去說幾句，卻見甘十二跟前的甘禮跑了來，站在門口大聲向程三娘道：「少夫人，少爺叫我來告訴妳一聲，他捂著臉呢，沒敢看。」一屋子人笑得前仰後合，程大姊和陳姨娘正在碰杯，兩杯熱酒全灑在了對方的衣襟。小圓剛夾的一個丸子咕嚕嚕滾到桌下，便宜了獅子貓。一群孩子不懂事，也跟著起哄。程三娘羞得滿臉通紅，忙捂著嘴裝作害喜，扶著翠花的手，幾步躲了出去。

程大姊笑了一氣，抬眼看了對面幾眼，突然問小圓：「可還記得妳家的那個妾，名喚秋葉的？」小圓看著藏人變出幾個討喜的小玩意來分給了孩子們，便命人打賞，忙中回頭應了一聲，道：「她不是叫妳借給金九少的朋友了嗎？」程大姊道：「那朋回家鄉過年，把她還回來了。」

小圓對借妾還妾的好奇心又冒了來，忍不住問：「金九少收下了？」程大姊答道：「既是我們借出去的，自然要收回，只是回來了些日子才發覺，那秋葉竟是懷了身孕的。」

小圓忙道：「子嗣是大事，萬一是個男孩兒呢？趕緊還回去給那位朋友吧。」程大姊正為此事煩心，愁道：「那位朋友是個外國人，誰曉得還回不回來？這個秋葉我賣也不是，留也不是，好生叫人為難。」

陳姨娘聽她們講了一時，插話道：「這有什麼好為難的，娘兒倆都送到慈幼局去，聽說過年洗兒的人甚多，哪裡正缺人手呢。」程大姊連聲稱妙，「若是那位朋友回來討要孩兒，就再到慈幼局抱回來。」

程三娘自外頭進來，聽她們說慈幼局，還道是要行善，忙道：「若是去慈幼局做善事，算我一個。搭粥棚我們沒那個能耐，捐幾件小衣裳，送些糧米還是行的。」

富人熱衷慈善事業，荒年施粥、賑災是常事，因此程大姊等人聽得「行善」二字，都起了興頭，將話題由秋葉轉到去慈幼局探望孤兒來。

小圓卻很好奇，問程大姊道：「妳把秋葉的孩子送到慈幼局去，萬一弄混了，害金九少的那位朋友抱錯了兒，怎麼辦？」程大姊笑道：「娃娃一送進去，就有專人記下生辰八字，怎會混淆？」陳姨娘道：「聽說有些富人無子，就去慈幼局抱養呢，要多少有多少。」程三娘不解道：「既然是富人，沒兒子就多納幾個妾室，怎會生不出來？」

小圓三人都是曉得男人不育一事的，便講來與她聽，聽得她嘖嘖稱奇，掩面而笑。

四人閒話一陣，商量著要去慈幼局行個善，小圓提議，既是要去探望小孤兒，就帶著孩子們一道前往，讓他們看看那些遭人遺棄的孩子是如何生活的。陳姨娘很是贊同，道：「我們還是小戶人家，雨娘已讓我和她爹慣得不成樣子，去瞧瞧慈幼局的孩子，讓她懂點事。」程大姊雖有些不以為然，但見她和小圓都帶孩子，便道：「罷了，我家八哥一人在家，連個玩伴也無，也跟去熱鬧熱鬧吧。」

她們商議妥當，各自回家備錢糧，約好過完正月便動身去慈幼局。

晚間親戚們都散去，小圓笑問程慕天大變美女感覺如何。程慕天臉一紅，卻來了句：「甘十二全程捂著臉，好不丟人。」小圓逮住了機會，揪住他耳朵，責問道：「你的意思是，你看得極入迷？要不要為妻把那變出來的美人兒買一個回家？」

程慕天自覺不在理，不敢掰開她的手，只強辯道：「又不是沒穿衣裳，看兩眼也不可，難不成要我學甘十二丟臉面？」小圓勾住他脖子，笑道：「你許我去慈幼局可，不許，就不可。」程慕天捏了捏她的臉，笑道：「我說怎的胡攪蠻纏起來，原來是有所求，不過妳卻是多慮了。既是收養孩子的地方，做工的自然大半都是女人，那裡常有大戶人家的娘子們前去探望呢。妳要去前使人去打個招呼，他們自會讓閒雜人等躲避。」他說完，見小圓臉露出欣喜，又打擊她道：「也就是慈幼局，養濟院不許去，那裡亂糟糟，閒雜人又多。」

這卻沒打擊到小圓，因為犯了傻，不知養濟院為何物。程慕天解釋了一番她才明白，原來這養濟院是收容乞丐和流浪者的地方，還兼著醫治貧民的職責，除此之外，還有公共墓地漏澤園，那些因貧困無力買棺木或客死他鄉的人，由朝廷出錢進行安葬。小圓暗暗稱奇，不曾想大宋的社會保障事業竟這般出色，朝廷如此，所謂上行下效，無怪普通的富戶也好行善了。

她有心藉機會教育孩子，準備送給慈幼局的事物時，就先同午哥商量：「你說娘親帶些什麼給那些無父無母的娃娃們好呢？」午哥摸了摸腦袋，屋內看了一圈，伸手把辰哥一指。小圓愣了半晌，問道：「你不喜歡弟弟，竟要把他送人？」午哥搖頭道：「弟弟除了吃就是睡，不好玩，拿他換個能陪我騎竹馬的來。」

小圓笑不得，哄他道：「莫急，過幾個月，等他能走能跑，既能陪你騎竹馬，還能陪你耍金箍棒呢。」午哥趁機提要求：「我要和孫大郎練武藝。」

小圓望著自己才三歲的長子講不出話來，怎的生出個這樣狡猾的兒子？定是官人的錯。好在家裡有個健身強體館，把他送去鍛煉下胳膊腿兒的倒也不錯，她抱起兒子放到腿上，道：「待得咱們去慈幼局看過那些娃娃，就叫孫大郎領你去健身強體館打拳好不好？」

午哥拍了拍小手，歡天喜地道了聲好，又爬下她的腿，拽著她朝廚房走，「娘，做糖。」

娃娃們可不都是愛吃糖的，但自家開火熬糖是極費功夫的事，過年時廚娘們齊上陣，也不過做出了些芝麻糖和花生糖。余大嫂見小圓犯難，出主意道：「午哥吃的糖都是街上買的呢，咱們喚個挑擔兒的來，買些現成的便是。」

一聽說要買糖，午哥也不吵著要娘親現做了，拔腿就朝外頭奔，說要去喚巷子口的賣糖婆婆。余大嫂忙跟了出去，領著他喚來個小廝，尋到賣糖婆婆，替她把擔兒挑了進來。

賣糖婆婆聽說有大生意，臉上的皺紋笑成一朵花，把擔兒裡的盒子全擺到午哥面前，向小圓道：「少夫人，我這『戲劇糖果』都是選了好的糖漿，拿方圓雕花模子壓出來的，既好吃又好看。」

午哥挑了個葫蘆糖，舉在手裡，眼巴巴地看著小圓，「再挑一個，給弟弟。」小圓看著午哥一手舉個葫蘆，將大些的那個塞到了辰哥嘴裡，這才回過頭來，笑道：「這婆婆真真會做生意，曉得我不是正經主顧，只把糖擺到孩子面前去。」賣糖婆婆叫她說得不好意思起來，忙挪了幾個盒兒到她跟前，笑道：「小少爺極懂禮的，每回跟著的人不給錢，他不肯動嘴的哩。」

所謂「戲劇糖果」，就是用糖做成戲劇中的各種形象。小圓挑出一個「行嬌惜」，賣糖婆婆在旁解說道：「這是《打嬌惜》裡頭的人兒。」她又挑了個「宜娘子」，賣糖婆婆道：「這是《楊家將》裡楊文廣的妹子。」再挑一個「小母雞」，賣糖婆婆舌頭打了結，道：「這是……母雞抱蛋。」

一屋子的人都笑起來，小圓命阿雲拿了幾個賞錢給她，笑道：「難為她了。」賣糖婆婆見糖還未賣完先得了賞錢，喜出望外，忙挑了幾個芝麻糖出來分給屋裡的丫頭婆子們吃。下人們都曉得她做小買賣不易，不肯接，指著桌上的瓷碟子道：「咱們家有呢。」小圓揀了塊芝麻糖遞給她道：「也嘗嘗我們家廚娘的手藝。」

賣糖婆婆見她們的芝麻糖比自己的賣相還好，嘗了一口，又甜又香，比自家的更酥脆，笑道：「虧得妳們不賣糖，不然我沒生意做。」小圓翻看著盒子裡的糖果，足有數十種，誇道：「哪裡有妳這品種齊全？」說著叫來幾個小丫頭，叫她們一人挑一個去吃，又把那看著新奇的秋千稠糖、葫蘆等連盒子買下。

午哥吃完葫蘆走過來，小人兒要自己做主，動手挑了糕粉孩兒鳥獸和花花糖。小圓命人一併包起，向午哥笑道：「待到了慈幼局，就說這個是你送的，好不好？」

午哥大概是聽進了，邁著小腿跑進裡屋，喚余大嫂幫他把個大箱子拖了出來，裡頭滿滿的鑼兒、刀兒、槍兒、旗兒……還未到慈幼局，兒子就懂起事來，小圓含笑點頭，又命人去玩具店，把各樣毛絨絨的公仔也裝了一箱子。

待得出了正月，挑了個天氣晴朗的好日子，小圓帶著午哥，程大姊帶著八哥，陳姨娘帶著雨娘，六人同坐了一輛車，朝著慈幼局去。小圓翻了翻她們帶的事物，除了小兒的穿戴，還有些藥材，她讚道：「虧得我家還開著藥鋪，竟沒想到這頭，還是妳們細心。」程大姊取了件小襖出來，給她們看那領子紮的花兒，道：「妳們瞧瞧我這手藝，比起李家的少夫人如何？」

程大姊這大大咧咧的一個人，居然也會針線活，小圓的臉不知不覺紅了起來，把頭埋進陳姨娘的臂彎裡。陳姨娘笑著拍了拍笨手的大閨女，接過程大姊的活計瞧了瞧，道：「妳家八哥怎會穿這樣花哨的襖兒，是妳特特為慈幼局的娃娃們繡的？」

程大姊得意道：「正是，我聽說李家少夫人親手繡了幾件衫子送了去，家家戶戶都在讚她。妳看我這襖兒，比起她那衫子可好些？」

陳姨娘沒有見過李家少夫人繡的衫子，卻曉得如何恭維人，便笑道：「才開春，還冷著呢，娃娃們穿個衫子豈不是要著涼，還是妳這襖兒好。」這話極中聽，程大姊笑得十分開心，立時將她引為了知己。

小圓奇道：「大姊，不曾聽說妳與李家少夫人有來往，怎的行個善還要同她比？」程大姊道：「妳不曉得嗎？臨安富戶，行善是其次，為的就是相互攀比。咱們也是有頭有面的人家，可不能被比下去了。」說著指了指後頭那輛車子，道：「三娘子害喜不能親自來，還催著甘十二趕工，做了半箱子玩意呢。」

午哥撲到她懷裡，問道：「大姑姑，我有一箱子玩意，還有兩樣糖，會不會被妳家八哥比下去？」程大姊笑道：「不和你比，我們只有……」小圓忙拍了她一下兒，打斷她的話，把午哥抱到自己身前，教育他道：「咱們只是去行善，不和別個比，心意到了，比什麼都強。」

車子快行至城外時，慈幼局到了，因事先使人打過招呼，因此不但無閒雜人等，而且靜悄悄的。原來只要有善人們來，管事兒的便不許那些孩子們出聲哭鬧，免得驚擾了貴人，得不到賞賜。這還叫行善嗎？倒跟打賞似的。小圓暗自搖頭，命人把她們帶來的吃食、玩意和衣物等搬進去。

南宋民間「洗兒」者甚多，特別是在饑荒之年，路邊棄嬰比比皆是，朝廷雖明令禁止，但收效甚微，只得設立慈幼局加以收養。小圓本以為這些被收養大的孩子，會自動納為奴籍，經這裡的奶娘介紹才知，他們長大後是完全自由的，乃是良人身分，待得成年後，還會令他們相互婚配，並由朝廷撥款資助新郎新娘。

那些孩子雖衣食無憂，但平日裡並無許多玩樂，稍微大些的要幫著照顧小的，再大些的就要開始做活掙口糧了。和午哥差不多大的一群孩子，舉著糖果捨不得大口咬，用舌尖小心翼翼地舔著，還有幾個更大些的嘗過味道，便尋塊布把糖包了起來，藏到了枕頭下。

午哥睜大眼睛瞧了一時，忍不住好奇，走過去問道：「你們為什麼不吃我送的糖？」那群孩子怯生生的，你推我我推你，一個膽子稍大些的躲在後頭答了句：「要省著吃。」

午哥想了想，道：「我娘也不許我多吃，說怕吃壞了牙，你們是不是也擔心這個？」那些孩子根本不知吃糖會爛牙齒，齊齊搖了搖頭。小圓低頭看了看八哥和雨娘，見他們滿臉不解的神情同自家兒子一樣，便前把午哥拉了過來，向他們道：「這些小朋友平日裡吃不著糖，因此捨不得吃。」

午哥還是不懂，困惑道：「他們為什麼吃不著？我們家卻是有糖也不許我吃。」雨娘卻是能聽明白，道：「我堂哥哥們就吃不著，他們家無錢。」小圓點頭道：「講得對，這些小朋友們也是無錢，因此吃不著，所以我們要帶著糖來看他們。」

八哥的脾性隨程大姊，嚷道：「我們家吃。」程大姊忙拖過他拍了幾下，把他帶到隔壁去看那些半大的小子丫頭們剝果子。小圓見午哥不作聲，心知兒子是有了感觸，便也將他抱到隔壁去。那裡坐了一屋子十三、四歲的孩子們，鴉雀無聲地埋頭剝果子，個個滿面倦容。午哥瞧了一會兒，問道：「他們為何只剝不吃？」小圓輕聲道：「剝了要賣錢換米吃，不然要餓肚子。」午哥聽完後又沉默起來，把小腦袋搭到小圓肩頭，再也不開口講話。

小圓見他蔫蔫的，以為他犯困，雨娘也在哭鬧著要回家，便將那輛裝箱子來的車借給陳姨娘坐回去，自己和程大姊了同乘一輛車。

車子開動後，許久沒開口的午哥突然摟住小圓的脖子，湊到她耳邊悄聲道：「娘，我也想把他們接到家裡去吃糖，可怕把咱們家吃窮了。」小圓哭笑不得，捏了捏他的臉，道：「你是隻小狐狸。」午哥曉得這不是什麼誇他的話，扭著身子不依，小圓正同他笑鬧，忽然聽得程大姊問了一聲：「這裡是不是城東？」

小圓問了外頭同車夫坐在一處的阿雲，然後點了點頭，程大姊又問：「你們有個別院在這裡的？」小圓又點了點頭，程大姊還問：「繼母住的是這個別院？」小圓笑了，「大姊到底要問什麼，吞吞吐吐可不是妳的脾性。」

程大姊把車簾子掀起一道縫，連連招手叫她過來看，「我哪裡是吞吞吐吐，瞧錯了熱鬧而已。妳看繼母門首聚著好些人，看那打頭人的模樣，倒像是二嬸家的。」說完又招呼車夫把車停到旁邊去，瞧過熱鬧再走。

小圓湊到她旁邊，朝車外一看，果然是繼母住的宅子，門口圍著的人也確是程二嬸家的。她想起吃年酒那天程大姊煽風點火的話，嗔怪她道：「必是二嬸以為我們不管過繼的事，就鬧將開了。」程大姊奇道：「聽妳這口氣，難不成要管？讓繼母吃些苦頭有什麼不好？」

小圓道：「她吃這個苦頭，到頭來害的是我們家。二嬸把她的錢搬空了，仲郎誰人來養？是把他丟到大街去，還是送到慈幼局？」程大姊看了她一眼，笑話她道：「妳極精明的一個人，怎的對大宋律令一竅不通？過繼一事，繼母不答應，族裡不鬆口，二嬸一人折騰有何用？族長的兒子程東京明擺著就是偏著你們的，必不會由著二嬸去，妳且放一百個心，先讓二嬸把繼母鬧暈了頭，再請族長來主持公道。」

這招叫作……借刀……整人？小圓心生佩服，又想到程慕天聽了這消息，必是要高興的，便催了車夫快些趕路。車行至金家門首，程大姊邀她進去吃茶，她婉言辭過，也不下車，逕直朝家趕。

程慕天聽她說了程二嬸大鬧錢夫人住處的事，果然心情大好，先到程老爺牌位前燒了幾炷香，又回房命人燒菜燙酒。小圓試了試酒溫，執壺倒了一杯給他，突然想起午哥在路上的稚語，笑道：「你兒子是個精怪的，想把慈幼局的孩子接到家裡來分吃他的糖，又怕把你吃窮了。」

程慕天聽人誇他兒子，比誇他自己還歡喜，一杯酒還未下肚，已然醉了。待得吃過幾杯酒，趁著高興，起身取來一本冊子和一張單子，遞給小圓道：「官學和社學風氣不好，我未作考慮，這冊子裡是臨安有聲名的學塾，單子是有名望的教學先生，咱們是把午哥送到學塾去，還是請先生回家，妳說了算。」

小圓把冊子和單子都丟到一旁，道：「午哥那般狡猾就是跟你學的，瞧你這意思，我就只能選學塾或先生，不能選遲些再給他啟蒙？」

程慕天擱了酒杯子，皺眉道：「早些識幾個字有什麼不好？」小圓道：「只是認字嗎？若是如此，我教他便是。那些先生個個之乎者也，一出手就是論語，別把我兒子教成和你一樣的老古板了。」

程慕天聽她說自己是老古板，氣得摔了杯子，「無知。先生給小兒啟蒙，都是先教認字，待得熟記千餘字，才開始誦讀《三字經》、《百家姓》、《千字文》和『四書五經』的。」

原來不是一開始就學四書五經，確是自己無知了。小圓張了張口，沒有反駁，低頭轉了會子酒杯，小聲道：「我答應午哥送他去健身強體館練拳的。」程慕天愛她溫柔低聲的模樣，見她垂首扮作聽話小媳婦，就消了氣，「男孩子練練拳腳不是什麼壞事，就上午認字，下午練拳吧。」小圓重新取來冊子翻了翻，道：「咱們把午哥送去學塾吧，他在家當小少爺慣了的，也叫他出去學學如何待人接物。」

程慕天對這意見很是贊同，點了點頭，同她坐到一處挑起學塾來，教她道：「學塾不止有私塾呢，有的先生就在自己家教，那叫家塾。」兩口子頭一回肩負後代教育重責，不免興致勃勃，一口氣挑出了好幾所。程慕天拿朱砂筆做了記號，隨後幾日何事都不理，只帶著程福，專門程考察學塾環境可清幽？門下學子可多？先生為人可端正？他計較的條目實在太多，連程福都覺得自家少爺太過苛刻。

如此跑了好幾天，終於選定了一家勉強合格的，程慕天歡喜奉束脩，那先生卻捋了捋花白的鬍子，道：「你家兒子才三歲，入學最小須得七歲。」

程慕天失望告辭，降低標準又尋了幾家，先生們卻都是同樣的口氣，嫌他家午哥年歲太小，不予招收。他實在無法，只得回家再與小圓商量：「娘子，午哥太小，學塾不收，不如請個先生回家，教到七歲再入學？」小圓笑道：「這也沒什麼不妥，不過少了幼稚園和學前班。」

「幼稚園」和「學前班」對於程慕天來說，雖然是新鮮名詞，但還是聽得明白，曉得娘子是同意了，便再次動身，出門尋那德才兼備的教學先生，回家給他的寶貝兒子啟蒙。

他在外又奔波了四、五日，帶回來的卻不止是先生，而是一家三口。那先生姓周，人稱周夫子，他比程慕天還大兩歲，懷裡抱著的閨女卻才滿一歲。小圓習慣了宋人拖家帶口出門打工，便喚來采蓮，叫她把後頭那進院子收拾出來給周夫子一家住，又問周夫子的娘子如何稱呼。

周夫子的娘子相貌極美，水靈靈的一雙大眼睛好似會講話，她款款福身一禮，笑道：「女子生得賤，哪裡有名姓，少夫人就喚我周娘子吧。」

宋人有姓無名的甚多，但女子無論貧賤都是不隨夫姓的，難道這位周娘子娘家也姓周？這在講究同姓為一家的時代還真是少見，小圓不免多看了她幾眼。

待得采蓮把第四進院子收拾完畢，帶著周夫子一家去安置，小圓便問程慕天，這位先生是從哪裡請來的。

程慕天回答道：「這是生意上的一位朋友推薦給我的，說周夫子曾在官辦的小學裡教過，學問極好，待孩子又耐心。」小圓聞言點頭，「瞧著確實是一團和氣，不知束脩幾何？」程慕天道：「咱們供食宿，一年另付二十四貫。」

小圓就著桌子的算盤撥了撥，道：「一年二十四貫，按著現下一貫七百五十文的市值，每日只得五十文，是不是少了些？」程慕天是做生意的人，看得長遠，道：「先瞧著吧，急什麼？要是教得好，再加也不遲。」

小圓讚他想得周到，取過帳本記下了這一筆，又記起方才周夫子身穿的乃是舊衣，便問道：「他們的行李可多？」程慕天笑道：「方才妳不都瞧見了？」小圓仔細回想了一番，驚訝道：「只那兩個包袱？」程慕天點了點頭，笑道：「曉得妳慣愛憐憫人，快些支一半的束脩送去給他們吧。」小圓拿帳本子拍了他一下，提筆又記了一行字，喚來阿彩，叫她到帳房支一貫錢送到周夫子處。

不多時，周夫子帶了娘子來，並送來午哥要準備的目單。程慕天接了單子自去研究，小圓看了看他們兩口子，周娘子身的薄襖是簇新的，周夫子長袍的袖口卻是磨出了毛邊。周娘子見她瞧自己，不好意思笑道：「我家官人就是這脾性，我要替他縫個新衣，他不肯，卻扯了花布來給我和孩子。我橫豎在家不用出門見人的，穿新衣有何用，倒是他在外應酬，連件撐場面的衣裳也無……」周夫子打斷她的話道：「我一個教書先生能有什麼應酬？這衣裳又沒得破洞，何必花些冤枉錢？」

誰說貧賤夫妻百事哀，小圓自己夫妻和睦，看了他們兩口子，還是心生羨慕，想了一想，開口道：「束脩按月給吧，每個月一貫，剩餘的錢年末再付清。」周夫子兩口子忙又起身道謝，小圓擺手笑道：「我又不曾多給，謝什麼。」

待得周夫子夫婦告辭，程慕天將單子拿過來給小圓瞧，小圓接過來一看，上頭列著：《童蒙須知》、《小學》、《千字文》、《性理字訓》、《百家姓》、《三字經》。她小小驚訝了一番，「六本？這樣多？」

程慕天道：「這還多？這六本僅為識字所用，待得千字識全，還有更多的呢。」

小圓嘆了口氣，看來大宋的孩子一點也不比現代人輕鬆，程慕天笑她道：「這就心疼兒子了？下回妳生個閨女就無須這般辛苦了。」小圓還是嘆氣，道：「閨女又能輕鬆幾許？一樣要認字，還要學女紅，說不準還得學織布、廚下之事……」她還沒說完，程慕天就開始打擊她，扯了扯腰間的紅心荷包，笑道：「何必苛責閨女，能比妳這個手藝強些就很好了。」

老拿這個說事兒，有完沒完？小圓跳起來把他拖進裡屋，推倒在床，惡狠狠道：「這就生個閨女出來，請我姨娘來教她蘇繡，學一手好本事，再把她嫁給別個，氣死你。」

把先生請進門，就得聽先生的話，小圓再怎麼想也是反對無效。第二日，程慕天起了個大早，帶著程福去趕早市，直奔太廟前的尹家籍鋪，這鋪子不單賣，且是集編輯、刻印、出版、發行於一身，既批發，亦做零售。

程福向夥計打聽了幾句，回頭向程慕天道：「少爺，同樣的買三本以上，便能按批發價錢拿，可省下不少的錢哩。我家喜哥比午哥還大一歲，少爺若不嫌棄，叫他去做個書僮呀。」能省則省，他很有些生意人的風範，程慕天笑道：「使得，但這也只得兩本。」程福想了想，程大姊家的八哥還小，程三娘肚子裡的還未生出來，何耀弘的兩個兒子去了泉州，只有——

「少爺，四娘子……」

程慕天只瞪了他一眼，就嚇得他把後半句嚥了回去，趕忙改口道：「陳姨娘家的雨娘如何？」

程慕天還是瞪他，「雨娘是女娃娃，在家學學女紅還成，怎好出來與男孩子們一道讀？」程福再想不到旁的人，就嬉皮笑臉道：「她才幾歲，還沒到男女不同席的年紀，哄過來湊個本數也好，至於想不想一直學，隨她去。要是少爺不同意，那就只能叫二嬸家的么兒虎頭來了。」

程二嬸家的人，躲還來不及，哪有往自家領的道理？程慕天皺了皺眉，又笑道：「我看你是不拿到批發價不甘心吧，我在這裡等你，你且去薛家跑一趟，問問陳姨娘可願把雨娘送來讀。」

程福歡喜應了一聲，拔腿就跑。薛家離這裡並不遠，他不一會兒便來回報程慕天，陳姨娘極願意把小閨女送到大閨女家讀，還拿了錢出來，託他們幫雨娘把書買齊。

程慕天點了點頭，把單子遞給夥計，叫他照著上頭的一樣拿三本。夥計掃了一眼單子，抱來一疊舊書，笑道：「我看客人買的都是小兒認字用的，使完後就扔的，何必買全新的？我們這裡有八、九成新的，一頁也不曾缺損，價錢卻只有新的一半。」

程福見這個更便宜更合算，忙取了一本捧到程慕天面前頁頁翻給他看。程慕天見那書每頁下角都有髒印子，便皺了眉頭問那是什麼污跡。夥計倒也老實，照實答道：「大概是舊主人翻時愛沾點唾沫，因此留下了印跡。」程慕天一聽，立馬叫程福把舊的扔得老遠，疊聲喊要買新的。

新書六本花了不少的錢，程福心疼得直叫喚。程慕天讓他送去給陳姨娘，自抱著午哥的那份回家去。

小圓見了嶄新的書很是歡喜，翻開來看，本本都印有「臨安府經籍鋪尹家刊行」，原來這就是尹家鋪子自印的。她親自磨了墨，喚程慕天道：「你這做父翁的，替他在上面寫個名兒，免得和別個的弄混了。」程慕天卻不接筆，笑道：「叫他學會了寫字，自己寫去。妳姨娘家的雨娘也要來附讀，咱們少不得要管一頓飯，妳且安排安排。」

小圓詫異道：「雨娘來附讀，為何是你先曉得的消息？」程慕天乾咳了兩聲，把程福要湊齊三本換得批發價的事告訴她，惹來她的大聲笑罵。

既有三人要來讀，就不好隨便騰屋子，小圓同周夫子商議過後，命人把他們住的第四進院子收拾了一間房出來，重新刷牆糊窗紙，打了幾張長條矮桌子、幾個配套的矮凳子，還為先生也訂製了一張極氣派的「講桌」和一把極舒服的太師椅。

家裡連著幾日請木匠打椅，有些鬧哄哄的，小圓向程慕天解釋道：「咱們兩個兒子年歲隔得近，再過幾年，指不定還有親戚家的孩子來附學，因此一次多打幾套備著，橫豎這些木頭東西又擱不壞。」

程慕天趁人不注意，貼到她耳邊道：「咱們親戚都是請得起先生的人家，誰會來附學？妳要不多生幾個，可就浪費了我的好桌椅了。」

避孕計畫才實施幾個月，就忍不住了嗎？小圓白了他一眼，「三娘子請得起先生嗎？桌椅是給她家孩子準備的。」

過了好幾日，程家私立小學堂終於準備妥當。這日，小圓早早兒地把午哥從被子裡拖出來，哄他吃過早飯，叫阿雲和阿彩把他和喜哥抱著，送他們去上學。余大嫂望著那兩個小小的背影，笑道：「這書僮著實小了些，不但不能服侍主人，倒要捨出一個丫頭去服侍他。」小圓含笑道：「什麼書僮？與午哥尋個伴讀罷了，他還是良人呢。」

過了一時，陳姨娘親自把雨娘送了來，直道與他們添了麻煩。

小圓叫余大嫂把雨娘送過去，向陳姨娘笑道：「我自個兒的親妹妹，有什麼好麻煩的，只不知她愛吃些什麼菜和點心，告訴我，我好叫人準備去。」陳姨娘取了一張會子出來，遞給她道：「妳吃什麼，她吃什麼，莫要依著她的性子。這錢妳拿著，若是不夠使再告訴我。」小圓推辭道：「這是作什麼？妹妹在我家吃飯，還要收錢？說出去惹人笑話。」

陳姨娘執意把會子塞進她手裡，道：「我家大嫂和二嫂求了我好幾日了，說想把兒子們送到妳這裡來附學，我給她們報了個高價，才把她們嚇住了。這錢妳要是不收，傳到我們家去，保不齊她們還要來煩我。」

小圓曉得她們妯娌平日裡還是親厚的，聞言很是過意不去，道：「他們要來附學，我不是捨不得錢，確是怕麻煩，姨娘，妳是曉得我的。」夫家再好，陳姨娘還是把閨女放在首位的，笑道：「妳有什麼好過意不去的？對你們程家，薛家就是那八竿子打不著的親戚，妳能念在我們的母女情，幫襯他們一把，已是大仁義了。」

小圓暗自感概，還是親娘最貼心，她抱來辰哥，教他叫人，又留陳姨娘在這裡吃飯，道：「我們午哥下午是要去健身強體館練拳的，還要勞煩薛大叔多費心。」陳姨娘笑道：「妳才是大東家，他敢怠慢？既是下午都不學，那吃罷午飯，我就領雨娘回家去學針線。」

「雨娘才四歲就開始學女紅？」小圓驚訝，又記起程慕天時不時拿她那蹩腳的手藝來諷刺人，便取了個未完工的手帕子來向陳姨娘請教。

陳姨娘身為親娘，都認為自家大閨女不是做針線活的料，一面費力地教，一面琢磨如何勸她放棄，突然阿雲慌慌張張地進來，急道：「少夫人，午哥不見了。」

小圓頭也不抬，好笑道：「總歸是在家裡，能跑到哪裡去？使人找找便是。」阿雲應了一聲，急急忙忙地喚人手，每進院子裡去尋，又叫人知會園子裡的秦嫂，假山石子裡仔細找一找。

陳姨娘趁機停了教授，笑道：「宅子大也有宅子大的不便，找個娃娃都難，像我們家小，隨便站在哪裡，望一眼就找到了。」小圓埋頭與那團線苦戰，道：「這個卻是姨娘說錯了，我們家不是宅子太大，而是人口太少。本來就空著一進院子，後來三娘子出嫁，繼母分家，五進院子倒空了三進。我時常覺得家裡空落落的，倒想搬個小些的宅子去住。」陳姨娘抱起辰哥拍著，道：「現下先生一家不是占了進院子，等到妳兩個兒子長大，這宅子怕還不夠住呢。」

母女二人閒聊了一時，待得小圓煩透了那針與線丟開手時，午哥還未尋著，她這才開始著起急來，使人到學堂仔細問了問，原來午哥說要去小解，又不要阿雲服侍，自己朝茅廁方向跑了。待到阿雲跟過去時，哪裡還有人影子，不曉得躲到哪裡去了。

余大嫂急得差點暈過去，「午哥那麼小，怎的使得了茅廁，該不會是掉進去了？」阿雲慌得大哭，「我不曉得他是要使小馬桶的，我該死……」小圓心急如焚，顧不得責罵她，率先朝茅廁奔去。

待得程慕天接到消息匆匆趕回來時，家裡的大小茅廁已都使人掏過了，並未發現午哥的蹤跡，他又氣又好笑，「我兒子小是小，可又不蠢，若真是掉進了茅廁，豈有不叫喚的？你們真真是昏了頭，不去正經地方找，倒去掏糞坑。」

他連罵帶責地氣了一通，扭頭看見小圓兩眼紅紅，這才悟過來，娘子是關心則亂，忙走過去安慰她道：「咱們家守門的小廝極盡責的，他定還在家裡，跑不遠。」

小圓強撐了這些時，終於忍不住撲到他懷裡哭起來，「從前堂到後院，還有園子裡、池子裡都翻遍了，連夾道裡都找過了，還是不見他的影子，不會真叫他混出門去了吧，外頭拐子那樣多……」

娘子這樣傷心，程慕天不好推開她，紅著臉猶豫了半晌，抬手拍了拍她的背，十分沉著地喚人來吩咐：「去問守下人院子的婆子可曾見過午哥。」

小圓猛地抬起頭來，「下人們住的院子與咱們的就隔個夾道，我怎的把那邊給忘了？」

（未完待續）

漾小說 45

南宋生活顧問 中

國家圖書館出版品預行編目資料

南宋生活顧問 / 阿昧著. -- 初版. -- 臺北市：
麥田, 城邦文化出版：家庭傳媒城邦分公司發行,
2012.08
冊； 公分. --（漾小說；45）
ISBN 978-986-173-793-5（中冊：平裝）. --

857.7 101009634

作者	阿昧
繪圖	游素蘭
責任編輯	施雅棠
副總編輯	林秀梅
編輯總監	劉麗真
總經理	陳逸瑛
發行人	凃玉雲
出版	麥田出版 城邦文化事業股份有限公司 104台北市中山區民生東路二段141號5樓 電話：（886）2-25007696 傳真：（886）2-25001966
發行	英屬蓋曼群島商家庭傳媒股份有限公司城邦分公司 104台北市中山區民生東路二段141號2樓 客服服務專線：（886）2-25007718；25007719 24小時傳真專線：（886）2-25001990；25001991 服務時間：週一至週五上午09:00~12:00；下午13:00~17:00 劃撥帳號：19863813；戶名：書虫股份有限公司 讀者服務信箱：service@readingclub.com.tw
麥田部落格	http://blog.pixnet.net/ryefield
香港發行所	城邦（香港）出版集團有限公司 香港灣仔駱克道193號東超商業中心1樓 電話：852-25086231 傳真：852-25789337 E-mail：hkcite@biznetvigator.com
馬新發行所	城邦（馬新）出版集團【Cite (M) Sdn Bhd】 41, Jalan Radin Anum, Bandar Baru Sri Petaling, 57000 Kuala Lumpur, Malaysia. 電話：(603) 90578822 傳真：(603) 90576622 Email：cite@cite.com.my
美術設計	洸譜創意設計股份有限公司
印刷	鴻霖印刷傳媒股份有限公司
初版一刷	2012年07月26日
定價	250元
ISBN	978-986-173-793-5